……啊，在這塵世樂園
智者給人的慰藉有限
——魯伯特．布魯克（Rupert Brooke）詩句

許多人在犯下錯誤後，總是美其名為「經驗」。
——王爾德（Oscar Wilde）

將此書獻給
席哥尼．費伊神父（Monsignor Sigourney Fay）

塵世樂園 This Side of Paradise

史考特·費茲傑羅 F. Scott Fitzgerald

譯者 陳榮彬

詩譯 楊渡

目錄 Contents

Guided Reading |

費茲傑羅小說《塵世樂園》（This Side of Paradise）導讀

This Side of Paradise

文／康士林（Nicholas Koss）❖1　翻譯／陳榮彬

1 爵士年代：從我的父母親談起

我的父母親都是在一九二〇年代末期進入大學就讀的。我也不知道為何會這樣，但我就是不曾有機會問起他們於大學時代的種種。❖2當他們正要從大學畢業時，經濟大蕭條（the Great Depression）於一九二九年十月二十九日降臨美國——當然，他們無法再玩樂嬉鬧，所謂「喧囂的二〇年代」（the Roaring Twenties）一去不回，取而代之的是大蕭條時代的苦日子。如今當我重讀《塵世樂園》一書，不禁常常想起：在大蕭條之前，他們那些杯光觥影，笙歌處處的日子是怎樣的光景？我記得非常清楚，他們倆都愛跳舞，也愛吞雲吐霧，美式足球賽事更是他們不願錯過的。他們的衣著打扮一絲不苟，遇到好的舞會總能樂在其中，而且兩人所堅守的，都是自由派的價值，而非傳統。我不知道他們是否讀過《塵世樂園》，但顯然他們就是那個世代的人。這本小說的許多篇幅都是關於追尋愛情；想必這種人生旅程他們也曾經歷過，但他們並未跟艾莫瑞一樣承受失敗——因為我爸媽在相戀後便廝守終生。

This Side of Paradise

2 《塵世樂園》一書的書寫與出版

費茲傑羅的小說處女作出版於一九二〇年三月二十九日，距今剛好九十年。他從一九一七年的秋天就開始創作《塵世樂園》一書，當時他仍在普林斯頓大學就讀。這部小說的初稿被他命名為「浪漫的自我主義者」（"The Romantic Egoist"），當時他為了第一次世界大戰而加入陸軍，寫完時他正在軍中。他向史氏父子出版社（Charles Scribner's Sons）投稿，但被退稿；喜歡這部小說的，只有編委會裡一個叫做麥斯威爾・伯金斯（Maxwell Perkins）的年輕編輯。出版社在退稿信中鼓勵作者重新潤飾作品，但改過的稿件又被退回。大戰於一九一八年十一月十九日結束，費氏從陸軍退伍後，到紐約工作，並且持續追求他駐紮在阿拉巴馬州蒙哥馬利市時認識的吉妲・薩耶（Zelda Sayre）。吉妲拒絕了費茲傑羅，因為他的前途似乎不被看好，但這也促使他決心靠寫作名利雙收。接著他又展開小說的改寫工作，一開始把它重新命名為「一位『要人』的養成」（"The Education of a Personage"），後來才改為「塵世樂園」。這次稿件獲得史氏父子出版社同意出版，不久後吉妲也答應嫁給他。

書評大多對此作品持肯定態度，該書一刷也於出版隔日售罄，到了一九二一年底，一共賣出四萬九千本。該書出版時，費氏只有二十四歲，不久便與吉妲結婚。開始紙醉金迷的生活，為了這些開銷，費氏必須為一些暢銷雜誌撰寫短篇故事，同時他也開始寫下一本小說。

3 非凡的英語文體

費氏處女作中令人印象深刻的，莫過於他在用字遣詞方面的功力。許多句子都讓人回味無窮。以小說的第一個句子為例：「**除了一些被落掉而無法說明的特質之外，讓艾莫瑞・布雷恩具有價值的每一個特質都是從母親那裡遺傳的。**」（頁43）——「幾個被落掉而無法說明的」（“stray inexpressible few”）措詞實在神來一筆：通常“stray”這個字並不會用來形容「特質」，但既然是如此具體的「特質」，又怎會「無法說明」？然而，這句話巧妙地表達出他母親的神秘色彩，同時也點醒讀者：當我們漸漸了解他母親與其「特質」，我們也必須看看艾莫瑞與她到底有哪些相似之處。作者從第一句話就給讀者一個下馬威。

本書每一章都跟第一章一樣有個了不起的「開場白」——而且每個「開場白」的文體跟切入點都是因章而異。例如第二章的開頭是：「**一開始艾莫瑞所注意的，只有煦煦的陽光：它爬越長長的綠茵草地，在鉛製框上跳舞，也在尖塔、塔樓以及城垛狀牆壁的頂端上流連著。**」（頁99頁）

「**煦煦的陽光**」（"wealth of sunshine"）這個措詞很特別。一般而言，我們不會把"**sunshine**"跟"**wealth**"擺在一起使用；值得注意的，還有他用哪些動詞來形容陽光的「動作」："creeping"（「爬越」）、"dancing"（「跳舞」）以及"swimming"（原意為「游泳」，翻譯後為「流連」）。他所用的動詞在動作幅度上越來越大，展現的活力也逐漸增強。第四章首句用到"**plethoric depths**"（「**深遠**」）一詞；在英文中，"plethora"（過多、多血症）一詞已屬罕見，要看到它的形容詞變化"plethoric"更為難得。而且，當它搭配上"depths"這個名詞而形成詞組，用來描述普林斯頓大學的立校基礎，更是令人印象深刻。第二卷第二章的開頭有這樣的描述：「**『荷蘭仔酒吧』被擠得水泄不通，室內那一幅《柯爾老國王》壁畫不但充分反映出麥斯菲爾．派黎思的活潑與鮮豔畫風，也讓整個酒吧亮了起來。**」（頁369）柯爾老國王臉上一抹微笑照亮了酒吧裡的人群，與內心悽苦的艾莫瑞形成強烈對比。

每一章首句的形式也是變化多端：第二卷第一章是一整段劇本的說明，同卷第四章只有"Atlantic City"短短兩字（意思是：「**地點在大西洋城。**」），而第五章則是一首詩。

4 小說的上下卷結構

就篇章結構而言，《塵世樂園》有「上下卷」（或第一、二卷）兩部份以及隔開兩卷的「插曲」（interlude）。這種上下卷結構源自於十八、十九世紀的傳統英國小說，當時的小說真的是以「一卷一書」的三卷形式出版。以珍・奧斯汀（Jane Austen）的《傲慢與偏見》（Pride and Prejudice）為例，它問世時就是三卷分冊的「套書」，每一卷都有獨立的章節編號。費氏的《塵世樂園》並未分冊出版，但他仍延續相似的篇章結構，同時讓我們知道：儘管該書有許多創新之處，但就這方面而言並未偏離英文小說的歷史傳統。

第一卷〈浪漫的自我主義者〉所涵蓋的是艾莫瑞一生前二十幾年的生活，一直寫到一九一七年五月，他離開普大，以軍官身分從軍為止。至於〈插曲〉部分，從標題我們就可以看到它的時間範圍是「一九一七年五月到一九一九年二月」，不過其中並未交代艾莫瑞的軍旅生涯[4]。第二卷〈一位「要人」的養成〉寫的是一九一九年二月到同年十一月的事，總計十個月。從此一安排我們可以看出，隨著小說的發展，每一章所含括的時間越來越短，時間結構漸趨緊湊。

小說的章節標題也都暗示著故事敍述者對於艾莫瑞的評價。因此，第一卷的標題「浪漫的自我主義者」顯是出艾莫瑞是個自私而愛做白日夢的人，而且這個標題也數度在行文中出現；例如艾莫瑞還是個預校學生時，敍述者說他「**第一次形成了自己的思想，一套生活的規範——我們大致上可以稱之為『帶有貴族色彩的自我主義』**。」（頁65）

第二卷的標題是「一位『要人』的養成」。至於所謂「要人」的內涵為何，我們可以看看在第一卷裡，艾莫瑞去拜訪達西神父時，神父如何向他解釋「要人」（personage）與「個人」（personality）的區別：「**就另一方面而言，所謂要人卻懂得日漸累積的道理。每個人想到他的時候，一定會連帶想到他的成就。他可以承受千斤重擔——有時候成就斐然，就像我們的成就一樣，但是他會用冷靜的態度來看待這一切。**」（頁204）

所以，如第二卷的標題所暗示的，該卷所述說的是艾莫瑞如何成為一個「要人」。有一點諷刺的是，艾莫瑞應該是從他在預校與普大期間就開始接受教育了，但事實上，他真正的教育（或養成）卻是從普大畢業後才展開的。這兩卷的標題最後在第二卷的最後一章（第五章）合而為一，所以該章的標題是：「自我主義者的蛻變」（"The Egoist Becomes a Personage"）。

第二卷可以說是隨著蘿莎琳拋棄艾莫瑞這個事件而發展的。在這一卷中，本來是艾莫瑞的心靈寄託的那些人物與事物一個個離他遠去：諸如父親的遺產、達西神父、愛蘭諾、他那些大學友人（傑西、迪克和凱瑞）。

5 艾莫瑞·布雷恩這個角色及其特徵

自珍·奧斯汀、狄更斯（Charles Dickens）、薩克萊（William Makepeace Thackery）與艾略特（George Eliot）以降，英文小說在傳統上就常以角色的心理描寫為重。《塵世樂園》遵循了此一傳統，小說的重點在於艾莫瑞·布雷恩這個角色的心理剖析。整部小說中，我們常看見敘述者對於艾莫瑞這種人物類型的評斷，還有其他角色對他的看法，以及他的自我了解。如前面所說，小說開頭第一句就說出了艾莫瑞與母親相似，這些相似點遍佈全書。當他在唸預校時，母親告訴艾莫瑞說她的酒量有多好，後來在小說接近尾聲時，我們看到被蘿莎琳拋棄的艾莫瑞幾乎死於酗酒。在那當下，艾莫瑞可能不了解這是遺傳自母親的特質，但敘述者則非常清楚這一點。

在第一卷的標題中，艾莫瑞被視為一個「自我主義者」。敘述者沒有忘掉這一點，所以指出「三角社」的演出成功後，艾莫瑞彷如「衣錦還鄉」，「**在三十六小時的火車車程裡，他一直在想自己的事。**」（頁131）一個人能夠「自我」到這種地步，即使對於「自我主義者」而言，也絕非易事。

敘述者也非常仔細地列出了艾莫瑞在聖瑞吉斯預校期間所展現出的那些「本性」，包括「**情緒化**、**喜好裝腔作勢**、**生性懶惰**，**還有愛裝傻**」（頁87）。到普大時期，艾莫瑞身上還是看得見某些這種「本性」。例如生性懶惰這個特質，連艾莫瑞本人都非常清楚，因為他曾對凱瑞說：「**為什麼要努力付出才能有收穫？我討厭這樣。**」（頁112）

在與伊莎貝爾的那一段戀情裡面，顯示出一些艾莫瑞的自我了解。他那裝腔作勢與自以為是的本性在伊莎貝爾她家的那場晚宴顯露無遺——盛裝打扮的他看著鏡子裡的自己：「**他默默對自己感到很滿意。儘管沒有下任何功夫，他看來還是可以那麼體面，他看來簡直就像一件很棒的小晚禮服。**」（頁178）他試著親吻伊莎貝爾，如果不這麼做，原本自命為「征服者」的他彷彿就地位不保。

艾莫瑞的另一個特色是當他面對人生難關時，往往會展現出一種故意傷害自己的傾向。例如在伊莎貝爾離他而去後，本來他可以靠數學補考來保住自己在學校報社裡的職位，但卻想要故意放棄：「**不知道為什麼，在伊莎貝爾變心後，他已經不太敢幻想自己在大學時代能夠功成名就，甚至他也有可能無法通過補考——這也意味著，他在《普大人日報》的幹部身份將被拔除…**」。（頁192）

敍述者對於艾莫瑞這個角色的諸多矛盾也很清楚。例如，在艾莫瑞進入普大就讀後，敍述者說艾莫瑞「**痛恨那一道社交的高牆**」（頁108），但隨後他也說過自己一定要成為校園中精英階層的一份子。

達西神父對於艾莫瑞的看法也許就比較表面化，而且他在寫給艾莫瑞的一封信裡面還提到兩人的相似之處——他認為伯恩．哈樂戴錯看了他們倆，不應用「了不起」來形容他們：「**我們有許多其他特質——我們不同凡響，聰明絕頂，而且我想也會有人說我們才華橫溢。我們引人入勝，有一種特殊的氣質⋯**」（頁294）當然，艾莫瑞的確有引人入勝的本領，也有一種特殊的氣質，但這些都不足以幫他面對實際的生活問題。不過，達西神父說的一句話的確能幫我們同時了解艾莫瑞的長處與缺點：「**思維複雜，但是卻不失誠懇**」（頁295）。在充滿掙扎的年輕歲月裡，誠懇的特質對於艾莫瑞來講有時是助力，有時是阻力。

對於艾莫瑞來講，邁向「要人」之路是困難而痛苦的。在本書最後一章中我們會先看到他與自己討論他到底是怎樣的一個人，在他前往普大校園的路上也持續思索著這個問題。最後當他搭上「大人物」的車子時，他終於有辦法清楚說出自己是誰。這幾頁可說是本書的高潮，它們帶來的樂趣是：我們可以認識一個全新的艾莫瑞，此刻他已經是個「要人」。

6 艾莫瑞在普大的課堂經驗

This Side of Paradise

如果說，艾莫瑞是在大學畢業後才開始了解自己，體悟人生；那麼，他在普大期間所接受的「教育」又是什麼？在一九二〇年代，大概有百分之二十的學生有機會讀大學。而普大跟其他長春藤名校的學生，大多是來自於富有的上流社會家庭，其中許多人都會先去就讀一流的預校，像是《塵世樂園》裡面提到的安多佛（Andover）、艾賽特（Exeter）、聖馬克（St. Mark's）與葛洛頓（Groton）等等。儘管艾莫瑞所就讀的預校「聖瑞吉斯」並不存在，但費氏的虛構的確有其依據：就是他自己唸過的紐曼學校（The Newman School）。

在艾莫瑞的大學生涯中，最有趣的一件事就是：他並未受到任何一位教授的影響。他甚至刻意避開那些「備受歡迎的教授」，儘管他們可能為他帶來正面的影響。還有，他曾在校刊裡面發表一首諷刺詩，主題是令他心生反感的課堂經驗。

事實上，全書只有兩處敘述他的課堂經驗。一次是他參加數學補考前上課的情形，另一次則是一堂維多利亞時期文學的課，當時他正思索著第一次世界大戰發生的原因。上課時，因為覺得這堂課實在討人厭，他寫了一首詩，把大戰的爆發歸咎於維多利亞時期文學。

值得一提的是，書中對他在大三那一年的課程經驗有這樣的一般性描述：「**此時艾莫瑞比一年前的他更不想做功課，他並不是故意不做，而是提不起興致，而且他對很多其他的東西產生了興趣。**」（頁163）這個段落裡還提到有一門中午的課老是讓他打瞌睡，還有，不管老師問他什麼問題，他總是回答：「**老師，主觀的與客觀的。**」（頁164）

不過，艾莫瑞在普大期間的確花了很多時間讀書。他的讀物在書中被詳盡地列了出來，而且大學畢業後他仍然保持閱讀的習慣。不過，他讀的東西大都跟課堂無關，只有因為上課而「囫圇讀了一些」莎翁與米爾頓的作品。

7 艾莫瑞與他的年輕友人們

在普大期間讓艾莫瑞學到很多的，除了他讀的那些書之外，就數他跟那些年輕友人之間的互動。就男性友人而言，有六個人對他而言別具意義：凱瑞與伯恩．哈樂戴兄弟倆、湯姆．唐維里爾、艾力克．康奈基、迪克．韓伯德與傑西．費倫比。

來到普大校園的第一天他就認識了哈樂戴兄弟倆，他們共進晚餐，然後去看了一場電影。書中並未解釋他們為何願意跟艾莫瑞在一起，但可能就像達西神父所說的，艾莫瑞跟他一樣有「引人入勝」的特質。至於住在隔壁的艾力克則跟艾莫瑞一樣，「**被迫在校園裡處於孤立的狀態**」（頁118）❖5；換言之，他們倆都有一點「獨行俠」的味道。迪克與傑西初次出現在大伙兒結伴往海邊一遊的故事裡（只有湯姆沒去），那是他們大二那年春天的事。艾莫瑞原本誤以為迪克是貴族之後，後來透過凱瑞才知道他父親原來只是「**一介雜貨店店員**」。在此我們看到艾莫瑞學會的是：第一印象有可能是錯誤的。

在那一趟旅程中，凱瑞可說是出主意與帶頭的人，後來他持續對艾莫瑞產生了許多影響。當凱瑞離開普大，從軍參加大戰時，艾莫瑞對他「**寄予無限的欽羨**」，可能也因此決定在畢業後從軍。凱瑞在戰爭中捐軀對艾莫瑞來講是「**沉重的打擊**」，傑西的死也是——不過在程度上可能不及凱瑞。如果說凱瑞在小說中是艾莫瑞的典範，傑西這個角色的功能可能就結構而言較具意義：小說最後一章車上那位「大人物」就是他父親。

對於艾莫瑞而言，伯恩．哈樂戴可說是改革者的典範：他不但發起退出「膳食俱樂部」，也站在和平主義的立場反對第一次世界大戰。但是到了小說的結尾，艾莫瑞體認到：「**再也沒有人是智者，再也沒有人是英雄。伯恩·哈樂戴已經從他眼前消逝，好像從來不曾有過這號人物似的**」（頁479）

至於艾力克，跟傑西一樣，他的功能也是結構性的：他不但把自己的妹妹蘿莎琳介紹給艾莫瑞；同時，在第二卷第四章裡面，儘管並無必要，艾莫瑞還為艾力克犧牲了自己。

大二那一年，艾莫瑞與同學們結伴前往紐約，迪克於紐約之行後的一場車禍中喪生，這讓艾莫瑞見識到死亡的真實面貌有多殘酷：「**喔，這真是可怕，人死後就全無貴族氣息可言，唯一的選擇只有回歸大地。**」（頁174）

另一種類型的朋友是湯姆·唐維里爾。艾莫瑞一開始是在學校的文學雜誌上看到他的詩作，然後在一家小餐廳裡認識他本人，兩人隨即開始長篇大論地聊起他們看的書。在書中，他們屢屢以人生、教育與藝術為主題進行嚴肅的討論，艾莫瑞也寫過一封很長的信給他。湯姆為艾莫瑞帶來的是知性方面的學習。

至於艾莫瑞生命中的那些女性，他在小說接近尾聲之處總結自己對她們的感覺：**「不管是伊莎貝爾、克萊拉、蘿莎琳或愛蘭諾，都是因為她們的美貌而不時被男人包圍，也是因為美貌而不可能對人有所貢獻，最多她們也只會讓人傷心，讓人寫下一頁不知所云的字句。」**（頁452）這些女性徒然讓他心碎，最多也只是讓他有文字創作的主題。還有，從她們身上他也了解到自己每次戀愛都不可能持久。在書中伊莎貝爾是初次與艾莫瑞談戀愛的年輕女性，兩人分手時艾莫瑞說：**她真可惡！糟蹋了我這一整年！**（頁190）當他與克萊拉的戀情結束時，他的想法是：**「在他所認識的女孩裡面，他只能了解她為什麼比較喜歡別人。」**（頁271）而蘿莎琳不願嫁給他，則是讓他**「陷入一種非常好笑的處境…煩惱緊張了兩天，晚上也睡不著…」**（頁369）。而艾莫瑞與愛蘭諾之間的戀情，則是以懷恨收場：**「但是，因為艾莫瑞所愛的愛蘭諾，只是與他自己相像的那一部分，所以現在他所討厭的只能說是一面鏡子。」**（頁439）每次談過一場戀愛，艾莫瑞就會思考它們對自己的人生與想法有何影響。

總括而言，艾莫瑞的男性友人們似乎對他產生較多的影響；至於那些年輕女性，好像只是幫忙反映出他太過以自我為中心，這個「自我主義」的問題是他終將在小說結尾中面對的。

8 《塵世樂園》中的天主教與達西神父

美國是一個由英國清教徒創立的國家，所以一開始就具有強烈的清教徒色彩。然而，從十九世紀中葉以降，篤信羅馬天主教的愛爾蘭移民大量移入後，天主教徒人數在美國也越來越多，但這些人終究不是美國主流生活的一部分。不過，有些愛爾蘭裔美國人開始在美國的商界與政壇中位居要津，像甘迺迪家族就是最好的例子。艾莫瑞跟作者費茲傑羅的家庭，兩者都躍升上層中產階級地位。艾莫瑞很少提到自己的天主教背景，且從未提及他讀的聖瑞吉斯預校是一所天主教學校。此外，在大多數學生仍是清教徒的普林斯頓大學裡面，艾莫瑞可說是少數的天主教徒之一。

有關於艾莫瑞的天主教背景，書中直接提到的是他與達西神父的情誼，而達西也是他母親的好友。"Monsignor"（「神父閣下」）一職是天主教教會的榮譽職，獲頒此頭銜者，對教會皆有特殊貢獻，且其職位僅次於主教。艾莫瑞赴聖瑞吉斯就讀後，他造訪了達西神父。如敘述者所言，他們「**僅僅靠半小時的談話就讓兩人心裡承認了彼此間情同父子的關係。**」（頁74）此後，對於未曾有過親近父子關係的艾莫瑞而言，神父有點像是他的父親。此時我們也獲知「**艾莫瑞並沒有接受天主教徒的教育**」（頁52）。在這方面艾莫瑞與費氏並不相同，因為後者接受的是天主教教育。

艾莫瑞在大三那一年又造訪達西，這次神父告訴他成為一位「要人」的意義。後來，神父也曾兩度寫信安慰艾莫瑞。在書中，唯一能夠對艾莫瑞有所影響的長輩，就數達西神父了。值得注意的是，費氏他自己也曾受過一位席哥尼・費伊神父（Monsignor Sigourney Fay）的影響，《塵世樂園》一書就是獻給他的。儘管艾莫瑞並未虔誠奉行天主教信仰與戒律，據敍述者所言，我們知道他心中仍遵奉一種「**既沒有教士，也不神聖莊嚴，更不講求犧牲奉獻**」（頁237）的天主教精神。

9 小說技巧

《塵世樂園》一書最令我注意的小說技巧有兩個。首先是在敍述者方面：如果只是很快看過去，讀者不太能體會敍述者與艾莫瑞這個角色之間的差異。敍述者比艾莫瑞還了解他自己，整部小說我們不斷看到敍述者對主角品頭論足。例如在艾莫瑞與伊莎貝爾的故事中，隨著兩人的戀情發展，我們看到敍述者說：**「剛剛提到，他們已經發展到一個很明確的階段——哦，不…說得更明白一點應該是發展到了緊要關頭。」**❖6（頁144）還有，到了後面，當艾莫瑞求婚遭蘿莎琳拒絕，敍述者說：**「艾莫瑞對蘿莎琳的那種愛，此生他不會再投注在任何其他人身上。」**（頁360）艾莫瑞本人是無法了解這一點的。

另一種是預知未來（looking into the future; prolepsis）的手法。小說中的一些段落甚至記錄了未來會發生的事，有趣的是這些都是藉由敍述者之口說出來的。例如當艾莫瑞住在明尼亞波利斯市讀書時，他與蜜拉一同前往鄉村俱樂部參加舞會，在沙發上試圖親她，敍述者說：**「多年後，這裡成為屬於艾莫瑞的地方，是他經歷許多情感危機時的避風港。」**（頁58頁）

同樣的，當艾莫瑞完成他在聖瑞吉斯的學業時，敍述者也說：**「多年後，當他又回到聖瑞吉斯，他似乎已經忘了自己在高年級那一年有多成功，腦海中浮現的畫面只剩那個在走廊上匆匆奔跑，對生活調適不良的男孩，而他的同儕們唯一能了解的就只有常識，所以才會不斷激烈嘲笑他。」**（頁92）

10 《塵世樂園》與費氏後期的小說作品

費氏的小說作品到底哪一部最好？到底是《大亨小傳》（The Great Gatsby）抑或《夜未央》（Tender Is the Night）？對此讀者們往往有不同意見。讓我覺得有趣之處在於，前述兩本小說中都重現了《塵世樂園》裡面的一些元素。例如，小說中一場車禍造成了迪克·韓伯德的喪生，同樣的在《大亨小傳》與《夜未央》裡面，車禍也都扮演著重要角色。而某次與湯姆·唐維里爾的一席談話中，艾莫瑞還說：「**我希望美國的小說家們不要再嘗試寫一些浪漫而有趣的東西。根本就沒人想讀，除非那故事是邪惡的。**」（頁402）《大亨小傳》可說就是一個邪惡的故事。❖7

《夜未央》這部小說的書名來自於英國浪漫主義詩人雪萊（Shelley）的作品〈夜鶯頌〉（"The Ode to a Nightingale"）。《塵世樂園》中，艾莫瑞也曾在與湯姆的一次對談中朗誦這首詩。（頁171）小說接近結尾時，我們看到艾莫瑞在街上與人打架（頁378～379），而同樣的事情也在《夜未央》一書接近尾聲時發生在主角迪克·戴佛（Dick Diver）身上。更有趣的是，在本書第二卷第四章裡我們看到艾莫瑞為了解救他的朋友艾力克而犧牲自己。同樣的，我們也可以在迪克・戴佛身上發現，這種犧牲自己，解救別人的個性正是他的主要特色。

11 《塵世樂園》與中國

基於我自己對於中美文學關係的興趣，美國作家對於中國的看法，或者中國作家對於美國的看法，總讓我感到非常好奇。和海明威不一樣的是，費茲傑羅未曾去過中國，對中國也沒特別感興趣，但《塵世樂園》一書還是三度提及中國。首先，當艾莫瑞以維多利亞時期為主題寫詩時，其中一句他用了"Cathay"一字，其實是中古時期歐洲對於中國的稱號之一。（頁280）在與艾莫瑞爭吵時，愛蘭諾把「孔子格言」與「天主教教義」相提並論，認為兩者都是社會傳統的一部分。（頁437）最後，小說接近結尾處，艾莫瑞在與自己對話時提到，這世上有很多地方可以供他「**找樂子**」，上海就是其中之一。（頁478），可見費氏熟知當時這個被稱為「東方明珠」的城市。

12 結語：《塵世樂園》之中文翻譯

《塵世樂園》一書出版後，為什麼經過了九十年始終沒有中譯本出現？這一點始終讓我感到困惑。也許對於一九二〇年代內憂外患仍頻的中國而言，這本小說的內容顯得過於輕挑。如今，中國所歷經的發展過程跟一九二〇年代的美國如出一轍，所以在兩岸的台北、上海與北京街頭遊蕩的年輕人，何嘗不是艾莫瑞的翻版？

中譯本始終闕如的另一個理由是，書中的英文在翻譯上有一定難度。如同我在前面曾簡要提及的，本書的每一句英文都有其特殊的用法，字詞的組合方式堪稱前所未見。如果譯者按照費氏的英文文體硬翻，中文翻譯將會顯得極為生硬。因此，這可說是本書譯者所必須面對的重大挑戰之一。

我想如果費茲傑羅地下有知，他會很高興本書透過譯者陳榮彬的巧思被翻成了中文。因為有爵士樂方面的背景，陳榮彬深諳一九二〇年代時美國的精神與歷史。而且，對於費氏的小說他也曾做過仔細的研究，他的翻譯精確掌握住原文蘊含的嬉鬧精髓，在某些張力十足的地方，也呈現出費氏散文的嚴肅之處。

有些俚語是用來描述當時年輕男性的語彙，像是“slicker”（滑頭）、“bird”（娘娘腔）與“goopher”（笨蛋），在中文裡面並沒有標準的對應字詞，所以譯者必須自己想出哪些字詞可以用來傳達這些俚語的活潑特質。如何翻譯一些專指女性的用詞，例如“a sardine girl”（「小沙丁魚」）與“speed”（情場高手），也需要譯者謹慎思考。同樣的，某些具有特殊含義的動詞片語，例如“running it out”（踰矩）、“had a line”（有自己的說法）與“shake a wild calf”（搖兩下屁股）等等，常在內文中出現，也需要譯者靠自己的想像力去找出如何翻譯。譯者陳榮彬對於這些文字的翻譯方式，讓我印象深刻。

所以，親愛的讀者們，請盡情享受這本中譯的《塵世樂園》，相信你們必能體會其中的樂趣。如果您是位年輕人，可以拿自己的生活跟艾莫瑞與其友人的生活來對照一下。如果你的青春歲月不再，也可以用喜樂的心情與歲月的智慧來追憶過往的那些日子。

1 康士林教授為美國印第安納大學比較文學博士，曾任天主教輔仁大學外語學院院長（二〇〇一～二〇〇七年），現任輔大比較文學研究所講座教授，北京大學比較文學與比較文化研究所特聘教授。康教授於台灣執教數十年，研究專長為中英美小說、漢學、中英翻譯、「文學與宗教」以及「西方文學中的中國形象」等等。

2 有關一九二〇年代的大學生活，可以參閱「我心狂野：一九二〇年代的大學生活」網站（Running Wild: College Students in the 1920s）：（http://www.flapperjane.com/September%2004/running_wild.htm）

3 有關《塵世樂園》一書的書寫與出版之相關資訊，本文參考的是出現在《塵世樂園》「劍橋版」裡面的〈引言〉，由James L. W. West III所撰寫（"Introduction" to the Cambridge Edition of This Side of Paradise, Cambridge UP, 1995），以及由Jeffrey Meyers所寫的費氏傳記（Scott Fitzgerald: A Biography, HarperCollins, 1994）

4 〈插曲〉以信件的方式呈現，從信的內容我們看出艾莫瑞在部隊開拔前的心情，還有他在戰後的打算（打算與朋友一起在紐約賃屋而居），只提到一些大學同學在戰爭中捐軀。

5 譯註：因為他的預校同學唸的都是耶魯大學。

6 譯註：所謂緊要關頭（a critical stage）指的也是「危急的關頭」，意思是敍述者在暗示兩人的戀情已經危如累卵，隨時可能分手。

7 譯註：《大亨小傳》裡面有許多邪惡的元素，例如主角Jay Gatsby可能就是一個靠不法勾當牟取暴利的黑社會份子。

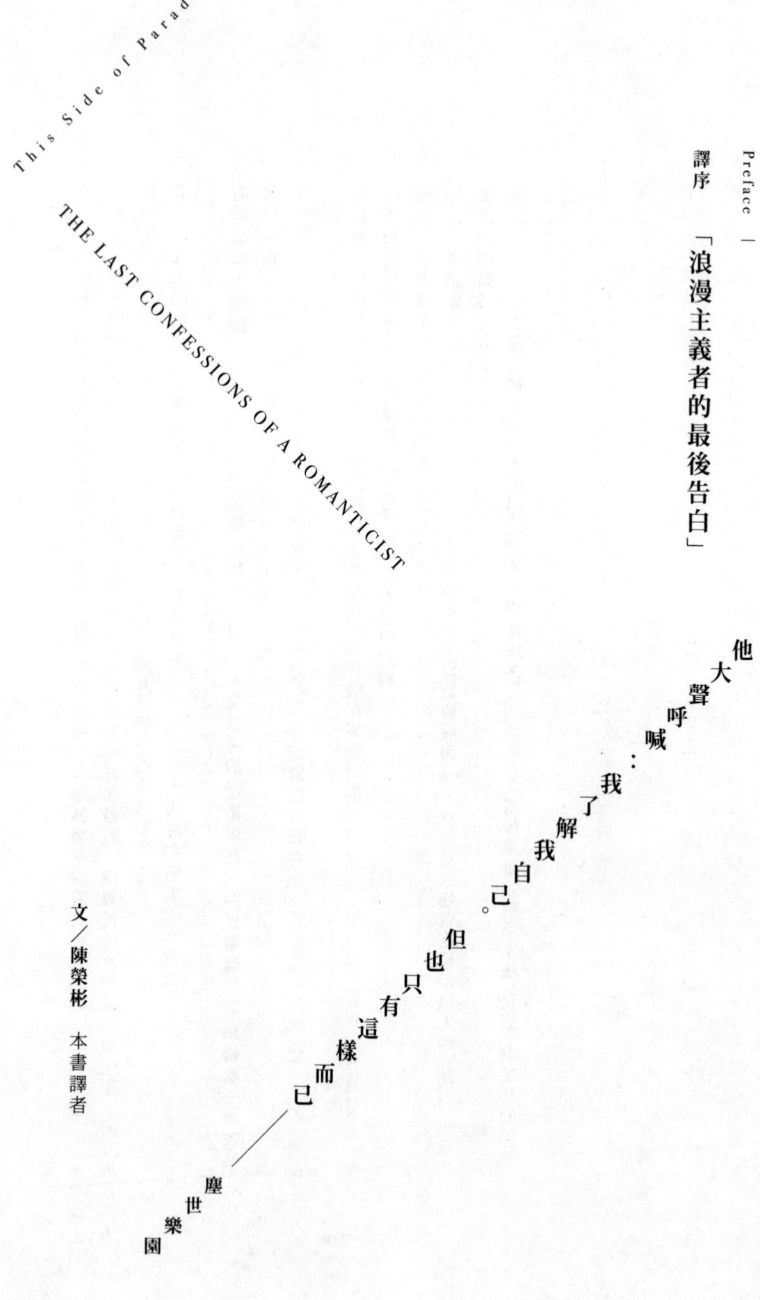

Preface｜譯序

「浪漫主義者的最後告白」

This Side of Paradise

THE LAST CONFESSIONS OF A ROMANTICIST

他大聲呼喊：我了解我自己。但也只有這樣而已／塵世樂園

文／陳榮彬　本書譯者

1 一本意外的暢銷書

史考特・費茲傑羅（F. Scott Fitzgerald，一八九六至一九四〇），美國二十世紀文壇上如彗星般越過星空，在短短二十年的時間裡（從《塵世樂園》的出版到費茲傑羅因心臟病發去世）以幾部傳世經典震懾世人，完全燃燒自己的生命後又匆匆逝去，就各方面他都可說是個特別的人物。費茲傑羅生前與妻子吉妲（Zelda）過著紙醉金迷的生活，酗酒且負債累累，之所以會以四十四歲之英年早逝，恣意揮霍的生活形態絕對是首要原因。但正如王爾德於《葛雷的肖像》（The Picture of Dorian Gray）的序言裡面所言，一本書只有寫得好或寫得不好，沒必要因為用道德眼光去批判它；同樣的，費氏的生活經歷決非青年人楷模，但他留下幾本小說，尤其是《大亨小傳》（The Great Gatsby，一九二五）與《夜未央》（Tender is the Night，一九三四），都是與美國歷史文化如血肉一般不可分離的作品，可被其他文化脈絡中的讀者視為導讀美國二十世紀二、三〇年代的指南。

在費氏的作品中，《塵世樂園》（This Side of Paradise，一九二〇）是他從一個業餘作家轉向專業作家的關鍵作品，也就是他的第一部長篇小說作品，因此雖然被《新共和》（The New Republic）的一篇書評批為「費氏的作品雜匯」（"the collected works of F. Scott Fitzgerald"）❖1，但卻可從其中看出作者如詩歌一般充滿藝術氣息的散文風格，以及時而幽默，時而尖刻的筆觸，而且字裡行間處處透露著年輕人內心常見的傲氣、猶豫與挫折。

「費氏的作品雜匯」？沒錯，的確如此。這本小說雖名為小說，但裡面暗藏著詩歌、戲劇、散文、書評等種種文體，是費氏一九二〇年以前歷年作品集結起來形成的一部作品。簡而言之，它可以說是一部拼裝車。這樣的作品當然會有結構上的問題，費氏的敘述手法也未臻成熟，所以當然不是他最棒的創作；但換個角度講，這部作品的珍貴之處在於它透露出作者早年的創作軌跡。在當時文學獎以及專業寫作課程都尚未普及的年代，一般作者要從業餘轉為專職，大致上只有兩種途徑。

其一是到報社上班，磨練文筆，像與費氏大致同時代的海明威（Ernest Hemingway，1899-1961）、約翰．奧哈拉（John O'Hara，1905-1970）都是如此。其二就是像費氏一般，投稿到一些刊物（例如校刊）。在一九二〇年之前，費氏曾投稿的刊物包括《聖保羅學院的現在與過去》（The St. Paul Academy Now and Then）❖2、《紐曼新聞》（The Newman News）❖3以及《拿索文學雜誌》（The Nassau Literary Magazine）❖4，都是他就讀學校的刊物。當然，他在學校參與話劇社活動，為社裡所編寫的幾部劇本，也讓他有機會磨練文筆。

促成這本書問世的最大原因是費氏要向未來的妻子證明，自己有資格成為能養活她的專業作家。他將書的初稿幾度寄給紐約的史氏父子出版社（Scribner and Sons），都被要求重新修稿再寄回出版社，所以成書的過程並不算順利；當時第一次世界大戰剛結束，費氏在紐約的Barron Collier廣告公司上班，吉妲不願等其成功，因此片面終止兩人婚約。為此費氏於一九一九年七月辭去工作，專心修改小說，到了九月稿件被史氏父子出版社的編輯麥斯威爾．伯金斯（Maxwell Perkins，一八八四到一九四七）❖5接受，費氏與吉妲的婚約也於隔年一月中恢復，兩人在書出版後的一週左右就結婚了。

《塵世樂園》出版後，原本出版社估計它最多只會有五千本的銷量，如果能夠把第一版的三千本賣光，就已經是令人滿意的成績。沒想到，該書在一九二〇年三月二十六日出版後，三天內就賣出了第一刷的三千本❖6，費氏幾乎在一夜間變成了美國家喻戶曉的人物，名利雙收，而且後來更被封為「爵士年代」（the Jazz Age）最具代表性的小說家。（費氏曾表示：在一九一九年他靠寫作賺了八百元，到了一九二〇年，他靠寫作賺了一萬八千元。他的短篇故事本來一篇值三十元，到一九二〇年已經可以拿到每篇一千元，而且到一九二九年持續提升到每篇四千元。）❖7

2 浪漫主義者的告白

《塵世樂園》一書在故事的鋪陳上有最主要的兩大元素。其一是主角艾莫瑞・布雷恩（Amory Blaine）的知性發展，除了透過這角色對他唸過的書品頭論足一番（曾有人統計過，這本小說裡面出現過六十四本書的書名，還有九十八個作家的人名），還有透過艾莫瑞與大學室友、同窗之間的對談來討論各種觀念。對於艾莫瑞影響最大的，莫過於H. G. 威爾斯（H. G. Wells，1866-1946）、勞勃・修伊・班森（Robert Hugh Benson，1871-1914）與康普頓・麥肯錫（Compton Mackenzie，1883-1972）等小說家，而他們的作品在書中被艾莫瑞歸類為「以追尋為主題的小說」（the quest novels）——足見不論對於作者或書中主角而言，大學時代的年輕歲月都是一個形成思想的過程。

書中的另一個要素是「挫敗」：不管是對於愛情的幻滅，或者是因為學科成績不佳，被學校禁止參加社團活動，都可以說是主角艾莫瑞所遭遇的大挫敗；當然，因為母親投資失利，死前又把大部分的遺產捐給教會，到母親死後他的家產僅剩中西部老家日內瓦湖那一座沒辦法幫他賺錢，也賣不掉的莊園。當然，家道中落也直接促成了艾莫瑞在愛情上的失敗：大戰後，大學同窗艾力克·康奈基（Alec Connage）的妹妹蘿莎琳（Rosalind）就是因為艾莫瑞太窮而拋棄他，讓他瘋狂酗酒三週。

整體而言，這本書的第一卷把艾莫瑞描述為一個「自我主義者」（Egoist），其實就是個「浪漫主義者」（Romanticist）：對於現實缺乏認識的天真大學生。而隨著他所遭遇的種種挫敗，還有大學同窗於大戰中捐軀，甚至有他看好未來大有可為的同學死於車禍，出社會後對於廣告公司工作環境的不滿（艾莫瑞說：「週薪三十五元——一個好的木匠賺得還比我多。」），在這種種因素的累積之下，所謂的「自我主義者」或「浪漫主義者」經過不斷自剖心跡與告白之後，終於在最後，在重回普大校園的路上提出了一套「社會主義」的改革論調，開始準備揭竿反抗美國資本主義社會。這是艾莫瑞所謂「要人」（personage，對他人深具影響力的人）的養成過程，也是他自我認識的歷程。

3 《塵世樂園》與美國歷史

《塵世樂園》一書緊扣著美國歷史文化的脈絡，艾莫瑞個人的生命史就某個程度而言也是美國的歷史。曾有費氏的傳記作家Jeffrey Myers表示此書就其離經叛道的力道而言，可以與沙林傑（J.D. Salinger，1919-2010）的《麥田捕手》（The Catcher in the Rye，1951）相提並論：前者對一次世界大戰後的世代影響深遠，後者的精神則深植於二次大戰後那些青年的心中。❖[8]不過，值得一提的是，費氏與其他作家對於第一次世界大戰的看法或許會稍有不同：因為費氏跟艾莫瑞不一樣（也跟費氏好友海明威不同），他並未親赴歐戰戰場，所以戰爭在本書中僅僅以幾封信輕輕帶過，成為第一卷與第二卷之間的插曲（interlude）。

不過基本上，艾莫瑞大四那一年剛好美國宣布參加歐戰（一九一七年四月），歐戰正式升級成為「世界大戰」，大戰結束也象徵著他年輕歲月的逝去。大戰後美國正式升格為一泱泱大國，但有趣的是此時費氏開始反省美國精神的諸多弊病，在《塵世樂園》的〈插曲〉裡，於艾莫瑞寫給同窗湯姆·唐維里爾（Tom D'Invillier）的信中就出現了這麼一段文字：

「為什麼最優秀的牛津、劍橋畢業生都踏入政壇，但在美國從政的卻都是一些無賴？都是一些在選區長大的傢伙，進入州議會之後才接受教育，然後被送進國會；他們都是些腦滿腸肥的貪污之輩，『全無思想，也缺乏理想』⋯。就算在四十年前，我們的政壇還有好人，但是我們所接受的教育是要我們累積百萬身家，然後『展現出我們的能耐』。有時我真希望我是個英國人，這可惡的美國淨是一些又蠢又笨又健康的人。」

還有，在蘿莎琳琵琶別抱之後，艾莫瑞歷經了三週酗酒的生活，就在他決定讓生活回到常軌之際，美國又步入了一個另一個歷史階段：一九一九年七月一號禮拜二（史稱「口渴的一日」（"the thirsty-first"））之後，美國試行禁酒令，艾莫瑞發現他的日子再也不一樣了。當然，「禁酒令」只是一紙具文，否則怎會有後來在費氏小說《大亨小傳》裡，大亨傑．蓋次比（Jay Gatsby）過的那種夜夜笙歌，紙醉金迷的生活？無論如何，從這裡我們還是可以看出費氏作品中暗藏了一種想要結合小說與歷史的企圖。

如果想要了解美國文化的讀者，看這本書時當然也可以發現書的前半段著墨的那些美國大學文化：像是普大的那些「膳食俱樂部」（eating clubs）與蓬勃發展的社團活動，還有大學生對於擔任社團幹部與學會幹部等職務的看重，艾莫瑞對於大學社團生活的種種反省，特別有趣的是費氏對於每一種大學特色的描寫。在書中艾莫瑞曾說哈佛的學生都太娘娘腔，耶魯的學生則都是老菸槍，他還說「**普林斯頓給我一種懶洋洋、美好而具有貴族氣息的感覺——嗯，就像春日一般。**」最具象徵意義的應該是小說的最後一節：艾莫瑞回到普大校園裡，逛著逛著就走進了普大校內一處南北戰爭時代北軍的軍人墳墓。這意味著，大學對於艾莫瑞（或對費氏）而言不只是年輕歲月的過站，也是與國家歷史緊緊相繫的一個場所。

4 《塵世樂園》與村上春樹的《挪威森林》

在《二十一世紀的費茲傑羅》（F. Scott Fitzgerald in the Twenty-first Century）一書中，日本東京成蹊大學宮脇俊文（Toshifumi Miyawaki）教授曾寫過〈作家自己最愛的作家：費茲傑羅與村上春樹〉（"A Writer for Myself:F. Scott Fitzgerald and Haruki

Murakami"）一文，文章裡提出了許多有趣的比較論點。此一比較確實有其根據。在《挪威森林》一書的英文版問世時，《柯氏書評》（Kirkus Review）提到：「**這本書就像是我們當代人重寫的《塵世樂園》**。」所以儘管《挪威森林》裡面的主角在大學時代所讀的是《大亨小傳》一書，但是就主題而言，《挪威森林》反而與《塵世樂園》較為接近：《挪威森林》談的是二次大戰後日本新一代年輕人的大學生活。

根據宮脇俊文教授之詮釋，對於村上春樹而言，因為費茲傑羅和他的故事角色所給的啟示，村上所描寫的都是人如何在大都市裡生存的問題——只是，對於費茲傑羅而言，可能是紐約，而村上所描寫的則是東京。❖9如何在紐約生存，以及在紐約所遭遇的種種挫敗，的確是《塵世樂園》一書第二卷的主題。況且，在費氏所身處的二十世紀現代主義文學脈絡中，都市也的確是最常見的主題，《塵世樂園》一書中艾莫瑞於紐約市兩度遭遇似幻似真的「魔鬼」，更是許多作家愛用的一種故事元素。

因此，就跟一九八〇年代初期的美國極簡主義作家們一樣（例如雷蒙・卡佛〔Raymond Carver，1938-1988〕），村上發現自己與費茲傑羅有相近之處。就像《塵世樂園》中的艾莫瑞一樣，他們都認為該打的仗已經打完了，所以他們不可能藉著第一次世界大戰或西班牙內戰成為像海明威那樣的作家，所以取而代之的是「城市」：他們找到城市做為筆下角色所要抵抗的對象，所以這種年輕人在現代都會中居住的主題就清楚呈顯在《挪威森林》一書中。[10]

結語

這本書之所以能翻譯出來，特別要感謝筆者所就讀的輔仁大學比較文學研究所的康士林教授（Professor Nicholas Koss）。五年前筆者於博一下學期選修了康教授開的「海明威與費茲傑傑羅專題」，讀的第一本長篇小說就是《塵世樂園》。康教授是知名海明威與費茲傑傑羅的研究專家，在其帶領下，筆者初次有機會一窺費氏文學之堂奧，也心生一念，打算要挑戰這本於中文出版界尚未翻譯出來的小說[11]。唯一的遺憾是，內文中的詩歌因譯者才力有限，無法翻譯得盡善盡美，特此致歉。五年過後，這個心願終於實現，最後特別感謝南方家園出版社讓我有機會出版這個中譯本。

1 《新共和》（一九二零年，五月十二日）。（轉引自F. Scott Fitzgerald A to Z，二五二頁）

2 費氏所就讀高中，位於聖保羅市的聖保羅學院（The St.Paul Academy）的校刊。

3 費氏所就讀預校（prep school），位於紐澤西的紐曼學校（The Newman School）的校刊。

4 費氏所就讀大學，位於紐澤西的普林斯頓大學之校刊。

5 此人極為重要，他也是海明威與另一小說家沃爾夫（Thomas Wolfe，1900-1938）的編輯。

6 參閱The Life of F. Scott Fitzgerald，第一一九頁。另有一說是小說在二十四小時內賣光，到年底前又重印了十二次，總計賣出四萬九千本。參閱Scott Fitzgerald: A Biography，第六十五頁。

7 參閱Scott Fitzgerald:A Biography，第六十五頁。

8 參閱Scott Fitzgerald:A Biography，第五十六頁。

9 參閱F.Scott Fitzgerald in the Twenty-first Century，第二七二頁。

10 同上。

11 其他長篇小說如《大亨小傳》、《夜未央》、《美麗與毀滅》（The Beautiful and Damned，1922）與一些知名短篇小說都已有一個以上的譯本，而費氏的最後作品《最後的大亨》（The Last Tycoon，1941）則是一部未完成之作。

第一卷

浪漫的自我主義者

THIS SIDE OF PARADISE
F. SCOTT FITZGERALD
THE ROMANTIC EGOTIST

Chapter 1-1

第一章　艾莫瑞：貝翠絲之子

This Side of Paradise

除了幾個被落掉而無法說明的特質之外，讓艾莫瑞．布雷恩具有價值的每一個特質都是從母親那裡而來的。他的父親無能又不善辭令，喜歡拜倫（Byron）的作品，習慣在半睡半醒之間閱讀《大英百科全書》；他那住在芝加哥的兩位兄長曾是事業有成的交易商，雙雙在他三十歲時驟逝，讓他繼承龐大遺產，初次以為這世界屬於自己，激動之下跑到巴爾港❖1，與貝翠絲．奧哈拉相識。結果，史蒂芬．布雷恩留給孩子的，是他那將近六呎的身高，以及在關鍵時刻往往猶豫不決的天性，這兩點在艾莫瑞身上都可以看到。多年來他在家中可有可無，像個配角似的，有一半臉龐被毫無生氣的如絲細髮遮住，一心只想著如何「照顧」妻子，但另一方面讓他深受困擾的是，他總覺得自己不了解她，也沒辦法了解她。

但是，貝翠絲．布雷恩真是個不凡的女性！從她早年的照片，我們可以看出她細緻無比的五官，簡單的服飾風格就像是完美的藝術，而她留下足跡的地方包括父親位於威斯康辛州的莊園以及羅馬的聖心女中——在她小時候，只有大戶人家才供得起女兒接受如此奢侈的教育。她所接受教育是如此精彩，她的年輕歲月沐浴在文藝復興的榮耀中，對於古老義大利世家的那些八卦，她也瞭若指掌。義大利的名流，像是維托利樞機主教與瑪格麗特皇后（還有一些名流甚至是比較有教養的人才可能聽過的），都知道有這麼一個知名的美國富家女。她在英國學會威士忌與汽水比紅酒更好喝，她在維也納的見識與聆聽，使她與人閒聊的能力又更上層樓。最重要的是，再也沒有人可以經歷貝翠絲·奧哈拉曾體驗過的那種教育了：當時教育的宗旨在於傳授對於人、事、物的品味，還有如何在各方面展現魅力，那是一種充滿了藝術與傳統的教養，當時的老師就像偉大的園丁一樣，為了培育出最完美的花苞，即使把劣等的玫瑰花都剪掉也在所不惜。

她在無事可做之際返回美國，與史蒂芬·布雷恩邂逅、完婚——會發生這件事，完全是因為當初她有一點厭煩，有一點難過。她在窮極無聊的一個季節懷了獨子，在一八九六年一個春日裡誕生。

當艾莫瑞五歲時，她就喜歡有他作伴。一頭赤褐色頭髮的他，稍長後會有一雙俊俏大眼，他最擅長的是想像，最喜歡的是漂亮衣裳。從四歲到十歲，母親跟他開著他父親的私家車「遊歷了」全國各地，他們去過皇冠市❖2，在一家高級飯店裡，他母親因為實在太無聊而精神崩潰，南下到了墨西哥市後，她又染上了輕微的肺癆。但是這不幸的遭遇反倒讓她很慶幸，她把它當作是自己不可或缺的魅力——特別是在幾杯黃湯下肚之後。

因此，當其他富家子弟們在新港市❖3海灘上與女家教鬧彆扭，或被打屁股，或學習閱讀《放手一搏》❖4與《密西西比河上的法蘭克》❖5的時候，艾莫瑞卻在華爾道夫飯店狠咬那些默默忍受他的服務生，小小年紀就學會了討厭室內樂與交響樂，所獲得的教育都是母親灌輸給他的。

「艾莫瑞。」

「嗯，貝翠絲。」（直呼自己母親的名諱還真奇怪，但她卻鼓勵這種稱謂。）

「親愛的，別起床，『連想都不要想』。我總是懷疑有些人之所以緊張兮兮，是因為小時候太早起床。克蘿娣德會幫你把早餐帶過來。」

「好。」

「艾莫瑞，今天我覺得自己就像個老女人。」她說這句話時嘆了一口氣，露出難得的痛苦表情，熟練地揮舞著舞台劇名伶的手勢。「我幾乎要崩潰——真的。明天我們一定要離開這個鬼地方，找個有太陽的地方待。」

艾莫瑞透過一頭亂髮的間隙看著母親。即使在這年紀，他已經不對母親心存幻想。

「艾莫瑞。」

「喔，『怎樣呢？』」

「我要你去洗個熱水澡——熱到你幾乎不能忍受，這樣才能放鬆精神。如果你喜歡，可以帶書在浴缸裡看。」

他還不到十歲，她就帶著他閱讀一部分的《歡遊野宴》❖6；十一歲時他說起布拉姆斯、莫札特與貝多芬等人就如數家珍。一天午後，當艾莫瑞獨自待在溫泉市❖7一家飯店時，他淺嚐母親的杏仁酒，覺得味道很棒。正當微醺欣喜之際，他又試抽幾口香菸，那菸味讓他覺得粗俗而平凡。這個小插曲把貝翠絲給嚇壞了，但也讓她竊喜，甚至後人還轉述著她述說這個「故事」時的情景。

有一天他聽見她對著滿堂的女人說：「我的兒子又世故，又迷人——而且心思細膩；但你們知道嗎？『在座各位』，也都是心思細膩的人。」大家聽得嘖嘖稱奇，對她佩服不已。她的手在她標緻的胸前神采奕奕地揮舞著，接著她用耳語般的聲音跟大家講杏仁酒事件。她講故事的時候毫無禁忌，大家都覺得很有趣，但是當晚大家回去後紛紛把餐櫥鎖緊，深恐家裡的小巴比或芭芭拉也偷酒來喝。

他們在國內各地旅行時總有豪華的排場：開著私家車，兩位女傭跟著，布雷恩如果有空也會跟著，而且常常有一位醫生隨侍在側。當艾莫瑞罹患百日咳的時候，會有四個互相敵視的專科醫生圍在他床邊，怒目相對；而當他得到猩紅熱的時候，在一旁照料他的，包括醫生與護士，總計多達十四人。然而，他這鍋湯畢竟福大命大，沒有被這一群廚子給煮壞了，還是活了過來。

布雷恩一族並沒有固定住在哪座城市。有人住在日內瓦湖[8]，所以到了那裡也會有親人像朋友一樣熱情款待他們，從帕薩迪那市[9]一直到鱈魚角[10]，布雷恩家族都是望族。但是，隨著年紀漸長，貝翠絲變得只喜歡跟新認識的朋友在一起：原因在於，她可以在閒來無事之際不斷複述關於自己的故事，例如她自己立下的那些規矩，還有自己如何修正它們，以及她憶起的國外往事。那些往事彷如佛洛伊德式的夢境，如果她不吐露出來，一定會籠罩在她心頭，把她逼瘋。貝翠絲一天到晚批評美國女人——特別是那些曾經住過西部，後來散居各地的人。

她跟艾莫瑞說：「她們講話有個腔調，不是南方腔調，不是波士頓腔，不是任何地方特有的腔調，就是一種腔調。」她像講夢話似的繼續往下講：「那些老掉牙的倫敦腔調可真倒楣，居然被她們那些人給挑中。不過腔調終究是要讓人拿來講的。她們在芝加哥某個大劇團工作幾年後，講話居然開始帶著英國管家的腔調。」接著她的論調幾乎變得文不對題：「假設那些西部女人生命中都會有那麼一刻覺得自己的丈夫發了財，她們會認為自己非有個腔調不可。親愛的，她們哪一個不希望讓『我』留下深刻印象的？」

她不但覺得自己體弱多病，靈魂也一樣病得不輕。因此兩者在她的人生中佔有重要的一席之地。她曾是個天主教徒，但是她發現神父只有在兩個時刻會比較注意她：就是對教會失去信仰或者重拾信仰之際，於是她對教會保持一種若即若離的迷人姿態。她常常感嘆美國天主教神職人員太像資產階級，不過她對歐洲天主教同樣不滿，覺得自己即使一直受到歐陸大教堂的庇護，跟強而有力的羅馬聖壇相較，自己的靈魂還是會跟風中燭火一樣微弱。儘管如此，除了醫生之外，她最喜歡的行業還是神職人員。

她會說：「啊，畢夏主教，我不想談我自己。我可以想像你門外有一群歇斯底里的女人，苦苦哀求著你對她們『大發慈悲』———」主教插了幾句話之後，她會繼續說：「但奇怪的是，我的心情跟她們大不相同。」

她只會跟主教以上的神職人員吐露有位神父在加入教會前曾跟自己有一段情。第一次歸國之際她在艾許維爾鎮邂逅了一個不信上帝的年輕人，他有英國詩人史溫朋的氣質，她最喜歡的就是他的熱吻以及理性的對話：他們能用正反兩面的角度來討論事情，兩人之間沒有多愁善感的情愫，而是一種充滿智性的氛圍。最後她決定嫁給門當戶對的對象，這位來自艾許維爾鎮，不信上帝的年輕人度過了一次精神危機，最後加入了天主教教會，如今成了「達西神父閣下」。

「布雷恩太太，他的確是個很好相處的人，而且可說是樞機主教的左右手。」

這位美麗的女士嘆了一口氣說：「有一天艾莫瑞會去找他。達西神父閣下會了解他的，就像神父他也了解我一樣。」

艾莫瑞已經十三歲了，高高瘦瘦的他比以前更了解他這位具有塞爾特人特質的母親。有時會有家教來教他：母親希望他能「跟上進度」，「把落後的進度補上」———但是不曾有家教發現他遺漏了什麼，他的心智發展一直很好。但是，這種日子如果再持續個幾年，沒有人知道他會變成什麼樣子。然而，有次他跟貝翠絲搭船前往義大利，船已經開了四小時後，可能是因為躺在床上吃飯的關係，他的盲腸炎突然發作，在對歐美兩地發出許多緊急電報後，讓許多乘客感到詫異的是，大船慢慢往回走，在紐約港把艾莫瑞放下。我們必須承認，要不是因為人命關天，這實在是一件大事。

手術過後，貝翠絲的精神再度崩潰，疑似患了酒精戒斷症候群[11]，因此艾莫瑞被留在明尼亞波利斯市，未來兩年註定要跟阿姨與姨丈住在一起。在那裡，他第一次有機會與粗俗的西部文明接觸——這讓他感觸很深。

艾莫瑞的吻

他噘嘴唸出邀請函的內容：

本人即將於十二月十七日，週四五點鐘召開「剪髮派對」[12]，非常希望您蒞臨指教。

他在明尼亞波利斯市已經待了兩個月，最讓他掙扎的一件事，就是怎樣才能不讓「學校裡那些傢伙」感覺到他認為自己比他們優越，但是他卻完全做不到。有天他在高階法文的班級上炫耀自己的法文，結果讓李爾登先生感到困惑不已，同學們則都樂壞了——艾莫瑞向來就看不起李爾登先生的腔調。這位曾經在十年前於巴黎待過幾週的李爾登先生如果要報一箭之仇，只能一邊翻書，一邊考他法文的動詞變化。另外一次艾莫瑞想在歷史課上炫耀，結果卻很淒慘，因為那些男孩都只是跟他年紀相仿而已，歷史課後他們一整週都尖聲怪調地講話，語帶諷刺地說：

「啊——你不知道嗎？我相信，美國革命大致上是由中產階級完成的⋯⋯」或者是「華盛頓的血統很純正——喔，真的很純——我相信。」

艾莫瑞巧妙地用故意犯錯來試圖挽回自己的頹勢。兩年前他就已經開始讀美國史，儘管他只念到殖民地戰爭時期，但是往下的課程內容卻是由母親用十分迷人的語調唸給他聽的。

他最不在行的就是運動，但當他一知道運動是在學校裡呼風喚雨的捷徑之後，他開始卯起勁來練習那些冬季的運動項目。儘管他努力到腳踝疼痛扭傷，不過每天下午羅瑞里溜冰場上還是可以看到他滑冰的英姿——而且他心裡已經開始盤算著何時才可以帶著曲棍滑冰，而不會害自己每次不明不白地被絆倒。

蜜拉．聖克萊爾的剪髮派對邀請函在他外套的口袋裡擺了一整個上午，在裡面跟一塊放了很久的花生糖不斷來回摩擦。下午的時候他嘆了一口氣，讓它重見天日，考慮了一下之後在柯拉與丹尼爾兩人合著的《初級拉丁文》課本後面開始草擬回函：

親愛的蜜拉．聖克萊爾小姐：

您邀請我於下週四晚間赴約，我已經在今早收到那封迷人的邀請函了。對此我備感榮幸陶醉，下週四晚間必定前往叨擾。

您忠實的朋友

艾莫瑞．布雷恩　敬啟

於是，週四當天，他焦慮地沿著濕滑不平的人行道往前行，蜜拉她家就在眼前。當時的時間已經是五點過了半小時，他心想母親一定會贊成他稍稍遲到。他在門前台階等人來開門，雙眼微閉，一副漫不經心的樣子，但心裡盤算著要怎樣走進門才得宜——他想不急不徐地走進屋裡，對著聖克萊爾太太用準確的語調說：「我『親愛的』聖克萊爾太太，對於遲到一事我『深感惶恐』，但我的女僕——」他頓了一下，因為他知道自己太像在講別人說過的話，所以改口——「但我跟姨丈必須去見他的一個朋友——是的，我是跟迷人的令嬡在舞蹈教室認識的。」

然後他會與她握手，像個外國人似的，向呆立在現場的小女人們微微鞠躬，至於那些杵在一旁，一群群聚在一起像是在互相取暖的男人，他則是向他們點點頭。

一位管家來開門（他可是當時明尼亞波利斯市僅存的三位管家之一），艾莫瑞進去後自行把衣帽脫下。對於隔壁房間並未傳來嘰哩呱拉的談話聲，他稍感詫異，所以他覺得一定是個正式的場合。他覺得這樣很好——就像他覺得有個管家在很好一樣。他說：「要找蜜拉小姐。」

讓他感到訝異的是，那位管家居然咧嘴一笑，那樣子很難看。

他宣稱：「喔，是的，她在這裡。」他還不知道自己沒辦法表現得像個倫敦的管家，在艾莫瑞心目中的身價已經大大貶值。艾莫瑞冷冷地打量他。

那位管家繼續說：「但是⋯」管家的聲調非常不自然地上揚，「現在『只剩』她一個人。派對已經結束了。」

艾莫瑞倒抽了一口氣。

「什麼？」

「她在等一位艾莫瑞·布雷恩。就是您，不是嗎？她母親說，如果你在五點半現身，你們倆可以坐著那一輛派卡（Packard）[13]去跟他們會合。」

蜜拉本尊一出現後，男孩的絕望全都一股腦化為烏有。她用一件馬球大衣把自己包得緊緊的，一眼就可以看出她繃著臉，她的聲音聽來很愉悅，但語調難免帶點責難。

「喲，艾莫瑞。」

「嗨，蜜拉。」他的聲音聽來充滿活力。

「嗯…你『總算』來了。」

「嗯…我會解釋的。我猜妳不知道出車禍的事。」他編了一個藉口。

蜜拉聽得瞠目結舌。

「誰出事了？」

他不得不繼續說：「嗯…姨丈、阿姨和我。」

「有人『死掉』嗎？」

艾莫瑞頓了一下，點點頭。

「你姨丈？」——她驚叫。

「喔，那倒沒有——只是隻馬——大概是灰色的吧。」

這個節骨眼上，那位蘇格蘭管家在一旁竊笑。

他說：「大概只有汽車引擎沒救了而已。」如果可以把他送上斷頭台，艾莫瑞的眼睛連眨都不會眨一下。

蜜拉淡淡地說：「走吧。艾莫瑞，我想你能了解。我們跟理髮匠約好五點，而且大家都到了，所以我們不能等——」

「嗯，那我也沒辦法。對吧？」

「所以媽媽為了幫我，提議我等到五點半。艾莫瑞，在大夥兒抵達明尼哈哈俱樂部之前，我們就可以趕上他們了。」

艾莫瑞僅剩的那一點鎮靜也都不見了。他想像一群人浩浩蕩蕩地走過白雪皚皚的街頭，豪華房車一出現後，他跟蜜拉大剌剌地從車上走下來，三十雙眼睛用責備的眼神緊盯他們，他必須向大家道歉——這次道歉可不能隨便混過去。他大聲嘆了一口氣。

蜜拉問他：「怎麼啦？」

「沒有，只是打個呵欠。我們就『一定』趕得上他們嗎？」他內心還抱著一線希望，也許他們可以偷偷溜進明尼哈哈俱樂部，在裡面跟他們會合，無聊地在壁爐前找個角落窩著，把他的情緒好好調整一下。

「喔，那是一定的。我們就趕上他們吧——開快點。」

他感到胃在作怪。他們一上車後他就隨口講幾句客套話，然後開始進行他的巧計。他之所以敢這樣，是因為在舞蹈教室聽到人家對他的「恭維」，他「長得好看極了，而且感覺起來帶有一點英國人的風範。」

他低聲說：「蜜拉。」而且用字遣詞非常小心。「我必須跟妳道歉一千次。妳能原諒我嗎？」

她看著他熱切的綠色雙眼，還有他那張嘴，覺得他好認真，對於年方十三，已經懂得欣賞「箭領」俊男的她而言❖14，還有什麼比這情景更能醞釀情愫呢？沒錯，蜜拉很輕易就原諒他了。

「為什麼——好——當然。」

他再看她一眼，然後把頭低下，她可以清楚看到他的睫毛。

他難過地說：「我真糟糕，今晚的我實在不像我。我不知道自己為何會犯錯。我想大概是因為我不在乎吧！」然後他又大膽地繼續說：「我抽菸抽太多了，連我的心也受到影響。」

蜜拉腦海裡浮現艾莫瑞整晚抽菸的放蕩模樣，臉色慘白，肺部滿是尼古丁，整個人搖搖晃晃。她輕輕地吐了口氣。

「喔，艾莫瑞，別抽了！你會變得『發育』不良！」

他憂鬱地堅稱：「我不在乎。我一定要抽，已經抽習慣了。我做的那些事如果被家人知道的話——」他猶豫了一下，留了一點時間讓她想像那些事有多可怕——「我上禮拜去看了艷舞秀。」

蜜拉被這句話嚇到了，他又用綠色的雙眸看著她。

「在這城裡，我比較喜歡的女孩就數妳了。」興致一來，他隨口大聲說：「妳真可愛。」

蜜拉不確定自己是否如此，但是這句話聽來還算有格調——儘管她隱約覺得有點不妥。

車外暮色已深，當車子突然轉向時，她撞進他懷裡，兩人的手碰在一起。

她低聲說：「你不應該抽菸，艾莫瑞。你不知道嗎？」

他搖搖頭。

「沒人在乎我。」

蜜拉猶豫了一下。

「我在乎。」

好像有東西觸動了艾莫瑞的心弦。

「喔，是啊，妳在乎。但妳喜歡的是蛙仔・派克。我想大家都知道。」

她慢慢地說：「沒有，我沒有。」

艾莫瑞內心激動不已，一時間兩人無言以對。此刻他感到蜜拉美得不可方物，車內愜意舒適，與外面昏暗寒冷的空氣彷彿是兩個世界。而身上衣服穿得稍多的蜜拉，從她的滑雪帽下緣，跑出了一搓搓黃色捲髮。

「因為我也喜歡——」他頓了一下，因為他聽到遠方傳來年輕人的笑聲，透過結霜的車窗，他隱約看到那群來參加剪髮派對的人就站在街燈下。他的動作必須快一點，所以他急忙用力抓住蜜拉的手——說得精確一點，是她的大拇指。

「要他直接開到明尼哈哈俱樂部。」他低聲說：「我想跟妳聊一聊——我『一定要』跟妳聊聊。」

蜜拉也看到了前方那群人，而且一眼看出母親，然後——不可免俗地——往她身邊的那雙眼睛看。

「理查，沿著邊邊這條街往下開，然後直接開到明尼哈哈俱樂部！」她透過通話管對著司機說。艾莫瑞把身子往後面的椅墊靠，鬆了一大口氣。

「我可以親她。」他心想：「我敢打賭，我可以。我敢『打賭』！」

前方的天空像水晶一樣清澈，但又夾雜著霧氣，他們周遭夜裡的空氣很冷，瀰漫著一股非常緊張，但又生氣勃勃的氣氛。登上明尼哈哈俱樂部的台階後，眼前是一條條往裡延伸的路，每一條都像白色大地的皺褶一樣，道路兩旁一堆堆龐大的積雪就像巨型鼴鼠的通道。他們在台階上徘徊了一會兒，欣賞著在這白色假期裡高掛天空的月亮。

「站在這樣蒼白的月亮下」——艾莫瑞擺了一個不太明顯的姿勢——「人都會增添幾分神秘感。像妳，看來活像個脱帽的女巫，頭髮蓬亂」——她的雙手緊抓頭髮——「喔，不要動，這樣看來『很好』。」

他們慢慢走上台階，蜜拉領著他走進他夢想中的小房間，裡面有一張坐了會往下陷的沙發，沙發前還有個舒服的火爐。多年後，這裡成為屬於艾莫瑞的地方，是他經歷許多情感危機時的避風港。接下來他們聊了一會兒，話題是剪髮派對。

他發表自己的意見説：「總是會有些害羞的傢伙。他們坐在人群的最後面，有點鬼鬼祟祟，竊竊私語，推來推去。還有個瘋瘋癲癲的女孩，生就一副鬥雞眼」——他還用嚇人的表情模仿她——「她對人講話總是滔滔不絕，那個人大概是監護她的女伴吧。」

困惑的蜜拉説：「你這個人還真怪。」

「妳這話是什麼意思？」艾莫瑞立刻就起了戒心，終於有句話是他的真心話。

「喔——你總是説一些瘋瘋癲癲的事。明天你要不要跟我和瑪莉蓮去滑雪？」

他只是簡短地説：「白天的我不喜歡女孩子。」然後，他覺得這種説法有點突兀，又補了一句：「但是我喜歡妳。」他清清喉嚨後又繼續説：「妳是我第一喜歡，第二喜歡，和第三喜歡的人。」

蜜拉的眼神像置身夢境：如果能將這故事告訴瑪莉蓮，那該有多美妙！跟這『俊美的』男孩一起坐在沙發上——這一小團火——還有他們彷如獨自置身在這屋子裡的感覺——

蜜拉完全招架不住了。這簡直太美妙了。

「你排第二十五名。」她用顫抖的聲音招認：「蛙仔．派克是第二十六名。」

才一小時的光景，蛙仔的排名就掉了二十五名，到目前他還沒發現這件事。

但是他很快趨前親了蜜拉的臉頰。他未曾親過任何一個女孩，而且他很好奇地去感覺自己的嘴唇，那滋味就像品嚐一種從未吃過的水果。然後他們的嘴唇就像風中的野花一樣扭擰抖動。

蜜拉感到芳心微喜，她說：「我們真壞。」然後她把手滑到他的手上，將頭靠在他的肩膀上。這份突如其來的感情讓艾莫瑞無所適從，而且噁心，這整件事都讓他很討厭。他急著想要離開，不要再跟蜜拉見面，也不要再接吻；不管是他們倆的臉，或是他們緊緊黏在一起的手，都讓他想要離開自己的軀殼，躲到他腦海裡一個安全而不會被看見的角落裡。

她用一種空泛的聲音說：「再給我一個吻。」

他聽見自己說：「我不想吻妳。」然後他又頓了一會兒。

他激奮地重複一次：「我不想吻妳。」

蜜拉跳了起來，她那粉紅的臉頰浮現一種自尊受傷的神情，她彷彿覺得自己很可憐似的，連後腦勺都顫抖了起來。

「我恨你！」她大聲喊叫。「你敢再跟我說一句話，你就試試看！」

艾莫瑞結結巴巴地說：「什麼？」

「我要跟媽媽說你吻了我。一定會說！一定！我會告訴媽媽，她再也不會讓你跟我玩了。」

無助的艾莫瑞起身凝望她，好像把她當成一種未曾見過的地球生物。

有人突然把門打開，門檻前站著的是蜜拉的母親。

她一邊慢條斯理地調整眼鏡，一邊開口說：「櫃檯那個人說你們兩個孩子在這裡——幸會啊，艾莫瑞。」

艾莫瑞看著蜜拉，等著被她痛斥——但是她避而不提。她噘嘴的神情不見了，也不再面紅耳赤，而當蜜拉開口跟母親說話時，聲音清澈得像夏日的湖水。

「喔，媽媽，我們好晚才出門。我還以為會——」

他聽見樓下傳來夾雜笑聲的尖叫，當他默默地尾隨母女倆下樓時，一邊還聞到平凡的熱巧克力與午茶蛋糕的味道。留聲機播放的歌聲跟許多女孩哼唱的聲音混在一起，他隱隱感到有一陣熱氣迎面而來：

凱西‧瓊斯——上馬車
凱西‧瓊斯——拿指令
凱西‧瓊斯——上馬車
踏上告別之旅
踏上許諾之地

年輕自我主義者的速寫

艾莫瑞在明尼亞波利斯待了幾乎兩年。第一年冬天他腳穿本是黃色的鹿皮軟鞋，但在鞋面不斷沾上油漬與汙土後，變成一雙綠棕色的髒鞋；他身穿一件灰色的格呢短大衣，頭戴一頂紅色雪橇帽。他那隻名叫「山爵」的狗把他的紅帽吃掉，姨丈再給他一頂大到可以蓋住他臉的灰帽。戴那頂帽子的麻煩在於，如果對著它吐氣，呼出來的水氣就結凍了。有天那頂勞什子害他連臉頰都凍僵了。他拿雪在臉上摩擦，臉頰還是黑黑青青的一片。

有次「山爵」吞了一盒漂白粉，卻沒事。但後來牠像發狂一樣衝上街，撞在圍欄上，在排水溝裡打滾，永遠地離開了艾莫瑞的生命。艾莫瑞在床上哭了起來。

「可憐的小山爵。」他哭叫道：「喔！『可憐的』小山爵！」

幾個月後他想到，如果想裝哭的時候，「山爵」的事倒是蠻適合拿來催淚。

文學中寫得最棒的一句話出現在哪裡？艾莫瑞與蛙仔．派克認為就出現在《亞森．羅蘋》的第三幕裡面。❖[15]週三與週六演出日場戲的時候他們就坐在第一排捧場。那句話是：**「如果人不能當個藝術大師或偉大的軍人，次佳的選擇就是當個大盜。」**

艾莫瑞又談戀愛了，他寫了一首詩。內容如下：

瑪莉蓮與莎莉
她們都是我的小女孩
瑪莉蓮在表面
莎莉放在甜蜜的深愛裡

此刻讓他感興趣的事情，是明尼蘇達大學的麥高文❖16到底會加入美國代表隊（All-American）的第一隊還是第二隊，怎麼用撲克牌與硬幣玩把戲，還有變色龍紋飾的領帶以及小孩是如何出生的，以及「三指布朗」的實力是不是更勝於克利斯帝．麥修森❖17。

他讀的東西很多，其中包括：《為了學校的榮譽》❖18、《小婦人》（兩次）、《民法》❖19、《女詩人莎佛》❖20、《危險的丹恩．麥克格魯》❖21、《寬廣的公路》❖22（三次）、〈阿舍一家房宅的陷落〉❖23、《三週》❖24、《瑪莉．維爾：小上校的密友》❖25、《營房謠》❖26、《警察公報》以及《金．簡雜言》❖27。

他有整套韓提❖28寫的歷史小說，還特別喜歡瑪莉．勞勃茲．萊恩哈特❖29那些以謀殺為主題的精彩故事。

學校毀了他原本就學會的法文，也讓他痛恨那些教科書裡常出現的作者。他的老師們都覺得他很懶散、不可靠，但是有膚淺的小聰明。

他蒐集許多女孩頭上剪下的一束束髮絲，還會跟好幾個女孩借戒指來戴。但最後他借不到了——因為他有一緊張就咬戒指的習慣，戒指往往被他咬得看不出原形。似乎就是因為這樣，下一個借戒指的人通常會因為懷疑而起了忌妒之心。

每到夏天，艾莫瑞與蛙仔．派克有幾個月的時間會每週光顧駐院劇團，看完戲後他們總是在八月夜裡的宜人空氣中漫步回家，穿越海涅平神父大道與尼科勒大道上歡樂的人群，邊走邊作著夢。艾莫瑞常常在想：人們怎能忽略我這男孩身上那些值得榮耀的特質？而每次有路人轉身用模糊的目光看著他時，他都當他們給的是最浪漫的表情，如此一來，十四歲的人生路也許佈滿阻礙，他卻覺得像走在氣墊上一樣順遂。

在他上床後他總聽得到一些聲音——隱隱約約、時強時弱以及令人陶醉的聲音就從她的窗邊傳來，而在他沉睡之前，他會重溫一些自己最喜歡的夢境，例如夢見自己成為偉大的美式足球中衛，或者是日本入侵美國，而他則成為全世界最年輕的將軍。而且他所夢到的，都是自己成為某種人的過程，而不是成為那種人之後的生活，這也是艾莫瑞的特色之一。

自我主義者特質的形成

他在被家人召回日內瓦湖以前，穿上了生平第一件長褲，搭上一條手風琴飾紋的紫色領帶，「貝蒙」款式襯衫的衣領整得整整齊齊的，腳穿紫色襪子，還有一條有紫色飾邊的手帕塞在胸口口袋邊緣，整體看來，給人一種害羞的感覺，但卻內藏光芒。除此之外，他第一次形成了自己的思想，一套生活的規範——我們大致上可以稱之為「帶有貴族色彩的自我主義」。

他已經領悟到自己的旨趣都是跟一個具有多元性的多變人物相關，而為了要讓此一人物的過去與他自己總是能緊密相連，那位人物被命名為「艾莫瑞·布雷恩」。艾莫瑞把自己當成一個相當幸運的年輕人，未來不管為惡為善，無限的可能性正要在他面前伸展開來。他並不認為自己具有「堅強的性格」，但是他可以依靠自己的秉性（學東西還挺快的），還有他非凡的才智（他讀了很多深澳的書）。對於自己不可能成為一個機械或科學方面的天才，他感到很自豪。除此之外，沒有哪一個領域是他無法跨進去的。

「就身體而言」——艾莫瑞認為他自己特別俊美。的確如此。他幻想自己有辦法成為一個充滿可能性的運動員以及靈巧的舞者。

「就社交狀況而言」——他在這方面的條件也許是最具殺傷力的。他自詡品格良善、迷人、充滿吸引力與鎮定，各方面都遠遠勝過同時代其他任何一位男子，有一種令女性著迷的天賦。

「就心智而言」——心智發展已臻至完美，其優越性無可置疑。

還有他必須坦白的是：艾莫瑞具有一種清教徒式的良知。儘管他不是完全無法抗拒這種良知（到了他年紀稍長時這特性幾乎不再存在）——但是在十五歲之際，這點讓他覺得自己比其他男孩糟糕多了⋯做事不擇手段⋯幾乎在任何方面都有想要影響他人的慾望，甚至是影響別人去做壞事⋯而且他冷漠且欠缺感情，有時候甚至到了殘忍的地步⋯榮譽感時有時無⋯自私到令人難以忍受⋯偷偷開始對性事興致勃勃，連自己都很困惑。

他的性格中還有一處非常奇特的弱點⋯只要有年紀比他大的男孩對他口出惡言（年紀較大的男孩通常討厭他），他的鎮定就會化為烏有，整個人變得乖戾而敏感，或者膽小而愚昧⋯他完全無法控制自己的情緒，雖然他覺得自己可以魯莽而大膽，但不管是勇氣、毅力與自重，都是自己所欠缺的。

他自負，但又有一點自覺，因此不免也會懷疑自己。他感到自己的意志常常在操弄別人，總想盡可能「超越」其他所有的男孩，好讓自己能登上世界頂峰⋯艾莫瑞就是在這個背景之下進入青春期的。

懶洋洋的仲夏裡，一列火車在日內瓦湖放慢速度，艾莫瑞看到母親坐在她開的電車上，在火車站旁鋪著礫石的車道上等他。那是一輛老舊的灰色電車，是最早期的一種車款。一看到她坐在那裡，苗條依舊，美麗的臉龐不失莊重，艾莫瑞立刻露出像在作夢一般的微笑，突然為她感到無比的榮耀。他們淡淡地吻了對方，當他上車之際，突然感到很害怕，唯恐自己在她眼中已不如往日迷人。

「乖兒子——你變得『好』高…我先看看後面有沒有車或人要過來…」

她左顧右盼，然後小心地把車速提高為一小時兩英哩，還請求艾莫瑞幫他瞻前顧後；到了一個交通繁忙的十字路口，她還要他下車去，跑到前頭去像個交通警察似的幫她指揮。說到小心的車輛駕駛人，貝翠絲真可謂其中的典範。

「你『現在』好高——而且還是那麼俊美——你已過了青黃不接的尷尬期，是十六歲嗎？還是十四或十五？我總是記不起來，總之你已經度過了那個階段。」

艾莫瑞喃喃自語地說：「別糗我了。」

「但是，我的乖兒子，你穿的衣服好怪！看起來好像是『一整套』的——不是嗎？你的內衣也是紫色的嗎？」

艾莫瑞不禮貌地咕噥了兩句。

「你一定要去布魯克斯服飾店去買幾套真正的好西裝。喔！我們今晚或明晚好好聊一聊。我想跟你談心——可能你忽略了自己心裡在想什麼——連自己都不『知道』。」

艾莫瑞感覺最近人們對他這一代人的看法都太過膚淺。除了有點害羞之外，他覺得母親還是遺留著從家族傳承而來的憤世嫉俗。一開始的那幾天他都在花園裡或沿著湖畔閒逛，非常寂寞，或者是百無聊賴地在車庫裡跟一個司機一起抽著「公牛牌」香菸。

這一座六畝大的莊園裡散布著新舊不一的避暑別墅，有時候走過樹葉繁茂的地方，眼前會突然出現剛剛被遮蔽著的噴泉與白色凳子。莊園裡不乏豢養白貓的家庭，而且越來越多，牠們在一座座花床間潛行著，其身影偶爾會在夜裡出現於昏暗的樹下。貝翠絲最後終於在一條陰暗的路上找到艾莫瑞，當時布雷恩先生已經跟每晚一樣躲到他個人的圖書室裡。他因為刻意躲她而被好好說了一頓之後，兩人在月下深談許久。母親的美讓他感到極不自在——但母親就是母親，儘管她的肩頸長得精美絕倫，而且還散發著三十歲幸福少婦特有的優雅氣質。

她輕聲細語地說：「艾莫瑞，自從離開你後，我的日子變得好奇怪。」

「是嗎，貝翠絲？」

「當我精神崩潰的時候」——她講話的語氣好像把那件事當成她的豐功偉業。

「醫生說」一副在透露一天大秘密似的：「這世上如果有任何一個男人跟我一樣不斷酗酒，早就『不成人形』了，我親愛的，而且一定已經待在『墳墓』

裡——長眠不起。」

艾莫瑞的臉抽動了一下，不知道如果蛙仔・派克聽到這些話會做何感想。

語帶傷悲的貝翠絲繼續說：「沒錯。我作了很多夢——看到一些奇妙的景象。」她把掌心蓋在眼睛上，繼續說：「我看見黃銅色的河流拍打著大理石河岸，大鳥高飛，那些鳥的顏色駁雜，羽毛是彩色的。我聽到奇怪的音樂，刺耳小號聲一陣陣傳來——怎樣？」

艾莫瑞在竊笑。

「怎樣，艾莫瑞？」

「我要妳繼續往下說，貝翠絲。」

「我說完了——夢境一再重複——一座座五彩繽紛的花園，與它們相較，這裡顯得單調多了，還有一些會旋轉擺動的月亮，比冬月還要蒼白，比秋月還要金黃——」

「貝翠絲，現在妳好了嗎？」

「很好——從來沒那麼好過。別人都不懂我，艾莫瑞。我知道我無法像你清楚表達，但是，艾莫瑞——別人都不懂我。」

艾莫瑞很激動。他環抱母親，用頭部輕輕摩擦著她的肩膀。

「可憐的貝翠絲——可憐的貝翠絲。」

「說說『你的』事吧，艾莫瑞。你這兩年過得很『糟』嗎？」

艾莫瑞考慮要不要說謊，但決定說實話。

「不，貝翠絲。我過得很好，我已經融入了資產階級。我接受了社會的規範。」會說這些話連他自己都感到詫異，他可以想像蛙仔瞠目結舌的模樣。

他突然說：「貝翠絲。我想離家去上學。在明尼蘇達這個地方，每個人總有一天會離家去上學的。」

貝翠絲看來有些驚慌。

「但你只有十五歲。」

「沒錯，但大家都是在十五歲離家，我也『想』，貝翠絲。」

在貝翠絲的建議之下，接下來他們散步時就不再談論這個話題了，但在一週後她講了一席讓他欣喜的話：

「艾莫瑞，我決定讓你如願以償。如果你還想去，就去上學吧！」

「嗯？」

「去康乃狄克州的聖瑞吉斯中學（St. Regis）。」

艾莫瑞感到一陣興奮。

貝翠絲繼續說：「都安排好了。離家讀書對你比較好，我本來比較傾向讓你去讀伊頓公學（Eton），然後上牛津基督學院。但現在看來是不可行了——不過，目前我們就先不管你要去哪裡讀大學了。」

「貝翠絲，那妳怎麼辦？」

「天知道。看來我註定要在這個國家虛度我的歲月。對於自己是個美國人這件事，我沒有一秒鐘不感到後悔的——的確，我想很多庸俗的人也跟我有一樣的懊悔，而且我很肯定，我們在一個大家都想來的國家——到目前為止還是。」接著她又嘆氣說：「我覺得我這一生本來應該待在一個較為成熟，歷史較久的國家，在一片綠意與棕色的秋天中迷迷糊糊度過——」

艾莫瑞沒有答腔，所以他母親繼續說：

「我遺憾的是你還沒出過國，不過，因為你是個男人，所以最好能夠在老鷹的嗥哮之下成長——我的措辭是正確的吧？」

艾莫瑞同意這句話。她不可能會想到日本入侵的問題。

「我什麼時候去學校？」

「下個月。你必須提早去東岸參加考試。考完後你有一個禮拜的空檔，所以我要你北上到哈德遜鎮去拜訪一個人。」

「誰？」

「艾莫瑞，是達西神父。他想要見你。他念的是哈洛中學（Harrow），然後去耶魯就讀——後來入了天主教教會。我要他跟你談談——我覺得他可以幫你——」她輕輕撫摸赤褐色的頭髮，然後說：「親愛的艾莫瑞，親愛的艾莫瑞——」

「親愛的貝翠絲——」

所以在九月初，艾莫瑞帶著「六套夏天的內衣，六套冬天的內衣，一件毛衣或T恤，一件套頭衫，一件外套，還有冬天的——」，就前往校園林立的新英格蘭。

在新英格蘭，有像安多佛（Andover）和艾賽特（Exeter）這種歷史悠久的大學校，其校風就像大學一樣民主；還有聖馬克、葛洛頓（Groton）與聖瑞吉斯等學校，他們的學生多半來自波士頓，也有來自紐約那些荷蘭裔家庭的；聖保羅中學則有很棒的溜冰場；還有富家子弟與衣著光鮮的人唸的彭佛瑞（Pomfret）、聖喬治等學校；至於中西部的有錢人則大多就讀塔虎特（Taft）與哈曲其斯（Hotchkiss）等校，為耶魯的成功社交生活做準備；此外還有波林（Pawling）、西敏（Westminster）、喬特（Choate）與肯特（Kent）等學校，其餘還有一百多家，每年都調教出一批批得體、守規矩、令人印象深刻的學生。他們為學生的心智提供的刺激是大學入學考試，他們的辦學宗旨往往很含糊，可能在一百多份的傳單裡面都寫著「為了養成信奉耶穌的紳士而貫徹心智、道德與體魄等方面的訓練，『為了讓男孩們能面對他們那個時代與世代的問題』，並且為其提供人文與科學方面的紮實基礎。」

艾莫瑞在聖瑞吉斯停留了三天，考試時他還自信滿滿，嫌題目簡單，然後繞回紐約州去探望他的監護人。他對紐約市只是匆匆一瞥，印象並不深刻，唯一注意的只有在哈德遜河的汽船上，看到清晨裡的白色高聳建築物是如此乾淨。事實上，他滿腦子都夢想著在學校能靠運動成為英雄人物，因此他把這次拜訪當作是偉大冒險之前的無聊前奏。但事實證明並非如此。

達西神父的住處是丘陵上一座可以俯瞰河景的老舊建築，房子的結構散漫。房子的主人，常常為了羅馬天主教會而遊歷各地，住在這裡時，倒像個流亡的斯圖亞特王朝英王，等著他所統治的土地召喚他。當時達西神父年方四十四，生活忙碌——身材微胖，不能算勻稱，一頭金色髮絲，是個傑出而有雅量的人。當他從頭到腳穿著紫色僧袍走進室內，往往就像畫家透納所畫的夕陽景緻，引人讚嘆注意。他曾寫過兩本小說：一本強烈抨擊天主教，當時他還沒皈依；五年後又寫了另一本，在書裡他設法把原先對天主教的睿智嘲弄予以轉化，把嘲弄對象變成美國聖公會教徒。他這個人非常喜歡儀式，戲劇化的個性往往令人訝異，而且他對上帝的愛也讓他願意保持單身。

孩子們都愛他，因為他自己就像孩子。他的陪伴讓年輕人感到陶醉，因為他的心還年輕，沒有什麼可以嚇到他。如果不是生不逢時，他有可能成為像希樹李歐主教❖31那樣的人物——此刻，如果他稱不上是個特別虔誠的神職人員，至少也算非常高道德而遵守教規。他可以把陳舊的教義講得神神秘秘，而且就算人生並不讓他感到全然滿意，他還是能好好欣賞世間的每個時刻。

他和艾莫瑞可以說第一眼就喜歡上了對方——一位天性活潑，令人印象深刻，就算在大使館的舞會上也能奪人目光的教士，跟一位熱切，穿著畢生第一條長褲的綠眼青年，僅僅靠半小時的談話就讓兩人心裡承認了彼此間情同父子的關係。

「乖孩子，多年來我一直在等著與你見面。挑一張椅子坐下，我們好好聊聊。」

「我剛從學校過來——你也知道的，就是聖瑞吉斯。」

「你母親告訴我了——她真是個了不起的女人。來根菸吧！我確定你一定有抽菸。唉！如果你像我，就一定討厭科學和數學。」

艾莫瑞聽了猛點頭。

「全都討厭。我喜歡英文與歷史。」

「當然，有一陣子你會痛恨學校，但我很高興你去了聖瑞吉斯。」

「為什麼？」

「因為那是間培育紳士的學校，而且你不會太早就受到民主的衝擊。大學才是個好好體驗民主的地方。」

「我想去讀普林斯頓。」艾莫瑞說：「我不知道為什麼，但我覺得所有哈佛的男人都是娘娘腔，我以前也是那樣。而且所有耶魯的男人都穿著大大的藍色毛衣，都是老菸槍。」

神父咯咯笑了兩聲。

「我是耶魯的，這你知道。」

「喔，你不一樣——普林斯頓給我一種懶洋洋、美好而具有貴族氣息的感覺——嗯，就像春日一般。哈佛的感覺就比較室內一點——」

「而耶魯就像十一月，清新而有活力。」神父幫他把話說完。

「完全正確。」

他們很快就親近了起來，這關係一直維持下去。

艾莫瑞宣稱：「我支持的是『漂亮的查理王子』❖32。」

「當然囉——你支持的還有漢尼拔。」

「是，還有南方聯盟❖33。」他很懷疑自己該不該支持愛爾蘭的愛國者——他覺得當個愛爾蘭人可能太普通了一點——但神父向他保證，愛爾蘭人都是一些失敗的志士，而且很迷人，無論如何他都應該喜歡他們。

他們談天說地，一個小時內抽了許多菸，讓神父感到訝異的是，艾莫瑞並沒有接受天主教徒的教育，不過這並沒有嚇到他。他說，他還有客人：結果客人是來自波士頓的松頓·漢考克閣下，曾於海牙擔任某部會大臣。並曾寫過一部中世紀史，書的內容顯現他博學多聞的一面，他來自於一個在歷史上曾有過豐功偉業，素孚眾望的愛國家庭，現在就剩他這麼一個後裔。

神父神神祕秘地說：「他來這裡休息。」他講話的樣子好像把艾莫瑞當成他的同一個世代的人，知道他的客人是誰。「我的角色，是幫助他暫時逃離不可知論（agnosticism）為他帶來的無力感，只有我知道他那堅強的老邁心靈有多麼茫然，需要像教會這種強而有力的準繩來依靠。」

他們倆初次的午餐餐會是艾莫瑞早年生涯中最值得回憶的事件之一。他看來容光煥發，具有一種獨特的活潑與迷人氣質。透過問題與建議，神父清楚地說出自己最完備的想法，艾莫瑞則巧妙而精采地說出他內心數不盡的衝動、慾望、嫌惡、信仰與恐懼。他與神父兩人你一言，我一語，神父雖然比較沒有那麼開放接納，但也不會冷漠看待其想法，而是很高興地傾聽，然後盡情享受兩人散發在對方身上那種像柔和陽光的感覺。許多與神父談話的人都覺得沐浴在陽光裡；而年輕的艾莫瑞也給人這種感覺，但就某個程度而言，到了他年紀較大之後，就再也不曾這樣與人暢談無礙。

松頓·漢考克對他的評語是：「這孩子真是容光煥發。」在歐美曾見識無數豪傑的漢考克曾經與巴內爾（Parnell）❖34、葛勒斯東（Gladstone）與俾斯麥（Bismarck）

等人說過話。後來他又跟神父補充了一句：「但是不該由中學或大學來教育他。」

但是，接下來四年，艾莫瑞把他的聰明才智用在如何使自己受歡迎，這一點也是大學社交體系與美國社會中最為錯綜複雜的一環，這道理我們從比爾特摩莊園的下午茶茶會與溫泉公園的高爾夫球球敍就可以看得出來。

總而言之，那是美好的一週，艾莫瑞的想法有一百八十度的轉變，但也證實了他許許多多的看法，而且他那些生命喜悅都已經昇華為無數的目標與理想。這不是因為他們談的東西跟學術密切相關——這是絕對不可以的！而且，艾莫瑞連蕭伯納（Bernard Shaw）是誰都不知道——但神父倒是跟他聊了很多《親愛的浪子》與《奈吉爵士》❖[35]，藉此確保艾莫瑞知道他在說些什麼。

但是征戰的號角已經響起，艾莫瑞也該自己去面對與他同一世代的人了。

神父說：「當然，你就走吧！不要留戀。像我們這種人，是註定要離家的。」

「我『真的』遺憾——」

「不，不要遺憾。對於你和我而言，這世上沒有任何人的存在是必要的。我們只要有自己就好。」

「那——」

「再見了。」

自我主義者的低潮

艾莫瑞待在聖瑞吉斯的兩年，是夾雜著痛苦與勝利的。那裡對他的生活不會有太大的意義，就像所有的「預校」對一般美國人而言，它們只是進入大學的墊腳石。我們沒有伊頓公學，所以沒有哪間學校可以幫國家養成一批有志於管理政府的學生；我們有的只是一間間預校，它們總是那麼乾淨、鬆散，對學生無害。

他一開始就不太順利，一般人都認為他既自負又傲慢，整個學校都討厭他。他對美式足球的練習未曾間斷，不過以往只求表現的魯莽行徑已經改變了，現在的他總是想在合理的範圍內保護自己免於受傷。有次一個身材與他相仿的男孩要與他打架，他落荒而逃，結果引來旁人的訕笑。但是一週後，在絕望中他卻主動要求與一個身材比他高大的男孩單挑，最後他雖被毒打了一頓，卻為自己感到驕傲。

只要是能管得到他的人，他都很討厭。除此之外，他對功課總是一副懶散而事不關己的態度，所以學校的每個老師都被他惹毛了。他感到很氣餒，把自己當作一個邊緣人，喜歡躲在角落生悶氣，或者在熄燈後看書。艾莫瑞怕孤單，所以他跟一些朋友很要好，但只因他們不是學校裡的菁英，他們的功能就像鏡子一樣，讓他知道自己的表現有多糟，另一方面他們也像觀眾，因為對他來講，裝腔作勢給別人看是絕對必要的。總之他的寂寞讓自己無法忍受，不開心幾乎到絕望的地步。

但有幾件事是讓他感到欣慰的。就算艾莫瑞要沉入水底，他的虛榮心也會是最後沉下去的部分。所以當那個綽號「烏奇．烏奇」的耳聾老管家說，她從沒見過哪個男孩長得像他一樣好看的時候，在那一刻他會變得容光煥發。讓他很高興的另一件事，是他成為足球校隊第一隊裡面體重最輕而且年紀最小的成員。而且在一場激烈的討論會過後，杜格博士還對他說，如果他願意的話，就可以拿到全校最高分，這件事也讓他很高興。但杜格博士錯了：艾莫瑞是不可能拿到全校最高分的，這全都是因為他的脾氣。

他日子過得很悲慘，到處受限，不管是教員或學生都不喜歡他——這是艾莫瑞在第一學期的處境。但是到了聖誕節，他返回明尼亞波利斯，對此絕口不提，而且奇怪的是，還裝出一副很高興的樣子。

他用高人一等的姿態對蛙仔說：「喔，一開始我還沒什麼經驗，但很快就進入狀況了——我是足球隊上最輕的隊員。蛙仔，你也該離家讀書。學校太棒了。」

一位好心老師的插曲

在他第一學期的最後一晚，一位叫做馬格森的資深教師派人傳話到自修室給艾莫瑞，要艾莫瑞在九點到他的房間一趟。艾莫瑞心裡懷疑馬格森先生是要訓他一頓，但是他不想失禮，因為這位老師一直都對他很好。

老師很嚴肅地迎接他，要他在一張椅子上坐下。他「嗯」了幾聲，看來是刻意要表現出客氣的一面——任何一個要處理棘手問題的人都是他那種表情。

他開口說：「艾莫瑞，我派人找你來是要談談你個人的問題。」

「是的，老師。」

「今年我一直很注意你，而且我——我喜歡你。我想你身上的特質能夠讓你成為一個——一個各方面都很棒的人。」

「是的，老師。」艾莫瑞努力讓自己保持口齒清晰。他非常痛恨別人把他當成公認的失敗者。

那位長者不知道他在想什麼，繼續說：「但是我注意到其他男孩們並不喜歡你。」

艾莫瑞舔舔嘴唇說：「沒錯，老師。」

「啊——我想你可能不了解他們到底為什麼——不能認同你。讓我來告訴你——因為我相信——啊——當一個男孩知道自己遇到什麼困難時，最好有辦法能排除困難——這樣才能符合別人對他的期待。」他又「嗯」了一聲，好像難以啟齒似的，然後繼續說：「他們似乎認為你——啊——還太嫩——」

艾莫瑞再也忍不住了。他站起身來，幾乎沒有控制自己的聲音就說出口。

「我知道——喔，『不要』裝出一副你以為我已經知道的樣子。」他越說越大聲：「我知道他們在想什麼；不要裝出一副你一定得『告訴』我的樣子。」他頓了一下，然後繼續說：「我——我現在必須要回去了——希望我不會太無禮——」

他匆匆離開房間，走到涼颼颼的室外，在回到寢室的路上，他為自己拒絕了別人的幫助而感到欣喜。

他大吼大叫：「那個『可惡』的老頭！他真以為我不『知道』嗎？」

但是他覺得這倒是個好藉口，讓自己當晚不必再回自修室，所以他就舒舒服服躺下，咯吱咯知地吃著納貝斯克牌餅乾，然後把《白衣武士團》（The White Company）❖36看完。

一位美妙女郎的插曲

二月之際出現了一顆明亮的星星。他在華盛頓生日那天到了紐約市，他長久以來期待的繽紛事物一一呈現在他眼前。乍看之下，深藍天空下的城市是一片雪白，那壯麗的畫面可以比擬《天方夜譚》裡如夢似幻的城市。這次他則看出這是個五光十色的城市，而不管是百老匯大道上重現戰車奔馳場景的電影廣告招牌❖37，或者是他跟聖瑞吉斯的同學派斯克特到艾斯托飯店（Astor）用晚餐時看到那些女人的眼睛，都在在閃耀著浪漫的光芒。當他們從戲院裡的走道往下走時，迎面而來的是緊張的撥弦聲與走調且不和諧的小提琴樂音，胭脂與粉底的陣陣濃郁香味，他邊走邊品嚐著伊比鳩魯式的愉悅享樂。他覺得一切都很迷人。戲碼是喬治・柯亨❖38的《小小百萬富翁》（The Little Millionaire），有一位留著一頭深褐色頭髮的年輕女孩讓他驚為天人，看著她跳舞時，他的眼神洩漏了他狂喜的心情。

喔——妳——美妙的女郎

多美妙的女郎啊！妳真是——

台上男高音這樣唱著，雖然艾莫瑞只是默默同意他所唱的，但內心激動不已。

妳所有美妙的話

戰慄了我全身——

演出最後幾個音符時，小提琴音量漸強，琴音顫抖，那位女郎像隻被壓皺的蝴蝶癱倒在台上，整個戲院響起如雷掌聲。喔，他就這樣付出了愛…愛上了歌曲中懶洋洋的奇妙旋律！

最後一幕場景是在一個屋頂花園裡，大提琴的演奏彷彿在對著戲裡的月亮嘆息，這幕戲帶有一點點冒險成份，還有流暢得像泡沫滑動的喜劇橋段，兩者不斷穿插出現。艾莫瑞恨不得自己能常在頂樓花園裡流連忘返，並與長得像那樣的女孩見面——如果是那個女孩，那就更棒了。女孩的髮絲沉浸在金黃色的月光裡，而在她身邊站著一位難懂的侍者，任由他倒著閃閃發亮的紅酒。當那部戲最後一次謝幕後，他深深嘆了一口氣，那一口氣大到讓前一排座位上的人轉身凝視他，還說了一句話，那音量已經夠他聽清楚：

「這男孩的長相真是氣宇『非凡』！」

這麼一來，他暫時把戲拋諸腦後，心想在紐約人心目中他是不是真的很俊美。

派斯克特和他走路回飯店，兩人不發一語。先開口的是他同學——年方十五的他顯得不是很確定，但他一開口就震驚了陷入憂鬱沉思中的艾莫瑞：

「我要娶今晚那個女孩。」

他指的是誰，根本不消多說。

派斯克特繼續說：「我會很驕傲地帶她回家，把她介紹給我的家人。」

艾莫瑞的印象甚為深刻。他多麼希望這句話是由他嘴裡冒出來，而不是派斯克特。聽起來多麼成熟的一句話。

「我不太懂女演員。她們都是壞女孩嗎？」

「不，我可以告訴『您』，壞也壞不到哪裡去。」世故的他用強調的口吻說：「而且我知道那個女孩就像璞玉一樣純潔。我看得出來。」

他們繼續往下走，走進了百老匯大道上的人群裡。在酒吧傳出來的音樂聲中做著夢，一張張未曾謀面的臉孔在他們眼前閃過，有些臉色蒼白，有的則是滿臉通紅，每個人都疲累不堪，僅靠著一點興奮感在支撐著。艾莫瑞看得目眩神迷，他在打量著自己往後的生活：他以後要來紐約住，到時候他會知道每家餐廳與酒吧，從傍晚到凌晨這段時間穿著西裝外出，在睡夢中度過午前的單調時光。

「是的，我可以告訴『您』，我今晚就要娶那女孩。」

一般的英雄事蹟

到了第二年，也就是他在聖瑞吉斯的最後一年，十月份是令他記憶最為深刻的。與葛洛頓中學對打的那個下午非常嚴寒，也令人振奮，整個球場籠罩在清爽的秋天薄暮中。擔任四分衛的艾莫瑞在絕望中反撲，就算再不可能的攔截他也要嘗試。呼叫隊形口號時，他的聲音幾乎已經不可辨認，變成粗啞憤怒的低語，儘管頭纏著滲血的繃帶，有時他還是忘情歡呼。為了榮譽，大家奮勇地前仆後繼，在一次次撞擊後感到四肢疼痛。在這些時刻裡，勇氣就像在十一月薄暮中倒出來的紅酒一樣汩汩流出，他就像個跨越時空的英雄，有時像站在船頭的挪威海盜，有時像跟隨著羅蘭（Roland）、何拉休斯（Horatius）與奈吉爵士，有時則變成了泰德・考伊（Ted Coy）❖39，把身形練到最好的狀態，全憑一股意志，像迎向巨浪一樣擊退對手的一波波攻勢，然後聽到遠方傳來的如雷歡呼聲⋯最後，拖著滿身的瘀傷與疲累，左躲右閃，繞過陣勢的尾端，扭動軀體，加緊腳步，把手臂往前延伸⋯雖然有兩個人拖住他的雙腳，他還是攻入洛頓中學的球門線，完成整場比賽唯一的達陣任務。

滑頭的哲學

因為進入大學前一年的優越感與之前的傑出表現，艾莫瑞用一種憤世嫉俗的態度回顧他前一年的往事。他所成就的變化，已經達到「艾莫瑞・布雷恩」這個人所能做出的最大改變。他在進入聖瑞吉斯的時候，當時的他是由自己的本性、母親的教誨與明尼亞波利斯的兩年經歷所造就出來的。但是，這間寄宿學校的人一眼就看出母親對他的影響，因為明尼亞波利斯還不足以把那些影響抹去。所以，在一陣痛苦的努力過後，學校硬是把母親的影響移除，開始在艾莫瑞的本性之中加入新的元素，讓他能更為融入社會規範中。但不管是學校或他本人都沒有意識到，事實上這個「艾莫瑞的本性」並未改變。那些曾經讓他嘗盡苦頭的特質，例如情緒化、喜好裝腔作勢、生性懶惰，還有愛裝傻等等，現在不但被視為理所當然，而且更是他身為明星四分衛、聰明的演員以及《聖瑞吉斯雜言》刊物編輯所必須具備的古怪個性：而且，令他納悶的是，這些不久前還被當作是弱點的虛榮特質，居然被許多容易受影響的小男孩爭相模仿。

美式足球的球季結束後，他開始愛上了幻想。在舉行假期前舞會的那一晚，他從舞會溜出來，早早就躺上床享受從草地另一頭傳進窗口的小提琴樂音。許多夜裡他不睡覺，只是夢想著巴黎蒙馬特區的那些秘密酒吧：在那裡，膚色潔白如象牙的女性與外交官或傭兵們一起鑽研著浪漫而神祕的故事，同時管弦樂團演奏著匈牙利的華爾滋舞曲，整個地方充滿濃濃的異國氛圍，空氣裡瀰漫著陰謀、月光與冒險的味道。在春日裡，他讀的是老師指定的《快樂的人》（L'Allegro）❖40，受此鼓舞，他還以世外桃源與潘神❖41排笛為主題寫了些抒發情緒的文字。他把床位動一動，讓陽光能在破曉之際將他喚醒，他起床著裝後會前往高年級宿舍附近那一座掛在蘋果樹上的古老鞦韆，坐在上面把自己越盪越高，直到感覺自己置身廣闊的空中，進入了森林之神薩提與女神寧芙的仙境，在祂們的笛聲中他彷彿見到了東切斯特鎮（Eastchester）街上那些女孩們的臉龐。等到他盪到最高點之際，他彷彿見到世外桃源就位於某個丘陵的絕壁上，通往那裡的棕色道路，則是逐漸縮小為金黃色虛線。

整個春天他都埋首書堆裡，他十八歲最前面的那些日子是泡在下面這些書裡度過的：《來自印地安納州的紳士》（The Gentleman from Indiana）、《新天方夜譚》、《馬可士·歐戴恩的準繩》（The Morals of Marcus Ordeyne）、《曾是星期四的男人》（儘管他看不懂，還是喜歡這本書）、《史多佛在耶魯的日子》（這本書對他來講可說就像教科書一樣重要）、《董比父子的公司》（因為他覺得自己真的該讀些好書），此外還有勞勃·錢伯斯（Robert Chambers）❖42、大衛·葛拉漢·菲利普斯（David Graham Phillips）❖43與菲利浦斯·歐本海姆（E. Phillips Oppenheim）❖44等人所有的書，還有英國詩人田尼生（Tennyson）與小說家吉卜林（Kipling）兩人零零星星的作品。在他所有的課堂讀物中能引起他一丁點興趣的，只有《快樂的人》以及立體幾何學中那種嚴格清晰的特質。

隨著六月的腳步接近，他覺得需要找人談一談，藉此形塑自己的思想。令人意外的，與他一起進行哲學思考的居然是高年級的學生會會長拉希爾。有時他們在大路上邊走邊聊，有時趴在棒球場邊，或者是在一片黑暗的夜裡抽菸討論。他們從學校的問題開始談，然後提出了「滑頭」一詞。

一天夜裡，熄燈五分鐘後，拉希爾打開他的房門低聲說：「有菸嗎？」

「當然。」

「我要進來了。」

「你怎麼不拿兩個枕頭過來，躺在窗台上面？」

艾莫瑞在床上坐起身來，而拉希爾則已經就定位，準備好跟他聊天。拉希爾最喜歡談的，就是每個高年級生在未來可能有哪些遭遇，而艾莫瑞總是不厭其煩地把它們一一列出，因為這樣對他也有好處。

「泰德·康威士？很簡單。他不會通過考試，整個暑假都待在哈斯聽學校教書，雪菲爾理工學院會收他，但是會開出大概四個條件，然後他在大一那年就會被退學。回到西部後，他會大吵大鬧個一年左右，最後父親會逼他進入油漆業。結婚後他會生四個小孩，全都是笨蛋。他會一直認為是聖瑞吉斯毀了他，所以把小孩送到波特蘭市的日校就讀。四十一歲時，他會死於脊髓癆，他老婆會捐一個施洗檯之類的東西給長老教會，上面刻有他的名字——」

「等等，艾莫瑞。這樣太悲觀了。你自己呢？」

「我是優越階級的一份子。你也是，我們是哲學家。」

「我不是。」

「你當然是。你的腦袋太好了。」但是艾莫瑞知道，任何抽象思考、理論或歸納都沒辦法打動拉希爾，除非他能獲得真憑實據，哪怕是一丁點也好。

「還不夠好。」拉希爾堅稱：「在這裡，我任由別人強迫我接受東西，但是卻沒半點收獲。可惡，我的每個朋友都佔我便宜——幫他們做功課，解決問題，在暑假還愚蠢地去他們家拜訪，還要逗他們的妹妹開心，就算他們自私自利，我也要忍耐，『然後』他們還以為可以靠選票來回報我，對我說一句，你是聖瑞吉斯的老大。我想要去一個大家都做好份內工作的地方，我可以跟他們說要做哪些事就好。在這些蠢蛋面前還要裝好人，我實在受夠了。」

艾莫瑞突然說：「你不是個滑頭。」

「不是什麼？」

「滑頭。」

「那是什麼鬼東西？」

「嗯，那是——那是——很多人都是滑頭。你不是，我也不是，不過比較起來，我比你更接近滑頭。」

「誰是滑頭？你為什麼是滑頭？」

艾莫瑞想了一下。

「為什麼——為什麼。我想，所謂滑頭的『特徵』是，他們會用水把頭髮沾濕往後撥。」

「就像卡斯泰爾斯那樣？」

「沒錯，當然。他就是個滑頭。」

他們花了兩晚想出精確的定義。所為滑頭是相貌俊美，看起來很『乾淨』的人。他們有頭腦，而且是擅於交際的頭腦，雖然他們誠實不欺，卻會用盡一切手段贏過別人，受人歡迎景仰，且不惹麻煩。他們穿著體面，外表看來特別整齊，而且他們之所以會被稱為滑頭，是因為他們用水或奎寧水把中分的頭髮沾濕，然後按照目前流行的髮型把頭髮往後撥。那一年的滑頭把玳瑁眼鏡當作他們的識別徽章，因此這類人非常好辨認，艾莫瑞與拉希爾一看就知道。學校裡似乎到處都是滑頭，而且他們總是比同代人更為機智狡猾，可能是某個球隊的管理人員之類的，同時小心掩飾自己的小聰明。

直到大三那一年，艾莫瑞才發現「滑頭」是最有價值的一種分類概念——到那時候，這個概念的分野會變得模糊而不確定，因此有必要將它進一步區分成好幾個種類，讓它變成只是一種概念。除了勇氣、聰明才智與天賦之外，艾莫瑞心裡的理想完全符合「滑頭」的條件，但同時他也承認自己有一個怪癖是與「滑頭」完全不相容的。

從這時開始，他才算真的與那種偽善的傳統校風決裂了。如果要成功，就非得是個「滑頭」不可，而他們與預校裡另一類叫做「大人物」的人生來就不相同。

即使艾莫瑞可能是那一年聖瑞吉斯的學生裡面唯一進入普林斯頓就讀的，他還是決定自己非去不可。他在明尼亞波利斯就聽過耶魯大學的浪漫事蹟與魅力，在聖瑞吉斯也聽過學校有人曾參加過「骷髏與人骨社」❖45，但還是普林斯頓對他最具吸引力，因為該校給人感覺明亮，更誘人的是，它向來被稱為全美最宜人的鄉村俱樂部。因為對於入學考試的恐懼，艾莫瑞把他的中學歲月都遺忘在過去了。多年後，當他又回到聖瑞吉斯，他似乎已經忘了自己在高年級那一年有多成功，腦海中浮現的畫面只剩那個在走廊上匆匆奔跑，對生活調適不良的男孩，而他的同儕們唯一能了解的就只有常識，所以才會不斷激烈嘲笑他。

滑頭

1 總能靈敏地掌握社會價值。

2 穿著體面。他們裝做一副把穿著當成很膚淺的樣子——但卻知道並非如此。

3 他們會參加那些能讓自己有傑出表現的活動。

4 他們能夠進入大學，而且世故的他們會在大學有所成就。

5 頭髮往後撥。

大人物

1 通常比較笨，而且無法掌握社會價值。

2 他們認為穿著是膚淺的，而且通常不在意自己的打扮。

3 他們的所作所為都是因為責任所在。

4 他們能夠進入大學，但前途堪慮。一旦志同道合者不在身邊，他們就感到迷惘，而且他們會說，中學的日子終究是最棒的。他們回到母校演講時，總是會提到聖瑞吉斯的男孩們都做些什麼。

5 頭髮沒有往後撥。

1 位於緬因州的小鎮。

2 皇冠市（Coronado）南加州聖地牙哥郡的一個小城。

3 美國羅德島州的度假勝地。

4 《放手一搏》（Do and Dare）：美國青少年冒險故事作家Horatio Alger Jr.的小說。

5 《密西西比河上的法蘭克》(Frank on the Lower Mississippi)：美國青少年冒險故事作家Harry Castlemon的小說。

6 「歡遊野宴」（"Fêtes Galantes"）：原指十八世紀法國貴族穿著華服在鄉間飲酒作樂的宴席。這裡指的是法國詩人魏藍（Paul Verlaine）於一八六九年出版的詩集。

7 溫泉市（Hot Springs）：阿肯色州一都市名，美國前總統柯林頓的家鄉。

8 位於威斯康辛州，不是瑞士的日內瓦湖。

9 帕薩迪那市（Pasadena）：位於加州的城市。

10 麻州地名。

11 酒精戒斷症候群（delirium tremens）：通常在停止喝酒後12～48小時發生，輕則顫抖、虛弱、盜汗、胃腸不適，重則出現可怕的幻想、焦慮、意識混亂、失眠。

12 剪髮派對（bobbing party）：以前的女性很少剪髮，剪短髮的風潮從「爵士年代」（一九二〇～三〇年代）才興起。因為剪髮在當時是一件大事，所以會邀集朋友在一旁打氣。

13 一種美國豪華房車品牌，現已停產。

14 「箭領」（arrow-collar）：過去紐約某家服飾品牌在廣告中稱穿著他們的襯衫的那些男模為「箭領男士」（the arrow-collar man；因為領子是尖領）。

15 「怪盜亞森．羅蘋」是法國小說家莫西斯．勒布朗（Maurice Leblanc）筆下的角色，曾多次被改為舞台劇本演出，也曾有亞森．羅蘋與福爾摩斯對決的戲碼（柯南．道爾與莫西斯．勒布朗大約是同時代的作者）。

16 明尼蘇達大學史上第一位入選美式足球美國代表隊的球員，全名是約翰．麥高文，因為身高僅僅五呎五吋，綽號「小巨人」。

17 「三指布朗」（Three-fingered Brown，原名Mordecai Brown）與克利斯帝·麥修森（Christie Mathewson）都是二十世紀初美國職棒界的王牌投手。

18 美國小說家巴布爾（R. H.Barbour）的作品。

19 美國小說家錢伯斯（Robert H.Chambers）的作品。

20 法國小說家多德（Alphonse Daudet）的作品。

21 加拿大詩人塞維斯（Robert W.Service）的詩作。

22 傑佛瑞·法諾（Jeffery Farnol）所寫的通俗小說。

23 〈阿舍一家房宅的陷落〉（"The Fall of the House of Usher"），愛倫坡（Edgar Allen Poe）的作品。

24 英國女小說家艾琳諾·葛林（Elinor Glyn）的作品。

25 《瑪莉·維爾：小上校的密友》（Mary Ware, the Little Colonel's Chum）：安妮·費洛斯·強斯頓（Annie Fellows Johnston）的作品。

26 《營房謠》（Gunga Dhin）：英國文學家吉卜林（R.Kipling）的詩作，描繪一個印度水兵干加·丁恩（Gunga Din）的故事。

27 《金·簡雜言》（Jim-Jam Jems）：二十世紀初美國政論雜誌，雜誌只有口袋大小，流通甚廣，主要作者是一個筆名叫做金·簡二世（Jim Jam Junior）的人。

28 十九世紀英國小說家喬治·阿佛列·韓提（George Alfred Henty）。

29 瑪莉·勞勃茲·萊恩哈特（Mary Roberts Rinehart）二十世紀初美國女小說家。

30 海涅平神父大道與尼科勒大道（Hennepin and Nicolett Avenues）：明尼亞波利斯市的街道名稱，都是用早期拓荒者的姓氏命名。

31 希榭李歐主教（Richelieu）：法皇路易十三時代的大臣。

32 「漂亮的查理王子」（Bonnie Prince Charlie）：斯圖亞特王朝查理·愛德華·斯圖亞特王子的綽號。

33 南方聯盟（the Southern Confederacy）：美國南北戰爭時期的南軍。

34 巴內爾（Charles Parnell）：十九世紀愛爾蘭知名愛國主義者。

35 《親愛的浪子》（The Beloved Vagabond）與《奈吉爵士》（Sir Nigel）都是以冒險為主題的小說。

36 跟《奈吉爵士》（Sir Nigel）一樣都是柯南·道爾（Conan Doyle）寫的冒險小說，以英法百年戰爭為背景。

37 這裡指的是一九零七年電影《賓漢》（Ben Hur）裡面羅馬戰車馳騁的畫面，當時在百老匯大道上有做一個電動廣告招牌。

38 喬治·柯亨（George M.Cohan）：二十世紀初的百老匯天王，集編、導、演、製作與詞曲創作等角色於一身。

39 耶魯大學的知名美式足球員。

40 英國詩人米爾頓（John Milton）寫的田園詩。

41 森林中人身羊足、頭上有角的神祇。

42 十九世紀蘇格蘭作家。

43 美國小說家。

44 英國小說家。

45 「骷髏與人骨社」（Skulls and Bones）：耶魯大學秘密社團，關於該社團充滿各種神秘的傳說，能入社者都是學校的菁英階層，進入社會後也都能出人頭地。

This Side of Paradise

Chapter 1-2 |

第二章 尖塔與怪獸

❖ 1

一開始艾莫瑞所注意的，只有煦煦的陽光：它爬越長長的綠茵草地，在鉛製窗框上跳舞，也在尖塔、塔樓以及城垛狀牆壁的頂端上流連著。漸漸地他意識到自己正在朝「普大學苑」前進，依稀可以感受到自己拿著手提箱，在與人擦身而過時慢慢變得只會雙眼往前直視。有好幾次他可以完全確信人們用不滿的眼光看著他。迷糊中他猜想是不是他的衣服有問題，而且也覺得當天在火車上真該刮個鬍子。走在那一群穿著白色絲絨衣服與留著平頭的年輕人中間，不知怎麼的，就是覺得自己又僵硬又笨拙——而且從他們漫步時那一副舉止得宜的模樣，可以看出他們一定是大三、大四的學生。

他發現普大第十二號學苑是一間破爛的大型樓房，儘管他知道裡面住了十幾個新鮮人，可是當時看來就像沒人在住。匆匆與學苑女主人爭論一番後，他就外出去探險了，但是都還沒走過一條街他就在驚慌中意識到，他一定是這個城裡唯一戴著帽子的人。於是他又趕回第十二號學苑，留下他的圓頂禮帽，就這樣不戴帽，沿著拿索街閒逛。他在一面玻璃櫥窗前停下來端倪裡面展示的運動員照片，其中包括一張美式足球隊隊長艾倫比的巨幅照片，下一個令他駐足的是掛著一個「吉格號」招牌的糕餅櫥窗。這店名他倒是很熟，所以就踅了進去，找張高凳坐下。

他對一個黑人說：「巧克力聖代。」

「一個雙份巧克力吉格。還有呢？」

「嗯…你說說看。」

「來個培根包？」

「嗯…好啊。」

他吃了四個味道鮮美的培根包，然後又吃了一個雙份巧克力吉格，整個人終於放鬆下來。匆匆看了一下冰淇淋店裡的靠枕布套、皮革三角旗以及牆上那些「吉布森女郎」❖[2]的畫像後，他就離開店裡，繼續沿著拿索街往下走，雙手插在口袋裡。儘管他一直到隔週禮拜一才發現有人戴著標識新鮮人身分的帽子，但現在他就已經漸漸可以區分出高年級生與新進學生之間的差別：那些想要顯得很自在，但卻緊張兮兮的，就是新鮮人——他們不斷被火車載過來，下車後便混進沒戴帽，腳穿白鞋，拿著很多書的人群裡，而這些人群的唯一功能似乎就是在街頭巷尾閒晃，人手一支全新煙斗，呑雲吐霧。到了下午，新來的人已經誤以為他是高年級生，他也煞有介事地裝出一副很高興又很厭煩，很愜意又很不滿的樣子，而這都是他分析大家臉上的表情後學來的。

到了五點，他想到自己一直都沒開口跟人聊天，於是他回到住處看看有沒有新來的人加入。爬上搖搖晃晃的樓梯，他認命地看看自己的寢室，結論是這裡令人絕望到不需認真予以裝飾，頂多就是擺些班旗和老虎的圖片。此刻有人敲敲門。

「進來！」

門廊上出現了一張瘦臉，他有一雙灰眼，帶著幽默的微笑。

「有榔頭嗎？」

「沒有…抱歉。也許『十二號女士』有吧？還是別人都叫她其他名字，我也不知道。」

那陌生人走進房裡。

「你也是這間『收容所』的所友？」

艾莫瑞點點頭。

「如果用我們付的錢來衡量，這地方真的爛得像間穀倉。」

艾莫瑞也同意，所以點點頭。

他說：「我想去校園看看，但有人說新鮮人的數量少到他們也很茫然，所以必須坐下來研究，看看接下來要做什麼。」

灰眼男孩決定自我介紹。

「我姓哈樂戴。」

「布雷恩是我的姓。」

他們用當時流行的手勢握手：迅速地把手從低處伸出，然後握手致意。艾莫瑞咧嘴一笑。

「你讀哪間預校？」

「安多佛——你呢?」

「聖瑞吉斯。」

「喔，是嗎?我有個同輩的親戚在那裡。」

他們好好地對那個人品頭論足一番，然後哈樂戴說他要在六點跟弟弟碰面吃晚餐。

「跟我們來一起用餐吧。」

「好啊。」

到了肯尼爾沃斯鎮，艾莫瑞與伯恩．哈樂戴見了面——有一雙灰眼的是凱瑞．哈樂戴。在一頓平靜的晚餐中他們喝著清湯，吃著有點老的蔬菜，然後看著其他新鮮人：他們不是一小群人坐在一起，顯得很不安，就是一大群人聚集著，就像在家裡吃飯似的。

艾莫瑞說：「聽說公共食堂爛透了。」

「傳言中是這樣。但不管在不在那裡吃飯，我們就是得付錢。」

「簡直是搶劫!」

「詐騙!」

「在普大，不管第一年遇到什麼事，都得當吃虧吞下肚。就像以前在該死的預校一樣。」

艾莫瑞同意這看法。

他堅稱：「不過這裡倒是比較有活力。就算殺了我，我也不想去耶魯。」

「我也是。」

艾莫瑞問哥哥說：「你有特別喜歡這裡的什麼嗎？」

「我是沒有——不過他是為了『王子』❖[3]而來的，我想你也知道，就是《普大人日報》（The Princetonian）。」

「嗯，我知道。」

「你自己呢？」

「喔…有。我想試試看新鮮人的美式足球隊。」

「你在聖瑞吉斯打過？」

艾莫瑞覺得以前的經歷不算什麼，他說：「算是吧。但我越來越瘦了。」

「你可不瘦。」

「嗯…可是去年秋天我很壯。」

「是喔！」

晚餐後他們去看電影，前排一個能言善道的傢伙發表了些意見，艾莫瑞覺得太有道理了，同時電影院裡的人大呼小叫也讓他覺得著迷。

「呦呵！」

「喔！『心肝寶貝』——你又高又壯，但是，喔！多麼『溫柔』！」

「抱抱！」

「喔，『抱抱』！」

「吻她！吻那位女士，『快』！」

「喔——」

一群人開始用口哨吹著〈在海邊〉，聽到的觀眾都開始騷動。接下來是一首夾雜著很多踢踏舞步，歌名不詳的歌曲，然後是一首氣氛跟前面不太相符，似乎唱都唱不完的輓歌。

喔——喔——喔
她在一家果醬廠工作
不過——沒關係
只要你別唬弄我
我可是——媽的，了得很
她才不會整個晚上弄果醬
喔——喔——喔

當他們在人群中推擠走出戲院時，和其他人不斷交換冷淡的眼神，艾莫瑞做了一個結論：他喜歡電影，而且想用前排那些高年級生的方式欣賞電影，把手臂伸到座椅後面，像塞爾特人那樣提出尖銳的看法：他們的態度中帶有機智的批判力，同時也因為能包容而感到電影很有趣。

凱瑞問：「想吃聖代嗎？我是說吉格。」

「當然好。」

他們吃了很多東西，然後又繼續散步，慢慢走回十二號學苑。

「美妙的夜晚。」

「颼颼颼就過去了。」

「你們倆要回去整理行李？」

「大概吧。我們走，伯恩。」

艾莫瑞決定在學苑前台階上坐一會兒，於是跟他們說了聲晚安。

本來在薄暮中顯得五顏六色的樹叢因為日光退去而全都變成了黑影，剛出來的月亮把拱門照得一座座變成淡藍色。整個夜好像被一片薄紗的月光籠罩著，那情景美得像一首歌，一首沾染著強烈悲傷色彩的歌，總是一瞬即逝，令人留下無限遺憾。

他記得一個九〇年代的校友對他說過布斯・塔京頓❖4的一樁趣事：他在寅夜中站在校園裡對著星星用男高音的嗓音唱歌，已經上床的大學生們因為每個人的心情都不同，所以各自以不同的情緒去聆聽歌聲。

如今，沿著一整排普大學苑的陰影往下看，看來白濛濛的一群人從暗處走出，往前行進。他們身穿白襯衫與白長褲，有節奏地在街頭擺動著，每個人的手都勾在一起，頭往後仰：

回去——回去
回——去——拿——索——廳[5]
回去——回去
回去最棒——最棒——的老地方
回去——回去
離開這塵世
回去時，我們會洗掉所有痕跡
回——去——拿——索——廳！

當這一群像鬼魂一樣的人走近時，艾莫瑞閉上眼睛。歌曲高到大家都唱不上去，只有幾個男高音有辦法繼續往下唱，他們成功地把旋律帶過了最高點，然後又繼續開始美妙的合唱。然後艾莫瑞打開眼睛，心裡還有點擔心看到的畫面會破壞他對和諧音色的豐富想像。

他熱切地嘆了一口氣。站在白衣白褲人群前頭的，是機靈的美式足球隊隊長艾倫比——他桀傲不遜，因為他好像今年整個學校的希望都寄託在他身上，知道他一百六十磅的身軀必須衝鋒陷陣，穿越紅藍相間的重重陣線，攫取勝利。

著迷不已的艾莫瑞看著一支支每個人都並肩勾手的隊伍，馬球襯衫上頭的那一張張臉孔顯得不太清楚，每個人的聲音都被混在勝利的歌聲裡，無法區別開來——接著隊伍通過了陰影中的坎貝爾拱門，當他們穿越校園往東前行時，歌聲也越來越模糊。

時間一分一秒過去，艾莫瑞安靜地坐在那裡。校規明定，新鮮人在宵禁後不得在室外逗留；對此他感到很遺憾，因為他還想漫步穿越一條條充滿各種氣味的暗巷：他想看看就像母親一樣的威瑟斯朋樓（Witherspoon），以及輝格樓（Whig）與克里奧樓（Clio），它們就像被藏在閣樓裡保護著的孩子們。在一種哥德式的氣氛中，李德樓（Little）就像蛇一樣蜿蜒到庫勒樓（Cuyler）與派頓樓（Patton），然後一股神秘的氛圍從平靜的邊坡往下延伸，進入湖中。

他慢慢開始體會到普大在白天的樣貌：普大西樓與統一樓❖6讓人想起六〇年代，紅磚蓋成的一八七九樓則有種自負的氣息，至於上派恩樓與下派恩樓就像兩位伊莉莎白女王時代的貴族仕女，置身在一群平民店家裡面讓它們頗不滿意。而比這些建築都還要高，矗立在藍天下的，是赫德樓與克利夫蘭樓上面如夢似幻的尖塔。

他一開始就愛上了普大的慵懶美感，雖然對它具有的意義僅僅一知半解，但他喜歡月下狂歡的人潮以及重要比賽時全場爆滿的熱情觀眾，還有他們整個一年級充滿的那股競爭氛圍。有一天，眼光熱切但是筋疲力盡，穿著運動衣的新鮮人坐在體育館裡選了一個來自希爾高校的同學做為年級代表，一位來自勞倫斯維爾的名流則被選為副代表，一位來自聖保羅的明星曲棍球球員成了年級秘書；從那天起，就出現了一種叫做「大人物」的怪獸，它是一個令人無法喘息的社會體系產物，大家都崇拜它，雖然沒有給它一個明確的位置，而且也沒有真正承認它的存在，但是它卻一直存活到大二結束前。

學校是校內小團體形成的依據，而因為艾莫瑞是唯一來自聖瑞吉斯的，所以他眼看這些團體形成後又擴大，然後又不斷有團體形成。在公共食堂裡，那些來自聖保羅、希爾與彭佛瑞的學生各自在人們默默讓給他們的那幾張桌子吃飯，在體育館裡更衣時也有專屬於他們的角落；就這樣，他們不自主地築起一道高牆，將那些稍微比較不重要，但是卻很想打入社交圈的人隔在外面，他們也因此把過去中學時期那種友善中帶有一點困惑的特質給拋掉了。艾莫瑞自從體認到這件事之後，他就非常痛恨那一道社交的高牆，他認為那是學校裡的強者們刻意編造的一種區別方式，藉此把他們的跟班強化，提昇為圈內人，然後避開那些實力幾乎跟他們一樣的強者。

決定要讓同級生們把他當作神一般看待後，他就去參加新鮮人的美式足球隊練習，它雖然被選為四分衛，他的名字也曾在《普大人日報》的版面一角出現，但是才第二週他就把膝蓋扭傷，傷勢嚴重到整個球季都報銷了。這迫使他退隊，並且好好思考一下自己的處境。

在「十二學苑」裡面住的十幾人，每個人都有林林總總的問題。有三、四個來自勞倫斯維爾的不起眼男孩，他們總是一副受到驚嚇的樣子；還有兩個總是以為自己很粗曠，但卻是半吊子的傢伙，他們來自紐約一家私立中學（凱瑞．哈樂戴稱他們是「平民醉漢」）；還有個也是來自紐約的年輕猶太人；但是讓艾莫瑞感到欣慰的是哈樂戴家的兩兄弟，他很快就喜歡上他們。

有人謠傳哈樂戴家的兩兄弟是雙胞胎，但實際上黑髮的凱瑞比金髮的伯恩年長一歲。凱瑞很高，一雙灰眼散發出幽默的氣息，雖然他的微笑總是稍縱即逝，但卻迷人。他立刻就變成整個學苑的精神導師：如果有人喜歡探人隱私，就會被他修理，如果有人太過自負也會被他提醒。還有，儘管次數並不多，但他總會用幽默的方式嘲諷別人。艾莫瑞會公開與他這些未來的友人分享他對於大學現狀的看法，還有他覺得大學應該是怎麼一回事才對。凱瑞因為在那時還不想活得太過認真，所以對他頗有微詞，因為他在不恰當的時機討論錯綜複雜的社會體系，但還是喜歡他，而且同時感受到興趣與樂趣。

金髮的伯恩雖然沉默但卻熱切，他在學苑裡像鬼魂一樣來無影去無蹤。晚上回來時他總是默不作聲，一大早又到圖書館去用功——因為他參加了《普大人日報》的競賽，跟其他四十個參賽者都想得到夢寐以求的第一名，戰況激烈。到了十二月他因為患了白喉而倒下，贏家另有其人，但是到了二月重返校園後，他又無畏地參加比賽。理所當然的，艾莫瑞與他的交情，就只靠每次短短兩、三分鐘的談話建立起來，此外他們還會一起上課、下課，所以他無法深入了解伯恩的興趣以及支持其興趣的動力。

艾莫瑞一點也不滿意。他無法保有他在聖瑞吉斯曾經有過的地位，所以在這裡他不是名人也未受景仰。然而普林斯頓對他是很大的刺激，而且他可以料到未來還有許多事情會引發他施展權術的潛能，他所需要的只是真正去實行就可以。有關於那些上流階級參加的社團，前一年夏天他已經從一個不太情願多說的畢業生口中套出許多訊息，也引發了他的好奇心：向來不與其他社團來往的「長春藤社」，它散發著一種令人喘不過氣的貴族氣息；「小屋社」（Cottage）的組成份子很雜，有些人性好冒險，也有些衣著光鮮的社員喜歡調戲女性；「老虎客棧社」（Tiger Inn）的社員都是些虎背熊腰的運動健將，他們把預校的行為標準如實地搬到大學來；還有反對酗酒的「衣冠社」（Cap and Gown）❖7，它隱約帶有一點宗教氣息，在政治上非常有影響力；還有善於浮誇炫耀的「殖民地社」（Colonial）與具有文學氣息的「方樓社」（

Quadrangle），其餘社團還有幾十個，每個社團成立的時間長短不一，地位也各自不同。

如果有個低年級生行事太過顯眼，就會被貼上一個像是詛咒一樣的「踰矩」標籤。一邊看電影，一邊譏諷電影的內容，是一種「踰矩」的行為；討論社團的事情，也是「踰矩」；強烈支持某件事，例如不管是支持在派對上飲酒作樂，或者支持戒酒，都算是「踰矩」；簡而言之，只要太過顯眼，就是「踰矩」，而真正具有影響力的人，都是不會表態的——直到大二那年的社團選舉以前，每個人都必須謹言慎行。

艾莫瑞發現，就算為《拿索文學雜誌》撰稿，對他也沒有好處，但如果能夠成為《普大人日報》的幹部，不管是誰都能有很多收獲。本來他有點想去參加「英文戲劇社」，在公演中留下一些不朽的演出記錄，但是後來就作罷了。因為他發現，凡是聰穎而有天賦的人，都聚集在「三角社」裡，它是一個每年在聖誕節時進行轟動巡迴演出的音樂喜劇社團。同時，一方面他在公眾食堂裡總感到莫名的寂寞與不安，而且又不斷出現新的慾望與企圖，為此他感到困擾不已。第一學期就在這種狀況下逐漸過去了：他不但羨慕那些已經初步獲得成功的人，而且讓他與凱瑞都感到困惑與苦惱的，是為什麼他們沒有立刻被同級生們視為精英階級的一份子。

有許多下午他們坐在十二學苑的窗前消磨時間，看著一群群新鮮人前往食堂或從那裡離開，他們注意到有些比較顯眼的人已經被一些跟班給黏上了，而用功的學生卻顯得身形寂寞，踏著匆促的腳步，垂頭喪氣，羨慕那些成群結隊的人可以在校園裡安穩前行。

有天他將全身伸展開來，躺在沙發上，一邊抽著法提瑪牌香菸，一邊精確地思考著，同時對凱瑞抱怨說：「我們是可憐的中等階級！就是這麼一回事！」

「中等階級有什麼不好？我們來到普大，不就是為了要用中等階級的眼光去看待那些比較小的大學？承認我們是中等階級吧，要對自己有信心，打扮得好看一點，引人注意——」

「我不是對這種耀眼的階級體制有意見。」艾莫瑞也同意他的看法，但是繼續說：「我也喜歡有些人能夠爬到上面，成為風雲人物。但是，天啊，凱瑞。我一定要成為那種人！」

「但是，艾莫瑞，到目前為止你還只是一個資產階級而已，要獲得什麼都要靠自己努力。」

有好一會兒艾莫瑞不發一語。

他終於又開口了：「未來一定不是——過不了多久的。但為什麼要努力付出才能有收穫？我討厭這樣。大家會知道我有多傑出，你等著看吧。」

「但是你要付出才能留下記錄。」凱瑞突然探頭往外看街道，他說：「朗格達克走過來了，你可以來看他長什麼樣子——走在他後面的是韓伯德。」

艾莫瑞趕快起身走到窗邊。

他仔細端倪那兩個名人，然後說：「喔，韓伯德讓人印象深刻，但是這個朗格達克——他是比較粗魯那一型的。不是嗎？我不信任這種人。他就像未經琢磨的鑽石，切開後才發現只是個小鑽石。」

凱瑞的興奮之情退卻了，他說：「好啦！你是個文學天才，就看你自己願不願意而已。」

艾莫瑞頓了一下，他說：「我不知道自己行不行，有時候我真的這樣認為。聽起來挺難的，我不會對任何人說這件事，不過你例外。」

「好啦，放手去做吧。把頭髮留長，去寫詩吧！學一學《拿索文學雜誌》裡面那個叫做唐維里爾的傢伙。」

艾莫瑞慵懶地把手伸到桌上一堆雜誌上。

「看過他最新的作品了嗎？」

「從未錯過。那種作品很少見。」

艾莫瑞看看桌上的那幾期雜誌。

他驚訝地說：「哇！他是一年級的嗎？」

「是。」

「天啊！聽聽看他寫的。」

一位女侍說：

一疊疊的黑絲絨畫過天際，

白光像被囚禁在銀框裡，
像風中黑影似的搖曳著為若火焰，
琵雅，彭琵雅❖[8]，來吧——來吧

「那是在描述廚房裡的情形。」

她的腳趾像飛行中的鸛鳥一樣僵硬；
她躺在鋪著白床單的床上，
她的雙手擺在平順的胸膛，像個聖人
美麗的庫妮薩，重見天日吧！

「天啊，凱瑞！他在鬼扯什麼？我發誓，我完全看不懂。即使我自詡為文藝青年，我也看不懂。」

凱瑞說：「這種作品很難懂。不過，你只要想一想靈車與酸掉的牛奶就想得通了。有些作品會比較熱情，但這篇不一樣。」

艾莫瑞把雜誌往桌上丟。

他嘆氣了一口氣：「現在我什麼都還不確定。我知道我不是個平凡人，但我也討厭那些自以為了不起的傢伙。我到底該把自己培養成一個偉大劇作家，或者變成一個對文學經典不屑一顧的滑頭？我還沒辦法決定。」

凱瑞建議他：「為什麼要決定？跟我一樣到處晃晃不是很好？我只要沾伯恩的光，就可以出人頭地了。」

「我不能四處遊晃——我想要關注這個世界。我想要具有掌控的能力，就算是幫人操刀也好。或者是成為普大的學生會主席，三角社社長也可以。凱瑞，我希望大家仰慕我。」

「你太在意自己的事情了。」

聽到這句話後，艾莫瑞坐了起來。

「不，我這也是在為你著想。我們必須走了，趁現在還挺有趣的，就去跟那些勢利鬼混一混，參加一下同級生的聚會吧。我想帶一條『小沙丁魚』去參加六月的舞會，但是我一定要學會溫文儒雅的那一套，才敢這麼做——我要在那些情場老手，足球隊隊長，還有其他一般人面前介紹她。」

凱瑞不耐煩地說：「艾莫瑞，你這樣做又有什麼用？如果你想功成名就，你一定要邁出嘗試的腳步。如果你不想，那就輕鬆過日子就好。」他打了個呵欠繼續說：「走吧，不要再抽菸了。下樓去看足球隊練習吧。」

艾莫瑞逐漸接受了這個觀點。他的結論是：明年秋天是他大學生涯的起點，此刻就好好旁觀凱瑞如何從「十二號學苑」的生活中萃取樂趣。

他們在那位猶太青年的床上擺滿檸檬派；他們每天晚上都把艾莫瑞房裡的瓦斯噴嘴打開，弄得整個學苑都是瓦斯味，「十二號女士」跟當地水電工都被蒙在鼓裡；他們為了惡整那兩個「平民醉漢」，把他們的圖畫、書本與傢俱都丟進洗手間裡，那兩個傢伙去川頓市（Trenton）痛快地玩了一趟，回來後在迷迷糊糊中發現東西都被移位，被耍得一頭霧水——不過兩個醉漢只是把這件事當成有人在開玩笑，讓艾莫瑞他們大失所望；他們從晚餐時間開始玩「紅狗」、「二十一點」與「大老二」等撲克牌遊戲，直到天明；碰到某人的生日還勸他去買許多香檳酒，跟大家狂歡慶祝。出錢的壽星雖然沒有喝醉，但卻不小心被艾莫瑞與凱瑞從兩層高的階梯上丟了下來，結果接下來那一週兩人只能帶著羞愧悔過的心情，持續去醫院探望他。

有天凱瑞問說：「嘿，那些女人是誰？」他抗議艾莫瑞的信件疊起來實在太厚了一點。「最近我觀察了一下信上面的郵戳——有法明頓、多伯斯、威斯多佛以及戴納・霍爾等地方——這是怎麼一回事？」

艾莫瑞咧嘴一笑。

「都是雙子市附近的城鎮。」他把寄信人的名字一一說出來。「有瑪莉蓮・迪威特——美女一個，還有自己的車，有夠方便的；還有越來越胖的莎莉．威瑟比；蜜拉．聖克萊爾是我的舊情人，如果你想要的話，要親她並不難——」

凱瑞問他：「你到底用什麼話收服她們？我什麼都試過了，可是那些瘋婆子連怕都不怕我，更別提跟我在一起了。」

艾莫瑞說：「你是好男孩那一型的。」

「說的一點都沒錯。每個媽媽都覺得女兒跟我在一起很安全。說老實話，真的很討厭。我如果握她們的手，她們就笑我，只是『任由』我握，好像那不是自己的手似的。只要一被我握住，她們的手就像跟身體脫節了一樣。」

艾莫瑞說：「你必須生氣。跟她們說你氣炸了，你必須改變個性——你要氣沖沖地回家，然後一個半小時後再回去找她們，嚇嚇她們。」

凱瑞搖搖頭。

「我連一點機會都沒有。去年我曾寫一封情書給一個聖提摩西女中的女孩。信裡某處我慌了，寫了一句：『我的天啊！我真愛妳！』她拿了一把指甲刀，把『我的天啊！』那幾個字剪掉，然後把整封信讓全校學生傳閱。我真是束手無策，反正我就是『老好人凱瑞』，真是該死。」

艾莫瑞露出微笑，想像一下「老好人艾莫瑞」的模樣，可是完全想不出來。

二月是個雨雪齊下的月份，大一那年的前半段就像暴風一樣匆匆走過，在「十二學苑」的那些日子雖然過得漫無目的，但倒也還算有趣。艾莫瑞每天都會在喬伊餐廳用一次餐，他總是吃總匯三明治、玉米片與炸馬鈴薯絲，結伴與他同行的通常是凱瑞或艾力克·康奈基。艾力克是個來自哈曲其斯中學的「滑頭」，他的話很少，而且不太管事，住在隔壁的他跟艾莫瑞一樣被迫在校園裡處於孤立的狀態：因為他們班同學全都去唸耶魯大學了。喬伊餐廳既不美觀，也有點不衛生，但卻是個可以掛帳的地方，而且金額不限，這一點讓艾莫瑞覺得很方便。之前他父親試著開始投資礦場的股票，因此他的零用錢雖然還算充裕，但減少的程度卻出乎他的意料。

喬伊餐廳的另一個好處是，那裡是高年級生不會注意的地方，所以艾莫瑞每天下午四點就會去試試看當天自己的胃口怎樣，或許是跟朋友一起，有時則自己帶書過去。三月裡有天他發現所有的桌子都滿了，於是他挑了最後一張桌子坐下，對面坐的是一個專心看書的新鮮人。他們只是微微點頭致意，有二十分鐘的時間艾莫瑞只是坐著吃培根包，一邊讀著《華倫夫人的職業》（他是某次期中考時在圖書館意外發現這本蕭伯納的作品）❖9；另一個新鮮人，則也專心讀著書，同時享用他點的三人份巧克力麥芽牛奶。

偶爾艾莫瑞的眼光會飄到跟他同桌吃午餐的人身上，好奇地看看他在讀什麼書。結果他從倒著的封面看出那是史蒂芬·菲利浦斯寫的《瑪珮莎》❖10。他不知道那本書寫些什麼，因為他在韻詩方面所涉略的僅限於「週日文學經典」節目中所介紹的〈進來花園裡，摩黛〉❖11，還有他最近囫圇讀的一點莎翁與米爾頓的作品。

為了要與對面那一位攀談，他假裝專心看書，過一會兒大叫一聲，好像情不自禁似的：

「哈！真材實料啊！」

另一位新鮮人抬頭看他，艾莫瑞裝出一副好像很尷尬的樣子。

「你是說你的培根包嗎？」他那沙啞但是和善的嗓音跟臉上的大眼鏡非常搭，而且加強了讓人覺得他很敏銳的印象。

艾莫瑞回答說：「不。我是說蕭伯納。」他把書翻過來給對方看。

「我沒有讀過蕭伯納，但總是想試試看。」男孩頓了一下又繼續說：「你讀過史蒂芬·菲利浦斯的作品，或者你喜歡讀詩嗎？」

艾莫瑞熱切地說出肯定的答案：「是的，沒錯。不過，我不算真的有讀過史蒂芬·菲利浦斯的作品。」（事實上，他唯一聽過名叫史蒂芬·菲利浦斯的作家，是姓葛拉罕。）

「我想那也不能怪你，畢竟他是維多利亞時代的人了。」他們開始討論詩歌，當然在過程中也做了自我介紹。結果，艾莫瑞的這位同伴不是別人，正是「令人敬畏的知識份子，湯瑪斯·帕克·唐維里爾」，他在《拿索文學雜誌》上刊登了許多熱烈的情詩。他可能年方十九，有駝背的習慣，一雙淡藍眼珠，而且整體而言，艾莫瑞可以從外表看出他對社會競爭沒什麼概念，也沒有讓他特別感到有趣的東西。不過，他還是愛書，而且艾莫瑞這輩子似乎還遇過像他那麼愛書的人；如果不是怕隔桌那些來自聖保羅市的傢伙誤以為『他也是』喜好文學的娘娘腔，他會更喜歡這一席談話。不過，他們似乎完全沒有注意到，所以他變得比較自在，他們聊的書多達幾十本——有些書是他直接讀過的，有些則是他看過相關的討論，也有些他完全沒有聽過，他就像布蘭塔諾書店的店員一樣，隨口就可以唸出一長串書名。唐維里爾有時候真的被他唬弄了過去，而且真的感到非常高興。善良的他幾乎斷定普大這個地方除了很多人有銅臭味，還是有很多用功的學生，而且能遇到他這種把濟慈（Keats）的名字講得那麼順口，還把手洗得那麼乾淨的人，真是樂事一樁。

他問說：「讀過王爾德嗎？」

「沒有。那是誰寫的？」

「那是個人名——你不知道嗎？」

「喔，當然知道。」他喚起了腦海裡的一絲記憶。「《珮萱絲》（Patience）那一部喜歌劇不就是跟他有關嗎？[12]」

「對，就是那傢伙。我剛剛看完他寫的一本書，叫做《多利安．格雷的畫像》（The Picture of Dorian Gray），而且我真的希望你也應該看。你會喜歡的，如果你想看，我可以借你。」

「好啊，我會很喜歡的——謝了。」

「你要不要去我的寢室看看？我還有很多書。」

艾莫瑞猶豫了一下，瞥一下聖保羅市來的那些傢伙（其中一人是那位高貴而敏銳的韓伯德），而且他還在考慮要不要交這個朋友。他還沒有辦法跟他們交朋友，但也無法不顧及他們——所以他衡量的是湯瑪斯・帕克・唐維里爾：到底是他那無可置疑的吸引力比較重要，還是他應該在意隔桌那些戴著玳瑁鏡框的傢伙，因為他覺得他們有可能在一旁冷眼旁觀。

「好，走吧。」

所以他拿到了《多利安・格雷的畫像》、《神祕而嚴肅的桃樂洛絲》（Mystic and Somber Dolores）❖13以及《美女如此無情》（Belle Dame sans Merci）❖14，接下來一個月他所熱衷的，就只有它們。這個世界變得如此慘白而有趣，他試著透過王爾德與史溫朋的厭煩眼光來看待普林斯頓——他還用珍貴的嘲諷口吻暱稱他們為「芬格・歐佛萊帝」與「阿格農・查爾斯」❖15。他每晚都大量閱讀——不論是蕭伯納、卻斯特頓（Chesterton）、巴瑞、皮內羅、葉慈（Yeats）、辛、恩尼斯特・道森、亞瑟・席蒙斯、濟慈、蘇德曼、勞勃・修伊・班森等人的作品，還有那些在薩佛伊劇院演出的劇本❖16。他唸的作品種類可說五花八門，因為他發現自己已經有數年沒有讀書了。

一開始，湯姆．唐維里爾比較像是他唸書的動機，而不是朋友。艾莫瑞與他一週碰面一次，他們一起粉刷了湯姆的寢室天花板，用拍賣會上買來的仿製壁毯裝飾他的牆壁，也擺了高腳燭台，裝上有圖案的窗簾。艾莫瑞喜歡他又聰明又充滿文藝氣息，但是卻不像個娘娘腔，也不做作。事實上，艾莫瑞不但必須時時賣弄，而且他努力試著「出口成章」——但那些雋語都只是表面功夫，還有一些技藝是更為困難的。十二號學苑的人都覺得很有趣，凱瑞也讀了《多利安．格雷的畫像》：他還學艾莫瑞，把自己當成書裡的亨利爵士，然後稱他為多利安．格雷，並且假裝鼓勵他發揮邪惡的幻想力，展現出「厭煩」（ennui）的特性。❖[17]但當他把這一切搬進公共食堂時，讓同桌的人都感詫異的是，艾莫瑞居然因為尷尬而怒不可抑，而且此後他只會在唐維里爾面前或鏡子前出口成章。

有天湯姆與艾莫瑞試著在凱瑞的留聲機樂聲中朗誦他們自己的以及唐薩尼爵士❖[18]的詩作。

湯姆大叫說：「唱出來吧！不要只是朗誦，『唱出來吧』！」

正在表演的艾莫瑞看來很氣惱，而且他堅稱要改放一張鋼琴演奏比較少的唱片才能唸得出來。凱瑞一聽到這句話，倒在地上打滾，笑得差點無法呼吸。

他大叫：「改放〈心與花〉吧！喔，我的天啊！有人要生氣囉！」

滿臉通紅的艾莫瑞狂吼：「關掉該死的留聲機。你以為我在表演嗎？」

同時，艾莫瑞還是持續試著讓唐維里爾了解社會系統是怎麼一回事，因為他知道這位詩人實際上比他還傳統，他所需要的，是把頭髮弄濕，不要動不動就丟出一堆書名，還有一頂深棕色的帽子，表現才會比較像正常人。但是他完全不理會「李文斯頓衣領」或深色領帶等神聖的社交禮儀，事實上唐維里爾還有點痛恨他的這些建議，所以艾莫瑞只好一週跟他見一次面，偶爾帶他到十二號學苑去。此舉引來同宿舍其他新鮮人的竊笑，因此稱他們為「約翰遜博士與包斯威爾」❖19。

另一位常客是艾力克．康奈基。康奈基還挺喜歡他的，但是敬畏他是個高高在上的知識份子。而凱瑞，則從他嘴裡冒出滔滔不絕的詩句看出他內心紮實而幾乎令人敬佩的深度。凱瑞覺得很高興，總是要他每個小時都朗誦詩歌，自己則閉眼躺在艾莫瑞的沙發上傾聽：

睡了還是醒著？她的粉頸
被吻的太緊，留下紫色的印痕
呻吟的血液顫抖著放出來
溫柔的，溫柔的螫刺——更美麗的小斑紋❖20

凱瑞總是輕輕地說：「好啊。哈樂戴家的哥哥為此高興不已。我想這是個好詩人。」而湯姆也為自己有這群觀眾感到高興，所以他不斷把史溫朋的《詩作與歌謠集》（Poems and Ballades）拿出來朗誦，直到他們幾乎跟他一樣滾瓜爛熟。

艾莫瑞喜歡在春日下午寫詩，地點在普大附近莊園的花園裡：他身旁總有天鵝在人工池塘裡游泳，製造出極佳氣氛，楊柳上方則有浮雲和諧地飄動著。五月總是來得太早，在他突然感到自己不能繼續被困在斗室內的時候，他總在星光與春雨中，於校園裡「在潮溼的校園中，一部充滿象徵的插曲」。

夜裡落下迷霧，一片片在月下捲起，聚集在尖塔與塔樓上，然後慢慢落下，所以這些如夢似幻的高樓高塔還是爭相對著天空歎息。平常在白天排得密密麻麻好似螞蟻的東西，如今像黑影裡的鬼魂一樣身影模糊，有時出現，有時消失。那些哥德式風格的廳堂與迴廊總是從黑暗中突然冒出來，比平常更為神秘，在一片片昏黃的光線中只看得見其形體。不知哪裡傳來了一刻鐘的鐘聲，艾莫瑞在日晷旁邊停下腳步，在潮濕的草地上把全身伸展開來。他的雙眼沐浴在一片涼爽空氣中，時間飛逝的速度彷彿放慢了——那些在懶洋洋春天午後偷偷溜走的時間，在這個透著微光的漫長時刻裡，似乎變得讓人無法感受其存在。每天晚上，四年級學生唱歌的聲音傳遍整個校園，透露出一種憂鬱的美感，歌聲穿透進入他這位大學生的意識，讓他對這校內的一切，包括那些哥德式尖塔塔樓與灰牆，以及它們所代表的作古先人，都充滿了深深的敬意。從他房間的窗口一眼望出去，可以看到塔樓不斷往上延伸，到了塔尖的部分已經伸進了晨間的天空裡，讓人看不清楚，卻彷彿還嫌不夠高，這讓他初次感受到校園裡的這些景象都是稍縱即逝而不重要的——它們所代表的不過是一代代使徒們存在的依歸。❖21讓他感到高興的，是他知道高聳的哥德式建築特別適合大學校園，這概念已經深入其內心。不管是那些默默成長的綠草綠樹，或者偶爾因有人在夜間讀書而亮起燈光的沉靜廳堂，都能引發他的強烈想像，純潔的尖塔變成他感知力的象徵與憑藉。

他把雙手沾濕，順手去撥頭髮，大聲呢喃：可惡！明年我要大展身手！但他也知道，現在引導著他默默作夢的這些尖塔與塔樓，屆時會讓他驚嚇不已；現在讓他覺得自己無所事事的這些地方，到時候會讓他體認到自己有多無能與不足。

整個大學彷彿都在作夢似的——在半夢半醒之間。他本來應該慢慢跳動的心，現在卻感到一陣興奮。他內心像被自己投擲出去的石頭，隱隱激起一陣漣漪，但在出手的同時，波紋又好像同時消失了。到目前為止，他沒有任何付出，也沒任何收獲。

他這個新鮮人已經不再新鮮了。他沿著泥濘的道路往下走，油布雨衣上不斷發出劈哩啪啦的雨滴聲。某處一扇他沒有看見的窗戶後面，有人喊出他目前唯一的路：伸頭看看這個世界！這個聲音彷彿在迷霧中傳了開來，最後滲入他的意識裡。

他突然大叫：我的天啊！然後他自己的聲音在一片靜默中散開——雨還是繼續下著，一分鐘後他躺下不動，雙手緊握，然後一躍起身，稍微拍拍衣服。

他對著日晷大聲說：「可惡！我全身都濕了！」

歷史事件

大一結束的那年夏天，戰爭就開始了。德國以閃電攻勢推進巴黎事件一點也引不起他的興趣：他一點也不激動，也不想多了解戰況。他對戰爭的態度就像在欣賞一齣鬧劇，最好能演個不停，而且多流些血。如果戰事不持續下去，他會氣得像買票去看拳擊，但是兩個拳手卻不願繼續纏鬥下去的觀眾。

他的反應就是如此而已。

《哈！哈！荷恬絲！[22]》

好啦，小馬子[23]！

搖阿搖！

嘿！小馬子——晃晃你那兩個骰子，搖搖你的小屁股？

嘿！小馬子！

無助的導演發怒了，而三角社的社長，則是焦慮地在一旁怒視，有時候突然大發脾氣，有時候則是連話都懶得說上一句，同時一邊無精打采地坐著，心想這如果排戲的狀況一直那麼糟，哪有可能來得及在耶誕節進行巡迴演出。

好。現在開始唱海盜歌。

演員們匆匆把最後幾口菸吸完，又慢慢走回定位；反串女主角的演員跑到最前面去，矯揉造作地把手腳擺好，當導演一邊拍手跺腳，嘴裡一邊噠噠噠數著節拍時，大夥兒又開始亂跳了起來。

三角社就像是個忙碌混亂的蟻丘一樣。它每年都會到各地去進行演出，一整個聖誕節假期都拖著演員、合唱團員、管弦樂團以及布景道具四處奔波。演出跟音樂都是由大學部學生一手包辦，它也是最具影響力的社團之一，每年都有超過三百個人擠著要入社。

二年級的時候，艾莫瑞在《普大人日報》舉辦的一次競賽中輕易獲勝，因此擠進三角社軋一角：一個綽號叫做滾油的海盜船副官。過去一週，每天從下午兩點到隔天早晨八點為止，他們都在夜總會[24]裡排演《哈！哈！荷恬絲！》。大家都是靠又濃又黑的咖啡撐下去的，偶爾還要趁空檔的訓話時間偷睡一下。表演現場是一個很少見的地方，名叫夜總會，它是一個像穀倉一樣的大禮堂，裡面站滿了一堆年輕男演員，有反串女孩的，有演海盜的，還有假扮小嬰孩的。一堆人正匆匆忙忙地搭著佈景，排練中的燈光師把一道道奇怪的燈光打在憤怒的人臉上；此外還有不斷在調音的管弦樂團，熱鬧忙亂地演奏三角社的曲目。負責填詞的男孩站在角落咬著鉛筆，他只有二十分鐘可以寫出謝幕曲，而劇團經理則跟祕書爭論著他們可以花多少錢來準備這些活像擠奶女工在穿的該死戲服。此外，一旁高處的包廂裡則坐著一個老校友——一八九八年的三角社社長，他心想著：當年我們排戲時可單純多了。

三角社的巡迴演出到底是怎樣開始的，已經不可考。同樣的，每個社員們的付出是否夠多，對得起他們別在錶鏈上的那個金色小三角，更是一筆絕不可能算清的迷糊帳。《哈！哈！荷恬絲！》已經被改寫了六次，節目單上面出現的製作人名字，更是已經高達九個了。每次三角社開始籌備演出，都宣稱要來一點不一樣的——不只是一部音樂喜劇，但是當幾位作者、社長、導演以及社團幹部聯手把戲搞定時，做出來的總是品質保證的老戲碼，戲裡也都是那些能引來滿堂彩的老笑話，而且明星級的喜劇演員也都照例會在巡迴之前遭到退學或生病，或遇到各種各樣的意外。他們的滑稽舞蹈表演裡也總是有一個留著黑色絡腮鬍的傢伙說：我絕對不會一天刮兩次鬍子，可惡！

《哈！哈！荷恬絲！》這部戲有一個很了不起的地方。根據普大的傳統，只要有耶魯大名鼎鼎的「骷顱與人骨社」的社員聽見社團的聖名被人提及時，就必須離開房間。根據傳統，這些社員在日後也都會功成名就，無一例外：他們賺的鈔票與選票比別人多，搶優待券的功夫更是一流，總之他們做什麼都會成功。因此，當《哈！哈！荷恬絲！》在演出時，有六個座位是不售票的——三角社從街上僱來六個長得最醜的遊民，幫他們化妝打扮。戲演到一半時，那位叫做賊頭子的海盜船長會指著他的黑旗說：我是個耶魯校友——看看海盜旗幟上的骷顱與人骨！在此同時，六位遊民也會被下令，在「眾目睽睽」之下起身離開戲院，臉上要顯露出一副非常憂鬱而且自尊受傷的樣子。據說，這些被聘來的耶魯佬裡面還有一個是真的呢！（只是這件事從未被證實過。）

整個假期他們都在八個最時髦的城市進行演出。艾莫瑞最喜歡的是路易斯維爾與孟斐斯市：因為那裡的人最懂得如何款待陌生人，也最會調水果酒，同時其美女如雲的盛況更是令人驚訝。至於芝加哥，雖然是一個腔調很重的地方，但倒也有一番特殊的風韻——不過那是個耶魯大學的地盤。更何況，耶魯合唱團將於隔週前往表演，所以對三角社的歡迎度難免有了影響。到了巴爾的摩，普大人有一種回家的感覺，每個人都會愛上那裡。大家難免會多喝兩杯，而且總是會有人在台上顯得特別興奮，還宣稱那是對其角色所進行的必要詮釋。他們坐著三輛車進行巡迴演出，但是除了最後一輛車裡的人，根本沒有人在車上睡覺——因此那輛車被稱為載動物的車，也是那些戴眼鏡的管樂手們的專車。因為整個行程都是來匆匆去匆匆，讓人連發呆的時間都沒有；但是一到了費城，因為大家想趕快擺脫蜂擁而至的鮮花以及臉上油膩膩的化妝品，才開始放鬆。反串的演員們把馬甲脫下後，一個個開始抱怨腹部疼痛，但是也鬆了一大口氣。

到了劇團放假的時刻，艾莫瑞在第一時間就踏上前往明尼亞波利斯的路程：因為莎莉．威瑟比的表妹伊莎貝爾．博傑要趁父母出國前往明尼亞波利斯過寒假。在他剛剛到明尼亞波利斯市的時候，伊莎貝爾曾是他偶爾的玩伴，因此對她的印象還停留在她是個小女孩時。後來她搬到巴爾的摩去了——在那裡有過非常豐富的人生閱歷。

這次歸返故里的艾莫瑞可以說是昂首闊步，在自信中夾雜著緊張與歡愉。趕回明尼亞波利斯去和小時候曾玩在一起的女孩重逢，似乎是一件很有趣而浪漫的事，所以他毫不內疚地發了封電報跟母親說，別等他回家過節了…在三十六小時的火車車程裡，他一直在想自己的事。

擁吻

在參加三角社的巡迴演出時，艾莫瑞見識到時下美國最流行的現象，也就是擁吻派對（"petting party"）❖25。

在維多利亞時期，沒有一個母親想像得到自己的女兒在被親吻時是多麼的自在——就算不是生活在那個時代，大部分的母親也都具有維多利亞時期的風格。休斯頓．卡姆萊特太太對著她那位人人追求的女兒說：只有侍女才會那樣。她們先接受別人的獻吻，再接受婚約。

但是從十六歲開始到二十二歲為止，這位人人想追的女兒每六個月就會接受一次婚約，當母親幫她安排與康氏與韓氏企業（Cambell & Hambell）的小開康伯相親時，他還被蒙在鼓裡，誤以為自己是她的初戀。在每一次婚約的空檔裡面，這位P.D.[26]總會在月下、在火爐邊或在一片漆黑的室外對不同的人獻出最後的深情一吻（而且在講求適者生存的舞會上，她總是會成為被人爭搶的舞伴）。

艾莫瑞見識到當時一些女孩的行徑，是他記憶中還不曾看過的：不可思議的是，她們會在舞會結束後的凌晨三點與人在餐廳吃宵夜，她們可以用一半認真，一半訕笑的態度高談闊論人生的一切問題，但她們在道德上真正令人失望之處，是在談笑間總是偷偷帶著興奮之情。但是他後來親身體驗了從紐約到芝加哥沿路的城市，終於見識到它們對年輕人的吸引力有多強，也才知道這樣的女性到處可見。

下午在廣場酒店裡，冬天的微光在室外流連著，樓下隱約傳來鼓聲：穿著體面的他們在樓下大廳裡昂首踱步發怒，等著等著又點了一杯雞尾酒。旋轉門開始轉動，接著三個包在皮革裡的人矯揉造作地走出去。接下來的節目是去戲院，接著去欣賞《午夜嬉鬧》的歌舞表演——當然，母親會全程陪伴，只不過她的陪伴只會使他們做的事顯得更為神秘而了不起，而且她也只能獨自待在沒有其他人的桌邊，心裡想著這些娛樂其實不像廣告看板上面畫的看來那麼糟，只是有點「累人」。但是，P.D.又墜入情網了…很奇怪，不是嗎？儘管計程車裡的空間很大，P.D.和那位來自威廉斯學院的男孩卻必須分開搭乘兩輛車。奇怪！你有沒有看到？P.D.才遲到了七分鐘，卻羞得滿臉通紅。但是P.D.總能找到脫身的藉口。

以前人們口中的美人兒，後來改叫調情高手；後來調情高手，又被人換成了小媚狐的名號。以前的美人兒，每天下午會有五、六個訪客。而這位P.D.如果不巧有兩位訪客，不是來找她約會的那一個會覺得很尷尬。舞會上，美人兒在舞曲跟舞曲之間的片刻休息都會被十幾個男人圍繞著。但是P.D.呢？你可以試著找看看，你「只能試著」看看。

這位女孩…她深深陷入了叢林音樂的氛圍中，隨之而來的是道德規範的疑慮。艾莫瑞發現，不管是哪一位人人都想追的女孩，他只要在八點認識，到了十二點就很有可能跟她索吻——他認為，這真是一件迷人的事。

我們到底為什麼會在這裡？某一晚待在路易斯維爾鄉村俱樂部外某人的禮車裡，他這樣問一位頭上戴著綠色髮箍的女孩。

我不知道。我只是覺得自己很亢奮。

我們就坦白點吧——以後我們再也不會見面了。我想跟妳出來，因為妳是我眼前最漂亮的女孩。妳應該不在乎會不會再跟我見面吧？嗯？

、嗯。但你真的跟每個女孩都這樣講嗎？我到底做了什麼，要讓你對我說這種話？

還有，妳對跳舞，還有對於跟人說『來根菸吧？』這種話不會感到厭煩嗎？妳只是想——

喔，我們進去吧。她打斷他。如果你只是想「分析」我，我們就乾脆別「聊天」了。

當那種無袖的手織運動衫還很有型時，艾莫瑞突然靈感乍現，稱它們為擁吻派對衫。結果，透過一些情場老手以及P.D.的口耳相傳，這名稱開始從東岸傳到西岸去。

有關艾莫瑞的描述

如今艾莫瑞十八歲了，他的身高幾乎長到六呎，他的像貌特別俊美，而且有一種與眾不同的美。他有一張相當年輕的臉，如果不是那雙穿透力十足，帶有長長黑色睫毛的綠色眼睛，他的臉會顯得更為純潔無瑕。總之他缺乏一股俊男美女都擁有，屬於動物性一部分的強烈吸引力。而他的人格似乎純粹是由知性構成，而他無法像開關水龍頭一樣控制自己的性情。但他那張臉是人們是絕對不會忘記的。

伊莎貝爾

她在最上面一層臺階停下腳步。她現在，就像是跳板上的跳水選手，或者是新戲上演那一晚的女主角，又或者是「超級大賽」❖27當天笨拙健壯的年輕參賽者，內心五味雜陳。她想像自己走下去時迎面而來的是一陣鼓聲或者是取材自《黛伊絲冥想曲》（Thaïs）❖28與《卡門》（Carmen）的不和諧組曲。她對自己的外表未曾如此好奇過，也沒有那麼滿意過。如今她滿十六歲已經六個月了。

「伊莎貝爾！」莎莉表姐從更衣室外的走廊上叫她。

「我好了。」她發現自己的聲音顯得有點緊張。

「我必須派人回去再拿一雙涼鞋過來。一下子就好了。」

伊莎貝爾想要走回更衣室，再看看自己在鏡中的模樣，但轉念一想，她只是站在明尼哈哈俱樂部的寬闊階梯上往下看。階梯往下彎繞的造型引人遐想，她瞥見下面大廳裡兩位男性的腿部。他們都穿著黑色輕便舞鞋，看不出是誰，但讓她熱切關心的是：其中一人會不會是艾莫瑞·布雷恩？這位年輕人雖然還未與她重逢，但她今天卻有一大部分早就被他給占據了——而這也是她回來這裡的第一天。莎莉自告奮勇開車去車站接她，接下來她面對的是一連串的問題、意見、啟示以及誇大的說法。

「妳『當然』還記得艾莫瑞·布雷恩。嗯⋯他迫不急待地想要再跟妳見面。大學放假後它已經回來超過一天了，今晚他也會過來。他聽到很多有關妳的事——還說記得妳那一雙眼睛。」

伊莎貝爾的芳心竊喜：儘管不需旁人這樣美化她，她也可以靠自己把對方困在情網中，但這樣一來，他們倆可說是條件相當了。但是在一陣激動的快樂期待過後，急轉直下的情緒迫使她不得不開口問：

「妳說，他聽到很多有關我的事：這是什麼意思？什麼事？」

莎莉露出微笑。她覺得在來自外地的表妹面前，自己可以好好表現一下。

「他知道——他知道妳在大家眼裡是個美人，就這樣而已。」她頓了一下又繼續說：「而且我猜他知道妳有過接吻的經驗了。」

一聽到這句話，伊莎貝爾那隻擺在毛皮大衣裡的小手突然緊握拳頭。不堪的過往始終跟隨著她，但她已經很習慣了，而且每次都讓她感到憎惡不已。然而——在這個陌生的城市裡，這件事對她的聲譽卻很有幫助。她是個情場高手——真的是這樣嗎？嗯…這讓他們自己來發掘就好了。

伊莎貝爾看著窗外的雪在清晨的薄霧中飄盪著。她不記得這裡的寒冷遠超過巴爾的摩，冷到邊門的玻璃已經結冰，窗戶的角落也都積著雪。她的心裡還是繞著一件事打轉：「他」的穿著是不是跟那個穩重地走在繁忙商業大街上的男孩一樣？腳穿鹿皮皮鞋，為了冬日的假期而盛裝打扮？多麼具有「中西部」色彩啊！他當然不是那樣：他去唸的是普林斯頓，現在大概是大二，但是對於他的一切，實際上她並沒有明確的概念。在柯達相簿裡，她保存了一張擺了很久的快照，他在照片裡有一雙令她印象深刻的大眼睛（而且到他長大後可能也還是那個模樣）。然而，當上個月她決定要在寒假來拜訪莎莉時，他就已經知道自己戀愛的對象與自己有多相配了。年輕人如果想當媒人，會是最善於計謀的，因為他們的腦筋動得很快：因此，莎莉扮演的角色，是在易受鼓動的伊莎貝爾身旁敲邊鼓。而伊莎貝爾早就準備好要談一場轟轟烈烈的戀愛——就算是曇花一現的愛也好…

車子靠近一棟白色的大型石造建築，它就位於積雪的街道旁。威瑟比太太熱情地歡迎她，而她那些有禮貌的年輕表姐妹們先是待在一旁，然後才從角落走出來。伊莎貝爾的表現落落大方，對於與她接觸的每個女孩，她盡可能博得他們的好感——除了那些年紀較大的女孩還有一些女人。她刻意營造自己的形象。在直接與本人接觸後，當天早上與她重新混熟的五、六個女孩發現，她的確就像傳聞中那樣令人深刻印象。她們公開討論艾莫瑞．布雷恩，顯然大家講的都跟他的情史有關，但是並未明確表示喜歡他或討厭他——似乎在場的每個女孩都曾與他有過一段情，但沒有半個自願提供一點有用的訊息。他將會拜倒在她的石榴裙下⋯莎莉把這訊息傳遞給她的姐妹淘們，她們一看到伊莎貝爾就對此大表贊同。伊莎貝爾下定決心了：如果有必要的話，她會強迫自己喜歡上他——這是她對莎莉應有的回報。不過會發生這種狀況，一定是因為她對艾莫瑞真的非常失望。為了美化他，莎莉可說使盡渾身解數——說他長相俊美，如果他想要與眾不同，就一定可以辦到，而且總是有自己的一套說法，也不會墨守成規。事實上，像她這樣的年紀與出身，如果有人能喚醒她對愛情的浪漫渴望，他可說是絕佳人選。現在穿著舞鞋在柔軟地毯上像跳著狐步舞踱步的人是他嗎？她心裡這樣想著。

在伊莎貝爾的心裡，現在所有的印象與想法都跟萬花筒一樣繽紛綻放。像她這樣能讓社會氣息與藝術氣質在自己身上產生奇妙融合的，通常只有兩種人：一種是社交仕女，另一種則是女演員。每次只要有男孩追求她，她在教養上，或者說在人情世故的了解上都會有所成長。她的圓融可說是渾然天成，而在談情說愛方面，她最拿手的就只是靠電話傳情。她那雙黑棕大眼一笑，就是最厲害的調情攻勢，身體也因為充滿強烈的吸引力而整個亮了起來。

所以那一晚當表姐派人回去拿涼鞋時，她就站在階梯頂端等著，就在她開始變不耐煩時，莎莉從更衣室走出來，眉開眼笑地散發著慣常的善意與活力。她們一起走下樓，此時伊莎貝爾的腦海裡像探照燈似的閃著兩個念頭：還好她今晚看來臉色紅潤，還有…他的舞跳得好不好？

當她們下樓走進俱樂部的交誼廳時，那些在下午與她碰過面的女孩們立刻圍了上來，然後她聽見莎莉開始唸出一串姓名，眼前出現六個依稀有點印象的身影，六個人穿的衣褲都是黑白相間，她則開始對著身形僵硬的他們鞠躬致意。當布雷恩這個姓氏出現時，一開始她還找不到他在哪裡。接下來的時刻，則充滿著青少年特有的尷尬舉動：困惑的他們不斷後退互撞，每個人都只敢跟自己最沒有好感的對象講話。伊莎貝爾巧妙地安排自己跟蛙仔．派克這位曾跟她一起玩過跳房子遊戲的哈佛新鮮人一起坐在階梯上。她唯一需要做的，就只是用幽默的姿態跟他一起聊往事。在社交方面，伊莎貝爾最了不起的就是，她只要想到一件事，就可以用很多不同方式把它呈現出來。一開始她會用略帶南方腔調的低沉嗓音與人熱烈攀談這件事，顯得歡欣不已；

然後她會把它當作可以置之一笑的往事——她的微笑是非常美妙的。然後她會在對話中變換幾種說法，用特有的巧思來詮釋它。蛙仔對此感到癡迷不已，但他沒發現這一切都不是講給他聽的，她的發話對象另有其人：是那個用水沾濕頭髮仔細梳理，一頭亮髮下有著一雙綠色眼睛的艾莫瑞。因為她早就發現他就在自己左手邊不遠處。伊莎貝爾就像個女演員一樣激動，因為她知道自己的迷人風采讓前排大多數觀眾留下了深刻印象，現在她開始要打量自己的對手。她最先看到的是他有一頭赤褐色髮絲，但令她失望的是他的膚色並不黝黑，體態也不像內衣廣告模特兒一樣纖瘦：至於其他部份，她感到他有點臉紅，輪廓則給人一種率直而浪漫的感覺。他身穿的緊身西裝與絲綢摺邊襯衫則是一般女性樂見的男性裝扮，但實際上他們已經開始對此款式感到厭煩了。

在他被人打量的時候，艾莫瑞只是在一旁默默看著。

她突然用一雙無邪的眼睛看他，轉身對他說：「你不這麼認為嗎？」經過一陣騷亂後，莎莉帶著他們走到桌邊，艾莫瑞設法擠到伊莎貝爾身旁低聲說：「妳知道吧？妳是我的晚餐女伴。我們是被人牽線促成的。」

伊莎貝爾倒抽了一口氣——這句話接得真好。但她真的有一種台詞被配角搶走的感覺：身為一位巨星，一個女主角，她一定不能失去主導權。晚餐餐桌邊不斷傳來笑聲，因為大家都搞不清楚該怎麼坐，然後大家都用好奇的眼神看著坐在主位附近的她。她盡情地享受這一刻，而她那不斷散發出來的風采甚至讓蛙仔・派克忘了幫莎莉把椅子拉出來，因而陷入些許慌亂中。艾莫瑞坐在另一頭，裝腔作勢的他看來充滿自信，而且他用毫不隱諱的愛慕眼神凝望著她。他跟蛙仔兩人都直接開口說：

「從妳綁辮子開始，我就一直聽到很多有關妳的傳聞——」

「有趣的是，今天下午——」

兩人都停嘴不講。伊莎貝爾害羞地轉身看艾莫瑞。儘管她那張臉總是讓人覺得一切盡在不言中，但她決定開口說話。

「怎麼知道？誰說的？」

「大家都會說——妳離開那麼多年了，但是從未間斷。」她露出得體的羞赧之色，而坐在她右手邊的蛙仔根本在狀況外，還不知道自己根本沒有介入他倆之間的餘地。

艾莫瑞繼續說：「我會跟妳說這麼多年來妳在我心中留下了什麼印象。」她微微往他的方向靠，用謙虛的神情看著身前那一盤芹菜。蛙仔嘆了一口氣——他很了解艾莫瑞，也知道對於這種狀況他似乎有一種與生俱來的處理能力。他轉身問莎莉說她是否會在明年離家求學。艾莫瑞開始發動攻勢了。

「我想到一個完美的形容詞是與妳相配的。」這是他最喜歡的開場白之一——他心裡並不常浮現哪個字，但這句話可以讓人感到好奇，而且在情急之下他總能想出一句恭維的話。

「喔——什麼？」從伊莎貝爾的表情看來，她心裡充滿欣喜與好奇。

艾莫瑞搖搖頭。

「我跟妳還不是很熟。」

她幾乎像是喃喃自語地說：「那⋯以後你會告訴我嗎？」

他點點頭。

「我們可以坐到最後才離席。」

伊莎貝爾點點頭。

她說：「有人跟你說過嗎？你有一雙熱切的眼睛。」

艾莫瑞試著讓自己的眼神看來更為熱切，他覺得餐桌底下她的腳去碰到了自己的腳，但並不確定。不過也有可能只是桌腳，但這已經讓他激動了起來——他立刻轉念一想：有可能在樓上找個小房間來用嗎？

無疑的，伊莎貝爾與艾莫瑞都不是天真無邪的人，但如果用厚顏無恥來形容他們，也有失公允。他們必須把自己當成老手一樣認真，如果太嫩是沒有資格參與他們在進行的遊戲——而且，在未來幾年內，這遊戲會讓她回味無窮。一開始他們倆可謂旗鼓相當：兩個都有一張好看的臉以及易受鼓動的特質，而且接下來對他們影響最大的，就數他們平日接觸的流行小說，以及他們與年紀稍大一點的朋友們在更衣室裡的對話內容。到了九點半時，伊莎貝爾開始用造作的步伐走路，而當時光憑她那一雙閃亮亮的大眼，就足以扮演天真無邪的角色。艾莫瑞也不是那麼容易就上當的：他也在等著對方將在何時卸下假面具，但同時他也未曾否定她有權力戴著那一張假面具。就她的角度而言，他故意裝出一副厭世同時又世故的樣子，她並不覺得這種表現有什麼了不起的。她住在一個比較大的城市裡，所以人生閱歷也稍為豐富一點。但是她接受他的姿態——在他們之間存在的戀愛關係中，這種姿態向來是十幾種慣例裡面的一種。他也很清楚，自己之所以會被對方接受是因為有人鼓勵她。他很清楚，她之所以會跟他談戀愛，是因為舉目所及，最好的對象就是他，所以他必須在失去優勢前趕快加把勁。所以如果她爸媽知道他們之間所玩弄的心機，可能會被嚇死。

晚餐後，舞會就開始了⋯⋯一切都很順利。順利？每跳幾步就有男孩想要跟他搶伊莎貝爾，然後在角落互相爭論：「你該讓我跟她多跳一下的！」還有「她也不喜歡你這樣——她叫我下次要趕快把她帶走。」這些話句句屬實——她真的跟每個人都這樣講，每個跟她跳舞的人，臨別都會聽到一句備感壓力的話：「你知道我今晚會那麼『好過』，都是因為你的舞技。」

但是兩小時過去了，那些比較不細心的俊男們最好開始把他們偽裝出來的熱情擺在別人身上，因為到了十一點，艾莫瑞與伊莎貝爾已經在樓上，一起坐在閱覽室旁小房間的長沙發上了。他很清楚他們是俊男美女的配對，而且這個獨處的機會似乎讓他們感到很自在，而大家則是在昏暗的樓下興奮地聊著天。

經過門口的男孩們莫不投以羨慕的眼神——經過的女孩們則只是笑著做鬼臉，每個都很識相。

如我所說，他們已經發展到一個很明確的階段——喔，不…說得更白一點，應該是發展到了緊要關頭。他們倆把兩人分離之後所經歷的一切做了交代，但他說的她都已經聽別人說過了。他是個《普大人日報》的大二幹部，希望到大四可以成為報社社長。他知道跟她在巴爾的摩約會的一些男孩都是些厲害的情場高手，參加舞會時總是裝出一副很興奮的模樣。他們的年紀大多在二十歲左右，開著拉風的紅色史圖茲牌汽車。其中似乎有超過一半的人已經被高中或大學退學，但也有些人是運動健將，為此他還對她投之以艷羨的眼光。事實上，伊莎貝爾從這一刻才開始了解大學是怎麼一回事。儘管有很多男性認為她是個漂亮的孩子——值得注意，但是她並未與他們深交。儘管如此，伊莎貝爾興高采烈地把這些人的名字串在一起，即使艾莫瑞是個維也納的貴族，也會對她敬佩有加。但真正厲害的人是他自己：是他在柔軟沙發上的低沉嗓音促使她發揮這種本領的。

他問她是否覺得他很自負。她說自負與自信是兩回事，她愛慕有自信的男人。

她問他：「蛙仔是你的好朋友嗎？」

「很好——為什麼這樣問？」

「他的舞技真爛。」

艾莫瑞笑了出來。

「他跳舞的樣子就像是把女孩扛在背上，而不是抱在懷裡。」

她也認同這種說法。

「你看人的眼光還真準。」

艾莫瑞極力否認這一點，但是在她的要求下，他還是說出了對一些人的看法，然後他們開始討論手。

她說：「你的手還真好看。看來就像你會彈鋼琴。你會嗎？」如我所說，他們已經發展到一個很明確的階段。喔，不⋯⋯說得更白一點，——應該是發展到了緊要關頭。艾莫瑞回來看她已經超過一天了，他的火車將在當天凌晨十二點十八分開走。他那些大大小小的行李箱都已經在車站等他，連他也感到時間的急迫性。

他突然說：「伊莎貝爾，我要說一件事。」

他們剛剛稍微聊了一下她那有趣的眼神，接著伊莎貝爾從他態度的改變也知道接下來會發生什麼事——當然，她一直盤算著這件事會多快來臨。艾莫瑞伸手關掉他們頭上的燈，室內變得一片漆黑，唯一還亮著的是從門口投射進來的閱覽室紅色檯燈微光。然後他就開口了：

「我不知道妳能不能猜到妳——不，是我即將要說些什麼。高貴的伊莎貝爾——這句話『聽起來』像一句臺詞，但它並不是。」

伊莎貝爾柔聲說：「我猜得到。」

「也許我們再也沒辦法像這樣見面了——有時候我的運氣就是那麼不好。」他就靠在沙發另一邊的扶手上，但在黑暗中她還是可以清晰地看到他的眼神。

「你我會再見面的——小蠢蛋。」最後一個字的語氣並未加重，所以幾乎成了一個暱稱。他又繼續把話講得白一點：

「我愛過很多女孩，我猜妳也跟很多男孩在一起過。但是，說老實話，妳——」他突然停下，身體向前靠，下巴擱在手上說：「喔，有什麼用——我們倆就要分道揚鑣了。」

片刻之間兩人無言以對。伊莎貝爾心亂如麻，她把手帕揪成一團，然後在微光中故意把手帕丟在地板上。他們都伸手去撿，手碰了一下，兩人還是不發一語。他們不發一語的時間越來越多，時間也越來越寶貴。外面出現了一對流連忘返的情侶，他們在隔壁房裡試彈鋼琴。一開始彈的是最常用來開場的〈筷子華爾滋舞曲〉（"Chopsticks"），然後其中一人開始談起了〈樹林裡的寶貝〉，一串由男高音輕輕演唱的歌詞傳進他們房裡：

把手給我——
我會了解
我們正要前往夢鄉

伊莎貝爾輕輕哼唱著，當她感受到艾莫瑞把手移到她的手上時，身體微微震顫。

他低聲說：「伊莎貝爾。你知道我為妳痴狂。妳也『真的』很在乎我。」

「嗯。」

「妳有多在乎我——還有妳更喜歡的人嗎？」

「沒有。」儘管他往前靠到臉頰可以感覺到她的呼吸，但幾乎聽不到這句話。

「伊莎貝爾，我要回大學去度過漫長的六個月了。我們難道不應該——如果只有一件事可以讓我永遠記得妳——」

「把門關上……」她的聲音細不可聞，所以他還不太確定她是否真的有開口。當他輕輕把門關上之際，音樂似乎就在門邊繚繞著。

月光皎潔
吻我後祝我的夢好甜

她心想：多美好的歌曲啊——今晚的一切完美無缺，最棒的是這小房間裡的浪漫情景，他們的雙手相交，一股媚力促使兩人不由自主地交纏在一起。這一幕在她未來的畢生光景中似乎會不斷重演：不管是在月光與明亮的星光下，或是在禮車的溫暖後座裡，又或者是停在樹蔭下的舒適敞篷車裡——雖然她面對的可能是不同的男孩，但這一位真的是太美好了。他溫柔地牽起她的手，突然把它拿到唇邊，往手心親下去。

「伊莎貝爾！他的聲音與音樂混雜在一起，飄飄然的兩人似乎又靠得更近了，她的呼吸變得越來越急促。我不能親妳嗎？伊莎貝爾——伊莎貝爾！」她的雙唇微張，在黑暗中把臉轉向他。突然間外面傳來一陣陣人聲，在樓梯上奔走的聲音朝著他們逼近。艾莫瑞伸手把燈打開，身手快如閃電，門被打開後門口站著三個男孩，其中一人是生氣而渴望著有舞可跳的蛙仔。他們衝進來時，他正在翻閱桌上的雜誌，而她則是文風不動地坐著，莊重的神情中一點也看不出尷尬，甚至還用歡迎的微笑向他們致意。但是她的心臟簡直就快跳出來了，而且不知為什麼，她好像覺得自己被剝奪了什麼。

這件事顯然會就這樣不了了之。他們倆嚷著說要下去跳舞，但是兩人互看一眼：他的眼神透露出絕望，她則是後悔不已。接下來當晚的活動繼續，俊男們各個都覺得比較安心，每個人還是不斷搶著跟她跳舞。

到了十一點四十五分，悶悶不樂的艾莫瑞跟她握手道別，他們身旁一群人聚著對他說珍重再見。有這麼一刻他幾乎失去，她也感到一陣心亂如麻，不知道哪個人靈機一動，用諷刺的聲音大喊：

「艾莫瑞，帶她一起走！」當他握住她的手時，稍微使勁捏了一下，她也用同樣的動作回應她——當晚她已經對二十個人這麼做了。不過她所做的也就是如此而已。

凌晨兩點在威瑟比家，莎莉問她與艾莫瑞在小房間裡玩得是否「盡興」。伊莎貝爾轉頭看她，不發一語，她的雙眼透露出對愛情充滿憧憬的神情，就像聖女貞德一樣，是個不可褻瀆的夢想家。

她這樣回答：「沒有。我不再做那種事了。他提出要求，但我沒答應。」

當她爬上床的時候，心裡掛念的是：在明天寄來的限時專送信函裡，他會說些什麼？他那一張嘴長得可真好看——她以後會不會——？

隔壁房裡半夢半醒的莎莉吟唱著：「十四個天使保佑著他們。」

伊莎貝拉喃喃自語地說：「可惡！」為了讓自己睡得舒適一點，她一邊說著，一邊把枕頭兜出凸起來的一塊，然後小心地把冷冷的床單鋪平。「可惡！」

狂歡

藉由在《普大人日報》的一席之地，艾莫瑞成名了。那些勢利的小子們向來能敏銳嗅出誰將會成功，所以隨著社團幹部選舉的日子一天天接近，也越來越喜歡他。而開始來造訪他跟湯姆的，是一群群高年級生：他們尷尬地靠在桌椅邊或床邊，東拉西扯地聊天，但就是不肯切入自己最關心的正題。看著那些人的熱切眼神，艾莫瑞覺得很有趣，如果來訪者所代表的社團是他不熱中的，他就會講一些離經叛道的話來嚇對方，而且樂此不疲。

喔，我想想——某晚他對著一個目瞪口呆的社團代表說：「你是哪個社團派來的？」

如果來的人是「長春藤」、「小屋」與「老虎客棧」等三個社團派來的，他就會拿出「懂事而率直的好男孩本色」，輕鬆與人對談，完全不知道他們拜訪的目的。

當三月初一決生死的那個早晨來臨，全校都陷入歇斯底里狀態時，他跟艾力克・康奈基一起閒晃到「小屋社」，好像沒事一樣，心裡還納悶為何所有跟他同年級的學生會一起發神經。

有些沒有定性的人不斷轉社，沒有固定社籍，也有才認識兩、三天的朋友一起流淚，像是發狂一樣宣示他們一定要加入同一社團，什麼也沒辦法將他們分開。還有些人則是一夕成名，他們想起了一年級時的嫌隙，在咆哮中透露出深藏多年的怨恨。只要手握別人垂涎的籌碼，就算是無名小卒也可以躍昇為大人物。當然也有一些被認為已經「搞定一切」的人卻意外樹敵，因此覺得頓失依靠，遭到背棄，因此大聲嚷嚷著說要休學不唸書了。

艾莫瑞眼見太多人因為某些理由而被社團排擠，像是因為頭上戴著綠色帽子、「因為只是沒有主見的傀儡」、「因為宗教色彩太過濃厚」、因為某天夜裡喝醉時的表現「太不像個紳士」，也有人是因為一些身不可測的理由，真正的理由一直是個祕密，只為築起這些高牆的社團幹部們知道。

這一連串神祕社交儀式將在拿索客棧的巨大派對開始時達到高潮。在派對中人們喝著從大碗裡撈出來的水果酒，整個客棧的樓下陷入一片狂喜中，大吼大叫的聲音此起彼落，許多人不斷進出走動。

「嗨，狄比——恭喜了！」

「好傢伙，湯姆，聽說衣冠社有很多人都支持你。」

「例如，凱瑞——」

「喔，凱瑞——我聽說你跟所有的舉重選手都去參加了老虎客棧社！」

「嗯…我沒有加入小屋社——那個社團是情場高手們的最愛。」

「有人說長春藤社接受歐佛頓的入社申請那天，他還昏倒了——結果他是在第一天就辦理入社登記的嗎？喔，沒有。他騎著腳踏車火速趕往墨瑞·道奇廳——他怕是有人搞錯了。」

「你這個老痞子——你是怎麼進入衣冠社的？」

「恭喜！」

「恭喜你自己吧！聽說你加入了一個好社團。」

當酒吧關閉時，參加派對的人分散成一群一群，大家湧入白雪皚皚的校園裡，邊走邊唱歌，此刻大家誤以為以後的日子裡不會再有勢利鬼的存在，也不會處處受限，接下來兩年的大學生活裡，他們可以為所欲為。

很久以後，艾莫瑞回想起這一切，他發現大二那年春天是他一生最快樂的時光。在那一段時間裡，他的理念跟現實生活是相符的：他所希望的，不過是在愜意的生活中作夢，然後跟他新交的十幾個朋友們一起度過四月的那些下午。

一天清早艾力克．康奈基走進寢室裡叫醒他，醒來後他發現外面陽光普照，坎貝爾廳就在他的窗外閃耀著一種特有的光芒。

「醒醒吧，你這個小賊！振作精神！半小時後我們要在朗威克餐廳（Renwick's）前面集合。有人開了車喔！」他幫艾莫瑞把寢室的儲物櫃打開，小心翼翼地把裡面一件件小東西擺在他的床上。

艾莫瑞酸酸地質問他：「車子打哪弄來的？」

「你就放一百二十個心吧！別問東問西的，否則你就別去了！」

艾莫瑞平靜地說：「我想我還是睡覺好了。」然後換個姿勢，伸手到床邊拿菸。

「睡覺？」

「為什麼不睡？十一點半還有課要上呢！」

「你真會掃興！當然啦，如果你不想去海邊——」

艾莫瑞一躍從床上跳起來，把床上那些小東西弄得散落一地。海邊⋯他已經有好多年沒有看到海了，最後一次還是他跟母親在外到處遊蕩時。

他一邊套上他的B.V.D.牌內衣，一邊問說：「還有誰要去？」

「還有迪克．韓伯德、凱瑞．哈樂戴、傑西．費倫比——大概五六個吧。動作快一點啦，臭小子！」

才不到十分鐘的光景，艾莫瑞就已經在朗威克餐廳裡吃玉米片了，然後他們一行人在九點半就興高采烈地開車出城，目的地是迪爾鎮的沙灘。

凱瑞說：「你們知道嗎？這輛車的主人住在南邊，事實上它是在艾斯伯瑞公園（Asbury Park）被不知名人士偷走的，然後棄置在普林斯頓後往西逃逸。這位無情的韓伯德先生獲得市議會的許可，負責把車送回去。」

坐在前座的費倫比轉身問大家：「誰有錢啊？」

每個人都異口同聲地強調自己身上沒錢。

「那就有趣了。」

「錢？什麼錢？我們可以把車賣掉。」

「叫車主給點工錢或什麼的。」

艾莫瑞問說：「我們怎麼吃飯啊？」

凱瑞用責備的神情回答他：「你給我老實說，你以為凱瑞連三天的食物都張羅不到嗎？有些人好幾年身無分文，還不是活下來了？你沒讀過《童軍月刊》嗎？」

艾莫瑞若有所思地說：「三天？我還要上課哩。」

「有一天是安息日。」

「有差別嗎？學期結束前還有一個半月，但是我只能再缺六堂課。」

「把他丟出去！」

「要很久才走得回去耶！」

「艾莫瑞，如果我要借用學校裡的話描述你，我會說你『踰矩』了。」

「艾莫瑞，你不是最好應該隨身帶些汽水嗎？」

艾莫瑞認命地躺下，開始沉思景色。史溫朋的詩作似乎很適合此情此景：

喔，冬雨與肅殺，
雪季和罪孽，都結束了。
時光分隔了戀人，

光明敗走，暗夜勝利了；
唯有時間記得，被遺忘的憂傷。
霜雪消逝，花朵降臨，
林木盎然著綠意，
繁花相伴著綻放，春天開始了
涓涓潺細流撫育著小花——

「艾莫瑞，又怎麼啦？艾莫瑞在冥想詩歌，現在他心裡只有美麗的花鳥。從他的眼神就看得出來了。」

他騙他們：「我沒有。我在想《普大人日報》。今晚我該去排版的，不過我想我可以打個電話回去。」

凱瑞刻意用敬佩的口吻說：「喔，你們這些大人物——」

艾莫瑞感到有點臉紅，而且他覺得，曾跟他一起競爭報社職位但卻失敗的費倫比，臉部肌肉似乎稍稍抽搐了一下。凱瑞當然只是在跟他開玩笑，但他真的不該提到《普大人日報》。

那天是個寧靜閒適的日子，當他們靠近海岸邊時，吹來的陣陣微風都帶著鹽味，於是他開始想像海洋以及不斷往下延伸的平坦沙灘以及藍色海邊的紅色屋頂。然後他們匆匆開過小鎮，他腦海裡浮現了一陣澎湃的情緒：

他大叫：「喔，天啊！你們看！」

「看什麼？」

「快，讓我出去——我有八年沒有看過海了！喔，這位先生，趕快停車！」

艾力克說：「你這孩子真怪！」

「我的確相信他有點另類。」

車子突然在人行道旁停下，艾莫瑞衝往木板路。他一下去就知道眼前是一望無際的藍色海洋，而且他也知道海面上一直是怒濤咆哮——事實上，他所認識的海，就跟所有人認是的海一樣平凡無奇。但如果有人跟他說，這是一片平凡無奇的大海，他還是會因為讚嘆而瞠目結舌。

凱瑞用命令的口吻說：「現在我們去吃午餐。」他走向大夥兒，對他們說：「拜託，艾莫瑞，走啦！實際一點吧！」

他繼續說：「我們先試試最棒的旅館。接下來該做哪些事，就看著辦吧。」

他們在木板路上漫步，走到眼前最醒目的旅館，然後走進餐廳，在桌子邊各自挑位子坐下。

點菜的是艾力克，他說：「八杯布朗克斯雞尾酒，一個總匯三明治，一盤炸馬鈴薯絲。這是一人份的食物，幫其他人點菜。」

艾莫瑞先找到一張可以看海並且欣賞海邊岩石的椅子，然後吃了一點東西。吃完午餐後，他們坐著靜靜抽菸。

「多少錢？」

「八塊二十五分。」

「他們要價太高了。付餐廳兩塊，給服務生一塊小費。凱瑞，把零錢湊一湊。」

服務生走過來，神情嚴肅的凱瑞給了他一塊錢，丟了兩塊在帳單上，然後轉身離開。他輕鬆地朝門邊漫步，不久後服務生就追了過來。

「搞錯了，先生。」

凱瑞把帳單拿過來，仔細看看哪裡有錯。

凱瑞嚴肅地搖頭說：「沒錯！」然後把帳單撕成四片，還給服務生，讓他看得目瞪口呆，不知該如何是好，面無表情地看著他們走出去。

「他不會來追我們嗎？」

凱瑞說：「不會。接下來一分鐘他會以為我們是老闆的兒子之類的，然後他會再核對一次帳單，然後打電話給經理，在此同時——」

他們把車留在艾斯伯瑞公園，搭乘電軌車到艾倫賀斯特，在那裡好好欣賞了周圍的景觀涼亭。四點的時候他們在一間快餐店吃了便餐，這次他們付款的比例比之前還低。因為他們這群人長得體面，行為舉止也得體，所以沒人和他們計較，也沒人追上來。

凱瑞說：「懂了吧，艾莫瑞？我們是信奉馬克思的社會主義者。」他繼續解釋：「我們不相信財產制，剛好藉此機會好好測試它。」

艾莫瑞說：「夜路走多總會碰到鬼。」

「等著瞧。你要相信我，我可是哈樂戴家的人。」

到了大概五點半，他們開始覺得歡欣鼓舞，六個人把手臂相交，排成一排在木板路上走來走去，吟唱一首跟悲傷海浪有關的單調歌謠。凱瑞看到人群中有一張吸引他的臉龐，不久後回來時帶了一個艾莫瑞看過最為樸實無華的女孩。她有一張蒼白的闊嘴，牙齒看來整齊而結實，臉上一雙小眼睛因為是斜視，只能朝著自己鼻翼的方向討好地看著他們。凱瑞為他們做正式的介紹。

「名叫卡露佳，夏威夷的皇后！讓我來介紹這幾位先生們。康奈基、史洛恩、韓伯德、費倫比，還有布雷恩。」

女孩向他們一一屈膝致意。可憐的女孩——艾莫瑞猜想她這輩子還沒這樣被人注目過，而且她可能是個愚笨的女孩。凱瑞邀她一起共進晚餐，當她與他們結伴同行時，她的一言一行都印證了艾莫瑞的想法。

吃晚餐時，他始終用最尊敬的態度與她交談，而凱瑞傻傻地在一旁與她調情，讓她咧嘴咯咯而笑。旁觀這齣突發的戲碼就讓艾莫瑞感到很滿意了，看著他細緻的處世手法，還有如何把最平凡的事物變得具有奇趣。他們每個人似乎多少都有這種特色，所以跟他們在一起很輕鬆。艾莫瑞喜歡每一個單獨的人，但是卻害怕那些由個人聚集而成的群眾——除非群眾是以「他」為中心的。他心想，因為這個團體是由每個人的精神特質構成的，真不知每個人在裡面扮演什麼角色？艾力克跟凱瑞可以說是這群人的活力所在，但團體卻不是以他們為中心。真正扮演中心角色的，是安靜的韓伯德以及沒有耐性又高傲的史洛恩。

自從一年級開始，迪克．韓伯德對艾莫瑞而言似乎就是像貴族一樣的典範人物。他身材苗條但卻強健——他有一頭黑色捲髮，五官端正，皮膚黝黑。儘管不知道到底是怎麼一回事，但他所說的一切都很得體。他總是能展現出自己的勇氣，頭腦很好，有榮譽感之外也具有十足的魅力，而且他的行為端正不是正義感使然，而是基於一種「貴族該履行的義務」（noblesse oblige）。他可以酖於遊樂，但卻不會讓自己失控，而且就算他跟波西米亞人一樣放浪形骸，也不會「踰矩」。人們模仿他的穿著，學他講話。……艾莫瑞的結論是，就算韓伯德阻礙了全世界的發展，但他也不會為此改變自己的……

基本上，他跟那種健康的中產階級類型是不一樣的——他似乎從來不必辛勤幹活。有些人在車子開啟回程之前連司機長什麼樣子都還不知道，至於韓伯德，他卻可以在雪莉餐廳與黑人用餐，而不會被人認為有什麼問題。儘管同年的學生裡只有一半是他認識的，但他卻不是個勢利鬼。他的朋友來自三教九流，但是要對他產生「影響」是不可能的。僕人們崇拜他，視之為天神。他的一言一行似乎永遠是上流階級要試著保存的典範。

艾莫瑞曾經跟艾力克說：「看過《倫敦新聞畫報》（Illustrated London News）嗎？他的長相就像被刊登在上面的那些捐軀軍官。」

艾力克則是回答他：「嗯……告訴你一個驚人的事實。他父親本來只是區區一介雜貨店店員，前往塔科瑪市之後靠房地產致富，十年前才搬到紐約去的。」

當時艾莫瑞感到一陣失望，連自己都不知為何會那樣。

目前這群人之所能聚在一起，是因為社團選舉後整個年級的凝聚力加強了——感覺起來好像大家知道要互相了解實在不可能，但還是要做最後一次嘗試，讓大家聚在一起，設法消解牢固的社團藩籬。本來大家應該嚴格遵循的是那些高標準的傳統，如今他們似乎是在突破傳統。

晚餐後他們領著卡露佳到木板步道上，然後沿著海灘走回艾斯伯瑞公園。夜色降臨後，海洋出現了不同風貌：海面變成一片漆黑，失去了原本的圓潤色澤，看來就像古代挪威傳奇故事中那一片荒涼而悲傷的海。艾莫瑞想到吉卜林的作品：

> **在海豹船還沒來臨之前的路卡農海灘……**❖31

不過，這片海還是美得像音樂一般，只不過是一首首唱不盡的悲歌。

他們到十點時已經身無分文了。他們把最後的十一分錢拿來吃一頓豐盛的晚餐，一邊唱歌，一邊漫步經過沿途的賭場以及木板步道上有燈光的一道道拱門，一路還不斷停駐下來聆聽樂團演奏。在某處凱瑞宣稱他要為「法國戰爭孤兒援助協會」募款，總共募得一塊又二十分錢，用這點錢他們買了白蘭地酒，是晚上要用來禦寒的。當天他們的最後一個活動是看電影，一齣很久以前的喜劇讓他們不斷發出整齊劃一的狂笑聲，惹惱了身旁一群備感驚訝的觀眾。他們進入戲院的方式也非常有技巧：當他們一個個進入戲院時，都說後面那個人會給票，但是輪到最後一個入場的史洛恩，他卻推說不知道也不肯幫他們出錢，但其他人卻已經入場散開了。所以，當生氣的收票員衝進去要票時，他也裝得一副好像跟他沒關係的樣子，跟在後面走進去。

後來他們在賭場集合，設法解決過夜的問題。凱瑞千方百計的說服看門的保鑣，讓他們睡在賭場前的平台上，他們先把亭子裡的地毯蒐集起來當墊被與毛毯，然後聊天聊到半夜才沉沉睡去，連夢都沒有做。不過，艾莫瑞試著保持清醒，因為他想要欣賞月亮高掛在海面上的奇景。

他們就這樣過了快樂的兩天，搭乘電軌車或汽車在海灘沿岸來來去去，或者在木板步道上步行。有時候他們跟有錢人一起吃飯，但大多還是在那些不會懷疑他們的餐廳裡隨便吃點東西，費用由餐廳自行吸收。他們在快速沖洗店拍了八張不同姿勢的照片。凱瑞堅持要大家擺出美式足球代表隊的姿勢，然後還要大家扮成紐約城東區幫派的狠角色，每個人都把外套反過來穿，他自己則是坐在厚紙板做成的月亮中間。那些照片可能還在攝影師那裡——因為他們根本沒去拿照片。因為天氣宜人，所以他們又睡在外面，艾莫瑞雖然不想睡，但還是睡著了。

不管他們喜不喜歡，莊嚴的星期天還是來了，似乎連大海也在咕噥抱怨著，所以他們攔了臨時農工的幾輛福特貨車，搭便車回普林斯頓去——雖然陣陣冷風朝著頭部猛吹，但總好過在寒冷的天氣中徒步走回去。

此時艾莫瑞比一年前的他更不想做功課，他並不是故意不做，而是提不起興致，而且他對很多其他的東西產生了興趣。座標幾何學還有高乃依（Corneille）與拉辛（Racine）兩人充滿憂鬱氣息的六步格詩歌對他沒有多少吸引力，即使他等待已久的心理學課程，後來都讓他覺得太單調，因為裡面講的都是肌肉反射與生物名詞，而不是討論人格與影響。那是一門中午的課，總是讓他打瞌睡。「老師，主觀的與客觀的。」他發現大多數的問題可以這樣回答，所以不管老師怎麼問，他都給這個答案；結果他也因此鬧了一個笑話：有次老師又問他問題，睡夢中的他被費倫比與史洛恩碰醒，結果在慌亂中他還是這樣回答。

他們常有派對可以參加——地點大多在橘鎮或紐澤西州海邊，有時也會到紐約或費城等地方，不過有次他們也曾帶著柴爾德餐廳的十四個女服務生到第五大道，坐在雙層公車的車頂兜風。他們每個人的缺課時數都已經超過規定，這意味著下學年要再補修一門課，但是在珍貴的春日中，從來沒有人能夠打擾他們的遊興。艾莫瑞在五月獲選為大二舞會籌備會的委員，而某一晚他與艾力克經過漫長討論後列出同學裡面有哪些人會成為大四學生會的幹部，他們將自己列為一定會當選的人。大四學生會的成員是十八位最具有代表性的四年級學生，既然艾力克是美式足球隊的管理人員，艾莫瑞又有可能以些微差距擠掉伯恩·哈樂戴，成為《普大人日報》的社長，所以他們的假設似乎是挺有根據的。奇怪的是，他們也把唐維里爾列為可能的人選——如果他們是在一年前列出這張清單，看到的同學們一定都會目瞪口呆。

整個春天艾莫瑞都與伊莎貝爾·博傑維持斷斷續續的魚雁往返，有時候他們吵得很兇，但是每每在他用情書為愛情做新的詮釋之後，兩人又舊情復燃。他發現伊莎貝爾在信裡的用字遣詞越來越不熱情，而且情形日益嚴重，但是他希望她還是在明尼哈哈俱樂部小房間裡的她，不要在兩人分隔兩地後就像春花一樣往外綻放。五月間他幾乎只用一夜的時間就寫了三十頁的情書，塞在信封裡厚厚一疊寄給她，信封上還標明了「第一部分」與「第二部份」。

有天他們兩在薄暮中散步時，他悲傷地說：「喔，艾力克，我真的對大學生活感到很厭倦。」

「我想，就某方面而言，我也跟你一樣。」

「我所夢想的，只是在鄉下有個家，某個溫暖的鄉間，娶個老婆，這樣就不會太無聊了。」

「我也是。」

「我想休學。」

「你的女友會怎麼說？」

「喔！」艾莫瑞在驚恐中倒抽了一口氣，他說：「她對結婚連一點『概念』都沒有…也就是說，現在我們還不會結婚。我想你懂的，要結婚也是在未來。」

「我女友就會嫁給我。我已經訂婚了。」

「真的啊？」

「嗯。拜託你這件事別告訴其他人，不過我真的可能會結婚。或許下學年我就不回來唸了。」

「但是你才二十歲耶！你要放棄大學學位？」

「艾莫瑞，你怎麼會這樣講？你剛剛不是跟我說——」

艾莫瑞打斷他：「沒錯。但我只是說但願我能這麼做，我是不會考慮離開學校的。只是那些美好的夜晚常讓我感到很悲傷，我有預感這樣的夜晚會一去不回。但願我的女友也住在這裡，但是結婚這件事——根本不可能。特別是我爸還跟我說，我們家的經濟狀況已經大不如前了。」

艾力克同意他的說法：「我們真的是在虛擲這些美好的夜晚！」

儘管惋惜不已，艾莫瑞還是充份利用了每個晚上。他的舊錶裡面擺了一張伊莎貝爾的快照。幾乎每天晚上，他都會在八點時把所有燈光關掉，只留下書桌的檯燈，坐在敞開的窗前，看著伊人照片，把他的狂喜化為情書裡的文字：

…喔！當我思念是如此之深的時候，要在信裡傳達我對妳真正的感覺，實在太難了。一定是我已經沒辦法用文字描繪如夢似幻的妳。我收到妳的信了，你的文字真美妙！我大概看了六遍，尤其是最後一部分，但我有時候真的希望妳能更坦誠，把妳對我真正的想法告訴我，不過妳上一封

信實在美好到令人難以置信，六月真是令人迫不及待！請妳一定要排除萬難，前來參加舞會。我想，舞會一定很棒，而我想由妳為我完美的一年劃下句點。我常常回想那天晚上妳所說的一切，不知道裡面有多少是真心話。真希望是別人而不是妳——不是妳看出我與妳初見面時就覺得妳很難以捉摸，看出妳是如此受人青睞，看出我無法想像妳最喜歡的竟然是我。

喔！親愛的伊莎貝爾——這是個美好的夜晚。校園裡的另一頭有人正用曼陀林在演奏〈愛之月〉，音樂似乎把妳帶到我的窗前了。現在他在彈奏的是〈別了，男孩，此生了已〉，描述的其實就是我的處境。因為每件事對我來講都已結束。我決定不再喝雞尾酒，而且我知道自己也不會再墜入情網——我已經沒辦法了——對我而言，妳是我的日日夜夜，我怎能再容納其他女孩？即使我認識別的女孩，也對她們沒有興趣。我的厭煩不是裝出來的，因為實際上就不是那樣。唯一的原因就是，我談戀愛了。喔，最親愛的伊莎貝爾（如果我只叫妳伊莎貝爾，我簡直無法開口，我很怕六月的時候自己會在妳的家人面前冒出「最親愛的」這幾個字）。妳一定要來參加舞會，然後我會北上去妳家待一天，一切會是如此完美…

總之他寫的東西雖然就是那樣單調，但在他們兩個眼裡卻如此迷人而新穎。

六月降臨後，日子變得如此炎熱慵懶，他們連考試都不擔心，只顧著在小屋社前的院子度過如夢似幻的夜晚，他們談天說地，聊個不停，總要等普大校園到石溪鎮之間的一整片原野都籠罩在一片霧濛濛的藍色天空下，等到網球場周圍白色的紫丁香花都已經從黑暗中冒出來了，等到大家沉默無語，只是抽著香菸，才肯休息。然後他們會走向完全沒有人煙的遠景花園（Prospect），等他們走到麥克許學生健康中心（McCosh）時，歌聲已經處處可聞，拿索街也熱鬧快活了起來。

在那些日子裡，湯姆·唐維里爾與艾莫瑞都會散步到很晚。在許多酷熱的夜裡，整個二年級的賭風甚熾，賭局總會持續到凌晨三點。有次在賭局結束後他們從史洛恩的寢室走出來，他們發現四周都是露珠，天空的星辰也幾乎要開始消失了。

艾莫瑞建議說：「我們借腳踏車去兜風吧！」

「好。我一點也不累，而且今天幾乎可以說是學年的最後一天，因為禮拜一就要開始籌辦舞會了。」

他們在赫德樓的庭院裡找到兩台沒有上鎖的腳踏車，出了校園後延著勞倫斯維爾路往下騎的時候，已經是三點半了。

「艾莫瑞，今年夏天你要做什麼？」

「別問我——我想還是老樣子吧。在日內瓦湖待一兩個月，我等你七月去那裡找我，然後我會去明尼亞波利斯，到了那裡以後可能會參加上百場夏日舞會，泡妞，發呆——喔，但是——」他突然加上一句：「湯姆，今年你算是滑頭嗎？」

儘管湯姆換上了全新的外表，衣服是布魯克斯服飾店買來的，腳上的鞋則是法蘭克斯牌的，他還是特別強調：「不算。這場比賽是我贏了，但我覺得自己再也不想參加比賽了。你則是很好——你就像一顆橡膠球，你能適應這裡，但我不想再迎合這個地方的勢利風氣了。我想要待的地方，是大家不會因為領帶顏色或摺外套的方式不同就被排擠的地方。」

艾莫瑞與他爭論：「湯姆，你不可以的。」當他們在無盡的夜裡不斷往下騎的時候，他說：「不管你到哪裡去，儘管你可能沒有意識到，但你在評斷別人時總會看他們是否能達到我們的標準。不管是好是壞，我們已經把你當成一份子了，你就是帶著普林斯頓人的風格！」

湯姆用上揚的沙啞嗓音提出哀傷的抱怨：「好，那麼我到底為何還要繼續唸書？普林斯頓所能給的一切，我都已經學到了。接下來兩年如果還是繼續賣弄學問，在同一個社團鬼混，那又有什麼用？這些只會讓我變得不知所措，讓我變成只會遵循傳統的人。即使現在我都覺得自己好懦弱，不知該怎樣擺脫這一切。」

艾莫瑞打斷他說：「喔，湯姆，你忽略了真正的重點。像你這樣，張開眼睛竟然只看到這世界勢利的一面，實在太過魯莽。凡是有想法的人，普林斯頓一定會為他灌注一種社會意識。」

他在一片近乎漆黑中凝視艾莫瑞，用嘲諷的口氣問他：「你這是在跟我上課嗎？對不對？」

艾莫瑞笑了出來，但他沒有發出聲音。

「難道不是嗎？」

他慢條斯理地說：「有時候我覺得你是我的邪惡天使。我本來可以是一個正直詩人的。」

「拜託，那也太難了吧？你選擇到東岸來上大學，只會有兩個結果。你會見識到你爭我奪的卑鄙人性，抑或是你可以裝作視而不見——但我想你會討厭後者，否則跟馬提．凱伊有什麼兩樣？」

他同意這種說法：「對，你說對了。我是不喜歡那樣，不過，到了二十歲才要轉性當一個憤世嫉俗的人，實在太難了。」

艾莫瑞咕噥地說：「我生下來就憤世嫉俗了。我是個憤世嫉俗的理想主義者。」他頓了一下，仔細想想這種說法有何意義。

他們到了一片沉寂的勞倫斯維爾中學，轉彎後開始往回騎。

不久，湯姆說：「這樣兜風還真棒，不是嗎？」

「嗯，這是一個好的結束。棒的不得了。今晚的一切都很完美。喔！好期待一個炎熱而慵懶的夏天，還有伊莎貝爾！」

「喔，期待你跟伊莎貝爾能在一起。我敢說她一定很單純…我們來朗誦詩歌吧！」

於是艾莫瑞對著他們經過的灌木叢唸出《夜鶯頌》（"The Ode to a Nightingale"）。

艾莫瑞唸完之後說：「我不是詩人的料。事實上，我的感知能力不夠敏銳，如果憑著我的本能，我覺得美的東西都太平凡了：像是女人、春夜、晚上的音樂，還有大海。我不夠細緻，所以像是『咆哮的銀號角』之類的東西我就沒辦法感受到。我最後可能會變成一個知識份子，如果要我寫詩，我只會是個小兒科的詩人。」

當他們騎進普大校園時，太陽已經幫研究學院後方的那片天空上了顏色，他們匆匆趕去沖澡，因為如果要振作精神，沖澡比睡覺還有用。到了中午，街道上站滿了穿著光鮮亮麗的校友們，路邊還有樂團與合唱團的表演，還有一些攤位上拉著被風吹得捲曲緊繃的橘色或黑色布條，校友們就在前面開起了同學會。艾莫瑞一直凝望著一間房子，那就是「六九年傳奇」❖[32]的誕生地。有幾個灰髮的老人坐著，在靜靜的交談中，他們所回顧的不只是一生，也是一年又一年的大學生涯。

狂歡在弧光燈下

在六月即將結束之際，悲劇就像一雙翠綠色的眼睛一樣突然怒視著艾莫瑞。在他騎車到勞倫斯維爾過後，一天夜裡，一群人打算開車到紐約去冒險，然後在十二點開著兩台車要回到普大校園。他們玩得十分盡興，全程大家都在醉醉醒醒中度過。艾莫瑞坐在後面那輛車上，他們開錯了路，迷路後急著要趕上前面那輛車。

那是一個萬里無雲的夜晚，在路上的愉快心情讓艾莫瑞詩興大發。兩節詩就這樣浮現在她的腦海裡：

所以灰車在黑暗中往前爬行，它經過的沿途杳無人跡…鯊魚在星光閃耀的水道上前行，牠前面的海洋一片平靜，高掛天空的明月把月光灑在樹上，樹木被一對對隔開，而振翅的夜鳥在空中哭喊著…

片刻後來到了一座有燈光與陰影的旅店，黃色月光下的黃色旅店——在一片寂靜中，發出的笑聲漸強然後又消逝…車子又在六月的風中擺動，

在陰影下車身變得柔和，陰影往遠處延伸下去，黃色的陰影被擠壓成一片藍色⋯

車子突然停下，艾莫瑞抬頭往前看，吃了一驚。一個女人站在路邊，在車輪邊與艾力克談話。後來當他回想起來時，他還記得她那一身老舊和服讓人覺得她像女妖，她那沙啞的嗓音透露出一種空洞的感覺：

「你們是普林斯頓的學生？」

「嗯。」

「你們有個同學在這裡死掉了，另外兩個也差不多了。」

「天啊！」

「你看！」懷著驚恐的心情他們順著她指的方向看過去。在路邊的一盞弧光燈下，躺了一個依稀是屍身的東西，屍身的臉部朝下，趴在一片還在不斷冒出來的圓形血泊中。

他們跑下車，艾莫瑞想了一下——那後腦勺，那頭髮⋯那頭髮⋯然後他們把屍身翻過來。

「是迪克——迪克・韓伯德！」

「喔，天啊！」

「看看還有沒有心跳！」

然後那個老太婆還是滔滔不絕地說著，好像很得意的：

「他的確是死了，沒錯吧？車子翻了過來。車上兩個沒受傷的把其他人帶進去了，但是這個已經沒救了。」

艾莫瑞衝進屋裡。其他人拖著沉重腳步一起走進去，他們一進去後就躺在前面一個簡陋房間的沙發上。肩膀被刺傷的史洛恩待在另一個休息室裡。他只清醒了一半，還是持續興奮地叫著，說什麼明天八點十分要上化學課。

費倫比用緊張的聲音說：「我不知道發生了什麼事。開車的是迪克，他就是不把方向盤讓出來。我們跟他說，他喝了太多酒——然後就出現這個可惡的彎道了。喔，我的天啊！」他把臉部往下低垂，突然開始發出嗚咽的聲音，但是哭不出眼淚。

醫生比他們先到，艾莫瑞走到長沙發邊，有人遞了一張處理屍體的表格給他。他突然感到手部一陣僵硬，於是他把手舉起後又慢慢放下。屍體的眉頭已經冷了，但是表情還在。他看著鞋帶——那是那天早上迪克自己綁的。他親自綁的，如今他變成這一團被白布覆蓋的重物。除此之外，他所熟知的迪克·韓伯德的魅力與個性都已經消逝了——喔，這真是可怕，人死後就全無貴族氣息可言，唯一的選擇只有回歸大地。所有的悲劇都具有這種怪誕與汙穢的傾向：不管是什麼動物，死後就是這樣無力而無用。艾莫瑞想起了孩童時期曾在小巷裡看見一隻血肉模糊的貓。

「找個人陪費倫比回學校。」

艾莫瑞走出大門，深夜的冷風把他吹得微微發顫——車子已經變成破銅爛鐵，但在這陣風的騷動之下，破掉的擋泥板也發出輕聲的悲鳴。

漸強音！

所幸，隔天的時間過得飛快。艾莫瑞獨處時，總是想起那張帶有紅色嘴唇的慘白臉龐，這不協調的畫面持續在他的腦海中盤旋不去。但是他決定要用現在的興奮之情把回憶蓋過去，冷冷地把它隔絕起來，不再回想。

伊莎貝爾與她母親開著車一起在四點鐘進城，她們開進遠景路的時候沿路的人都在微笑，人群歡欣鼓舞，然後要前往小屋社去喝茶。各社團在晚間有年度餐會，所以他在七點把她暫借給一位新鮮人，然後跟她約好十一點在體育館見：舞會雖然是為新鮮人辦的，但高年級也可以進去。她的模樣跟他所期待的完全相同，他高興極了，滿心期待當晚可以成為往後夜裡美夢的重頭戲。到了晚上九點，當新鮮人舉著火炬鬧哄哄地經過各社團門口時，高年級生就站在門口觀看著。艾莫瑞心想，當這些興高采烈的新鮮人們看著黑暗中穿著西裝的人群，背景裡莊嚴的建築物，還有火炬的熊熊火焰的時候，他們心裡是否也會跟去年的他一樣，認為這是個璀璨繽紛的夜晚？

舞會隔天，時間一樣如同疾風飛過。他們一行六個人在社團的私人用餐室裡面熱熱鬧鬧地吃午餐，隔著桌上的炸雞，伊莎貝爾與艾莫瑞兩人含情脈脈地看著對方，兩人都清楚這段愛將會是永恆的。舞會一路舉行到五點，未帶女伴的人看到伊莎貝爾就放膽地過來搶人，每個人都很盡興，時間越晚越顯熱情——不過他們那些存放在外套口袋裡的紅酒都還擺在衣帽間裡面，又要等到另一天才能派上用場了。如果要挑一群同質性最高的男人，只要看著那一排枯等舞伴的人就沒錯了。而且隊伍裡每個人打的主意都是一模一樣：只要有個黑髮美女跳舞跳到附近，那群人還來不及喘口氣就全部圍過去，總是有一個比其他人圓滑的傢伙搶得先機，成功把美女搶走。而當一位六呎高的女孩跑過來時（凱伊就曾幹過這種事，他一整晚都想把別人介紹給她），排隊的人趕快往後擠，一群群人都把頭向後轉，把熱切的目光投向舞廳另一邊的角落，而凱伊則在此刻出現，焦慮的他滿頭大汗，穿梭在人群中尋找熟悉的臉孔。

「嘿，老兄弟，我帶了一個很棒的——」

「抱歉了，凱伊，我現在要趕去搶舞伴了。」

「嗯…那等下一輪好嗎？」

「隨便啦…我發誓我一定要過去了。如果她需要舞伴時再找看看我在哪裡。」

伊莎貝爾建議兩人離開一會兒，開她的車去兜兜風，艾莫瑞高興極了。接下來的一小時實在太過美妙，讓他們覺得時間怎會過得那麼快。他們乘車在普林斯頓靜靜的路上緩緩前行：雖然談話內容還沒到掏心挖肺的程度，但總算是帶著害羞又興奮的心情一起談心。奇怪的是，艾莫瑞覺得當晚的氣氛純潔無瑕，所以沒有試圖親吻她。

隔天他們開車北上，穿越紐澤西州鄉間，到紐約用餐，然後下午去看了一齣「問題劇」❖33：一直到第二幕為止，伊莎貝爾都哭個不停。當他把飾釦扣起來時，他的領悟是，往後他也許無法繼續像這樣享受生命了。在他年輕懵懂的眼中，一切都是那麼美好。在同代的普大學長、學弟裡面，他可以說是攀爬到了巔峰。他墜入情網，同時他的愛也獲得了回報。有時他會把燈全都打開，看著鏡中的自己，試著找出到底是什麼特質讓他可以比其他芸芸眾生有更敏銳的視角，讓他能做出堅決的決定，讓他能對人施加影響，同時堅持自己的意念。就他現在的生活而言，實在沒什麼好讓他做改變的：如果他去唸書的地方是牛津，能改變的地方可能就比較多一點。

他默默對自己感到很滿意。儘管沒有下任何功夫，他看來還是可以那麼體面，他看來簡直就像一件很棒的小晚禮服。他走進學校的廳堂裡，站在階梯頂端等待，因為他聽到有腳步接近的聲音。結果是伊莎貝爾：從她閃閃發亮的髮絲到腳上那雙金黃色的小涼鞋，一切看來是如此美麗——這是她畢生的最佳狀態。

他幾乎無法控制自己，大叫了一聲：「伊莎貝爾！」然後伸出他雙臂。就像故事書裡的劇情一樣，她奔進他張開的臂膀裡。就在那麼一瞬間，他們倆的嘴唇第一次碰在一起——這一刻讓他們的虛榮心得到最大的滿足，也是這位年輕的自我主義者的人生高峰。

1 尖塔（spires）是指普大校園內有許多哥德式建築的尖塔；怪獸則是指那些會當人的老師（費茲傑羅自己在讀普大時也曾被當，甚至此被禁止參加社團活動）。

2 畫家查爾斯・丹納・吉布森（Charles Dana Gibson）筆下的女性角色。

3 《普大人日報》（The Princetonian）被暱稱為「王子」（the "Prince"）。

4 布斯・塔京頓（Booth Tarkington）：美國小說家與劇作家

5 拿索廳（Nassau Hall）是普大校內最老的一棟建築物。

6 是為了紀念長老教會新舊兩個派別於一八七零年的統一，跟南北戰爭無關。

7 衣冠（Cap and Gown）是指大學畢業典禮上穿的方帽與學士袍。

8 「彭琵雅」（pompia）：是一種柑橘類的植物。

9 《華倫夫人的職業》（Mrs.Warren's Profession.）：蕭伯納於一八九三年發表的劇作，劇中主角華倫夫人的職業是青樓的老鴇。

10 史蒂芬・菲利浦斯（Stephen Phillips）是英國詩人與劇作家，「瑪珮莎」（Marpessa）是拒絕阿波羅求愛的美麗少女，書是一本詩作。

11 〈進來花園裡，摩黛〉（"Come into the Garden, Maude"）：詩人田尼生的作品。

12 是一八八一年一齣用來嘲諷王爾德的喜歌劇。

13 詩人史溫朋（Swinburne）的作品。

14 詩人濟慈（Keats）的作品。

15 「芬格・歐佛萊帝」是王爾德的中名（middle name），「阿格農・查爾斯」則是史溫朋的名字與中名。

16 薩佛伊劇院演出的劇本（the Savoy operas）：十九世紀末期於英國流行的喜歌劇型態，因為很多在倫敦西敏區薩佛伊劇院演出而有此總稱。

17 「厭煩」（ennui）是十九世紀末英、法頹廢文學中非常重要的主題。

18 唐薩尼爵士（Lord Dunsany）：原名艾德華・普朗克（Edward Plunkett），是愛爾蘭貴族與作家。

19 「約翰遜博士與包斯威爾」（Dr.Johnson and Boswell）：指唐維里爾就像約翰遜博士（英國知名散文家、文評家與詩人），艾莫瑞就像為約翰遜博士立傳的詹姆士·包斯威爾。

20 詩人史溫朋所著〈維納斯禮讚〉（”Laus Veneris”）一詩詩文。

21 普林斯頓本來是一所用來訓練長老教會傳教士的學校

22 荷恬絲（Hortense）是一女性的名字。

23 指反串女生的男演員。

24 「夜總會」（the Casino）：三角社表演的劇院，在普大校園內。

25 一九二零年代盛行的社交場合，是情侶放情擁吻愛撫的派對。

26 就是「人人想追的女兒」（popular daughter）。

27 「超級大賽」（the Big Game）：指加州大學柏克萊分校與史丹佛大學之間從一八九二年開始每年舉行的年度美式足球大賽。

28 法國作曲家馬斯內（Jules Massenet）的歌劇作品。

29 〈樹林裡的寶貝〉（“Babes in the Woods”）：一九一五年的一首歌曲。

30 長春藤社是普大校史上歷史最悠久的「膳食社團」（eating club），老虎客棧社、衣冠社還有小屋社也都是所謂的「膳食社團」。根據該校傳統，低年級生在公共食堂用餐，高年級生（三四年級）則可以申請加入這些「膳食社團」，而原先發起成立「膳食社團」的也都是學校裡的高年級生。在這本小說裡，主角艾莫瑞此刻已經進入二年級的尾聲，很多同學都申請進入各個「膳食社團」。

31 出處是《森林王子》（The Jungle Book）。

32 指普大在一八六九年奪得美國大學史上首度美式足球隊校際賽事冠軍。

33 以社會問題為題材的悲喜劇（tradi-comedy）。

This Side of Paradise

Chapter 1-3 |

第三章 自我主義者的思考

THE EGOTIST CONSIDERS

「好痛！放開我！」

他把手擺回身體兩側。

「怎麼啦？」

「你襯衫上的鐵扣——刺得我好痛——你看！」她低頭一看，潔白的脖子上被壓得出現了一個像花生米一樣大小的藍色痕跡。

「喔，伊莎貝爾！」他斥責自己。「我真是個笨蛋。真的很抱歉，我不該緊緊抱住妳。」

她抬頭看，一臉不耐。

「喔，艾莫瑞。你當然會情不自禁，而且我也沒有很痛。但是『我們倆』該怎麼辦呢？」

他問說：「『怎麼辦』？喔，妳是說那個壓痕。等一下就會消掉了。」

她專心地看了一會兒，然後說：「它沒有消掉，還在那裡，而且看起來好醜！喔，艾莫瑞，我們該怎麼辦？『都是』因為你長得太高啦！」

「妳就揉一揉嘛！」他提出建議，有點想笑又不敢笑。

她用指尖輕輕搓揉，然後開始眼角含淚，淚滴從臉頰滑下。

「喔，艾莫瑞！」她絕望地說，然後抬頭露出楚楚可憐的神情。「如果我揉它，整個脖子就會一片泛紅。我該怎麼辦？」

他的腦海裡浮現書裡的一句話，他忍不住大聲把它唸出來。

灑上全阿拉伯的香水也不會使這隻小手變白。❖1

她把頭抬起來，含淚的眼睛露出冰冷的目光。

「你很沒同情心耶！」

「親愛的伊莎貝爾，我想它應該——」

她大叫：「別碰我！我受的罪還不夠嗎？而且你還站在那裡『笑我』！」

接著他又說錯話。

「嗯⋯伊莎貝爾，這件事是『真的』好笑。而且那天我們不是還聊到了幽默感是——」

她用一種似笑非笑的表情看他——不是微笑，而是微笑後隱約出現的那種陰霾，現在出現在她的嘴角。

「喔，閉嘴！」她突然大叫，然後從走廊衝往她的房間，留著艾莫瑞獨自站著，心裡滿是懊悔與困惑。

「可惡！」

當伊莎貝爾再出現時，她的肩頭已經包著一條輕便的披肩了。接著他們一路默默無語走下樓，吃晚餐時也沒有交談。

「伊莎貝爾。」他用試探性的口吻開口——此刻他們正要上車，然後驅車前往參加格林威治鄉村俱樂部的一個舞會。「妳生氣了，換做是我也會，但氣過就消了。我們親一下，然後和好吧？」

悶悶不樂的伊莎貝爾要考慮一下。

她終於還是開口了：「我討厭被人嘲笑。」

「我不會再笑妳了。妳看看，我還在笑嗎？」

「你剛剛笑我。」

「喔，不要跟我鬧小姐脾氣。」

她的嘴稍為噘了起來。

「我想怎樣，就怎樣。」

要艾莫瑞忍住脾氣是很難的。他意識到自己對伊莎貝爾沒有一丁點愛慕之情，但是她那冷冷的神情撩起了他想要親她的衝動。他想親她，好好地親她，因為當時他已經知道自己可以在明天早上離開，一點也不在乎。相反的，如果他不親她，反而讓自己感到心煩⋯本來他是把自己當成征服者的，這樣一來，會讓他隱約覺得自己的地位動搖了。在這段關係中，如果只能屈居第二名，他會覺得很沒面子。在伊莎貝爾這種強悍的對手面前，他不想用『懇求』的方式跟她說話。

也許她猜到了他的想法。無論如何，艾莫瑞眼看一段原本可以共度春宵的時光被白白浪費，他只能看著頭頂那些不肯放過他的大飛蛾，聞著路邊花園裡濃烈的香味——兩人不會因調情而語無倫次，小小的嘆息不斷⋯⋯

回家後他們在食物儲存室裡吃消夜，用薑酒配巧克力蛋糕，艾莫瑞說出了他的決定：

「我明天一早就走。」

「為什麼？」

他反問她：「為什麼不？」

「沒必要啊。」

「總之我要走。」

「好啦，如果你堅持要鬧笑話，我也——」

他回嘴說：「喔，不要那樣扭曲我說的話。」

「——只是因為我不讓你親我。你以為——」

他打斷她，對她說：「別說了，伊莎貝爾。妳知道事情不是那樣——就算是，那我也走得有道理。我們的關係發展到現在，該是獻吻的時候了，如果——如果過不了這一關，那我們之間哪會有將來可言？這不是妳拿道德出來當擋箭牌就可以拒絕得了的。」

她猶豫了一下。

她有那麼一點想試著和好，但表現出來的態度實在太奇怪：「對於你，我真的不知道該有什麼看法。你真可笑。」

「哪裡可笑？」

「嗯⋯我覺得你很有自信，不過也就是這樣而已。還記得嗎？有一天你跟我說你可以為所欲為，你要的東西，也沒有得不到的。」

艾莫瑞臉紅了起來。他跟她「說過」的事，可多著呢。

「記得。」

「好，但你今晚的表現似乎並不是那麼有自信。也許你只是自負過了頭了。」

「不，我沒有。」他猶豫了一下。「在普大——」

「喔，又是普大！從你說話的方式看來，你覺得那裡就是全世界了。也許你的文章在老掉牙的《普大人日報》裡面是最好的，也許那些新鮮人『真的』覺得你很重要——」

「妳不懂——」

她打斷他：「不，我懂。我『真的』懂。因為你只會說你自己，而我曾經喜歡這樣。但是現在我不喜歡了。」

「我今晚是這樣嗎？」

伊莎貝爾堅稱：「你剛好說到重點了。你今晚看來心煩意亂。你只是坐在那裡，看著我的眼睛。此外，我跟你講話時必須想清楚才能講——因為你總是在批評。」

艾莫瑞裝腔作勢地重複他的說法：「我害妳要想清楚才能說話——我有這樣嗎？」

「你真是神經質。」她的語氣很重。「你分析我的那些情緒還有本能，其實根本不是那麼一回事。」

「我知道。」艾莫瑞同意她說的，無助地搖搖頭。

她站起身說：「走吧。」

他恍恍惚惚地站起身，他們走到階梯的底端。

「我可以坐哪一班車？」

「如果你一定得走，九點十一分左右就有一班。」

「嗯，我真的一定要走。晚安。」

「晚安。」

從階梯走上樓後，當艾莫瑞轉身走進他的房間之際，他覺得自己看到她臉上只有一點點不滿之色。在黑暗中他躺著沒睡，心裡想著他有多在意這件事——他突然感到不悅，是因為自負的他覺得受到傷害？——還有，他的脾氣到底是不是不適合談戀愛？

醒來後，他感到一陣欣悅之情。一早的風吹動了窗邊的印花棉布窗簾，在清閒中他發現自己不是在普大的寢室裡，看不到置物櫃上的足球校隊圖畫，還有對面牆上的三角社標誌，突然感到一陣困惑。然後他聽見外面走廊上的老爺鐘報了時：八點了，此刻昨晚的記憶才都浮現他的腦海。起床後他開始著裝，速度飛快，因為他要在見到伊莎貝爾之前就離開她家。本來似乎會讓他很憂鬱的事，現在好像變得又累人又掃興。他在八點半就打扮好了，所以他在窗邊坐下，他心裡感受到的那一陣揪痛比他想像中還要嚴重。真諷刺，這個清晨好像也在嘲弄他似的！朗朗晴空，陽光普照，花園裡的氣味撲鼻而來。博傑太太的聲音從樓下溫室裡傳出來，他心裡想著伊莎貝爾此時會在哪裡。

有人敲敲門。

「先生，我們會在八點五十幫您把車備好。」

他繼續冥想室外的模樣，開始機械式地重複一首布朗寧（Browning）的一首詩歌，是它曾在寫給伊莎貝爾的信裡面引用的：

每個生命都是不完整，你看
它還懸著，縫縫補補，拼拼湊湊
我們未曾深深嘆息，未曾盡情歡笑
未曾挨餓、享樂、絕望——也不曾快樂過

但是他的生命會是完整的。在悶悶不樂中有件事倒是令他略為寬懷：他覺得，這一路走來也許她什麼也不是，只是讓他有機會讀東西給人聽而已；跟他的交往可能是她人生的高潮，因為再也沒有人會促使她思考了。然而，她最不能消受的就是這一點。艾莫瑞突然厭倦了思考，思考！

他痛苦地說：「她真可惡！糟蹋了我這一整年！」

心不在焉的「超人」

艾莫瑞在九月裡一個塵土飛揚的日子裡抵達普大，在悶熱中擠進街上蜂擁的人群，他們跟他一樣都是成績不好的學生。這樣開始高年級的生涯似乎很愚蠢，因為他早上的四個小時必須耗在沉悶的教室裡上著補救課程，聽老師講授那無聊到極點的圓錐曲線。魯尼先生試著想讓學生不要那麼無聊，他一邊上課，一邊猛抽寶馬牌香菸（Pall Malls）。從早上六點到午夜，他所做的就只是不斷畫圖，然後推算方程式。

「現在，朗格達克，如果我套用那個公式，A點會出現在哪裡？」

朗格達克慢慢移動他那用來打美式足球的六呎三吋身高，試著讓自己專心一點。

「喔，啊——魯尼老師，如果我知道的話，那我可能要倒楣了。」

「喔…當然囉。你當然不能『套用』那一個公式。『那才是』我要你說的答案。」

「為什麼，當然，那是一定的。」

「你看得出為什麼嗎？」

「當然——我想我知道。」

「如果你不懂，就告訴我，我可以跟你解釋。」

「嗯…魯尼老師，如果你不介意的話，是否可以再講一次呢？」

「樂意之至。現在，這裡有個A…」

這個教室是用來研究愚蠢這回事的最好材料——裡面有兩個用來擺紙張的大架子，沒穿外套只穿襯衫的魯尼老師站架子前，還有十幾個人無精打采地坐在椅子上：裡面有佛瑞德·史洛恩，他是個一定要來這裡才能繼續上場的投手；而綽號「史令」❖2的朗格達克，則是可以在這個秋天打敗耶魯校隊——前提是他有一半以上的科目不能被當；至於快活而年輕的大二生麥道威爾，則認為來這裡上補救課程跟運動其實沒兩樣，因為來的都是學校的運動明星。

「我覺得最可悲的，是那些沒錢來上補教課程，逼著他們在學期中要好好用功的傢伙。」有天他用蒼白的嘴唇叼了根菸，這樣告訴艾莫瑞，言談間多少也把艾莫瑞當成同一類人。「我應該覺得這樣是最無聊的，因為在學期間能在紐約做的事可多著呢，何必讀書？我想他們不知道自己錯過了些什麼。」麥道威爾開口閉口都說什麼「你和我」的，聽得艾莫瑞幾乎想把他從打開的窗戶推出去，因為他說：明年二月他媽媽會納悶他為何沒被社團接納，所以幫他增加零用錢——這個頭腦簡單的小瘋子。

在煙霧瀰漫的教室裡，每個人都嚴肅而認真，不可避免的會出現這樣的無助喊叫：

「我聽不懂！重教一遍，魯尼老師！」大部分的人不是太笨，就是心不在焉，所以即使聽不懂也不承認，而艾莫瑞是屬於心不在焉那一種。他發現，學會圓錐曲線根本就是一件不可能的事——每當他去魯尼先生的接待室找他時，總覺得裡面的臭氣就代表著那些令人敬畏的曲線，它們總以一種平靜的姿態作弄人，把方程式重組成根本看不懂的文字。考前最後一晚，他試著讓自己保持清醒，然後高興地去參加考試，真正令他不快樂的是：為什麼之前他在春天所勾勒的璀璨美夢與企圖心都離他遠去了？不知道為什麼，在伊莎貝爾變心後，他已經不太敢幻想自己在大學時代能夠功成名就，甚至他也有可能無法通過補考——這也意味著，他在《普大人日報》的幹部身份將被拔除，未來參加大四學生會的美夢也將化為泡影。

這一切總是要交由命運來決定。

他打了一個呵欠，在書封上潦草地隨手寫下榮譽誓詞，然後在寢室裡踱步。

艾莫瑞坐在寢室窗邊的座椅上，和剛剛回來的艾力克一起構思裝飾牆壁的方案，艾力克說：「如果你沒及格，你真是這世界上最大的笨蛋。你在校園內跟社團裡的評價會一落千丈。」

「喔，該死的，這我知道。你怎麼一直抓著這個話題不放？」

「因為你值得。有哪個人像你一樣把整個人都賭上的？像你這種人，『應該』有資格當《普大人日報》的社長。」

「喔，換個話題吧。」艾莫瑞向他抗議。「我們就等著瞧吧，閉嘴別提了。我不想搞得社裡面每人都來問我這件事，好像我是顆被拿去參加蔬菜展覽的巨大馬鈴薯。」

一週後，艾莫瑞要去朗威克餐廳吃飯，途中在自己寢室的窗下停駐，看到燈是開著的，於是往上大叫：

「嘿，湯姆，有信件嗎？」

結果，在黃色燈光下探出頭的是艾力克。

「嗯，考試結果出來了。」

他的心噗通噗通地跳。

「怎樣？藍字或是粉紅字？」

「不知道，你最好先上來。」

進房後他直接走到桌子邊，突然注意到寢室裡還有別人。

「喲，凱瑞。」他的口氣很有禮貌。「啊，我普大的同學們。」裡面的人似乎大多是他的朋友，所以他拿起那個上面寫著「註冊組」的信封，緊張地拿在手裡。

「這張紙條可真是重要。」

「艾莫瑞，打開它。」

「為了增加點戲劇效果，我要先讓你們知道：如果是藍字，那我的名字會從《王子》的幹部名單上面被撤下來，我短暫的社團生涯也完了。」

他頓了一下，然後第一次見識到費倫比的目光如此焦急，居然用這麼熱切的眼神看著他。艾莫瑞也用凝視的目光看他。

「各位先生，請看我臉上最直接的情緒。」

他把信撕開，然後在燈下高舉那一張紙條。

「怎樣？」

「粉紅色還是藍色？」

「說啊。」

「艾莫瑞，我們都等著洗耳恭聽呢！」

「看你是要微笑還是要罵人——總之，你就開口吧！」

他頓了一下：幾秒鐘過去了：他又看一下那張紙條，這一晃又是幾秒鐘過去了。

「各位，藍色的。跟天空一樣藍。」

後續的影響

從那個學年的九月初到春天快結束時，艾莫瑞的所做所為好像漫無目地、亂無章法，根本不值得留下任何記錄。當然，從一開始他對自己所損失的一切就感到很遺憾。他的成功哲學就在他面前崩垮，他想要把理由找出來。

後來艾力克說：「因為你太怠惰。」

「不，是更深層的理由。我已經開始覺得，我會損失這個機會是必然的。」

「你知道嗎?他們都想要疏遠你。只要有人被當掉，就好像我們這群人會變得比較弱一樣。」

「我討厭這種說法。」

「當然，只要你稍加努力，還是可以演出東山再起的戲碼。」

「不，我玩完了——我指的是，我不可能在校園裡呼風喚雨了。」

「但是，艾莫瑞，老實說，讓我感到最生氣的並不是你沒辦法當上《普大人日報》的社長，也不是你進不了大四學生會，而是你沒有好好準備，所以考試才沒過關。」

艾莫瑞慢條斯理地說：「我不是這樣想的。讓我生氣的，是比較具體的東西。我的怠惰跟我的整套價值體系有關，但是運氣也不站在我這邊。」

「你是說，你的價值體系垮掉了嗎？」

「也許吧。」

「嗯：：那接下來你要怎麼做?你會很快重獲一個更好的地位，還是接受自己已經過氣的事實，閒晃兩年？」

「我還不知道：：」

「喔！艾莫瑞，振作起來！」

「也許我會吧。」

儘管艾莫瑞的觀點很危險，但與事實相去不遠。如果說他對環境所做出的反應結果可以被製成表格的話，從早年開始就可以羅列如下：

1 艾莫瑞的本性。

2 艾莫瑞加上貝翠絲。

3 艾莫瑞加上貝翠絲加上明尼亞波利斯。

接下來，聖瑞吉斯把原有的他整個顛覆掉，所以他必須重新來過：

4 艾莫瑞加上聖瑞吉斯。

5 艾莫瑞加上聖瑞吉斯加上普林斯頓。

可以看出他把「順從」當作成功的捷徑。本性中帶有的怠惰、想像力、反叛性格幾乎全都被掩蓋。他順從整個環境，得到成功，但因為想像力未獲充分發揮，在成功之餘也沒有體認到這一點，才會無精打采，出乎意料地把之前的一切又拋諸腦後，然後又變回：

6 艾莫瑞的本性。

財務危機

在眾人完全不注意的情況下，他的父親在感恩節靜靜地辭世了。死亡這種事似乎不該發生在日內瓦湖這麼美的地方，也不該發生在他那尊貴而沉默的母親面前，所以父親的死並未讓他特別難過，甚至可以用歡愉而忍耐的態度來旁觀葬禮。最後他決定土葬優於火化，但他在童年的想法也讓自己笑了出來：因為他曾想過在樹頂慢慢氧化腐朽。葬禮隔天他在家裡大圖書室的沙發上躺著，試著在優雅的哀思中思考：當臨終的那一刻來臨，他被發現時到底應該是虔誠地把雙臂相交，擺在胸前（達西神父曾經建議他，說這是最高雅的姿勢），抑或是兩手相扣，擺放在頭的後面——這是跟詩人拜倫比較接近的異教徒風格。

比父親遠離塵世讓他更感關切的，是貝翠絲與他必須跟巴爾頓先生在葬禮結束的幾天後進行三方對談：這位律師來自「巴爾頓與克羅曼聯合律師事務所」，他們家的法律事務向來委由該所處理。這是他第一次實際了解家裡的財務狀況，藉此也才知道在父親的管理下，他們也曾家大業大。他拿了一本標示「一九〇六年」的記帳本仔細閱讀，發現那一年全家的開銷超過十一萬元。裡面有四萬元變成了貝翠絲的個人收入，但內容並未詳載，只是約略寫著：「支付給貝翠絲・布雷恩的匯票、支票與信用狀」。至於其他的錢是怎樣花掉的，寫得倒是鉅細靡遺：稅款、日內瓦湖莊園的修繕加起來就將近九千元；一般的開銷，包括貝翠絲那輛電車以及那年買的一輛法國進口車，就花了三萬五千元。其他部份也寫得一清二楚，而且帳冊右側總是有無法平衡的支出項目。

驚人的是，艾莫瑞在一九一二年的帳冊裡發現債券持有數銳減，收入也大不如前。不過貝翠絲的花用改變並不明顯，顯然他父親在前一年進行了幾筆石油的冒險投資，除了一些投資結果不清楚外，都以賠錢收場。被「燒掉」的石油不多，但史蒂芬・布雷恩倒是變得渾身灼傷。接下來連續三年都出現類似的資產縮減，那時，才開始輪到貝翠絲須用自己的錢來支付家裡的開銷。但光是一九一三那一年，她就花了九千元看醫生。

他們家的狀況到底是怎樣，巴爾頓先生講得含糊不清，還有一些短線投資與交易是艾莫瑞的父親根本沒有諮詢他們的。

一直要到好幾個月後，貝翠絲才寫信把整個狀況告訴艾莫瑞。布雷恩與奧哈拉兩家剩餘的資產就剩日內瓦湖的莊園以及持股約五十萬元，目前餘款的投資極為保守，全都砸在一家公司的百分之六持股裡面。事實上，根據貝翠絲在信中所說，等到她方便轉售股票時，她會改而把錢投資在鐵路與電軌車的債券上，信裡是這樣寫的：

我很確定，如果有件事我們可以搞清楚的話，就是沒有人會一直待在同一個地方。那個叫做福特的傢伙把這個理念發揮得淋漓盡致。所以我交代巴爾頓先生把錢集中投資在「北太平洋鐵路公司」以及各家捷運公司——也就是經營那些所謂「電軌車」的公司。至於我沒有投資伯利恆鋼鐵公司這件事，我是絕對不會原諒自己的，因為我聽到了一些很令人羨慕的風聲。艾莫瑞，你一定要進金融這一行。我可以跟你保證，你一定會沉迷其中的。或許一開始只是個收發或者出納員，然後持續往上升遷——幾乎直達層峰。如果我是個男人，也一定會喜歡管錢，想不到我到老了才愛上錢。有天在茶會上我遇到了一位熱心過頭的比斯潘女士，她正在唸耶魯的兒子寫信給她，說那裡的男孩整個冬天還都穿著夏天的內衣，即使在最冷的那幾天也是頂著濕濕的頭髮，腳穿裸靴到處走來走去。艾莫瑞，我不知道普大現在是否也流行那樣，但我不希望你做那種傻事。這樣的年輕人不只容易得肺炎與小兒麻痺，也可能染上各種跟肺部有關的疾病，而這方面正是你特別孱弱的。我早就發現了，沒有人能拿自己的健康開玩笑。我跟那些荒謬的母親不一樣，我不會堅持你一定要穿上膠鞋——不過我還記得有一年耶誕節你一直穿著膠鞋四處跑，不肯把鞋扣扣起來，鞋子還「咻咻咻」地發出奇怪的聲響，而且你不扣鞋扣的理由是因為大家都這樣。到了隔一年耶誕節，儘管我苦苦哀求你，你卻連膠鞋都不穿了。你現在已經年近二十了，我不能隨時跟在你身邊，看你有沒有做些傻事。

這封信跟你的現實生活是密切相關的。我要最後一次慎重告誡你，如果沒錢的話，任何人都只能呆坐在家裡做一些平凡的事；但是，如果我們的生活不是太奢華，也還是有很多事情可以做。我親愛的乖兒子，好好照顧自己，而且一定要試著每週寫封信給我，因為如果我沒有接到你的訊息，就會胡思亂想你是不是出事了。

愛你的母親

「要人」（"personage"）這個字的初次出現

那年聖誕節，達西神父邀請艾莫瑞北上前往他位於哈德遜河河邊的「史都華館」（Stuart palace）度假一週，他們倆在火堆旁邊聊了很多。神父稍稍變胖，但他的氣度也跟著變得更恢弘，艾莫瑞整個人癱坐在一張有坐墊的低矮椅子上，整個人覺得放鬆又安全，他也跟神父一起抽雪茄，體驗一下理性的中年人都想些什麼。

「神父，我不想讀大學了。」

「為什麼？」

「我的大學生涯已經希望破滅，本來我以為那些都是小事，不怎麼重要，沒想到——」

「一點也不容易，我覺得它們是最重要的。我要你一五一十告訴我，從我們最後一次碰面開始講起。」

艾莫瑞開始跟他聊，他訴說著自己憑著自我主義鋪陳的坦途是如何崩垮的，才半個小時的光景，他就開始不像原來那樣無精打采了。

神父問他：「如果你離開大學，你會做些什麼？」

「不知道，我想到處旅行，不過這場討人厭的戰爭讓我無法如意。不管怎樣，我媽一定很討厭我沒畢業。我只是很茫然。凱瑞．哈樂戴邀我跟他一起加入拉法葉飛行中隊。」

「你知道你其實不想去的。」

「有時候我想去——如果是今晚要做決定，我會毫不猶豫。」

「嗯…你對生活有多厭倦？如果真的比我所了解的程度還要嚴重得多，你才應該去。我了解你。」

艾莫瑞不情願地承認說：「我想你是真的了解我。從軍似乎可以擺脫我現在的所有問題——特別是，我不想再過一年沒有用的日子，只是一天過一天。」

「沒錯，我知道。但老實說，我不擔心你。在我看來，你正在逐漸進步中，一切都是那麼自然。」

艾莫瑞不同意他的說法：「不，這一年我有一半原有的人格特質都喪失了。」

神父對此說法嗤之以鼻：「一點也沒有。你只是沒有原來那麼虛榮而已。」

「天啊！不管怎樣，我覺得好像又回到聖瑞吉斯重讀一年級似的。」

神父搖頭說：「不是這樣的。當時你很不幸，現在這對你是好事一樁。不管接下來你有何收穫，都不會像去年一樣，只是在慢慢摸索而已。」

「問題是，像我現在這樣缺乏活力，還能有什麼收穫嗎？」

「也許你現在的狀況本身就是一種收穫…但是你的一切都還在發展中。現在你才有時間思考，才能拋開你以往對於成功的陳舊觀念，不再把自己當作超人什麼的。像我們這種人，不能全憑理論過活，但你以前就是那樣。如果我們能向前邁進，然後一天撥一小時出來思考，我們會有奇蹟一般的成就。但如果你想靠一些眼高手低的計畫就能掌控一切，根本就是癡人說夢。」

「但是，神父，我根本邁不開下一步。」

「艾莫瑞，這件事我只跟你講——我也是剛剛學會這麼做而已。如果我能邁開腳步，我就可以再做一百件事。但有時候我的腳步會遇到阻礙，就像今年秋天數學阻礙了你一樣。」

「為什麼我們要邁開腳步呢？我似乎從來都不用刻意這樣做。」

「我們必須這麼做，是因為我們不是空有一些特質的個人，我們是要人。」

「這句話真好聽——你的意思是什麼？」

「你以往覺得自己是空有一些特質的個人，你跟我說的凱瑞跟史洛恩他們，到現在也還是。個人特質幾乎只是各種跟身體有關的特性，如果人受其影響，就會自貶地位——我看過有人因為長期生病而失去了這種特質。但如果這種特質的影響力太大，就會讓人無法邁開腳步。就另一方面而言，所謂要人卻懂得日漸累積的道理。每個人想到他的時候，一定會連帶想到他的成就。他可以承受千斤重擔——有時候成就斐然，但是他會用冷靜的態度來看待這一切。」

艾莫瑞順著神父的說法繼續往下說：「但是，當我最需要我那些耀人的成就時，它們卻不在了。」

「是的，沒錯。當你覺得自己的名望與天份等一切都展現出來時，你根本不須煩惱別人怎麼想。一切都可以迎刃而解的。」

「但是就另一方面而言，如果我沒有了那些成就，我感到好無助！」

「那是一定的。」

「那當然只是個念頭而已。」

「現在你可以有一個全新的開始——依據凱瑞與史洛恩的天性，他們是絕無機會獲得這種開始的。如果把那些成就比喻成裝飾品，你先把三、四個拆掉，然後一氣之下，把其他的也都弄掉了。你現在可以設法去弄到新的裝飾品了，而且你如果看得越遠，蒐集到的裝飾品也會更好。切記，要邁開下一步！」

「經你這麼一講真是豁然開朗啊！」

接下來他們一直聊天，大多是聊自己，有時聊哲學與宗教，也聊人生的遊戲與奧秘。似乎在艾莫瑞形成清晰的想法前，神父就能先一步料到了。他們倆的思維模式與思考理路實在是密切地契合在一起。

一晚艾莫瑞問神父：「我為什麼要列這些清單？把各種事物都列出來？」

神父回答：「因為你會用中世紀的方式思考。我們倆都是。對於分類與尋找類型，我們都有一股熱忱。」

「那是一股想要把事情弄得明明白白的慾望。」

「那是士林哲學的核心。」

「在我北上來到這裡之前，本來我已經開始覺得自己越來越古怪了。我想那只是一種姿態罷了。」

「別擔心。對你來講，不擺姿態也許本身就是一種最重要的姿態。擺出姿態之後——」

「然後呢？」

「邁出下一步。」

回到普大後，艾莫瑞又收到神父的幾封信，對他的自我主義思想有更多幫助。

我唯恐自己給了你太多信心，讓你以為自己一定安全無虞。切記，我這麼做的前提是，我相信你會付出源源不絕的努力，而不是傻傻的堅信你會不需一番掙扎就達到目標。你必須把一些性格的細節視為理所當然，不過你如果要向別人承認你具有這些性格，則必須小心點。你不會感情用事，幾乎欠缺愛人的能力，精明但不狡猾，自負但不驕傲。

不要覺得自己沒有價值。當你覺得自己處於最佳狀態時，通常會在生活中遇到最糟的事；還有，不要擔心失去你不斷提及的那種「個人性格」。年方十五時，你會像清晨一樣容光煥發，到了二十歲，你會開始像月亮

一樣，呈顯出陰鬱卻是精采的本色。等你到了我這個年紀，你會像下午四點的陽光一樣，發出和煦的金黃光芒，就跟我一樣。

如果你寫信給我，想寫什麼，就寫些什麼。你上一封信，是關於建築的長篇大論，真是太糟了——我還以為你活在知識與感情的真空狀態中，卻還自詡為「高級知識份子」呢！還有，要注意別試著為人們進行太過明確的分類，因為你會發現，惱人的是，一些人的類型在年輕時總是不斷轉變；而且，如果你把你認識的每個人都貼上「高傲」的標籤，那麼出社會後，遇到真正與人對立的情況，會像掀開盒子一樣，被裡面的小丑嚇一跳。就目前而言，對你較有價值的是，看你可不可以找出達文西那一種類型的人。

你跟我年輕時一樣，狀況時好時壞，但是一定要保持心智的清晰，不管被愚人或智者批評，都不要責己太深。

你說傳統確保你在面對「女性問題」時能夠全身而退；但是，艾莫瑞，並不只是這樣而已。讓你全身而退的，也是一種恐懼：因為你怕一旦起頭，就不能停下來。你怕自己會發瘋，我非常清楚自己在說些什麼。促使你察覺邪惡存在的，是那近乎奇蹟的第六感，是因為你依稀知道自己還存有懼神之心。

不管你所展示的是哪一種專長，像宗教、建築或文學等，我能確定的是，如果你能以教會為依託，將會比較安全，但是我不會與你爭論，因為我不想減低自己對你的影響力——不過我相信你的心底已經有一道「古羅馬精神的黑色缺口」敞開了。一定要趕快寫信給我。

獻上我關愛的祝福　薩耶．達西　敬上

在這段期間，就連艾莫瑞讀的東西也開始相形見絀，他就像矇著頭鑽進充滿迷霧的文學偏門裡，他涉獵的作者包括：于斯曼（Huysmans）、華德．佩特（Walter Pater）、泰奧菲勒．高提耶（Théophile Gautier），至於拉伯雷（Rabelais）、薄加丘（Boccaccio）、佩特羅尼烏（Petronius）與蘇埃多尼烏斯（Suetonius）等人，只要是比較豪爽的作品，他也會讀。有一週，出於純粹的好奇心，他檢視了史洛恩的藏書，發現他的藏書跟一般人沒兩樣：包括吉卜林、歐．亨利（O Henry）、約翰．福斯二世（John Fox Jr.）與理查．哈汀．戴維斯（Richard Harding Davis）等人的作品，還有《每個女人所知的一切》（What Every Woman Knows）❖3、《育空的魔力》（The Spell of the Yukon）❖4，一本詹姆斯．惠特康．萊利（James Whitcomb Riley）❖5的作品則是出版社免費贈送的，各式破舊教科書裡面寫滿密密麻麻的筆記，最讓他感到詫異的是，居然也有艾莫瑞自己在很後來才發現的魯伯特・布魯克（Rupert Brooke）詩集。

他跟湯姆・唐維里爾一起做的，是在普大的學生裡找出能夠建立「美國詩的偉大傳統」的英才。

就整體而言，那一年的普大大學部比前兩年有趣多了，因為之前整個校園裡面瀰漫著一股腓利斯人（Philistine）的市儈味。令人驚訝的是，儘管一年級的學生並不如之前自動自發，但校園裡的氣氛開始活潑了起來。如果是在以往的普大，他們就不會發現塔納達克・韋利這一號人物。塔納達克是個有一對大耳朵的大二生，一開口就表現出其特殊之處：當他們聽到他隨口唸出「不吉的凶月，未來地球的世世代代必將順著它往前轉動！」，不禁暗忖他說的意義，但從不懷疑這句話是一位超凡者的靈魂寫照。至少湯姆與愛莫瑞對他的評價是如此。他們誠心誠意地告訴他，他有著詩人雪萊一般的頭腦，並在《拿索文學雜誌》裡面專文介紹他寫的自由詩與散文詩。但是塔納達克沾染了當時的許多習氣，而且他喜歡波西米亞式的生活，這點讓他們大失所望。如今他不再大談「被中午侵擾的月亮」，反而開口閉口只提格林威治村，而且與他約會的那些「冬日裡的謬思女神」都不學無術，鎮日窩在四十二街與百老匯大道上。至於過去他用雪萊式的幻想所刻劃出來，總是令湯姆與愛莫瑞驚嘆的那些孩童們，則早已離他遠去。所以他們把塔納達克視為未來主義陣營的一員，那裡才能讓他跟他那些熱情的朋友們較有發揮餘地。湯姆給他的最後一個建議是要他那兩年不要寫作，然後把詩人亞歷山大·波普（Alexander Pope）的所有作品看過四遍，但艾莫瑞覺得叫他閱讀波普就好像「頭痛醫腳，腳痛醫頭」一樣無解，於是他們只好在談笑中放棄他，至於他到底是天賦異秉，還是他的才智根本不值一哂，就是靠投擲硬幣來決定也無所謂。

校園裡有些備受歡迎的教授每晚總跟一堆崇拜者混在一起，一邊隨口說些雋語，一邊倒蕁麻酒給他們喝。艾莫瑞不只蔑視這些教授，也刻意避開他們，而且讓他失望的是，也許是受到這些腐儒的影響，學生們在討論各類問題時總是不給明確的答案。他靠一部短篇諷刺詩來傳達他的意見，他還說服湯姆在《拿索文學雜誌》上刊登這篇名為〈在教室裡〉的作品：

早安，傻瓜老師⋯⋯
每週有三堂課
你一說話我們就感到無力
我們的心靈求知若渴
但飽讀哲學的你只會滿口沒錯、沒錯、沒錯，逗弄我們⋯⋯

我們就在這裡，像你這位牧人的一百頭羊
就像放音樂一樣，調音⋯播放⋯你繼續說⋯我們儘管睡⋯

有人說，你也是學生；
之前你曾在課堂上咄咄逼問我們，
為的是剽竊我們的知識，做成一份講義
裡面講的書已經遠離人們的記憶；
整個時代不可錯過的東西都被你吸去，
吸得你鼻孔裡充滿灰塵，
然後你出了一本書，
那就像從地上起立，
打了一個大噴嚏⋯
坐我右邊的同學叫做「臭屁」，
聰明的他最愛問問題，
他裝得煞有介事，舉手像抽筋，
這堂課結束後他跟你說，

他整晚端坐鑽研你的書，
喔：你會不好意思，
他會裝出老成的模樣，
但你們倆會一起賣弄學問，嘻嘻微笑，
斜眼睥視對方，然後趕著回去幹活：

這禮拜有天，你把作文還我，
從裡面：從你在邊邊隨手批寫的評論裡面
我學到的東西被我謔稱為
「批評的無上規則」，
你留下的都是一些沒價值而且像開玩笑似的妙語：
像是：「你確定這有可能嗎？」
「蕭伯納可不是權威！」
但是「臭屁」交出去的作業
再怎麼亂寫，也是最高分。

但——但我還是到處碰到你⋯
莎翁名劇上演時你也在觀眾席裡，
一個過氣的老掉牙名角讓喜歡拾人牙慧的你著迷不已⋯
激進的演出方式一出現，你則是驚嚇不已
心想：戲劇美學的正統何在？
你是「常識」的典範，
你在觀眾席裡瞠目結舌。
還有，有時甚至教堂也很吸引你
只不過你都是刻意忍耐，
耐著性子聆聽那些偉大而閃閃發光的真理（包括康德與布斯將軍❖6在內⋯）
所以，雖然不斷被驚嚇，你還是活過來了，
空洞的你永遠只能點頭說，是、是、是⋯

這堂課結束了⋯大家也睡醒了
一百個孩子們歡欣鼓舞
他們隨口跟你說一兩句話，

拔腿就沿著嬉鬧的教室走道往外衝……
你心想，「這一群心胸狹隘的俗人」
把他們忘掉，用力打個呵欠，彷彿像重生一般。

那一年四月，凱瑞・哈樂戴離開學校，搭船前往法國參加拉法葉飛行中隊。艾莫瑞原本對他寄予無限的欽羨，但是在他某個經歷過後，把凱瑞的事忘得一乾二淨——儘管他從不了解那個經歷對他而言到底有何價值，但未來三年的歲月裡，卻被它像夢魘般的不斷糾纏著。

魔鬼

他們在十二點離開希利餐廳（Healy's），然後坐計程車到一家叫做比斯特瑞（

Bistolary's）的酒館。跟艾莫瑞在一起的有佛瑞德・史洛恩，還有艾夏・馬洛與菲比・克倫——她們倆都是「夏日花園舞廳」的歌舞女郎。時間還早，他們覺得還沒鬧夠，所以憑著用不完的精力衝進酒館，像是參加瘋狂的酒神祭典一樣。

菲比大叫說：「要一張四個人的桌子，中間一點的！快！小親親，跟他們說我們來啦！」

史洛恩大叫說：「叫他們播放〈愛慕〉那首歌！你們倆先點東西，我跟菲比要先去搖兩下屁股。」說完，就穿越雜沓的人群而去。剛剛在一小時前相識的艾夏與艾莫瑞兩人緊隨著服務生走到一張位置很好的桌子旁。他在那裡坐下看人跳舞。

她大叫一聲：「耶魯的芬德・馬格森也來了！嘿！芬德——喂！」

他也用叫聲跟她打招呼：「喔，艾夏！過來坐我們這一桌嘛！」

「芬德，我不行。我跟朋友在一起。明天大概一點去找我！」

常來這裡鬼混的芬德是個沒什麼特色的傢伙，他含糊地回了兩句話，然後就轉身回去找那一位他正追著滿場跑的金髮美女。

艾莫瑞說：「他真是個天生的大笨蛋。」

「喔，他還好啦！那個服務生是這裡的老鳥了，幫我點一杯雙份的代克里酒（daiquiri）。」

「來四杯好了。」

人群到處走動，舞客來來去去，跳舞的速度忽快忽慢。來光顧的大多是大學生，裡面參雜著幾個過氣的百老匯男演員，女性則只有兩種：長得較高那一種，是歌舞女郎。整體而言，酒館裡的氣氛跟正常的派對沒兩樣。大概有四分之三的人都是來找樂子的，因此不會鬧事，不會走到太裡面去，因為他們很快就要搭五點的火車回耶魯或普林斯頓去。至於另外四分之一的人，則會在這裡待得更久，從奇怪的地方惹來奇怪的麻煩。艾莫瑞一行人也是來找樂子的：佛瑞德·史洛恩與菲比·克倫是老相好了，艾夏與艾莫瑞則是新朋友。但即使在寂靜平凡的夜裡，也隨時可能發生怪事；而酒館本來是最不會發生不尋常事件的地方，一般人都鑾常來的，但是卻害他的百老匯春夢黯然失色。那件事讓人感到一種無法言喻的恐懼，令人難以置信；因此事後他從來不相信自己真的有過那次經驗。但事實上它是一樁悲劇裡的某個場景，只是因為隔著一層薄紗觀看，使一切變得如此朦朧不明——不過，對於它所代表的意義，他卻是一清二楚。

一點的時候，他們又換了一個地方，這次是美心酒館；到了兩點，他們待的地方又改成了戴汶尼爾酒館。史洛恩喝個不停，雖然興致高昂，但已經有點醉了。至於艾莫瑞還很清醒，只覺得很累。通常他們到紐約來狂歡時都會遇到一些喝香檳酒的墮落年長酒客，但今晚還沒碰到。

他們覺得舞已經跳夠了，要走回座位，此刻艾莫瑞意識到附近一張桌子邊坐著一個正在看他的人。他不經意地轉頭看：那是一個穿著棕色西裝的中年男子，他獨自一人坐得離桌子有點遠，正在注視著他們。看到艾莫瑞瞥望他之後，他露出淡淡微笑。艾莫瑞轉身面對剛剛坐下的佛瑞德。

他氣憤的抱怨：「那個臉色蒼白，盯著我們看的白癡是誰啊？」

史洛恩大聲叫：「在哪裡？我們把他丟出去。」他起身後晃來晃去，緊抓著椅子不放。「他在哪裡？」

桌子另一頭的艾夏與菲比兩人靠在一起交頭接耳，在艾莫瑞還沒注意到之前，她們就往門口走過去了。

「現在要去哪？」

菲比說：「回我們住的公寓。我們有白蘭地跟香檳——而且今晚這裡已經不怎麼有趣了。」

艾莫瑞的腦筋動得很快。他沒有喝酒，而且後來也決定不要喝酒，如此一來，跟其他人走在一起時他也可以謹慎一點。事實上，如果要看好已經醉到不能思考的史洛恩，他或許就該這麼做。他挽著艾夏的手，親熱地坐進一輛計程車裡。車子開往第一百街再過去那一帶，停在一棟高大的白色石造公寓前：他永遠也忘不了那一條街：那條街很寬闊，兩邊都矗立著這種高大的白色石造建築物，牆面上布滿著一個個已關燈的窗戶。放眼望去，這些建築物不斷往下排去，在明亮月光的照射下，它們像鈣石一樣慘白。他心想，每棟建築裡應該都有電梯，大廳裡都有個黑人男孩在當管理員，他們身後也都掛著一排鑰匙。每棟大樓都是八層樓高，裡面一間間都是三房或四房的公寓。走進菲比的起居室後，裡面的活潑氣氛讓他很高興，他癱坐在沙發上，女孩們則去翻找食物。

史洛恩輕聲地向他坦承：「菲比可真棒。」

艾莫瑞嚴肅地說：「我只待半小時。」他心想這樣說話會不會太自以為是了。

史洛恩跟他抗議：「你去死啦。我們已經來了——不要急著走。」

艾莫瑞氣沖沖地說：「我不喜歡這裡，也不要吃東西。」

菲比走出來後拿著一些三明治，一整瓶白蘭地與吸酒用的虹吸管，還有四個玻璃杯。她說：「艾莫瑞，你來倒酒吧。我們來敬佛瑞德一杯，很少人可以喝到像他那麼醉的。」

艾夏也走過來說：「沒錯，也要敬艾莫瑞一杯。」她坐在他身邊，一頭金髮的她把頭靠在他的肩膀上。

史洛恩說：「我來倒。菲比，妳還是用吸管吧。」

他們把杯子都擺在托盤上。

「好啦！你們看，她又滴得到處都是！」

手裡拿著玻璃杯的艾莫瑞不知該不該喝。

曾有那麼一瞬間，他感到酒的誘惑力就像一陣暖風一樣往他吹過去，然後他的幻想好像變成了一團火，他從菲比手上把杯子拿過來。不過他沒有喝：因為在他要下決定那一刻，他抬頭看到酒館裡的那個人就坐在他十碼外，他被嚇得跳了起來，杯子也從高舉的手裡掉下。那個人一半呈坐姿，一半靠著沙發角落上的靠枕。在酒館裡他的臉看來就像黃蠟做的一樣，此刻也沒有改變：任何人看了都必須承認，那不是死人臉上那種暗淡而慘白的顏色，看得出他是活人，但並不健康。比較像一個強壯的男礦工，或者在潮濕天候裡工作的夜班人員；艾莫瑞仔細端倪他，看到可以把他畫出來，任何一個細節都不會遺漏。他的嘴巴讓他看來很坦白，他那雙堅定的灰眼掃視著他們四個人，帶著一點疑問的神情慢慢移動著。艾莫瑞注意到他那雙手：長得一點也不好看，但看來很靈巧，儘管沒什麼力氣：他把那雙緊張的手輕輕地擺在椅墊上，手掌不斷快速地微微開闔。接著，艾莫瑞突然看到他那一雙腿，然後腦袋充血，意識到自己在害怕。他那一雙腳大有問題：那個問題不是他一看就知道的，而是慢慢感覺到的：那個問題就像好女人的偏好或是紅緞子上的血漬一樣難以察覺。他身上那個不對勁的小地方是如此恐怖，艾莫瑞的後腦杓感到一陣涼意。他穿的不是皮鞋，而是一雙十四世紀流行的那種鞋尖往上捲曲的鹿皮尖頭軟鞋。鞋子是暗棕色的，而且他腳趾的形狀似乎與鞋尖完全吻合：他那雙鞋，讓人感到一種說不出來的恐懼⋯

他一定是說了什麼，或者朝什麼東西往前看，因為艾夏突然用一種奇怪而輕柔的語氣說話。

「喲！看看艾莫瑞！可憐的艾莫瑞病了——你瘋了嗎？」

艾莫瑞指著角落的沙發大叫：「你們看那個人！」

艾夏逗趣地尖叫說：「你是說那隻紫色斑馬嗎？有一隻紫色斑馬在看著艾莫瑞耶！」

史洛恩茫然地笑了幾聲。

「喔⋯被斑馬嚇到了，艾莫瑞？」

接下來是一陣沉靜⋯那個人用疑惑的神情看著艾莫瑞⋯然後他的耳邊隱約出現人聲⋯

艾夏用嘲諷的語氣說：「我還以為你不喝酒呢！」她的聲音非常清楚。那個男人坐的那張長沙發就像活了過來一樣，像瀝青上的熱氣飄散開來，像蟲子一樣蠕動⋯

「回來！回來！」艾夏伸手要去拉他。「艾莫瑞，親愛的，別走！艾莫瑞！」但朝著門口走的他已經走到一半了。

「拜託，艾莫瑞，跟我們一起玩啦！」

「你病啦？」

「喝點水。」

「喝點白蘭地⋯」

電梯門關了起來，大廳那個黑人男孩已經快睡著，臉色蒼白得像一尊青銅人像…艾夏懇求他留下的聲音順著電梯井傳了下來。那一雙腳…那一雙腳…

那雙腳最後還是走到樓下來了——它們就出現在電燈光線昏暗的大廳裡，踩在地板上。

在暗巷裡

月亮就掛在遠處的街道盡頭，艾莫瑞轉身背對它，然後往下走。他走了十步，接著是二十步，那步步聲響聽起來像慢慢的水滴聲，無可奈何似的持續往下滴著。艾莫瑞的身影投射在他身前，大概有十呎高，那個穿著軟鞋的傢伙可能已經在他後方很遠處了。憑著像孩子似的本能，艾莫瑞躲進白色建築物的藍色暗影處，暫時藉此擋住月光，然後踩著笨重的踉蹌步伐往前小跑步。突然他停下來，心想自己一定要穩下來，舔一舔乾燥的嘴唇。

如果他遇見的是好人——都這個時候了，這世界上的好人會在街上逗留嗎？還是他們都住在那些白色建築物裡面？——任何在月光下步行的人都會被跟隨嗎？但如果他遇到一個知道他現在在想些什麼的好人，而且也聽到這個沉重腳步聲…接著腳步聲突然越來越近，一片烏雲遮月。等到月亮蒼白光芒再度出現，掠過一片片飛簷時，腳步聲幾乎已經來到他的身邊，艾莫瑞覺得自己聽見靜靜的呼吸聲。突然之間他發現腳步聲不是在他後面，而是在他前面：他並未把跟隨的人甩開，而是跟著走…跟著走。他開始盲目地奔跑，心臟碰碰碰地跳動著，十指握拳。前頭遠處出現了一個黑點，慢慢變成了人的輪廓。但艾莫瑞沒有繼續往下走，他離開街上，衝進一條小巷，裡面又窄又暗，還有一股陳年的腐臭味。他在一道長長的曲折黑影裡迂迴前進，偶爾才會閃出微弱的月光…然後他突然躲進圍籬旁的一個角落，氣喘吁吁，筋疲力盡。前方的腳步聲停了下來，然後他聽見原本拖沓的步調改為連續的動作，就像碼頭邊的海浪沒有一刻停歇。

他把雙手蓋在臉上，盡可能把眼耳摀住。直到現在，他沒有想過自己是不是在幻想或喝醉了，反而那種真實感比具體有形的東西還要真實。那股真實感似乎占據了他的心思，而且這件事的發生是這麼的自然，跟之前的事情是可以完全連貫在一起的，他的腦袋清醒得很。感覺他可以用文字把問題的解答寫出來，但真正要他動手去解決它，他卻做不到——那感覺不只是恐懼而已。他現在已經穿越恐懼的表層，進入了一個真實的意識狀態：不管是那一雙腳，或他對於那些白色建築物的恐懼，都變成了真實而活生生的東西，他必須接受它們的真實性。只不過他的靈魂深處好像跳出了一小團火，它化為一聲吶喊，吶喊著要把他拉回來，試著把他拉進一扇門裡，然後把門重重甩上。門被甩上後，不管是那一陣陣步伐或白色建築物都會回到現實中的月光下，甚至那些步伐也有可能是他自己的。

他在圍籬前的陰影裡待了五或十分鐘，他心裡的那一團火，不知道為什麼：在他事後回想起來，其實離他很近很近。他還記得自己大聲呼喊：

「我想當個笨蛋——喔！派個笨蛋過來找我！」他對著身前那一道黑色圍籬呼喊，拖沓的腳步又出現在圍籬的陰影裡：踩著踩著。經過之前的一連串聯想過後，他有點分不清「笨」跟「好」有什麼差別。他的呼喊並不是經過意志控制的——促使他轉身離開街上的東西才是意志；他的呼喊是出於本能，是本有傳統在他身上不斷累積的結果，或者是距離那一晚很久以前就已經出現過的祈禱詞。接下來遠方似乎有了一點動靜，就像傳來一陣低沉的鑼聲，他眼前先是出現了一雙腳，接著閃過一張臉孔：一張慘白的臉孔都已經變形了，就像在風中搖擺扭曲的火焰一樣，邪惡無比。

但是他知道：在尖銳的鑼聲轉變成嗡嗡低鳴的那一個時刻裡，他就認出

那是迪克·韓伯德的臉了。

幾分鐘後他跳起來，隱約感覺到聲音都不見了，只有他孤身一人待在灰暗寒冷的巷子裡，他開始穩穩地向前奔跑，朝著巷子盡頭燈光下的街道往前移動。

在窗邊

早上醒來時已經很晚了，他發現自己躺在旅館的床上，身邊一具電話響著，然後才想起他交代櫃台要在十一點把自己叫起來。史洛恩的鼾聲大作，他的衣服都疊在床邊。他們著裝後吃早餐，不發一語，然後漫步到外面透透氣。艾莫瑞的腦子還不太清醒，他試著搞清楚到底發生了什麼事，試著區分哪些是塞在腦子裡的混亂影像，哪些是對於真實事件的記憶。如果那是個寒冷灰暗的早晨，那他可能馬上就會想起之前的事，但偏偏當時是五月，紐約有時就會像那天一樣，第五大道上的空氣就像淡酒一樣輕柔。艾莫瑞根本不想知道史洛恩到底記得多少事，他顯然不像艾莫瑞那樣緊張兮兮，腦子前前後後回想著，就像拉著不斷發出尖銳聲響的鋸子一樣。

接著他們來到了百老匯大道，聽到各種嘈雜的聲響，面對那一張張上了妝的臉孔後，艾莫瑞突然感到一陣噁心。

「看在老天爺的份上，我們回去吧！我們趕快離開這個——這個地方！」

史洛恩用驚訝的神情看著他。

「你這是什麼意思？」

「我是說這條街，它太恐怖了！我們回第五大道！」

史洛恩冷冷地說：「你的意思是，就因為你昨晚消化不良，表現得像個瘋子一樣，然後你就再也不想走這條百老匯大道了？」

在此同時，艾莫瑞已經把史洛恩當成人群裡的一個人，他再也不是那個溫文幽默的史洛恩，總是快快樂樂的。他就跟他們身邊川流不息人潮裡的人一樣，都有一張邪惡的臉孔。

「老兄！」他大吼一聲，聲音大到角落的人各個轉身看他們。「這條街很下流，如果你看不出來的話，那表示你也很下流！」

史洛恩頑固地說：「我就是那麼下流！你怎麼搞的？想起以前的後悔事了嗎？如果你好好跟我們玩樂，現在就不會這樣了。」

艾莫瑞慢條斯理地說：「我要走了，佛瑞德。」他的膝蓋在他下半身顫抖不已，他知道如果在這條街上多待一分鐘，他絕對會昏倒在地。他說：「我要去凡德比爾飯店（Vanderbilt）吃午餐。」然後就快步跑開，轉彎走進第五大道。回到旅館後，他覺得好多了，但是到了他走進理髮店去做頭部按摩時，裡面的粉味和奎寧水的味道讓他想起了艾夏側臉時露出那一抹帶有暗示性的微笑，於是又匆匆離開。在他房間前的走廊上，他突然感到眼前陷入一片漆黑，好像被捲入了岔開的河流裡。

他恢復意識時，他知道自己已經暈過去好幾小時了。他縱身倒在床上，然後趴在床上翻滾，以為自己要瘋掉的那股恐懼讓他怕得要死。他需要人的陪伴，只要是人就好，只要是沒有瘋掉的好人，是笨蛋也沒關係。他一直待在床上沒動，自己都不知道時間過了多久，只感覺到有一片熱熱的微小血管在額頭突起，那恐懼感像灰泥一樣在他身上凝固變硬，甩都甩不掉。他感覺到自己又穿越了恐懼的那一層薄薄外殼，一陣微光正離他而去。他一定又睡著了，因為當他又清醒時，他已經把旅館的帳結清了，在大門前搭上一輛計程車。當時雨下得好大。

在回到普大的火車上，他沒有看見任何認識的人——只有一群群看來筋疲力盡的費城人。走道另一邊坐了一個化妝的女人，一看到她，艾莫瑞感到一陣噁心，於是他換了一個車廂，試著專心閱讀一本流行雜誌裡的一篇文章，結果卻發現自己不斷讀著同一段，所以他把雜誌放下，累得往旁邊靠，把額頭靠在潮濕的車廂窗框上。那是一節吸菸車廂，裡面悶熱，瀰漫著那一州外國人的氣味；他打開一扇窗，在不斷飄進來的霧氣中顫抖著。才兩個小時的車程讓他感覺像一天那麼長，黃色微光夾雜著藍色雨絲陣陣灑下，當普大校園裡的那些塔樓在他身邊若隱若現時，他幾乎高興得大叫出來。

湯姆站在寢室的中間，焦慮地重新點燃一根熄掉的雪茄，艾莫瑞認為自己看到他時真的鬆了一口氣。

沙啞的聲音從一陣雪茄的煙霧中傳出來：「昨晚你出現在我的惡夢裡，我感覺到你好像惹上了麻煩。」

艾莫瑞用幾近尖叫的聲音說：「別提了！什麼都不要說，我累得要死，筋疲力盡。」

湯姆用奇怪的神情看他，然後癱坐在一張椅子上，打開他的義大利文筆記本。艾莫瑞把外套與帽子丟在地板上，鬆開衣領，隨手從書架上拿起一本威爾斯（Wells）的小說。他心想：「威爾斯是個清醒的傢伙。如果他瘋了，那我就改讀魯伯特・布魯克的書。」

一個半小時過後，外面起了風，潮濕的樹枝開始搖晃，枝頭像指甲一樣抓著窗框，艾莫瑞被驚動得跳了起來。湯姆還是在用功，原本一陣靜默的寢室終於傳來偶爾的劃火柴聲，還有他們在椅子裡變換姿勢而發出的皮革摩擦聲。但一陣雷電打下來之後，艾莫瑞筆直地坐了起來，湯姆則是張大嘴巴看著他，眼睛連眨都沒眨一下。

艾莫瑞大叫說：「誰來幫幫我啊！」

湯姆也大聲說：「天啊！看你後面！」轉瞬間艾莫瑞把身體往後轉，但他只看到窗框外一片黑暗，此外什麼也看不到。

在一切靜止狀態下的恐懼過後，湯姆開口說：「那東西不見了。剛剛它在看著你。」

艾莫瑞抖個不停，他又癱坐在椅子上。

他說：「我一定要告訴你，我碰到一件不可思議的事。我想我——我看到了魔鬼，或長得像魔鬼的人。你剛剛看到的那張臉長什麼樣子？喔，不——」他很快地又多說了一句：「不要告訴我。」

他把整件事告訴湯姆。他一直講到午夜，說完後，兩個睏得要死，不斷發抖的男孩在燈火通明的房內輪流朗讀《新君王論》（The New Machiavelli），直到第一道曙光從威瑟斯朋樓後面出現，那時送報的人把《普大人日報》丟在門口，五月的鳥兒們也在昨晚那陣雨的積水中開始為太陽歡呼了。

1 語出莎翁名劇《馬克白》（MacBeth），第五幕，第一景。

2 「史令」（slim）：有苗條或機靈的意思。

3 英國小說家與劇作家巴瑞（J. M. Barrie）的劇作。

4 加拿大詩人塞維斯（Robert W. Service）的詩集。育空是加拿大西北部的一個地區，曾是十九世紀末淘金客趨之若鶩的地方。

5 十九世紀美國作家與詩人，有「童詩詩人」之稱。

6 布斯將軍（General William Booth）：十九世紀英國基督教衛理公會的傳教士，救世軍（the Salvation Army）的創辦人。

This Side of Paradise

Chapter 1-4

第四章　美少年的覺醒

在普大的過渡期——也就是艾莫瑞在那裡的最後兩年期間，他目睹學校的變遷，校風變得更具包容性，也更配得上它那種哥德式的美感，它具備的特色不再只是像夜間遊行那種事；而且，有些多事的人入學後吹皺一池春水，帶來許多深遠影響。有些人跟艾莫瑞是同年級的，有些則是他的學弟。事情發生在他大四那一年開課沒多久，本來艾莫瑞跟他之前無數人曾經偷偷質疑過的那些體制，被人拿到老虎客棧聚會的席間大聲質疑。一開始他們在偶然間發現了某些書：它們都是某種自傳式小說，艾莫瑞稱之為「以追尋為主題的小說」。這些小說裡的主角們懷抱著最好的武器，展開人生的追尋，並且聲稱要把這些武器用在最常被使用的地方，讓他們盡可能以一種自私而盲目的姿態往前推進。但到頭來這些小說裡的主角們會發現，這些武器其實能有更偉大的用處。像《沒有其他的神》（None Other Gods）[1]、《凶煞街》（Sinister Street）[2]還有《偉大的研究》（The Research Magnificent）[3]就是這種書——而且，就是上述第三本書深深吸引伯恩・哈樂戴，讓他從大四那年一開始就懷疑自己：在遠景路上的社團大樓裡當個長袖善舞、呼風喚雨的人物，值得嗎？適意地窩在學會辦公室裡面，有用嗎？顯然，伯恩身上散發的那股氣息是從貴族階級那裡學來的。因為凱瑞，艾莫瑞認識了他，但交情不深，不過成為真正的朋友是從大四那年的一月開始。

一個飄著毛毛雨的晚間，湯姆走進他的寢室說：「聽到最新的消息了嗎？」他每次跟人吵架吵贏都是用這種勝利的姿態講話。

「沒有。有人被退學了嗎？——或是又有船沉了？」

「更糟的事。三年級有三分之一的人醞釀要退出社團。」❖4

「啊！」

「真的。」

「為什麼？」

「反正就是想改革。幕後推手是伯恩·哈樂戴。各社社長今晚要開會，商討是否能聯手抵抗這件事。」

「嗯⋯他們有什麼理念嗎？」

「喔，他們覺得社團的存在傷害了普大的民主，而且又花了很多錢，築起了一道道社會階級的高牆，又浪費時間——反正就是那些一般的說詞，每個被拒絕入社的二年級生都會說的那一套。還有，說什麼伍卓也曾提出廢社的主張。❖5」

「不過，他們是來真的嗎？」

「當然，我覺得他們會衝到底。」

「看在老天爺的份上，你就多說一些吧！」

湯姆開口說：「嗯⋯似乎有好幾個人同時產生這種想法。不久前我還跟伯恩聊過，他說如果一個聰明人對社會體制進行思考，只要時間夠久，一定會得出這個合乎邏輯的必然解答。他們組了一個『討論群體』，裡面有人提出廢社的主張——每個人一聽都躍躍欲試。結果，本來大家多少都已經有點概念，只差一個引爆的火花。」

「好啊！我想這會是最有趣的事。衣冠社那裡有什麼看法？」

「當然快瘋啦！每個人爭論不休，咒罵生氣，開始變得多愁善感又粗魯。每個社團都一樣，我到各處去看過了。他們還堵到一個提議廢社的激進份子，對他問東問西的。」

「那主張廢社的人怎樣回應？」

「喔，回答得又好又得體。你也知道伯恩的嘴巴利得跟刀一樣，而且他一副誠懇的樣子，跟他說什麼都沒用。顯然他退社的意念比我們阻止退社活動的想法還要堅定許多，所以我覺得自己在跟他爭論時好沒用——最後我巧妙地表示自己是中立的。說真的，我相信有那麼一段時間伯恩還覺得他已經說服我，讓我轉而支持他們。」

「還有，你說有三分之一的大三學生打算退社？」

「天啊！誰能相信會發生這種事？」

門邊傳來一陣輕快的敲門聲，伯恩走了進來。

「嗨，艾莫瑞——嗨，湯姆。」

艾莫瑞站了起來。

「晚安，伯恩。如果我看來有點急促，別介意。我正要去朗威克餐廳呢。」

伯恩很快轉身面對他。

「你大概知道我要跟湯姆談些什麼。這也不是什麼私事，我希望你能留下來。」

艾莫瑞又坐了下來，他說：「樂意之致。」當伯恩靠在一張桌子上，開始跟湯姆爭論時，艾莫瑞第一次像這樣那麼仔細地端倪著這個帶頭革命的傢伙。他臉上有一對粗眉，還有厚實的下巴，他那對誠懇的灰色眼眸就跟凱瑞一樣細緻，而且伯恩是那種初見面就會讓人覺得了不起而有安全感的人——他顯然很固執，但那種固執不是麻木不仁；而且，他才開口五分鐘，艾莫瑞就知道他那股急切的熱忱裡面沒有半點玩票性質的輕鬆。

艾莫瑞後來在伯恩．哈樂戴身上感受到的那股強烈能量跟他對於迪克．韓伯德的讚賞是不一樣的。這次一開始他只是對他有一股純粹智性的興趣。對於其餘在他眼中具有崇高地位的人，他總是受到他們的個人特質吸引，在伯恩身上他看不到那種會讓他極力擁護的動人吸引力。但那一晚讓艾莫瑞感到震驚的是伯恩的誠摯感人——一種本來他以為只會在笨蛋身上出現的特質，而且他的熱忱觸動了艾莫瑞心中許多原本已經斷掉的心弦。伯恩所立足的那一片陸地，隱約就是艾莫瑞想要漂流過去的地方——而且那一片陸地幾乎已經在他眼前。湯姆、艾莫瑞與艾力克如今走入了一條死路：共同點就是都沒有獲得新的體驗，湯姆與艾力克瞎忙著委員會與幹部會議的一些事，跟艾莫瑞瞎忙著整天無所事事，其實沒什麼兩樣，而且他們在一起吃那些廉價的飯菜之際，他們也還是反覆不斷在探究的那些問題——像是大學，當代人的性格之類的。

那一晚他們討論社團的問題，直到十二點，大致上他們是同意伯恩的。在過去的兩年裡，這兩位室友未曾如此認真談過這個話題，但是伯恩為了反對社會體系而提出的那一套邏輯，跟他們之前所想過的如此吻合——那一切與其說是他們的主張，不如說是種種質疑。他們羨慕這個人的頭腦怎能如此清醒，清醒到能夠起身反抗一切傳統。

後來，艾莫瑞發現伯恩對其他事情也很投入。經濟學引發了他的興趣，他的思想轉向了社會主義，和平主義的論調影響了他的看法。他閱讀《群眾月刊》（The Masses）以及托爾斯泰（Lyof Tolstoi）的作品，並對內容深信不疑。

艾莫瑞問他：「你對宗教的看法呢？」

「不知道。我現在正忙著發掘很多事情——我剛剛才發現自己是個有思想的人，所以開始讀書。」

「讀些什麼？」

「什麼都讀。當然，我必須先篩選，但大部份都是能讓我思考的書。現在我念的是《四福音書》，還有《宗教經驗之種種》（The Varieties of Religious Experience）。」

「是什麼讓你開始有這些想法的？」

「我想應該是威爾斯和托爾斯泰，還有一個叫做愛德華・卡本特（Edward Carpenter）的傢伙。到現在我已經讀了超過一年的書了——我讀的書有好幾種，都是我覺得重要的。」

「詩歌呢？」

「嗯⋯老實說，不像你們能讀那麼多詩歌，而且我閱讀的理由也跟你不同——當然，你們倆都能寫詩，而且對事物的看法和一般人不同。惠特曼（Whitman）的作品最能打動我。」

「惠特曼？」

「對。他是一股明確的道德力量。」

「嗯⋯說來丟臉，我沒辦法跟人討論惠特曼。湯姆，你呢？」

湯姆膽怯地點點頭。

伯恩繼續說：「嗯⋯他有些作品也許令人厭煩，但我是就作品的整體而言。他的著作等身——就像托爾斯泰一樣。他們都能正視這世界所有的問題，儘管兩人的差異性很大，但他們所代表的，可以說是相同的東西。」

艾莫瑞向他坦承：「伯恩，你難倒我了。我只唸過《安娜・卡列尼娜》（Anna Karénina），當然還有《克羅采奏鳴曲》（Kreutzer Sonata），不過我覺得大致而言托爾斯泰是最具原創力的俄國人。」

伯恩熱切地高呼：「他是幾百年難得一見的偉人。你看過他那一頭亂髮，垂垂老矣的模樣嗎？」

他們一直聊到三點，從生物學聊到宗教組織；當艾莫瑞一邊發抖一邊鑽進被窩時，他的腦袋已經裝滿了閃閃發亮的理念，而且令他震驚的是，他本來有可能走上的一條道路，到頭來居然是由別人先發現了。伯恩·哈樂戴顯然還有發展的空間——艾莫瑞覺得自己也跟他一樣。回首前程，一種嚴重憤世嫉俗的態度已經在他身上形成，他認為人有許多犯錯的可能性，所以他閱讀蕭伯納與卻斯特頓的作品，以免受到離經叛道的頹廢文學影響——如今，突然間，他過去一年半來的心靈歷程顯得極為陳舊無力，只是關於他個人的實現，微不足道：就是因為他的生活總是過得那麼陰沉沉的，才會發生同一年春天的那樁意外事件，讓他如今在夜裡每每感受到恐懼籠罩心頭，也不敢禱告。他不是個天主教徒，但天主教那些華麗而充滿儀式與矛盾的教義是唯一縈繞他心頭的夢魘。而卻斯特頓就像是天主教的先知，支持他的人都是像于斯曼、布赫杰（Bourget）那樣改過自新的文學浪子❖6。天主教在美國的支持者則是羅夫·亞當斯·克蘭（Ralph Adams Cram）❖7，他用十三世紀風格的教堂式建築來諂媚天主教，而這種天主教精神在艾莫瑞眼裡，是隨手可得而且已經被人塑造出來的，既沒有教士，也不神聖莊嚴，更不講求犧牲奉獻。

他睡不著，所以打開書桌上的檯燈，把《克羅采奏鳴曲》拿出來，想在字裡行間找出伯恩之所以有那股熱忱的原因。突然之間，他覺得自己寧願不要當個聰明人，如果能成為伯恩那樣的人，那種感受真實多了。他嘆了一口氣：伯恩還是可能有些看不出來的人格缺陷。

他回想過去兩年，伯恩也曾是個匆忙緊張的新鮮人，跟他哥哥的特色相較，他比較不顯眼。艾莫瑞隨即想到大二那年發生的一件事，多人懷疑伯恩是主謀。

某天很多人都聽見何利斯特院長與把他從火車站載回學校的計程車司機兩人發生爭執，在吵嚷時院長聲稱他「大可以把那輛計程車買下來」。付錢後他就走開了，但是隔天清晨他走進辦公室時卻發現本來擺著辦公桌的地方停著一輛計程車，車上掛了一張招牌寫著：「何利斯特院長的財產。購得後已結清車款。」……結果校方必須找兩個專業技工，花了半天時間把車解體，才能把它弄走——這件事證明了，在有效率的領導之下，一群大二生憑藉著罕見的精力，就可以用這種方式展現他們的幽默感。

接著那一年春天伯恩又幹了一件轟動的大事。有一個遊走各大學參加舞會的女生叫做斐莉絲·史戴爾斯，那一年剛好沒有人邀請她出席一年一度的哈佛與普林斯頓足球賽。幾週前，傑西·費倫比曾帶她去觀賞另一場比較不重要的賽事，他想趁機整整伯恩，讓他不再討厭女生。

伯恩只是想找個話題，沒想到卻不小心說了不該說的話：「妳要去看我們跟哈佛打球嗎？」

斐莉絲用最快的速度回答：「你邀我去，我就去。」

伯恩畏畏縮縮地說：「我當然會邀妳。」斐莉絲所擅長的那些技巧，伯恩是一竅不通的，他還以為這些話只是隨便說說而已。一小時之內他就搞懂了：她是玩真的。斐莉絲開始纏著他，對他大獻殷勤，還跟他說自己會搭哪一班火車抵達，伯恩被她搞得灰頭土臉。除了討厭斐莉絲之外，他本來想要單獨去看比賽，然後跟一些來自哈佛的朋友好好玩一玩的。

他跟大家推派來嘲弄他的代表說：「來了她就知道。看她以後還敢不敢纏著我們這些無辜的年輕人，要我們帶她去觀賞球賽！」

「但是，伯恩——如果你不想要她，你為什麼『邀請』她？」

「伯恩，你『知道』你其實已經迷戀上她了吧？這才是『真正』麻煩的問題。」

「伯恩，『你』該怎麼辦？『你』要怎麼對付斐莉絲？」

但伯恩只是猛搖頭，嘴裡嘟噥著一些威脅的話，反正就是重覆說著：「來了她就知道！來了她就知道！」

於是，二五年華的斐莉絲高高興興地從火車上下來，但是在月台上看到一幕嚇人的景象。伯恩與佛瑞德・史洛恩兩人整整齊齊地站好，活像從大學的宣傳海報上走下來的傢伙一樣嚇人。他們各買了一套引人側目的西裝：下半身是「陀螺褲」，肩膀上加裝了兩個巨大墊肩。他們的頭上都戴著學士方帽，誇張的橘黑相間飾帶從前面垂下，塑膠衣領上還打了一個橘紅色的大領結。他們都戴著上面有一個橘色「P's」字樣的臂章，拿著一根普大三角旗在上面飛揚著的加油杖，就連襪子還有胸口口袋露出來的一點手帕也是同一色系。他們還用一條鏗鏘作響的鍊子拉著一隻怒氣沖沖的巨大公貓，姑且當牠是老虎。

火車站裡已經有一半的人都盯著他們看，不知到底該對兩人寄予無限同情，還是捧腹大笑。身材纖細的斐莉絲看了當然是目瞪口呆，當她靠近時，那兩個傢伙也趨前，開口就大聲呼喊球隊隊呼，兩人的聲音遠遠傳送出去，還別具創意地在最後加上「斐莉絲」這三個字。兩人向她致意，護送她通過校園，一路上不斷大呼小叫，熱情奔放，後面跟著半百個當地的頑童——幾百個校友與訪客們都竊笑著，其中一半不知道這是在惡作劇，還以為伯恩與佛瑞德兩人是校隊成員，正帶著他們的女性友人在逛校園。

當斐莉絲被簇擁著走過哈佛與普林斯頓的觀眾席時，任誰都能想像她的心情，而且裡面還有好幾十個人都曾當過她的護花使者。她試著跟他們保持一點距離，走得快一點或慢一點，但他們還是緊緊依著她，誰都知道她是跟誰一起來的，而且他們還大聲聊著他們在足球隊上的朋友，最後她還聽到她的熟人們在一旁低語著：

「斐莉絲．史戴爾斯一定是『完全沒有人邀她』才會跟『這兩個活寶』一起來看球。」

伯恩就是這麼一個人，他的幽默感總是充滿活力，而且非常認真。憑藉著這個基礎，他才能夠顯得如此活力四射，試著把全部的精力都用在能讓自己進步的事情上面：

幾週過去後，來到了三月，艾莫瑞在他身上還是找不到一絲缺陷。大三與大四加起來大概有一百個學生終於抵擋不了正義感的趨使，在盛怒中退社；無力回天的各大社團也只能把他們的最後武器拿來對付伯恩：嘲諷他。每個認識他的人都喜歡他——但是他所代表的那一切卻引來許多人的非議（而且他所代表的東西也一直在增加中），如果他比較脆弱的話，可能早已受不了了。

有一晚艾莫瑞問他：「你不怕名望受損嗎？」他們喜歡輪流到對方寢室去拜訪，一週幾次。

「我當然不怕。說真的，名望是什麼？」

「有人說你就像個政客一樣，只是比較有創意。」

他發出一陣狂笑。

「今天佛瑞德·史洛恩也這樣跟我說。他們要這樣說我，我想也沒錯。」

一天下午他們深入討論一個艾莫瑞長久以來都很有興趣的話題：身體特質對於一個人的整體影響。伯恩從生物學的角度切入去談，然後他說：

「健康當然很重要——健康的人如果要行善，他的機會是別人的兩倍。」

「我不同意——我不相信『強身派基督教』的主張。」

「我相信——我相信耶穌一定是個強健而有活力的人。」

艾莫瑞抗議說：「喔，不。他過得太辛苦了。我想他死的時候已經形銷骨立了。而且，從來沒有哪個偉大的聖人是強健的。」

「至少有一半的聖人是強健的。」

「嗯⋯就算你說對了，但我還是覺得健康與行善之間不具有必然關聯。當然，如果一位偉大的聖人能夠承受巨大的壓力，那當然是好事一樁。但是現在開始出現一堆傳教士，墊高腳尖，硬撐著男子氣概，大聲疾呼說多做體操就可以拯救世界——伯恩，我真的不能接受這種說法。」

「好，我們先把這件事擱在一旁。反正也討論不出個結果，不過我自己的信念是很堅定的。還有一件事是我『的確』知道的——人的外表很重要。」

艾莫瑞急切地問：「你是說髮色嗎？」

「嗯。」

艾莫瑞同意這種說法：「我跟湯姆的想法也是這樣。我們拿了過去十年的畢業紀念冊，仔細看著大四學生會的那些幹部們。我知道你覺得有威嚴的外表並不代表什麼，但大致上來講，它在普大是一種成功的象徵。我想，每個年級大概只有三分之一的人留著顏色很淡的一頭金髮——但是，學生會裡面卻有『三分之二』的人是金髮。你要知道，我們看了十年的畢業紀念冊，這意味著，每十五個金髮的大四學生裡面，就有一個是學生會幹部，而深色頭髮的人則是每『五十』個人裡面只有一個。」

伯恩同意他的說法：「一般來講，金髮的人『的確』比較高級。有一次我用美國的歷任總統來印證這個道理，發現遠遠超過一半以上的總統有一頭金髮——但是那些黑髮的候選人卻不計其數。」

艾莫瑞說：「人們的直覺也都接受這個事實。你會注意到，大家都『以為』金髮的人很會講話。如果金髮的女孩沒有好口才，她就會被稱為『洋娃娃』。如果金髮的男人不會講話，大家就會把他當笨蛋。但事實上這世界上到處都是『沉默的黑髮男士』以及『懶洋洋的黑髮妞兒』，他們也都是沒腦袋的傢伙，但卻從來沒人說他們智力不足。」

「還有，無疑的，大嘴、厚實的下巴以及大鼻子都是優越人士的特徵。」

「我不確定。」艾莫瑞喜歡的是那種充滿古典美的長相。

「喔，是這樣沒錯。我會證明給你看。」伯恩從它的書桌抽出一本他蒐集的照片本，裡面都是些留著落腮鬍的邋遢名人——像是托爾斯泰、惠特曼、卡本特，還有其他人。

「他們都長得很好看吧？」

艾莫瑞想表現得很有禮貌，試著欣賞他們，最後還是笑著放棄了。

「伯恩，我覺得他們是我見過最醜的一群人了。好像一群從老人院出來的傢伙。」

他用責備的語氣說：「喔，艾莫瑞，你看看艾默生（Emerson）的額頭。還有托爾斯泰的眼睛。」

艾莫瑞搖搖頭。

「不！你可以說他們相貌堂堂，你要說什麼都可以——但他們真的都很醜。」

伯恩一點也不在乎，他用手去摸摸照片上那些人的額頭，心裡充滿愛慕之情，然後把照片疊好放回桌子裡。

在夜間散步是他最喜歡做的事情之一，某天晚上他說服艾莫瑞跟他作伴。

艾莫瑞不喜歡這樣，他說：「我討厭烏漆媽黑的一片。我不曾摸黑散步——除非我覺得自己的想像力特別豐沛時。不過，現在我剛好有那種感覺。有時候我會跟個傻瓜一樣。」

「你知道，這跟想像力沒有關係。」

「可能吧。」

伯恩提議：「我們往東走，然後穿越樹林裡的那一條路。」

艾莫瑞不情願地說：「聽起來不怎麼吸引人，但我們還是走吧。」

他們以優雅的姿態開始步行，一小時內滔滔不絕地爭辯，直到普大校園的燈光變成他們身後的一點點白光。

伯恩懇切地說：「任何人只要有一丁點想像力就應該懷有畏懼之心。像晚上在這裡散步，就是我害怕的事情之一。我要說的是，為什麼現在我可以到處走動而毫不懼怕。」

艾莫瑞要他快點講：「繼續說。」他們朝著樹林大步前進，伯恩的聲音緊張而充滿熱忱，他要講的話題也開始變得很刺激。

「我曾晚上孤身一人來到這裡，喔，那是三個月前的事了。我總是在我們剛剛經過的那個叉路停留，在那裡可以看到前方若隱若現的樹林，跟現在一樣，也是有犬吠與陰影，杳無人聲。當然，我想像著樹林裡有各種恐怖的東西。就跟現在的你一樣，是不是？」

艾莫瑞承認：「嗯。」

「嗯…我開始分析這件事——我不斷想像著暗處有可怕的東西。所以，我假設我的置身在黑暗中，讓它看到我——我想像它是流浪狗、逃犯或鬼，看到我自己在路上走著。這樣就不再怕了——就像如果我們想像自己置身他處，也會釋然。我想像自己如果是流浪狗、逃犯或鬼，絕對不會去威脅伯恩．哈樂戴，相對的他對我也不會有威脅。然後我想想自己的手錶，覺得我最好回去把手錶擺好，再來探索樹林。不，最後我做的決定是，我寧願把手錶弄丟，也不願掉頭回去。所以我真的進了樹林，不但穿過裡面的每條路，還走進林子裡，直到我不再害怕。有一晚我甚至還坐下睡著，我知道自己已經完全不怕黑了。」

艾莫瑞喘了一口氣說：「天啊，我可辦不到。我可能走到一半就往回走，等我看到第一部車子經過，眼看它的車燈消失蹤影，四周變得更暗，我再走回去。」

沉默了一會兒後，伯恩突然說：「嗯…已經通過一半了。我們掉頭吧。」

在回去的路上他們開始討論意志的問題。

伯恩堅稱：「意志是最重要的。它是分隔善惡的那條線，我沒見過任何一個生活糜爛的人具有堅強意志的。」

「那些犯下大案的罪犯呢？」

「他們通常都瘋了。如果不是瘋了，那他們就是意志薄弱。天底下沒有哪個罪犯是意志堅強而頭腦清醒的。」

「伯恩，我完全不同意你的看法。那麼所謂的超人[8]呢？」

「怎樣？」

「我想他是邪惡的，不過他的意志堅強，而且也清醒。」

「我沒見過超人。不過，我猜他可能是個笨蛋或者神智不清。」

「我不知道已經跟他見過幾次面了，他既不笨，神智也很清醒。所以我覺得你錯了。」

「我很確定自己沒錯——所以我不贊成囚禁這回事。只有瘋掉的人應該被關起來。」

就這一點而言，艾莫瑞的意見是與他相左的。艾莫瑞認為，真實生活中與歷史上到處可見意志堅強而敏銳的罪犯，不過他們總是欺騙自己；政界與商界也是充斥這類人物，那些老練的政治家還有國王、將軍們都是。但是伯恩未曾同意他的看法，所以這就成了他們的分歧點，往後也各自走上了不同道路。

伯恩離他的世界越來越遠。他辭掉了四年級學生會副會長職位，他追求的就只剩閱讀與散步這兩件事。他自願去上研究所的哲學和生物課，去上每堂課的時候總是帶著一副可憐又專注的眼神，好像在等著教授說出一些什麼，但他所期待的未曾出現過。有時候艾莫瑞會看到他在椅子上坐立不安，接著他會容光煥發，急著要與人爭辯他的觀點。

走在路上時，他越來越不專心，甚至有人說他變成了一個勢利鬼，但艾莫瑞知道事情不是那樣的。有次伯恩在艾莫瑞前方四呎處走過，對他完全視而不見，可能心思已經飛到了千哩之外；看著這樣的伯恩，艾莫瑞心裡充塞了浪漫的欣喜。伯恩攀登上的高處似乎是其他人都永遠無法企及的。

艾莫瑞對湯姆宣稱：「我告訴你，在我輩中，第一個讓我承認自己的心智能力有所不及的，就是他。」

「即使現在這種時機你還是這麼認為嗎？很多人開始覺得他怪怪的。」

「他比他們高明太多了——你也知道的，如果你跟他講話，就會有這種感覺。天啊，湯姆，你不也『曾經』挺身駁斥那些『一般人』？你的成就讓你完全融入社會傳統中了。」

湯姆聽了非常生氣。

「他想怎樣——當個聖人嗎？」

「不！他跟你見過的任何人都不一樣。別以為他會加入博愛會（the Philadelphian Society）❖9，他並不相信那種老套的東西。他不想跟著大家一起瞎攪和，也不相信一句及時的好話就可以匡正這世上所有的錯誤。還有，只要他的興致一來，他就會喝點酒。」

「他真的走錯路了。」

「你最近有跟他聊天嗎？」

「沒有。」

「那麼你就不會了解他。」

他們的爭辯並無結論，但艾莫瑞到現在才深刻了解到，校園裡大家對伯恩的看法已經改變了。

後來，艾莫瑞與湯姆在這話題上變得比較有共識，某一晚艾莫瑞對他說：「奇怪的是，伯恩的激進論調受到的強烈抨擊，顯然都是來自於那些自命為『法利賽人』（Pharisee）❖10的傢伙——我的意思是，他們都是校園裡受過最好教育的人——像是各報刊的編輯，例如你跟費倫比就是，還有比較年輕的教授們…至於那些不通文墨的運動員們，像是朗格達克，都說他很怪，但也只是淡淡地說，伯恩那個傢伙腦袋裡盡是一些奇怪的念頭，然後就一笑置之。那些法利賽人呢？唉，他們損他的時候真是不留情面。」

隔天早上的朗誦聚會後，他在麥克許小徑（McCosh walk）上面遇到行色匆匆的伯恩。

「沙皇陛下要前往何方？」❖11

他舉起早上剛出來的《普大人日報》對他揮舞，一邊對他說：「要去《王子》的辦公室見費倫比。這篇社論是他寫的。」

「要活生生地把他的皮剝下來嗎？」

「沒有啦。不過我真的被他給搞迷糊了——如果不是我看錯他這個人，就是他突然變成全世界糟糕的激進份子。」

伯恩急急忙忙地往下走，幾天後艾莫瑞聽人轉述了當天接下來的對話。伯恩走進編輯部，歡欣鼓舞地亮出他手上的報紙。

「嗨，傑西。」

「喲，我的薩佛那羅拉（Savonarola）❖12。」

「剛剛讀了你的社論。」

「天啊，我不知道你居然肯看那麼不入流的東西耶。」

「傑西，我被你嚇了一跳。」

「怎麼說？」

「你居然敢蔑視宗教，不怕教授們追殺你嗎？」

「什麼？」

「像你登在今天報上的東西。」

「你在鬼扯什麼？那篇社論是在講教練制度的。」

「是沒錯，但是你引述的話——」

傑西坐起身來。

「什麼話？」

「我想你應該知道，『不與我相合的，就是敵我的。』」

「嗯……那又怎樣？」

傑西感到很困惑，但是還沒警覺到有哪裡不對。

「嗯……你這裡說——我看看喔。」伯恩打開報紙，把社論唸出來：「如同那位先生說的，有些人只會用粗劣的方式來區別他人，幼稚地說些無關痛癢的話，他們惡名昭彰的行徑就是『不與我相合的，就是敵我的。』」

費倫比看來已經覺得有點不對勁，他說：「那又怎樣？這不是奧利佛・克倫威爾（Oliver Cromwell）❖13說的嗎？還是華盛頓，還是哪個聖人說的？天啊，我忘了。」

伯恩狂笑個不停。

「喔，傑西。你這傢伙真有趣。」

「看在老天的份上，你就告訴我吧！」

伯恩等到恢復了聲音才說：「嗯⋯⋯聖馬太說，這是耶穌本人講的。」

「天啊！」傑西大叫一聲，接著往後跌進了廢紙簍裡面。

艾莫瑞寫的詩

日子一週週過去。只有有機會看到一輛閃閃發亮的綠色新公車，車身的光澤就跟「棍子棒棒糖」一樣亮，讓艾莫瑞看上眼了，他就會搭車到紐約去晃晃。有天他去欣賞一齣由駐院劇團重新搬上舞台的戲碼，他依稀記得那個劇名。舞台簾幕升起後，他漫不經心地看著一個女孩入場。有幾個字在他的耳邊響起，觸動他已經模糊的記憶。在哪裡？什麼時候？

然後他似乎聽到有個聲音在他身邊低語，一個非常輕柔但是振振有詞的聲音：「喔，我真是個可憐的小傻瓜；如果我做錯了，『一定要』告訴我。」

答案像光線一樣在他眼前閃過，帶著愉快的心情，他很快就想到了伊莎貝爾。

他在節目表上找到一個留白的地方，開始迅速地草草寫下：

在預知的黑暗中，我再次注視，
那些歲月隨著簾幕，一一捲走；
兩年的時光——我們一起飄浮渡日，
快樂的結局並未鑽進
我們不曾發酵的靈魂；我可以愛慕
妳熱切的面容、睜大的雙眼、愉悅，
微笑如同演戲，但這悲哀的戲碼只能
觸摸我，如同微小的波紋打在海岸上。

整晚只是打哈欠，恍神，
我一個人看戲…有人竊竊私語，
當然，糟蹋了一幕有點魅力的好戲；
妳掉了幾滴淚，我也為妳感傷
就在這裡！X先生正在為離婚辯護
一位不知名的小姐暈倒在他懷裡。

平靜依舊

艾力克說：「鬼都是笨東西，他們都很遲鈍。如果要跟鬼鬥智，我永遠都不會輸的。」

湯姆問他：「怎麼說？」

「嗯…那要看在哪裡。舉例來講，假設在臥室裡好了。如果你能『謹慎』一點，臥室裡的鬼永遠抓不到你。」

艾莫瑞興味盎然地問：「你繼續說啊。假設你覺得你的臥室裡有鬼，你晚上回家會採取什麼行動？」

若有所思的艾力克認真地說：「我會拿根棍子——長度跟掃帚柄一樣。首先要做的是把房間『清出來』——你要閉著眼睛衝進書房裡，把燈打開；接下來，接近衣櫃，把棍子伸進去仔細清查三、四次。然後，如果沒有發生任何事，你就可以探頭進去看了。一定，一定要狠狠地把棍子伸進去——『絕不能』直接探頭進去看！」

湯姆一本正經地說：「當然，這是古代塞爾特人留下來的方法。」

「沒錯——但他們通常會先祈禱。不管怎樣，要用這方法檢查衣櫃，還有查看門後面的情況——」

艾莫瑞建議：「還有床底下。」

艾力克驚恐地大叫：「喔，艾莫瑞，不是！床鋪要用不同的策略——別管床鋪，把它當作你的理性一樣，別干擾它。如果你的房裡有鬼，它只會有三分之一的時間待在裡面，而且它『幾乎總是』待在床底下。」

艾莫瑞開口說：「嗯——」

艾力克揮手叫他別講話。

「你『當然』不能往床底看。你要站在房間的正中央，在它搞不清楚你要做什麼之前就突然跳上床——不要走到床邊。對鬼來講，你的腳踝就是你最大的弱點。一旦上床後，你就安全了。它可能在床下躺整夜，但你在床上就像白天一樣安全。如果你還有疑慮，拉一條毛毯蓋住你的頭。」

「湯姆，這些真的很有趣。」

艾力克臉上堆滿笑容，得意地說：「可不是？這可都是我自己想出來的——我是新大陸的奧利佛·洛吉爵士（Sir Oliver Lodge）❖14。」

艾莫瑞又再次能夠好好地享受大學生活。他又感覺到自己正朝著一個方向前進，那條路很明確。年輕的心又被激發出新的榮耀，他甚至已經備妥了更多的能量，足以讓他擺出新的姿態。

有一天艾力克問他：「艾莫瑞，是什麼東西又讓你這樣『心煩意亂』？」當艾莫瑞假裝看著他的書發呆之際，艾力克接著說：「喔，你以為你是伯恩啊？不要在我面前跟他一樣裝神祕。」

艾莫瑞抬頭用無辜的表情看他。

「什麼？」

艾力克也學他說了一句：「什麼？」然後說：「你想要看書看到發瘋嗎？我看

看這是什麼書。」

他把書搶過來，用嘲弄的態度看著它。

艾莫瑞用有點生硬的口氣說：「怎樣？」

艾力克大聲唸出書名：「《聖德瑞莎傳》。喔，天啊！」

「說啊，艾力克。」

「說什麼？」

「你感到困擾嗎？」

「對什麼感到困擾？」

「我裝出一副像在發呆的樣子，還有其他的一切。」

「為什麼會困擾？不——我當然不會『感到困擾』。」

「嗯，很好，那就不要破壞我的興致。如果我喜歡到處告訴別人我覺得自己是個天才，毫無保留，那就別管我吧！」

艾力克笑著說：「如果你是說真的，會有越來越多人說你很怪。」

艾莫瑞終究還是贏了，艾力克同意讓他做足表面工夫，條件是兩人私底下相處時，艾莫瑞必須放過他。所以艾莫瑞不斷做一些「踰矩」的舉動，把一些最古怪的人物帶到晚餐的餐桌上，像是眼神充滿怒火的研究生，還有一些新來的老師則是到處鼓吹一些關於上帝與政府的奇怪理論，這一切都讓「小屋社」那些憤世嫉俗的高傲社員感到驚訝不已。

當二月的陽光越來越大，時序來到令人歡欣鼓舞的三月時，艾莫瑞有好幾個週末都去跟達西神父共度。有一次他帶著伯恩一起去，結果很棒，因為他在介紹雙方時，都感到很榮耀而愉悅。神父數度帶著他去拜訪松頓·漢考克，還有一兩次是去勞倫斯夫人家裡——艾莫瑞立刻就喜歡上了這位對羅馬魂縈夢牽的美國女士。

然後有一天神父寄了一封信給他，信裡有一個很有趣的附註：

你知道嗎？原來，你那位在六個月前變成寡婦，很窮的遠房表親克萊拉·佩吉現在就住在費城？我想你們應該未曾謀面。但我希望你去見見她，就當是幫我一個忙。我印象中她是一位了不起的女性，年紀跟你差不多。

艾莫瑞嘆了一口氣，決定跑一趟，當作是幫忙。

克萊拉

過了許久，艾莫瑞已經忘記她了⋯⋯艾莫瑞配不上克萊拉，有一頭如漣漪般金髮的克萊拉，但又有哪個男人配得上她？不管是尋找婚配對象的女性該遵守的無趣教條，還是那些無聊的婦德規範，都不能拿來衡量她的美好。

她身上總是圍繞著一抹淡淡的憂傷，但是當艾莫瑞在費城與她見面時，以為她那雙堅定的湛藍眼睛裡只含藏著樂趣；因為被迫面對現實，所以她那一股潛在的力量被激發到了極致，也變得最為務實的一個人。她在這世上孑然一身，只有兩個小孩相伴，身上的錢不多，最糟的是，還有很多朋友。那年冬天，他在費城目睹她整晚招待一整屋的男性賓客，而且她根本沒有僕人可以使喚，唯一幫她忙的是那個照顧小嬰兒的黑人小女孩。他看到城裡一個最放縱的傢伙，他有酗酒的習慣，而且不管在家或在國外都惡名昭彰，整晚都坐在她對面，用天真而興奮的語氣夸夸而談「女孩的寄宿學校」。克萊拉的心智是多麼具有彈性啊！就算客廳裡的氣氛再怎樣令人不舒服，她也可以營造出一番迷人而幾乎了不起的對談。

艾莫瑞一開始就對整個狀況非常了解，知道這個女孩一貧如洗。他到費城的時候，人家會跟他說方舟街九百二十一號是位於充斥小屋的貧窮街道。當他知道其實不是那麼一回事的時候，甚至感到有點失望。那是他夫家留下來的多年舊宅。一位年邁的姑姑反對把房子賣掉，所以擺了十年的稅款在律師那裡，然後就高高興興去了檀香山，留著克萊拉孤身一人想盡辦法擠出暖氣所需的錢。所以，迎接他的並不是個蓬頭垢髮的女人，懷抱著嗷嗷待哺的孩子，活像小說裡的艾蜜莉雅❖15。事實上，在艾莫瑞的印象中，這世上似乎沒有什麼事是他在意的。

她看來平靜而有活力，有一種如夢似幻的幽默感，但是卻又不失穩健清醒——憑藉著這些特性，有時她可以暫時從現實生活中抽離躲開。她可以做那些最平凡無奇的事（不過，她還沒有蠢到去鑽研那些「家事藝術」，像是「編織」與「刺繡」），但是下一秒鐘可以立刻拾起書本，任由自己的想像遨遊在漫無形體的風雲中。她的個性中最深層的一個面向，是她身上時時散發著金黃色光芒。想像一下：一個黑暗的房間裡，如果有一個火堆，它會對著圍在一旁靜靜坐著的人們投射出浪漫與熱情的光芒；她就像火堆一樣，她每到一個房間，也會把自身的光芒與陰影帶進去——但艾莫瑞沒想到她會把他那平凡的老爸當成一個有奇怪魅力，只會沉思的人，把本來像迷路的「電報男孩」❖16的他變成像是「迫克」精靈❖17一般鬼靈精怪的快樂人物。一開始她這種特色真的把艾莫瑞給惹毛了。他向來對自己的獨特性非常有信心；而且令艾莫瑞尷尬的是，為了向在場的其他愛慕者炫耀，克萊拉還試著把他解讀成對她自己有興趣。他覺得她活像個劇團經理，企圖逼他用全新的方式詮釋一個他已經鑽研多年的角色。

但克萊拉總是很健談，她能講出一個關於女帽別針、一位醉漢和她自己的小故事⋯⋯有人試著轉述她的軼聞，但沒有人有過她的人生歷練，所以說的根本讓人不知所云。他們總用天真的態度注意她，在她面前也不吝於把自己過去最棒的微笑表現出來。克萊拉很少流淚，但人們在對她微笑時總已是淚眼婆娑。

在其餘賓客離開後，艾莫瑞偶爾還會多待個半小時，他們會在接近傍晚時共享塗了果醬的麵包，一起喝茶，或者在夜裡一起吃他們所謂的「楓糖午餐」。

某一晚六點時，當艾莫瑞靠在飯廳餐桌中間時，漸漸感到有點無聊，他說：「妳『真是』了不起，對吧？」

她的回答是：「一點也不。」她一邊找餐具櫃裡的餐巾一邊說：「我是最單調平凡的人。像我們這種人，除了自己的小孩之外，其他一概不關心。」

艾莫瑞嗤之以鼻地說：「這句話說給其他人聽吧。妳也知道妳有多光彩耀人。」他知道他說的這件事有可能讓她感到尷尬。當初第一個煩人的傢伙對亞當講的，就是這句話。

她回答問題的方式也跟亞當一樣：「先說說你自己吧。」

「沒什麼好說的。」

但說話就像亞當的她終究還是跟煩人的傢伙說了：她說出每當蝗蟲在晚上沙地的草叢裡唱歌時，她都在想些什麼。而且這位「亞當」一定是用高傲的態度特別強調自己跟夏娃有多麼不同，根本忘了夏娃跟自己本來就不一樣：無論如何，那一晚克萊拉大致對艾莫瑞道出了自己的身世。從十六歲以來她就一直命運多舛，而且在她悠閒的生活結束那一刻起，她也沒有辦法再接受教育了。艾莫瑞在她的藏書室裡逛著，發現一本殘破灰白的書裡面掉出了一張泛黃的紙，他擅自打開來看，發現是她在校期間寫的一首詩。詩裡描寫的是在灰暗的天色裡，一個坐在女修道院灰色牆壁上頭的女孩，她任由風吹著身上的披風，一心想著外面的花花世界。一如往常，這種心緒總是讓他感到厭煩，但這首詩是用一種極簡的風格創作出來，而且氛圍極佳，以至於他的腦海馬上浮現出克萊拉的形象：他想像著在如此淒冷灰暗的天色，她用那雙急切的湛藍眼睛凝視遠方，彷彿是要試著看自己的一齣齣悲劇即將越過外面的花園，朝自己走來。他羨慕那一首詩——他多麼想陪伴著她，看著她坐在牆頭，對她胡言亂語或傾訴愛意，就讓她在高處這樣一直待著。他開始非常忌妒與她有關的一切：不管是她的過去，她的嬰孩們，還有那些聚在她這裡飲酒作樂的男男女女，每個人都深深感受到她既冷淡又好客，而且每個人在這裡都像是看著一齣引人入勝的戲，疲累的心靈都可以獲得休息。

他對她提出抗議：「好像『沒有人』會讓你感到厭煩。」

她承認：「這世上至少還有一半的人有這個能耐。但我想能做到這樣已經不錯了，是不是？」然後她會轉身繼續閱讀布朗寧的詩，看看裡面有沒有跟這話題有關的作品。在他認識的人裡面，只有她在跟他聊天的同時還可以翻閱書裡的章句段落，但是又不會惹他生氣分心。她常常這麼做，而且認真又充滿熱忱，讓他漸漸喜歡看著她頂著金髮低頭看書，秀眉微蹙，專心找句子的模樣。一直到三月初，每週週末他總是會到費城去，且幾乎都會有其他人在場。就算只剩他一個人，她似乎也不會感到焦慮，而且偶爾她也會開口邀他留下，讓他多出半小時來體會甜美的愛慕之情。但他漸漸愛上了她，還開始胡思亂想兩人的婚事。雖然這個念頭從他的腦海浮現，後來又由他說出口，但是事後他才知道其實他結婚的慾望並不強烈。有次他夢見兩人真的結了婚，結果在驚慌中醒來，因為在夢中的克萊拉不但愚蠢，原有的金黃髮色變成淡黃，講話有如智能不足，淨說些平凡單調的話。但她是他認識的第一個好女人，而且在他認識的少數好人裡面，也沒幾個像她一樣能引發他的興趣。她的善性就是她最大的資產。艾莫瑞覺得，大多數的好人不是死抓著善性不放，把它當作一種義務，或是將善性扭曲，刻意營造出一副好人的模樣——當然總還有人是屬於道貌岸然或者法利賽人的那種類型（但是艾莫瑞從來不認為『他們』是該被救贖的一群人）。

聖西希莉雅

在她灰絲絨的外衣上
在她融化的、揉亂了的髮下
玫瑰的顏色，彷彿憂傷
閃現又消逝，卻讓她更美麗；
在她和他之間，空氣中
滿溢著微光和慵懶，和輕輕的嘆息，
他幾乎未曾察覺，一切如此幽微⋯
笑聲，光亮，玫瑰的顏色

「妳喜歡我嗎？」

「當然。」克萊拉一本正經地說。

「為什麼？」

「嗯…因為我們有些共同的特色。那些對我們來講是本能的特色——或者曾經是我們的本能。」

「妳是暗指我還沒有好好發揮我自己的能力嗎？」

克萊拉遲疑了一下。

「嗯…我不能斷然這麼說。男人當然必須要有更多歷練，而我則只是躲在這裡而已。」

「喔，克萊拉，拜託別支支吾吾的。」艾莫瑞打斷她。「可不可以確實說出妳對我的一點看法？好嗎？」

「當然，我很樂意。」她並未微笑。

「妳真是太體貼了。首先妳要回答一些問題。我是不是極端自負？」

「嗯…你這個人喜歡虛張聲勢，但如果有人知道這種特性的優勢，倒是會為你覺得高興。」

「我知道。」

「你心裡實際上很謙卑。如果你覺得被人小看了，會像被降到第三層地獄一樣，整個陷入憂鬱中。事實上，你並不是個很自負的人。」

「克萊拉，妳擊中了兩個目標，而且都正中紅心。可是妳怎麼辦到的？妳從來不讓我講話啊？」

「我當然不讓你開口。當一個人在說話時，我就無法判斷他。但我還沒說完——即使你嚴正地向一些偶爾沒有文化的人宣稱你自己是天才，但你還是自信不足，理由是你把各種嚴重的錯誤歸咎於自己，而且並不打算擺脫它們。舉例來講，你總是說你是威士忌蘇打（high-balls）的奴隸。」

「但我有可能是啊。」

「還有你說你的個性較不堅強，說你沒有意志。」

「真的一點也沒有——我也是情緒與喜好的奴隸，因為痛恨無聊，往往為了避免它而控制不了自己，還有我大部分的慾望也都左右著我——」

「你不是這樣的！」有一雙纖細小手的她，把一個拳頭擺在另一個上面。「如果說你註定是個無助的奴隸的話，這世上也只有一個東西可以奴役你，那就是你的想像。」

「這話太有趣了。如果妳不覺得無聊的話，就繼續說吧。」

「我注意到，如果你想在校外多待一天，你總是用一種很特別的方式來決定。你從來不會考慮回去或留下來的好處，而是花好幾個小時任意想像你所希望的一切，然後才決定。很自然的，經過一點點自由的想像之後，你可以列出一百萬個你該留下來的理由。所以你的決定都不是根據事實，而是你本來就有定見。」

「是沒錯。」艾莫瑞提出抗議：「但難道不是因為我缺乏意志力，所以往往朝錯誤的方向去想像？」

「我親愛的孩子，你大錯特錯了。這跟意志力無關，怎麼說那都是個瘋狂而無用的字眼。你欠缺的是判斷力——所謂判斷力，就是即使你只有一半的機會，當你知道想像力已經誤導你的時候，你也有辦法當下立斷，做出對的決定。」

艾莫瑞驚訝地大叫：「喔！該死。這可是我從來沒想過的。」

克萊拉沒有洋洋得意，她立刻轉移了話題。但她的一席話讓他開始思考，也相信她講的有幾分是正確的。他感覺自己就像個工廠老闆，在指控自己的員工手腳不乾淨之後才發現，原來每個禮拜在帳冊裡動手腳的，其實是自己的兒子。往常被他錯怪的「意志」真是太可憐了，他往往嫌自己跟朋友們的意志都太薄弱，但沒想到這一切跟它一點關係都沒有。真正出問題的，是他的「判斷力」，而他的想像力就像一個無人可管的淘氣小精靈，快樂地在他旁邊跳舞，嘲弄他。每次他要人給建議，卻總是自己搶著把答案講出來——但在請求克萊拉的建議時，他沒有這樣；而另一個例外的，大概就是達西神父了。

他多麼喜歡跟克萊拉一起做的那些事啊！跟她一起購物真是個稀罕的享樂，就像做夢似的。在每一間她光顧的商店裡，總有人竊竊私語，低聲討論這位漂亮的「佩吉太太」。

「我猜不久後她就會再婚。」

「喂…別大聲嚷嚷。她也會打聽消息的。」

「她長得真美啊！」

（一個負責鋪貨的店員走了過來——大家都閉上嘴巴，直到他一邊嘻笑一邊離開。）

「真會交際啊，不是嗎？」

「是啊，但是現在很窮。我想是這樣，大家都這樣說。」

「天啊！這些女孩們！她們這些孩子可真了不起，『不是嗎』？」

但克萊拉還是一樣，到哪裡都笑容可掬。艾莫瑞相信，每間店家都會給她點折扣，有時她會知道，有時則是人家偷偷幫她。他知道她的穿著體面，家裡用的都是最好的，而且至少負責售貨的主管會隨時待命，等著服侍她。

有時候他們會一起去教堂做禮拜，他會走在她旁邊，光是看到她的臉頰因為清晨的水氣而濕潤，他就感到欣喜不已。她一直是個虔誠的教徒，而當她屈身跪下，穿過彩繪玻璃投射進教堂的陽光打在她的金髮上面時，只有上帝知道她的信仰達到了哪個境界，她所獲得的力量有多少。

有天他不由自主地大聲說：「聖西希莉雅！」人們紛紛轉身盯著他，講道中的教士也停了下來，克萊拉與艾莫瑞兩人羞得無地自容。

他們再也沒有一起去做禮拜，因為那一晚他搞砸了這美好的一切。他實在沒辦法控制自己。

他們在三月的微光中散步，天氣溫暖得像是六月，年輕的喜悅充塞在他胸臆間，以至於他不得不開口說話。

他用顫抖的聲音說：「我覺得，如果妳不再是我的信仰，那上帝也沒什麼值得相信的了。」

她用驚詫的表情看著他，所以他問她怎麼了。

她慢條斯理地說：「沒什麼。只是…之前曾有五個男人對我說過這句話。我總會被嚇到。」

「喔！克萊拉，這是妳的宿命嗎？」

她沒有回答。

他說：「我想，愛情對妳來講就像——」

她猛然轉身。

「我從來沒有愛過。」

他們還是繼續走往下走，慢慢地他開始了解那句話的涵義…從來沒有愛過…在這一瞬間，她似乎變成像是「光明之女」。他從她的世界被排擠掉，他只能渴望著觸摸她的衣裳，他也體會到，約瑟夫是如何面對永恆的聖母瑪利亞。但他的嘴巴就像機器一樣失去控制，他只聽見自己說：

「但是我愛妳——如果我生命中有件事能稱得上是偉大的…喔！我說不出口。但是，克萊拉，如果我在兩年後回來娶妳——」

她搖搖頭。

她說：「不。我不會再婚了。我有兩個孩子，我希望全心照顧他們。我喜歡你——每個聰明的男人我都喜歡，而且喜歡你更勝於其他人。但依你對我的了解，應該知道我是不會嫁給聰明人的——」她突然停了下來。

「艾莫瑞。」

「嗯？」

「你不是愛我。你也不是真的想娶我，對不對？」

他若有所思地說：「都是這一片微光，我感覺不到自己是在大聲說話。但是我愛妳——或者說愛慕妳——崇拜妳——」

「你又來了——你又想在五分鐘內把你所有的情緒都透露出來嗎？」

他勉強擠出微笑。

「克萊拉，不要把我當作一個膚淺的傢伙。妳有時候還真會讓人沮喪。」

她專注地說：「你絕對不是個膚淺的人。」她拉起他的手臂，張大眼睛，在即將逝去的暮色中，他看到她雙眼裡滿是慈愛的神情：「你是永遠與膚淺兩字絕緣的。」

「空氣裡充滿了春天的氣息——妳的心裡感覺懶洋洋，甜蜜蜜的。」

她把他的手放下。

「我想你應該沒事了，我心裡很舒坦。給我一根菸。你沒看過我抽菸，對吧？但我有抽菸，一個月抽一次。」

接著，那位美妙的女孩與艾莫瑞在淡藍的微光中快跑，像兩個玩瘋了的孩子一樣衝往角落。

她站在街燈旁，與燈火保持安全距離，一邊喘氣一邊說：「明天我要到鄉下去。儘管待在城裡可能感覺更棒，但這種天氣實在太棒了，不該錯過。」

艾莫瑞說：「喔！克萊拉！如果上帝任由妳的靈魂往壞處去發展，那妳一定是個惡魔。」

她回答說：「也許吧！但我想並不是那麼一回事。不管過去或現在，我從來都沒有真的使壞過。現在真正活躍的，是春天。」

他說：「我想妳也很活躍。」

他們繼續往下走。

「不對——你又錯了！像你這樣自命不凡的人，怎麼會不斷看錯我呢？不管春天代表什麼，我都是與它們背道而馳的。如果我湊巧看起來就像春神一樣，連那些古老的希臘雕像也為我感傷，那真是太不幸了。但我可以跟你保證，如果不是我生就這副臉龐，我一定會在女修道院裡當個安靜的修女，而不會——」然後她突然開始跑了起來，當他尾隨在後時，一邊聽到前面傳來她刻意拉高的聲音：「我有兩個珍貴的寶貝，現在我必須回去看他們了！」

在他所認識的女孩裡面，他只能了解她為什麼比較喜歡別人。艾莫瑞在社交初體驗中認識的女孩裡面，許多人與他重逢時通常已經嫁作人婦了，他總是注視著她們的臉龐，想像著她們對他說：

「喔！如果當初我能擄獲你的心就好了！」這個男人是多麼自負啊！

但那一晚星光燦爛，似乎讓人有一種想唱歌的念頭，而且他們所經之處，沿途依稀可以看到克萊拉的明亮靈魂仍然閃耀著光芒。

他對著一攤攤的積水唱著：

「空氣裡閃耀著金黃色光芒⋯金黃色光芒與金黃色曼陀林琴、小提琴發

出的金黃色音符相互輝映，如此美好，喔，如此脆弱又美好…就像手編的籃子終究會脫落破損，人豈能不死？喔，是哪個年輕而華麗的神祇，誰知道或是誰曾開口問？…這一片金黃是誰賜與的？」

憤怒的艾莫瑞

開始雖然是慢慢的，但卻不可避免的，在艾莫瑞不斷與人聊天，活在夢裡的同時，戰爭在最後一刻突然來勢洶洶，就像浪濤拍打在普大人玩耍的沙灘上。每天晚上當體育館裡迴響著一支又一支部隊的踏步聲響時，籃球場地板上的分界線也被那些步伐給磨掉了。隔一個週末，艾莫瑞前往華盛頓，在回程的臥鋪車廂裡，那一股危機感轉變成一種強烈的反感，因為他對面那些鋪位躺的都是一些發出臭味的外國人——他猜可能是希臘人或俄國人吧。他心想：想當初因為美國是個單一民族的國家，很容易就可以激發出愛國情操，所以殖民地與南方聯盟也都能全力一搏。當晚他沒有睡覺，不斷聽到那些外國人大聲說笑打鼾，整個車廂瀰漫的那一股濃烈「氣味」，就是新美國的味道。

在普大校園裡，每個人表面上嬉笑怒罵，但暗暗告訴自己，他們的死至少會是英雄式的犧牲。喜歡文學作品的學生們激情地看著魯伯特．布魯克的作品；各大舞廳的常客們開始煩惱，等到下部隊當軍官時，政府是否允許他們穿英式剪裁的衣服；至於一些無可救藥的懶惰蟲則寫信給戰爭部的某些不詳部門，設法被派到比較舒服的單位，可以搭乘軟鋪的火車。

一週後，艾莫瑞看到了伯恩，他馬上知道兩人沒什麼好爭的——因為伯恩已經先變成了一個和平主義者。在看了那些社會主義傾向的雜誌，以及大量閱讀托爾斯泰之後，再加上他強烈渴望有一個理想能夠激發出他內在所具有的一切力量，他終於決定把和平當作一個主觀的理念來宣傳。

他說：「當德國人揮軍比利時之際，如果當地居民仍然和平地照舊過日子，德國軍隊會就地解散——」

艾莫瑞打斷他：「我知道。我都聽說了，但我不跟你討論這些刻意被拿來宣傳的東西。你有可能是對的——但是，即便如此，我想我們還要過好幾百年才有可能實行所謂的不抵抗主義。」

「但是，艾莫瑞，你聽我說——」

「伯恩，我們這樣爭論——」

「很好。」

「我要說的就這麼一點——我不要求你想想家人或朋友，因為我知道跟你的責任感相較，他們根本算不了什麼。但是，伯恩，你怎麼知道你讀的那些雜誌，你加入的那些組織，還有你認識的那些理想主義者不是因為『偏袒德國人』才會發表那種論調？」

「當然，這種情況是有的。」

「你怎麼知道他們那一大群都有著德國猶太人名的傢伙不『都是』支持德國的？只是他們不敢明白說出來罷了。」[18]

他慢條斯理地說：「這當然是有可能的。我也不知道自己是不是因為那些宣傳攻勢才會採取這個立場的。只是我自然而然地把它當成我內心最深處的信念——它現在就像我眼前的一條路，我必須走的路。」

艾莫瑞的心往下沉。

「但是你想想看這樣有多不值得。沒有人會因為你是個和平主義者而把你當烈士一樣處決掉，只是會讓你落入最糟糕的處境——」[19]

他打斷艾莫瑞：「我很懷疑你的說法。」

「好吧，但這一切讓我覺得你好像是個過著波希米亞生活的紐約人。」

「我知道你是什麼意思，所以才不確定是否該跟你爭論。」

「伯恩，你只是孤身一人。你說的話，人們是聽不進去的，就算你拿出上帝賜給你的所有本領也一樣。」

「很久很久以前，聖史蒂芬一定也有過這種想法。但他依舊選擇傳道，然後遭人用石頭砸死。❖20儘管他在臨死之前可能也想過這樣死真不值得，但你知道嗎？我總覺得保羅在前往大馬士革的路上，就是想到史蒂芬的死，然後才開始把耶穌基督的話傳送到世界各地。」

「繼續說。」

「我要說的就只有這樣了。這是我的責任所在。就算我被當個馬前卒一樣犧牲掉，也在所不惜。天啊！艾莫瑞，你不會以為我真的喜歡德國人吧？」

「嗯…我實在不知道還能說些什麼——這就像邏輯上的排中律（excluded middle）❖21一樣，我已經看清了所謂不抵抗主義的必然結論，它就像個巨大幽靈一樣，不管現在或未來，都會一直糾纏著人類。站在這個巨靈旁邊的，則是托爾斯泰主張的必然結果。至於另一個邏輯上的必然結果，是尼采的——」說到一半，艾莫瑞突然停了下來，他問說：「你什麼時後要走？」

「下禮拜。」

「當然，我們會再見面的。」

當伯恩離開時，艾莫瑞覺得伯恩的神情像極了兩年前凱瑞在布萊爾拱門下（Blair Arch）與他自己揮別時的那張臉。讓艾莫瑞感到不解而難過的是，他為什麼從來沒辦法像他們兩人一樣用最誠摯的態度面對生命。

他對湯姆說：「伯恩是個狂熱份子。而且他大錯特錯了，我覺得他就像個馬前卒一樣，真正操控他的是出版界那些無政府主義者，還有拿德國人的錢印行小報的傢伙。但是我無法不去想他，他這樣實在太不值得——」

一週後，伯恩用一種戲劇性的方式靜靜離開。他把身上所有的東西都賣掉，並且下樓與他們道別，陪伴他的只剩下一台破舊的腳踏車，他打算騎著它回賓州老家。

當伯恩與艾莫瑞握手道別時，懶洋洋地靠在窗邊椅子上的艾力克說：「隱士彼得來向希榭李歐主教辭行了。」

但艾莫瑞現在的心情沉重，沒有把這句話聽進去。當他看著伯恩的一雙長腿踩著那輛好笑的腳踏車，經過亞力山大樓（Alexander Hall）後慢慢從他的視線消失之際，他知道那個禮拜鐵定不好過了。並不是因為他質疑戰爭——因為他本來就討厭有關德國的一切，像是德國主張的唯物論還有那股巨大的邪惡力量——只不過他一直忘不了伯恩的臉，還有對於他即將開始聽到的那些偏激言論，他也感到非常厭煩。

他對艾力克與湯姆說：「究竟為什麼要突然把幾百年前的歌德（Goethe）都抬出來？為什麼要寫書證明他是戰爭的始作俑者？為什麼要說那個愚蠢而被高估的席勒（Schiller）是惡魔的化身？」

湯姆精明地問他：「你讀過他們的作品嗎？」

艾莫瑞承認：「沒有。」

他笑著說：「我也沒有。」

艾力克低聲說：「一定有人會大叫咒罵的。不過我可以告訴你們，歌德的書一直就擺在圖書館書架上的那個老位子，看他的書的人也還是都會覺得很無聊。」

艾莫瑞平靜了下來，他們也換了一個話題。

「艾莫瑞，將來你會怎樣？」

「可能去當步兵或者加入空軍吧。我還沒辦法決定——機械學是我一直都討厭的，但是能夠飛行我當然很喜歡——」

湯姆說：「我的想法跟艾莫瑞一樣。步兵或空軍——當然，聽起來飛行是戰爭中比較浪漫的一部分——就像以前的騎兵一樣。但就像艾莫瑞，我連什麼是馬力，什麼是活塞桿都分不清楚。」

艾莫瑞因為自己對戰爭興趣缺缺而感到自責，最後甚至怪起了他這一代人的祖先們…也就是那些曾在一八七〇年為德國歡呼的人…那些日益增多的唯物論者，那些崇尚德國的科學與效率的人。所以有一天他在英文課上坐著聽到有人引述〈洛克斯利・霍爾〉（"Locksley Hall"）[22]，然後就陷入沉思，並且開始蔑視田尼生與這位詩人所代表的一切——因為他把田尼生當作維多利亞時期的代表性人物。

維多利亞人，從未學會該怎樣哭泣的維多利亞人
你們所種下的苦果，將由子孫來收成——

艾莫瑞用潦草的字跡在筆記本裡寫著。教授在堂課上闡述田尼生的內涵豐富資料，五十個學生紛紛低頭在紙上振筆疾書。艾莫瑞翻到一面空白頁繼續潦草地寫著：

當他們發現達爾文先生的學說是怎麼一回事，紛紛感到震驚
當紐曼一聽到華爾滋舞曲就逃掉時，更是嚇了一跳——

但是華爾滋舞曲卻來得比較早；他把這一句話掉刪掉。❖[23]

教授嗡嗡嗡的說話聲從遠方傳過來：「那作品被命名為〈歌頌井然有序的時代〉。天啊！『井然有序的時代』！維多利亞時代的人把一切都塞進箱子裡，坐在箱蓋上，臉上露出恬靜的微笑…而布朗寧則是在他位於義大利的別墅裡勇敢地大喊：『一切都必須是最好的！』」艾莫瑞又提筆寫下：

你在廟宇裡站起來，他則是屈身傾聽你的祈禱

你為你的「榮耀的收穫」感謝他——為「中國」而責備他。

為什麼他每次都只想得出兩句呢？現在他需要找東西來押韻：

你會用「科學」讓他保持端正，儘管他出錯已經…

已經什麼？已不是一天兩天…

你在家裡跟你的孩子見面——你大叫：「我已經解決了！」

帶著過去五十年的歐洲，然後，抱著你死守的道德——悄然而逝。

教授接著說：「田尼生的思想大致上就是這樣，田尼生其實也可以用史溫朋的〈歌頌井然有序的時代〉來當作他的標題。在他的理想中，他歌頌的是秩序，反對混亂與浪費。」

艾莫瑞終於又想出來了。他翻到下一頁，那一堂課剩下的二十分鐘他都拿來寫詩。然後他走向桌邊，把他從筆記本上撕下的那一頁擺在桌上。

他冷冷地說：「教授，這首詩是獻給維多利亞時代的。」

儀節有序的時代的歌，
是你遺留給我們來唱的，
遵守非此即彼的排中律，
連生命的解答都要押韻。
獄吏手中的鑰匙
還有古代的鐘聲，
時間，是謎題的終點，
我們，是時間的終點。

這裡是本國的海洋，
還有一片天空，我們或可觸及，
槍枝和一個守衛森嚴的邊境，
長手套——但不能衝動丟出去了。
成千上萬的古老激情，
和千篇一律的濫調陳腔；
儀節有序的時代的歌——
和那種腔調，那是我們能唱的。

許多事物的終結

在一片薄霧中，四月的腳步悄然而至——漫長的傍晚，社團的走廊繚繞著用留聲機播放的〈可憐的蝴蝶〉（"Poor Butterfly"）：因為〈可憐的蝴蝶〉在去年是被到處傳唱的一首歌。戰爭似乎沒有造成任何影響，這個傍晚跟往年任何一個大四的傍晚沒有兩樣——唯一的差別是每隔一天會在下午舉行一次軍事演練，不過艾莫瑞有一種強烈的體悟：這已經是「舊政權」的最後一個春天了。

艾莫瑞說：「這是對超人的大反撲。」

艾力克也同意：「我猜是這樣。」

「他與任何烏托邦都是水火不容的。只要他存在，就會有麻煩以及潛在的邪惡，當他講話時，群眾會聚集傾聽。任他擺布。」

「還有，他一定是個才智之士，只是沒有任何道德意識。」

「重點是，想到這件事我就覺得很糟——這一切不都發生過嗎？為什麼會那麼快又重演了？滑鐵盧之役的五十年後，拿破崙跟打敗他的溫靈頓（Wellington）一樣都是英國學童心目中的英雄。這樣說來，我們的孫兒們是不是一樣會把興登堡（Von Hindenburg）當作偶像來崇拜？」

「原因呢？」

「時間，真可惡！還有那些史學家。什麼時候我們才能了解邪惡就是邪惡，不管它是骯髒的，單調的或者偉大的？」

「天啊！這四年來我們罵遍這世間的一切，難道還不夠嗎？」

接下來，他們在一起的最後一夜來臨了。湯姆與艾莫瑞要前往不同的新訓中心，他們一如往常地在暗夜裡散步，四周似乎還是到處可見他們認識的臉孔。

「今晚草叢裡好像到處是鬼魂。」

「因為他們，整個校園都活了起來。」

他們在李德樓停下腳步，看著月亮升起後在陶德樓（Dodd）的石板屋頂上灑下一片銀光，沙沙作響的樹叢也變成了一片深藍。

湯姆低聲說：「你知道嗎?我們現在的感覺，都是兩百年來曾在這裡胡鬧過的那些優秀青年們曾有過的。」

他們聆聽的最後一陣歌聲突然從布萊爾拱門那裡傳過來——低沉的歌聲像在傾訴久別前的心情。

「我們所離開的，不只是這個年級，也是告別了過去一代代年輕人所留下的遺產。我們只是一個世代——從此以後，我們跟以往那些穿長靴長襪的世世代代失去了所有的關聯。我們手勾著手並肩一起離開這裡，就像布爾（Burr）❖25與綽號『快馬』的哈瑞・李伊（Light-Horse Harry Lee）❖26一樣，有一半的夜晚都曾這樣穿越一片深藍的校園。」

湯姆引申他的話說：「這些夜晚向來如此。深藍——只要一點顏色就會害了它們，讓他們沾染了異國情調。在黎明來臨之前，天空下的尖塔，還有映照著一片藍光的石板屋頂——令人心痛⋯⋯真痛——」

艾莫瑞對著空無一人的拿索樓大叫：「再見了，艾隆・布爾。你我都知道生命的轉角處有多奇怪。」

他的聲音在一片靜默中迴響著。

湯姆低聲說：「火炬都熄了。啊，梅莎莉娜（Messalina）❖27！長長的陰影立在體育館上就像尖塔一樣。」

在這一刻，他們一年級的時光就像回音一樣在他們身邊繚繞著，他們兩相對望，眼睛都隱隱泛著淚光。

「可惡！」

「可惡！」

最後一道光漸漸隱沒，好像飄盪到大地的另一端——低平而綿延的大地，到處矗立著尖塔的晴朗大地；夜裡一群哀傷的幽靈在長長的林中路

上彈著七弦琴，一邊遊蕩吟唱；一座座高塔上的黯淡火光好像配合著夜晚在唱和著：喔，睡眠中的夢，永不厭煩的美夢，從蓮花花瓣中汲取值得保存的，時光的精華。

不要在這星星與尖塔的隱谷中等待月亮的微光，因為一個充滿慾望的永恆早晨進入了時間，還有這塵世的下午。在此，赫拉克利特斯（Heraclitus）❖28，在火與流轉的萬物中你還能找到自己在古老的時光裡所丟出的預言嗎？在今天午夜，我的慾望可以看見這世界的璀璨與悲傷，它們都被暗藏在餘燼裡，被火焰包圍。

1 英國神父小說家勞勃・修伊・班森的作品。

2 英國小說家康普頓・麥肯錫（Compton Mackenzie）的作品，小說的主角麥克・芬恩（Michael Fane）是牛津大學的學生。

3 H.G. 威爾斯的小說，主角為了進行他所謂「偉大的研究」而毀了自己的婚姻，也害死自己。

4 一九一七年曾有一群普大學生醞釀退出膳食俱樂部（eating clubs），作者費茲傑羅的朋友亨利・史崔特（Henry Strater）也是帶頭退社的人之一。

5 伍卓·威爾遜（Woodrow Wilson）：美國第二十八任總統，第一次世界大戰期間主政。他是普大校友，也曾是普大教授與校長（一九〇二～一九一〇年間），備受學生愛戴。

6 于斯曼與布赫杰早期雖鍾情頹廢文學，但後來都皈依天主教，于斯曼甚至在創作主題上都深受天主教的密契論（mysticism）影響。

7 十九、二十世紀美國建築師，美國建築史上曾經吹起一股哥德式建築的復古風，主要推手就是他，而且他畢生是一位虔誠的英國天主教教徒。他曾在一九〇九到一九二九年之間擔任普大的監造建築師（supervising architect）；除了普大，芝加哥、波士頓與康乃爾等名校也都受到哥德式建築的洗禮。

8 這裡指的是德國哲學家尼采（F. Nietzsche）所說：上帝已死，人應該憑藉著權力意志來取代上帝，成為超人（Übermensch）。漫畫裡的「超人」要到一九三二年才出現；倒是蕭伯納在一九〇三年就推出了一部叫做《超人與人》（Superman and Man）的劇作。

9 十七世紀英國的基督教新教團體。

10 猶太教裡面一個講求墨守規約的教派。

11 伯恩好讀俄國文學作品，故艾莫瑞戲稱他為沙皇（Tsar）。

12 十五世紀末的佛羅倫斯天主教宗教領袖，因為倡議改革而遭到教會驅逐與處決。在此影射伯恩帶頭改革學校的社團制度。

13 殺英王查理一世，廢除君主制的十七世紀英國政治領袖。

14 艾力克自詡為美國的洛吉爵士（伯明罕大學的首任校長，物理學家，他相信人死後靈魂仍然存在，是靈魂學研究的先驅之一）。

15 薩克萊（William M. Thackeray）所寫小說《浮華一世情》（Vanity Fair）裡面的角色，一個叫做艾蜜莉雅·奧斯朋（Amelia Osborne）的年輕寡婦。

16 電報盛行的時代負責遞送電報內容的跑腿男孩。

17 迫克（Puck）：神話中的淘氣精靈，曾出現在莎翁名劇《仲夏夜之夢》（A Midsummer Night's

Dream）裡面。

18 在威瑪共和國時代與第一次世界大戰期間，猶太人在德國的社會地位至少享有表面上的保障，也有很多猶太人從政，甚至參加一次大戰而捐軀的德國猶太人高達一萬二千人。

19 就在兩人的這番話前後（根據學者推算，艾莫瑞與伯恩兩人這番對和平主義的討論，約莫是在一九一七年四月），也就是在一九一七年六月，美國加入歐戰後不久，就通過了《一九一七年間諜法案》（Espionage Act of 1917），不只是從事間諜行動違法，鼓吹民眾逃避兵役的人也違法，所以許多美國左派的反戰份子都遭到起訴，沒有美國籍的人遭到驅逐，歸化為美國人的則失去了美國公民的身分。所以艾莫瑞指的是伯恩如果參加和平主義運動，有遭到政府拘捕起訴的風險，但不會被當作烈士，因為在當時反戰活動是爭議性很大的，未獲民眾普遍支持。

20 伯恩自比聖史蒂芬（Stephen），因為他是基督宗教史上的第一位殉道烈士。

21 所謂排中律指的是邏輯命題非真即假，沒有第三種選擇。這裡指的應該是，面對戰爭也只有參加與否兩個選擇。

22 這首敘事詩是英國詩人田尼生的作品，詩中主角是一個叫做洛克斯利．霍爾的年輕軍人。

23 華爾滋舞曲暗指德、奧兩國（第一次世界大戰與英、法、美等國敵對的聯盟）。

24 這邊講的五十年，應該是從一八七〇年普法戰爭到艾莫瑞大四這一年（一九一七年）的歐洲。總括而言，德國在這五十年裡順勢崛起，英國衰敗的態勢越來越明顯。

25 艾隆．布爾（Aaron Burr Jr.）：美國獨立戰爭英雄，是普大校友，後來曾任美國副總統，他父親布爾一世（Aaron Burr Sr.）是普大第二任校友。

26 哈瑞．李伊（Harry Lee）：美國獨立戰爭英雄，也是普大校友。綽號「輕馬」是因為他是戰功彪炳的騎兵。南北戰爭中南方聯盟的勞勃．李伊將軍（Robert E.Lee）就是其子。艾莫瑞會這樣說是因為他們跟布爾與李伊一樣都要從軍去。

27 羅馬皇帝克勞迪烏（Claudius）的第三任妻子，因不守婦德而成為蕩婦的代稱。

28 主張萬物都在流動變遷中，每個時刻都不一樣的希臘哲人。

插曲：

一九一七年五月（

一九一九年二月

1919

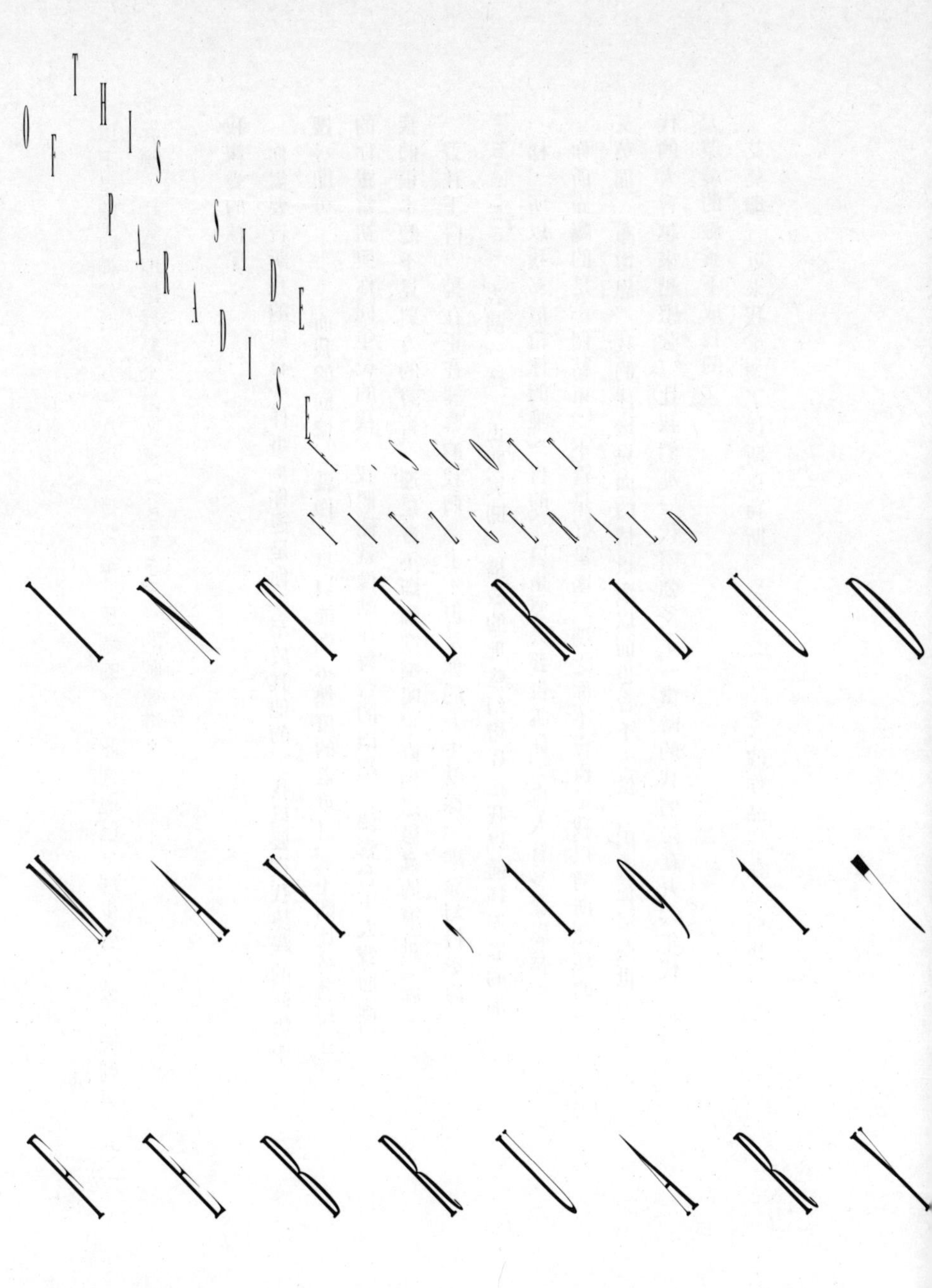
THIS SIDE OF PARADISE
F. SCOTT FITZGERALD
INTERLUDE
MAY, 1917
FEBRUARY

以下是達西神父於一九一八年一月寫給艾莫瑞的信，此刻他已官拜少尉，被分發到第一七一步兵師，駐紮地是長島米爾斯營（Camp Mills）的載運港❖1。

我親愛的孩子：

你需要告訴我的只有一件事：你還是你，至於其他的，我只要從我焦躁的回憶中搜尋即可——而我的回憶，就像一具只能顯示熱度的溫度計，不斷比較著現在的你跟當初與你同年紀的我。我們倆就像站在舞台的兩端，儘管台下人聲鼎沸，我們根本聽不見對方的聲音，還是會不斷隔空喊叫，直到這愚蠢的簾幕「砰」一聲往下降，掉在正在謝幕的我們頭上！但是你的人生就像一場魔幻投影燈（magic-lantern）表演一樣，正要展開，播放的那些幻燈片跟我以前經歷過的都一樣，所以我寫信給你的唯一目的，只是要大聲告訴你，世人有多麼愚蠢⋯

你所面臨的是一個結束：不管是好是壞，總之你不會再是我以前所認識的艾莫瑞·布雷恩，我們往後見面的情景跟以前也會不一樣，因為你這個世代的人會越來越堅強，比我們那一代堅強多了，當時的我們是在九〇年代大環境的滋養下成長的。

艾莫瑞，近來我重讀了伊斯克勒斯（Aeschylus）❖2的作品，在《亞格

曼儂》（Agamemnon）的神聖諷諭中，我為這苦難的年代找到唯一的解答——整個世界在我們四周崩垮，我在書中找到與我們最接近的相似時代，我們只能無助地順從。有時我覺得在前線的人就像在外出征的羅馬士兵，他們遠離了那一座墮落的城市，抵禦遊牧民族…但是這些遊牧民族的威脅，只比墮落的城市本身所造成的威脅多一點…這對我們的種族而言又是另一次痛擊，因為多年前我們才在歡聲中擊敗了復仇女神，整個維多利亞時代我們都踩在她們的屍體上，發出勝利的呼喊…接下來的世界，會全部落入唯物論裡面——只有天主教教會例外。我不知道你會選哪一邊。但有一件我能確定的事，是你出生時是個塞爾特人，死的時候也是塞爾特魂。所以，如果天堂不是你所有理念的依歸，你會發現你的企圖心會不斷受到大地阻礙。

艾莫瑞，我突然發現自己是個老人了。跟所有老人一樣，我有時候也會作夢，我會跟你訴說我的夢境。每當想像你是我的兒子時，我都感到欣喜，我想像著年輕的我陷入昏迷，然後你誕生了，但是當我醒來時，對一切全無記憶…艾莫瑞，這是一種父愛的本能——但是，保持獨身則是一件比這具肉身更為深層的事情…

有時候我覺得我們共有的某位祖先可以用來解釋我們的諸多相似之

處，我發現達西一族與奧哈拉一族都可以追溯到歐唐納休家族（the O'Donahues）的一位先祖⋯我想，他叫做史蒂芬⋯

我們倆的人生同樣遭逢意外：當我拿到我前往羅馬所需的文書時，你才剛剛抵達部隊的載運港，隨時都可能有人通知要前往哪裡搭船。甚至於，這封信到達你手上時，我已經在海上了，然後才輪你搭船。參戰是你身為一位紳士應盡之責，就像你去中學與大學接受教育也是一種責任，那都是你該做的。至於那種時而叫囂時而顫抖的英雄主義心態，則是專屬於中產階級的。他們在那方面厲害多了。

你還記得去年三月你從普大帶著伯恩．哈樂戴來找我的那個週末嗎？他真是個很棒的男孩！讓我震驚的是，後來你寫信告訴我，說他覺得我很了不起。他為什麼這麼容易受誤導？不管你或我，都不能用了不起來形容。我們有許多其他特質——我們不同凡響，聰明絕頂，而且我想也會有人說我們才華橫溢。我們引人入勝，有一種特殊的氣質，因為我們是細心的塞爾特人，所以能隱藏我們的塞爾特靈魂，我們幾乎可以為所欲為；但是說我們了不起——還是不要吧！

我去羅馬時將帶著精彩的個人履歷資料還有寫給歐洲各國首都的介紹信，如信裡所說，當我抵達時，將會引起「不小的騷動」。真希望你就在我身邊！這句話從一個中年傳教士口中說給一個即將上戰場的年輕人聽，可能會讓人覺得刺耳；唯一的托詞，就是這位中年教士把年輕人當成自己。我們身上都有很深層的內涵，對此我想你跟我一樣清楚。我們有強烈的信仰，只是你的信仰尚未完全成形；我們的思維複雜，但是卻不失誠懇，最重要的是，我們像孩子一樣單純，所以絕對不可能作惡。

以下是我為你寫的一首悲歌。你的雙頰略遜於我在裡面所做的描述，對此我深感遺憾，但我想你會徹夜抽菸，詳讀這首歌——

獻給義子的悲歌，他將參戰對抗異國之王

唉！
他要遠離了，我心中的孩子
他正值金色青春，如同安格斯．歐格（Angus Oge）
光明之鳥的安格斯
他的心堅強敏銳，可比穆特米平原上的英雄庫丘林（Cuculin on Muirtheme）
喔，瑪利亞！真可惜！

他的眉毛跟梅芙皇后（Maeve）乳牛的奶一樣白
他的雙頰好像樹上櫻桃
櫻桃樹為聖母彎曲，餵養上帝的孩子。

喔！千絲萬縷的憂愁！
他的頭髮仿如塔拉（Tara）諸王的黃金色衣領，
他的雙眼仿如愛爾蘭的大海一樣黑。
他的眼神隨著雨霧，掃視四方。

我的傷悲是永恆的！
他置身暢快的血戰中
領導作戰，採取偉大果敢的行動
他的生命已無法自己，
那扣緊我靈魂心弦的人啊，要離去了

喔！我親愛的兒子

我的心，在你心中
我的命，在你命中
一個人只能在兒子的生命中
再年輕一次

捍衛你的生命，吾兒！
願神子眷顧他，與他長相左右
願天地神祇用迷霧遮蔽異國之王的眼睛
願美惠三女神（the Graces）的皇后執吾子之手
帶他穿越敵陣，如入無人之地

願蓋爾人（Gael）的派崔克與天主教的科倫布（Collumb）
以及愛爾蘭的五千位聖人保佑他，更勝於一面盾牌
贏得最後的勝利
唉！

艾莫瑞——艾莫瑞——我的感覺就是這樣：我們兩人或至少其中一人無法挺過這一仗…過去幾年內我一直想試著告訴你，我在你身上看到我的重生，對我而言實在意義非凡…奇怪，我們怎麼這麼像？同時也很奇怪的，我們怎麼又會這麼不像？

別了，孩子，願上帝與你同在。

薩耶·達西

上船之夜

艾莫瑞在甲板上持續前進，直到他在一具電燈下找到一張凳子才坐下。他拿出口袋裡的筆記本與鉛筆，開始慢慢地，認真地開始寫了起來：

今晚我們開拔⋯
安靜，我們已切入悄無人跡的街道，
一長列暗灰的縱隊，
低醒的踏步驚醒玫瑰的鬼魂
在星月無光的路上；
幽暗的船塢傳來腳步的回聲，
夜夜日日。
所以我們徘徊在無風的甲板上，
看著陰陰幽幽的海岸
一千個日子的陰影，灰暗可悲的殘骸⋯
喔，我們該不該痛惜
那些徒勞無望的歲月！
看看海怎麼是白的！
雲朵破裂，天堂焚毀
空洞洞的道路上，舖滿礫石破碎的光

海面捲起冷峻的高浪，彷彿漫長的夜曲⋯

今晚，我們開拔

一封來自艾莫瑞的信函，最前面寫著：「一九一九年三月十一日❖7，布赫斯市❖8。」收件人是駐紮於喬治亞州高登營❖9的T.P.唐維里爾中尉：

親愛的波特萊爾（Baudelaire）：

這個月三十日我們將在曼哈頓碰面，接下來你、我，還有此刻正在我身邊的艾力克，我們要弄一間很棒的公寓來住。我不知道未來要做些什麼，不過隱約做著從政的美夢。為什麼最優秀的牛津、劍橋畢業生都踏入政壇，但在美國從政的卻都是一些無賴？都是一些在選區長大的傢伙，進入州議會之後才接受教育，然後被送進國會；他們都是些腦滿腸肥的貪污之輩，「全無思想，也缺乏理想」——就像以前那些辯論家們所說的。就算在四十年前，我們的政壇還有好人，但是我們所接受的教育是要我們累積百萬身家，然後「展現出我們的能耐」。有時我真希望我是個英國人，這可惡的美國淨是一些又蠢又笨又健康的人。

可憐的貝翠絲去世了，所以我可能沒什麼錢可用，而且是少得可憐。幾乎母親的每一件事我都能原諒，唯一的例外是，她在生命的盡頭突然變得虔誠無比，把她所剩財產的一半用來修建彩繪玻璃，也捐款給神學院。我的律師巴爾頓先生來信，說我的數千元財產大多投資在電軌車，但電軌車公司都在虧錢，因為車資都只收五分錢。想像一下，薪資清冊裡面居然會出現一個不識字，但卻可以領三百五十元月薪的傢伙！不過我並不懷疑——儘管我所見識的，是一筆可觀的財產因為投機、奢華、民主式的行政管理以及所得稅等諸多因素而付諸流水——天啊！這就是所謂的現代，我真的領教到了。

總之，我們還是可以弄到幾個很棒的房間——你可以去某間時尚雜誌社工作，艾力克則可以去他的家族企業上班，好像是叫做「鍍鋅製品公司」（Zinc Company）還是什麼的——他現在在我身後糾正我，他們家做的是黃銅製品，不過我想這無所謂，對吧？不管是「鋅錢」還是「銅錢」，其實都是髒錢。至於大名鼎鼎的艾莫瑞，如果他覺得有什麼值得告訴別人的，他就會冒險一試，將其寫成不朽的文學作品。看來充滿睿智，但卻只是陳腔濫調的作品真不該留給後世，因為它們會是最危險的禮物。

湯姆，你為何不皈依天主教？當然，你必須拋棄以往你說的那些極端詭計才能成為一個虔誠的教徒，但我覺得，如果你能融入其中，習慣那些金黃色的高腳燭臺與冗長平穩的聖歌，就寫得出更好的詩；就算貝翠絲以前說的沒錯，美國的神父們都是資產階級的一份子，你還是該去見識那些迷人的教堂，還有我會把了不起的達西神父介紹給你。

失去傑西對我來講是一大傷害，凱瑞的死更是沉重的打擊。而且讓我非常好奇的是，伯恩到底躲在這世界上的哪個奇怪角落？你會不會覺得他可能謊報假名，正在監獄服刑？我必須坦承，照理說戰爭應該讓我融入傳統，但戰後我卻變成一個堅定的不可知論者（agnostic）。天主教教會近來變得越來越保守，可有可無，而且再也沒有為其辯護的好作家了！我已經厭倦了卻斯特頓。

大家都在談論所謂的精神危機，但我只認識一個真正像唐諾·漢基（Donald Hankey）❖10一樣安然渡過它的士兵，而且他本來就在接受當牧師的訓練，這對他根本不成問題。老實說，我認為這一切真是讓我受夠了，儘管在老家的那些人倒是覺得心安理得，父母也都會為孩子們感到驕傲。這種為了危機而存在的宗教實在毫無價值可言，頂多如曇花一現而已。我覺得認識巴黎與認識上帝的人相較，在數量上是四比一。

但是我，包括你、我與艾力克，我們可以找個小日本來當管家，我們可以盛裝去吃晚餐，過著不需要感情的沉思生活，直到我們決定用機關槍去對付那些財主們——或者去轟炸那些布爾什維克的傢伙們。天啊，湯姆！我真希望有什麼大事發生。我現在跟魔鬼一樣煩躁，讓我最恐懼的事，莫過於變胖，墜入情網，或者變成一個居家型的男人。

我們在日內瓦湖的房子正在招租，但是等上岸後我會回中西部找巴爾頓先生，把詳情搞清楚。如果要寫信給我，請寄到芝加哥黑石飯店（Blackstone），由他們轉交。

一如往昔，親愛的包斯威爾　山謬．約翰遜　敬上

1 米爾斯營的功能是載運部隊的港口（port of embarkation），部隊自歐洲返國時也會由這裡上岸。當歐戰停戰協議簽定時，作者費茲傑羅就是駐紮在此地。

2 希臘詩人與悲劇作家。

3 愛爾蘭神話中的愛神。

4 古愛爾蘭的國都。

5 即聖派崔克（St.Patrick），天主教教會派至愛爾蘭傳教的教士。

6 即科倫布納斯（Columbanus），十六世紀愛爾蘭傳教士。

7 歐戰已於一九一八年十一月十一日結束。

8 法國西北部一港市，撤回美國的美軍部隊主要由此上船。

9 高登營（Camp Gordon）：此基地主要用來訓練不會說英語的士兵。小說中提及湯姆會義大利文，可能與他在這裡服役有關。

10 一個具有堅定宗教信仰的英國士兵，戰爭甚至使其信念更為堅定。他在一九一六年捐軀，原發表於雜誌上的作品在戰後被集結成冊出版。

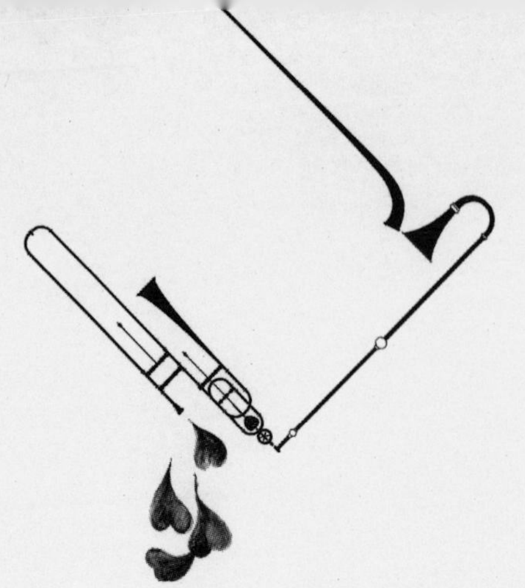

第二卷

一位「要人」的養成

ONAGE

THIS SIDE OF PARADISE
F. SCOTT FITZGERALD
THE EDUCATION
OF A PER

This Side of Paradise

Chapter 2-1 —

第一章　社交初體驗

時間是二月。地點是康奈基家位於紐約市第六十八街的宅邸裡一間精美的大臥室。這是一個女孩的房間，牆壁、窗簾都是粉紅色的，一張乳白色床鋪上的床罩也是粉紅的。這房間以粉紅與乳白為主要色調，但唯一可以完整看見的傢俱是一張上面擺著玻璃墊的梳妝台以及一具三面鏡。掛在牆上的，是一幅複製的《櫻桃熟成》（Cherry Ripe）❖[1]，還有藍塞爾（Landseer）❖[2]畫的幾隻乖狗狗，以及麥斯菲爾·派黎思（Maxfield Parrish）畫的《黑島之王》（King of the Black Isles）❖[3]。

房裡亂七八糟地散布著下列物件：*1*．七、八個空紙盒，紙盒的開口都露出面紙；*2*．各種款式的外出服以及同品牌的晚禮服，全部都擺在桌上，而且顯然是新的；*3*．一捲已經看不出原來尊貴模樣的薄紗，曲折地纏繞在眼前的每個東西上面；*4*．在兩張小椅子上面，有各種難以形容的女用內衣褲。光是看這些華服，人們就會期待著等一下要上演什麼戲碼，而且迫不及待地想看看這位公主的模樣——看！有人出現了！真令人失望！只是個到處找東西的女僕——她從椅子上拿起一堆東西——不是那裡！她又拿起梳妝台抽屜裡的另一堆東西。她拿出幾件漂亮的內衣，還有一件很美的睡衣，但她並不滿意——然後走出門。

隔壁房間傳來咕咕噥噥的人語聲，不知在說些什麼。

此刻好戲要上場了。這位是艾力克的母親，康奈基夫人——她看來豐滿又尊貴，是個濃妝豔抹的貴婦，而且疲累不堪。當她在找「那個東西」時，嘴唇不斷動來動去。她找東西的方式並不及女僕的方式徹底，但是看得出來她有點火了，所以動作才會如此輕描淡寫的。她被薄紗絆倒，一句「可惡」脫口而出。結果她還是空手而回。

外面又傳來喋喋不休的講話聲，是一個嬌嬌女的聲音，她說：「在所有愚蠢的人裡面——」

過不久，第三個人進來找，不是那個嬌嬌女，是比較年輕的一位女性。結果是漂亮慧頡，年方十六的西希莉雅．康奈基，她天生脾氣就很好。她身上穿著一件晚禮服，禮服的樣式顯然太過簡單，可能連她都覺得衣服沒什麼特色。她走到最近的一堆衣服旁邊，選出一小件粉紅色的衣服，把它拿起來時臉上露出讚賞的神情。

西希莉雅：「粉紅色的好嗎？」

蘿莎琳：「好！」（人在外面。）

西希莉雅：「妳想穿『非常』時髦的嗎？」

蘿莎琳：「對！」

西希莉雅：「我找到了！」

（她看到梳妝台上的鏡子出現自己的影像，然後欣喜地像跳舞似的擺動繞圈。）

蘿莎琳：「妳在幹嘛！試穿嗎？」（人在外面。）

（西希莉雅停了下來，走出去時把衣服放在右邊肩膀上。）

艾力克．康奈基從另一扇門走進來。他很快地環顧四周，然後大聲叫說：「媽！」隔著一扇門傳來幾個女孩的抗議聲，因此他朝著她們走過去，但是她們叫他別過去。

艾力克：「『原來』妳們都在這裡啊！艾莫瑞．布雷恩來啦！」

西希莉雅：「帶他下樓去。」（很快地回話。）

艾力克：「喔！他是在樓下。」

康奈基夫人說：「嗯⋯你可以帶他去看看他的房間。轉告他，我很抱歉，因為現在我不能見他。」

艾力克：「他已經聽我說了很多有關妳們的事。希望妳們動作快一點。爸爸跟他講了一堆有關戰爭的事，他覺得很煩躁，又要鬧情緒了。」

（西希莉雅聽到最後一句話，她非走出來不可。）

西希莉雅：「什麼情緒？你在信裡也提過他這個人很會鬧情緒。」**（她坐在一堆內衣上。）**

艾力克：「喔！他會寫一些東西。」

西希莉雅：「彈鋼琴嗎？」

艾力克：「我想沒有。」

西希莉雅：「喝酒呢？」**（用猜測的語氣說。）**

艾力克：「嗯。他沒什麼怪癖啦！」

西希莉雅：「有錢嗎？」

艾力克：「天啊！妳自己問他。他曾經很有錢，現在則是有些收入。」

（康奈基夫人出場。）

康奈基夫人：「艾力克，我們當然很歡迎你任何一位朋友——」

艾力克：「妳一定要見見艾莫瑞。」

康奈基夫人：「當然，我想見他。但我想你實在太孩子氣了。放著好好的家裡不住，居然跑去跟另外兩個男孩子住在那個什麼鬼地方。希望你們不是打算隨心所欲地飲酒作樂。（她頓了一下。）今晚我們顧不了他了。你也知道，這禮拜的主角是蘿莎琳。當她這樣的女孩現身時，『所有人』都應該注意她。」

蘿莎琳：「嗯……如果妳想證明我有那個能耐，就進來哄哄我吧。」（人在外面。）

（康奈基夫人離開。）

艾力克：「蘿莎琳還是一點都沒變。」

西希莉雅：「她被寵壞了。」（低聲說。）

艾力克：「今晚她會認識一個跟她相配的人。」

西希莉雅：「誰？艾莫瑞．布雷恩先生嗎？」

（艾力克點點頭。）

西希莉雅：「嗯⋮蘿莎琳跟她見過面的每個男人都好生疏。艾力克，老實說，她對待男人的方式太糟了。她糟蹋他們，避不見面，有時約會到一半就說要走，還當面對著他們打呵欠——可是他們還是不斷回來找她。」

艾力克：「男人就是喜歡這種調調。」

西希莉雅：「他們才不喜歡呢！她真是——我想她真是個小媚狐。就算是對女孩，她通常也可以頤指氣使的——只不過她不喜歡跟女孩來往。」

艾力克：「我們家的人就是這樣有個性。」

西希莉雅：「我猜這種情況剛好到我出生之前就結束了。」（像是很認命似的。）

艾力克：「蘿莎琳還算乖嗎？」

西希莉雅：「不算特別乖。喔，她就跟一般人一樣——她有時會抽菸，也喝點水果酒，也常有人親她——喔，沒錯——大家都知道。我想你也了解，這是戰爭造成的後果之一。」

（康奈基夫人現身。）

康奈基夫人：「蘿莎琳快好了。我可以下樓跟你的朋友見面了。」

（艾力克與母親一起離開。）

蘿莎琳：「喔！媽——」（人在外面。）

西希莉雅：「媽下樓去了。」

（現在換蘿莎琳現身。蘿莎琳——充滿個人特色的蘿莎琳。像她這種女孩，完全不需付出什麼，就可以讓男人愛上她。唯有兩種男人例外：笨男人通常怕她們太聰明，飽學之士則怕她們太漂亮。至於其他的男人，天生就要任由她掌控。

如果大家都順著蘿莎琳的意思，她早就已經打扮好了。事實上，她的個性完全不知道什麼叫做「為所應為」。不管她想要什麼，她就是想要，而且如果她要不到，她身邊的每個人都可能會很慘——但嚴格來講，她並不算是真的被寵壞了。

她所具備的，只是一種未經世事的熱情，一股想要成長與學習的意志，而且絕對相信這世間有說不盡的浪漫情事，同時也充滿勇氣與最起碼的誠摯之心——我們不能說具有這些特質的人是被寵壞了。

有時她會長時間討厭全家人；而且她這個人沒什麼原則可言。對於她自己，她信奉的哲學是「及時行樂」，至於別人，她則採取「自由放任」的態度。她喜歡令人震驚的故事：她有一種粗線條的特質，可以非常細心，也能大而化之。她希望別人能喜歡她，但如果別人不喜歡她，她也從不煩惱或者改變自己。

她絕對不是那種可以被當成典範的人物。

漂亮的女人通常會被教育成很了解男人。蘿莎琳遇過的，是一個又一個令人失望的男人，但是她對於男性這個性別本身還是抱著無限的希望。她憎惡女人，因為她感覺到自己也具備她們所代表的特質——而且都是她討厭的特質，像是有一點點卑鄙，自負，懦弱，還有些許的不老實。有次在母親一整個房間的朋友面前對她說：女人存在的唯一理由，是男人必須找一件事來麻煩自己。她跳舞跳得棒極了，畫圖也畫得很棒，但總操之過急，而且她對文字的掌握能力更是驚人，不過她只會在情書裡面發揮。

但是，任何批評她的人只要看到她的美貌就會閉嘴。她留著一頭漂亮的黃髮——她模仿別人的那股慾望，就等於是支持染髮工業。她那一張小嘴美得讓人總想一親芳澤，也讓她看來有一點耽於享樂，多少人為她心煩意亂。她有一雙灰眼，全身的膚色除了只有兩處顏色比較淡之外，此外完全無可挑剔。苗條的她生來就一副像運動員的好身材，而且已經完全發育成熟，光是看她在房間裡走動，在街上走路，揮動高爾夫球桿，或者做側手翻的動作，就是一種享受。

最後一項特質——她有一種活潑急切的個性，所以跟艾莫瑞在伊莎貝爾身上發現的那種做作與隨時像在演戲的個性截然不同。像她這樣，到底應該被歸類為平凡的個人，還是「要人」？光是思索這個問題可能就要花掉達西神父不少時間。她也許是百年難得一見的可人兒，難以用三言兩語來含括她。

在她初出社交圈的那一晚❖4，儘管聰慧的她偶爾會突發奇想，還是高興的像個小女孩似的。母親的女傭才剛剛把她髮型弄好，但不耐煩的她覺得自己可以弄得更好看。她緊張到不能一直待在同一個地方，所以能在這亂糟糟的房間裡見到她實在太難得了。等一下將輪到她開口。如果說伊莎貝爾的女低音像是小提琴的琴音，任何人如果聽到蘿莎琳的聲音，都會說她那如瀑布一般傾瀉而出的話語充滿了音樂性。）

蘿莎琳：「老實說，這世上只有兩種衣服是我喜歡穿的——（一邊在梳妝台邊梳頭髮）。一種是在箍裙（hoop skirt）❖5裡面穿著褲子，另一種則是一件式的浴袍。兩種我穿起來都很好看。」

西希莉雅：「終於出來啦？高興吧？」

蘿莎琳：「嗯。妳不也很高興？」

西希莉雅：「妳很高興，是因為妳可以跟那些『很快就結婚的年輕夫妻』一樣，結婚後住在長島。妳希望妳往後的生活只要有機會就可以不斷情挑一個男人。」（用不屑的口氣說。）

蘿莎琳：「我還『真希望』是一個！妳的意思是，我已經『發現了』某個男人？」

西希莉雅：「哈！」

蘿莎琳：「親愛的西希莉雅，難道妳不了解這種事有多麼難搞？就拿我來講，如果我在街上不一直板著一張臉孔，就會不斷有男人對我眨眼睛。在戲院裡坐在前排時，如果我的笑聲大一點，接下來整晚就會有個喜劇演員只顧著討我歡心。去參加舞會時，如果我講話的音調變低，或臉色一沉，或者掉了個手帕，那接下來整週我的舞伴就會不斷打電話給我。」

西希莉雅：「妳的壓力一定很大。」

蘿莎琳：「最不幸的是，那些讓我感興趣的男人，沒有半個是跟我相稱的。現在——如果我真的缺錢，簡直可以去當演員賺錢了。」

西希莉雅：「嗯：妳平常演的那些戲真的好到可以領錢了。」

蘿莎琳：「有時候連我都覺得自己實在是容光煥發，何必把這一切浪費在一個男人身上？」

西希莉雅：「我則是常看妳繃著一張臉，心想妳何必把這一切發洩在我們這個家庭上。**（她站起來。）**我想我要下去跟艾莫瑞．布雷恩先生見個面了。我喜歡他那種敢表達情緒的人。」

蘿莎琳：「才沒有那種男人。哪個男人真正懂得生氣或高興應該是怎麼一回事嗎？如果真的懂，那還不把自己搞得身心俱疲？」

西希莉雅：「很高興我沒有妳這些煩惱。我已經訂婚了。」

蘿莎琳：「訂婚了？為什麼？妳這小瘋子！如果媽媽聽到妳這麼說，一定會把妳送去讀寄宿學校的，反正那裡本來就是妳該去的地方。」**（露出蔑視的微笑。）**

西希莉雅：「量妳也不敢跟她告狀。因為妳有把柄在我手裡。還有，妳實在太自私了！」

蘿莎琳：「要下樓就快點去，妳這小女孩！妳跟誰訂婚了？賣冰的那個傢伙？還是那個糖果店的老闆？」**（有一點被惹惱了。）**

西希莉雅：「妳就是有這麼點小聰明。再見了，親愛的。待會見。」

（西希莉雅離開。蘿莎琳弄完了頭髮後站起身，嘴裡哼著歌。她走到鏡子

旁邊，站在軟軟的地毯上開始在前面跳起舞來。她看著的不是鏡中自己的雙腳，而是雙眼——她不是隨便看看，而是非常專注，就連微笑時也一樣。突然有人開門，艾莫瑞走進來後把門甩上，他的姿態一如往常冷靜而帥氣。他一進來就覺得很困惑。）

他：「喔，抱歉。我還以為——」

她：「喔，你是艾莫瑞．布雷恩，對吧？」**（她露出燦爛的微笑。）**

他：「那…妳是蘿莎琳？」**（走近注視著她。）**

她：「我就叫你艾莫瑞囉——喔，請進，沒關係。媽媽等一下就來了**（她屏住呼吸。）**——很不幸的。」

他：「我以前可沒遇過這種難題。」**（他環顧四周。）**

她：「這裡可是男人的禁地。」

他：「這裡是妳——妳——」**（他沒有繼續往下說。）**

她：「對，這裡所有的東西都是。**（她走到梳妝台旁。）**你看，我的口紅和眼線筆。」

他：「我不知道妳是這種女孩。」

她：「那你本來以為我怎樣？」

他：「我想妳應該是那種——那種——妳也知道，就是那種中性的女孩，會游泳，打高爾夫那種。」

她：「喔，那兩件事我都會做——不過不會在辦公時間內。」

他：「辦公？」

她：「嚴格來講，就是六點到兩點。」

他：「那是什麼公司？我也想買點股票。」

她：「喔，也算不上是真正的公司啦，不過我稱之為『蘿莎琳無限公司』（Rosalind, Unlimited）。總共五十一股，賣的是善意，以及所有一年值兩萬五千元的東西。」

他：「這種生意也太難做了。」（**不能苟同這種說法。**）

她：「嗯…艾莫瑞，你不介意吧？❖6如果我能遇到一個認識兩週後還不會讓我感到厭煩的男人，也許情況會有所不同。」

他：「真奇怪。妳對男人的看法恰巧跟我對女人的看法一樣。」

她：「我真不像個女孩子——我自己有這種感覺。」

他：「多說點。」（**覺得有趣。**）

她：「不，你——你才該多說點。剛剛你一直要我說我自己的事，這與規矩不符。」

他：「規矩？」

她：「我自己訂的規矩——但是，你——喔，艾莫瑞，聽說你很棒。我們全家都等待著你的到來。」

他：「真令人振奮啊！」

她：「艾力克說你教他如何思考。真的嗎？我不相信真的有人能思考。」

他：「沒那回事。實際上我愚鈍得很。」

（他顯然不希望別人把這句話當真。）

她：「你說謊。」

他：「我——我喜歡宗教——也喜歡文學。我——我甚至會寫一點詩。」

她：「Vers libre❖7——了不起！」**（她開始慷慨激昂地朗讀了起來。）**

大樹翠綠綠，
鳥兒在歌唱，
女孩吮毒藥，
鳥兒飛走了，

女孩死掉了。

他：「不，不是那種的。」（他笑著說。）

她：「我喜歡你。」（她突然開口說。）

他：「妳可別這樣。」

她：「你太小心了——」

他：「我怕妳。我總是怕女孩子——等我親了她們才不害怕。」

她：「我的天，都已經戰後了。」（用強調的語氣說。）

他：「所以我會永遠都怕妳。」

她：「我想大概是這樣。」（看來相當難過。）

（兩個人都遲疑了一會兒。）

他：「注意聽我說。這件事可是非同小可。」（在經過相當時間的考慮之後。）

她：「等五分鐘後。」（她知道接下來會有什麼事。）

他：「但是妳——妳真的會親我？還是妳也害怕？」

她：「我從來沒怕過什麼——但你的理由實在太爛了。」

他：「蘿莎琳，我真的『想要』親妳。」

她：「我也是。」

（他們親吻了起來——親得認真又熱烈。）

他：「嗯…這樣滿足了妳的好奇心了嗎？」（在屏息的片刻後。）

她：「你也一樣嗎？」

他：「沒有，只是讓我更好奇而已。」

（他看來還意猶未盡。）

她：「我已經親過了幾十個男人，我想未來還會與幾十個男人有親嘴的經驗。」（用做夢一般的語氣說）

他：「嗯…沒錯——就像這樣親嘴。」（他看來心不在焉。）

她：「大多數人都喜歡我親嘴的方式。」

他：「天啊！沒錯。蘿莎琳，再吻我一回。」（**回味著剛剛那一吻。**）

她：「不——一般來講，只要親一次我的好奇心就會被滿足了。」

他：「這也是規矩？」（**看來有點氣餒。**）

她：「規矩隨個案而異。」

他：「我們倆有相似之處——只是我多了妳幾年經驗。」

她：「你幾歲？」

他：「快滿二十三了。妳呢？」

她：「十九歲——剛剛才滿。」

他：「我想妳是一間新潮的學校調教出來的。」

她：「不——學校對我沒什麼影響。我被史班斯（Spence）❖8退學了——連原因是什麼我都忘記了。」

他：「可以大致上說說你的個性嗎？」

她：「喔：我很活潑，非常自私，情緒如果被激發出來，會變得很激動，喜歡愛慕別人的感覺——」

他：「我不想跟妳談戀愛——」（**突然開口。**）

她：「我有要求你嗎？」（**說話時抬高眉頭。**）

他：「但我可能會愛上妳。我喜歡妳的嘴。」（冷冷地繼續說。）

她：「別說了！不要愛上我的嘴——你要愛上我的頭髮、眼睛、肩膀或涼鞋，都請便——但就是不要愛上我的嘴。每個人都是愛上我的嘴。」

他：「妳有一張美嘴。」

她：「太小了。」

他：「才沒有——我再確認一下。」

（他用剛剛那種熱烈的方式再吻了她。）

她：「對我說些甜言蜜語。」（被他深深打動。）

他：「上帝救救我。」（像是被嚇到。）

她：「那就別說——如果你這麼為難。」（把他放開。）

他：「我們可以當作真的有這麼一回事嗎？會不會太快？」

她：「我們的時間觀念有別於他人。」

他：「妳已經把我跟其他人分開了。」

她：「就當成有這麼一回事。」

他：「不，我辦不到。我還沒那種心情。」

她：「你不是個多情的人？」

他：「不，我是個浪漫的人——多情的人相信這世間有永久這回事——浪漫的人則總覺得有可能不是這麼一回事。多情的人比較脆弱。」

她：「那麼：你說你不是多情的人？（**用半張的雙眼看他。**）你以為這種態度比較了不起，這根本是往你自己臉上貼金。」

他：「嗯：蘿莎琳，蘿莎琳，別爭了。再吻我吧！」

她：「不要，我一點也不想親你。」（**態度相當冷淡。**）

他：「一分鐘前妳才想要親我。」（**顯然感到很震驚。**）

她：「現在是現在。」

他：「我想我該走了。」

她：「我想你是該走了。」

（**他朝門口走過去。**）

她：「喔！」

（他回頭看她。）

她：「分數：地主隊——一百分，對手——零分。」（笑著說。）

（他開始繼續往下走。）

她：「因雨延賽。」（講話速度很快。）

（他走出門。）

（她走到櫃子邊拿出一個煙盒，把它藏在一張桌子的側邊抽屜裡。她媽媽走進門，手裡拿著筆記本。）

康奈基夫人：「很好——從剛才我就一直想在下樓前跟妳單獨談談。」

蘿莎琳：「天啊！被妳嚇了一跳。」

康奈基夫人：「蘿莎琳，妳花了我們很多錢。」

蘿莎琳：「嗯。」（只能認命地說。）

康奈基夫人：「而且妳知道爸爸不像以往那麼有錢了。」

蘿莎琳：「喔！別跟我說錢的事。」（做了一個鬼臉。）

康奈基夫人：「沒有錢，萬萬不能。我們只能在這房子再住一年而已——而且，除非情況有所改變，希西利雅的條件不會像妳那麼好。」

蘿莎琳：「嗯…那又怎樣？」（用不耐煩的語氣說。）

康奈基夫人：「所以我希望妳留意我在筆記本裡面寫下的幾件事。第一件事是：別跟任何年輕男子一起搞失蹤。可能妳未來真的會遇到值得這麼做的對象，但目前我要妳乖乖待在舞池裡，讓我可以隨時找到妳。我希望妳跟幾個男人見個面，到時候我不希望在溫室裡的某個角落找到妳，看妳跟男人在一起說些蠢話——或者聽他說蠢話。」

蘿莎琳：「嗯…光是聽他講話比較好。」（用諷刺的口吻說。）

康奈基夫人：「還有妳不要把時間浪費在那些讀大學的傢伙身上——那些年方十九、二十的小鬼。我不介意妳去加舞會或者看足球賽，但不要跟湯姆、迪克或哈瑞他們去城裡的一些小酒館參加你們最喜歡的那種派對——」

蘿莎琳：「媽，妳說夠了吧——妳還以為現在是九〇年代初期嗎？」（蘿莎琳要跟她媽說她自己也也是有規矩的，而且不會比她媽說的還差。）

康奈基夫人：「今晚我希望妳跟妳爸的幾個單身朋友見個面——他們看來都很

年輕。」（壓根沒有把她說的話聽進去。）

蘿莎琳：「大概四十五歲的朋友嗎？」（很伶俐地點點頭。）

康奈基夫人：「為什麼不行？」（口氣極為嚴厲。）

蘿莎琳：「喔，『非常』好哇——他們比較了解生活，一副疲勞的樣子也很可愛（她搖搖頭。）——但他們還是會跳舞。」

康奈基夫人：「我還沒跟布雷恩先生碰面——但我想妳應該不會喜歡他。他似乎不像一個會賺錢的人。」

蘿莎琳：「我從來沒有『考慮』錢的問題。」

康奈基夫人：「妳跟人交往的時間曾經久到讓妳考慮錢的問題嗎？」

蘿莎琳：「好吧，我想有一天我可以靠賺錢大撈一筆——不過只是因為我太無聊了。」（嘆了一口氣。）

康奈基夫人：「有人從哈特佛市（Hartford）❖9拍電報給我，說道森．萊德要過來了。我喜歡這個年輕人，而且他的錢多到花不完。我看，既然妳跟霍華．吉勒斯比已經玩膩了，也許妳可以稍稍對萊德先生示好。這個月他已經來第三趟了。」（指著筆記本說。）

蘿莎琳：「妳怎麼知道我跟霍華．吉勒斯比已經玩膩了？」

康奈基夫人：「因為那個可憐的男孩每次來找妳都一副慘兮兮的樣子。」

蘿莎琳：「那只是我在正式談戀愛的一些浪漫插曲，錯誤難免。」

康奈基夫人：「無論如何，今晚讓我們以妳為榮吧！」（她想說的都已經說完了。）

蘿莎琳：「妳覺得我不漂亮嗎？」

康奈基夫人：「妳很清楚自己有多漂亮。」

（留下隱約傳來小提琴調音的聲音與鼓聲。康奈基夫人很快轉身面對她女兒。）

康奈基夫人：「走吧！」

蘿莎琳：「等一會兒！」

（她母親先走一步。蘿莎琳走到鏡子前凝視著自己，覺得滿意極了。她親了一下自己的手，然後用手摸了一下鏡子裡自己的小嘴。然後她關燈離開房間。沉默片刻後，開始有人彈起了鋼琴，鼓手輕輕敲了幾下鼓面，新的絲質衣裳摩擦發出的沙沙聲，所有聲音在外面的階梯上都混在一起，從半開半掩的門傳了進來。一群群的人從燈火通明的大廳走過，本來只是兩個人一起笑的聲

音變成了到處都有人在笑。接下來有人從外面走了進來，把燈打開。結果是西希莉雅。她走到櫃子邊，打開抽屜，猶豫了一下——然後走到桌邊拿出菸盒，抽出了一根菸。點菸後她開始吞雲吐霧，走到鏡子邊。）

西希莉雅：「喔，是的。現在正要上場的是近來『如此』流行的一齣鬧劇。這種戲碼在每個人十七歲之前都會演出很多次，次數多到讓人覺得掃興。（她想像著自己站在一位中年貴族面前，把手伸出去與他握手。）是的，閣下——我想我聽過舍姊提過您。抽根菸吧？這種菸很棒——是可樂娜牌（Coronas）的。您不抽菸？真可惜！我想是國王不准您抽吧？是的，我會跳舞。」（用一種非常世故的聲音說。）

（說完後她跟隨著樓下傳來的音樂聲在房間裡起舞，雙手伸出去環抱著想像中的舞伴，手裡還揮舞著那根菸。）

（樓下一個小房間裡擺著一具很舒適的躺椅。躺椅兩邊各有一盞小燈，躺椅的正上方掛著一幅畫，畫的是一個看來很尊貴的年邁紳士，年代是一八六〇年。外面正演奏著狐步舞的音樂。

蘿莎琳坐在躺椅上，坐在她左手邊的是一個看來要死不活的年輕人，大概二十四歲，他就是霍華．吉勒斯比。一眼就可以看出他不太開心，她是快無聊死了。）

吉勒斯比：「妳說我變了，這是什麼意思？我對妳的感覺還是一樣啊。」（有氣無力地說。）

蘿莎琳：「但在我眼裡，你就是不一樣了。」

吉勒斯比：「三週前妳曾說妳喜歡我是因為我看來一副厭煩的樣子，對一切都漠不關心——我還是那樣啊。」

蘿莎琳：「但我不是。我曾喜歡你，是因為你有一雙棕眼和細長的腿。」

吉勒斯比：「我的眼睛還是棕色的，雙腿依舊細長。總而言之，只是因為妳是個小媚狐。」（用無助的語氣說。）

蘿莎琳：「什麼小媚狐？我不懂你在說什麼。只是因為我這個人毫不做作，所以男人覺得我很難懂。我曾以為你不會吃醋，但現在我只要走到哪裡，你的眼睛就跟到哪裡。」

吉勒斯比：「我愛妳。」

蘿莎琳：「我知道。」（冷冷地說。）

吉勒斯比：「還有，妳已經有兩個禮拜沒親我了。我還以為女孩子被親過後，芳心就算已經——已經獻給了親她的人。」

蘿莎琳：「那種時代已經結束啦。每次你跟我見面都得重新贏得我的芳心。」

吉勒斯比：「妳是說真的？」

蘿莎琳：「我的每句話都是真的。曾經有過兩種吻——第一種吻是女孩被人親過後就會遭到拋棄；第二種吻是在訂婚時的吻。現在出現了第三種——就是男人被親過之後也會被拋棄。在九〇年代，如果瓊斯先生吹噓說他親過一個女孩，每個人都知道他已經玩膩了。到了一九一九年，如果瓊斯先生還拿一樣的事出來吹噓，大家都知道那是因為他已經沒辦法再親吻她了。在這個年代，如果男女關係是在正常情況下開始的，任何一個女孩都可以拋棄她的男人。」

吉勒斯比：「但是⋯妳跟男人玩這種遊戲有何意義？」

蘿莎琳：「為了男人上勾的那一刻。在初吻之前有那麼一個時刻——喔，那輕聲低語。光是這樣就值得了。」（狀似親密地往前靠。）

吉勒斯比：「然後呢？」

蘿莎琳：「然後我會讓他們開始聊自己的事。沒過多久，男人就不會想做其他任何事，只想跟我獨處——他們會生氣，無力抵抗，無心繼續跟我玩下去——那時候我就贏了！」

（此刻二十六歲的道森·萊德走了進來：俊帥多金的他自信滿滿，他也許是個討人厭的傢伙，但是卻穩重，深信自己會成功。）

萊德：「蘿莎琳，我想該輪到我跟妳跳舞了吧？」

蘿莎琳：「嗯…道森。你還認得我？現在我才知道自己的妝沒有畫得太濃。萊德先生，這位是吉勒斯比先生。」

（兩人握手後吉勒斯比離開，垂頭喪氣到了極點。）

萊德：「妳的派對可真成功。」

蘿莎琳：「是嗎？我有一陣子沒有出席這種活動了。我很——你介意在外面坐一下嗎？」

萊德：「介意？我求之不得。妳也知道我討厭這種社交活動。有時候昨天見過的女孩，今天跟明天還是會碰面。」

蘿莎琳：「道森！」

萊德：「怎樣？」

蘿莎琳：「我在想…你知道你自己是愛我的嗎？」

萊德：「什麼？喔！妳應該知道自己是如此美好！」**（被嚇了一跳。）**

蘿莎琳：「因為你知道我是個很糟的對象。不管是誰把我娶回家，肯定會被我累個半死。我很壞——壞透了。」

萊德：「喔！我可不這麼認為。」

蘿莎琳：「喔！是真的，我就是這樣——尤其是最親近的人，也被我害得最慘。**（她站起身。）**走吧，我們離開這裡。我改變了主意，現在想跳舞了。媽媽也許在生氣了。」

（兩人退場，換艾力克與西希莉雅走進來。）

西希莉雅：「我的運氣可真好，休息時居然有自己的哥哥作陪。❖10」

艾力克：「如果妳要我離開，我就走吧。」**（悶悶不樂地說。）**

西希莉雅：「天啊！不——你走了，等一下誰跟我跳舞？**（嘆了一口氣）**自從那些法國軍官離開後，這個舞會就黯然失色了。」

艾力克：「我不希望艾莫瑞愛上蘿莎琳。」（若有所思地說）

西希莉雅：「為什麼這樣講？我還以為你樂觀其成呢！」

艾力克：「本來是這樣，但是自從我看到這些女孩後——我也不確定了。我很喜歡艾莫瑞。他很敏感，我不希望他為了一個根本不在意他的人而傷心。」

西希莉雅：「他長得很好看。」

艾力克：「她不會嫁給他的。但是，如果一個女孩要男人為她而傷心，不用跟他結婚也可以辦得到。」（還是若有所思。）

西希莉雅：「有什麼辦法呢？我希望自己知道這個秘訣。」

艾力克：「妳為什麼要知道？妳這個冷酷的小妮子。如果上帝賜給妳的是一副塌鼻子，對某些男人來講也許是福音。」

（康奈基夫人走進來。）

康奈基夫人：「蘿莎琳到底在哪裡？」

艾力克：「這妳倒是問對人了。照理說她是應該跟我們在一起的。」（神采奕奕

地說。）

康奈基夫人：「她爸帶了八個人要跟她見面，各個都是百萬富翁。」

艾力克：「那他們可以組隊參加閱兵了。」

康奈基夫人：「我是說真的。」

康奈基夫人：「不要跟我開玩笑——我知道她一定是把這個社交派對給丟下，不知道跟哪個美式足球球員跑到椰樹林餐廳（Cocoanut Grove）❖11去了。你們往左邊去找找，我這就——」

艾力克：「難道妳不該先派管家去地窖找找看？」**（用輕率的語氣說。）**

康奈基夫人：「喔！不要跟我說你覺得她在那裡！」**（表情嚴肅到了極點。）**

西希莉雅：「媽，他只是開個玩笑。」

艾力克：「媽那裡有一張她的照片，照片裡她正在跟一個高大的跨欄比賽選手喝啤酒作樂。」

康奈基夫人：「我們趕快去找找看。」

（他們走了出去。蘿莎琳跟吉勒斯比走進來。）

吉勒斯比：「蘿莎琳——我再問妳一次。妳對我真的連一丁點感覺都沒有？」

（艾莫瑞輕快地走進來。）

艾莫瑞：「輪到我了。」

蘿莎琳：「吉勒斯比先生，這位是布雷恩先生。」

吉勒斯比：「我已經見過布雷恩先生了。他是來自日內瓦湖的，不是嗎？」

艾莫瑞：「沒錯。」

吉勒斯比：「我去過那裡。那個地方——在中西部對不對？」**（用絕望的口氣說。）**

艾莫瑞：「大致上是這樣。但我總覺得自己寧願跟鄉下的玉米粉蒸肉（tamale）
❖12 一樣辣，也不要跟一道沒有調味的湯一樣無趣。」**（口氣辛辣地說。）**

吉勒斯比：「什麼！」

艾莫瑞：「喔，我無意冒犯你。」

（吉勒斯比鞠躬後退開。）

蘿莎琳：「他太過平凡了。」

艾莫瑞：「我也跟一個平凡人談過戀愛。」

蘿莎琳：「結果呢？」

艾莫瑞：「喔，對——她叫做伊莎貝爾——她那個人什麼都不懂，除了我念給她聽的那些東西之外。」

蘿莎琳：「發生了什麼事？」

艾莫瑞：「最後我深信她比我還聰明——結果她就把我給甩了。她說，我愛批評人又不切實際。」

蘿莎琳：「不切實際是什麼意思？」

艾莫瑞：「喔——我會開車，但卻連車胎都不會換。」

蘿莎琳：「你未來要做什麼？」

艾莫瑞：「還說不上來——也許競選總統，或者寫作——」

蘿莎琳：「你要去格林威治村（Greenwich Village）❖13嗎？」

艾莫瑞：「天啊！不是——我說的是寫作，不是喝酒。」

蘿莎琳：「我喜歡生意人。聰明的男人通常都喜歡窩在家裡。」

艾莫瑞：「我覺得自己好像跟妳認識許久了。」

蘿莎琳：「喔！難道你要開始說那個金字塔的故事嗎？」

艾莫瑞：「不——我要說的跟法國有關。我覺得我就像法皇路易十四，而妳是我的——我的一個❖14（**改變語調。**）——假設我們正在談戀愛。」

蘿莎琳：「我剛剛已經提議過了，我們可以假裝在談戀愛。」

艾莫瑞：「如果我們真的開始，一定是轟轟烈烈的。」

蘿莎琳：「何以見得？」

艾莫瑞：「因為自私的人談起戀愛來都是那樣的。」

蘿莎琳：「假裝就是了。」（**噘嘴說。**）

（**兩人又刻意親了起來。**）

艾莫瑞：「我不會說甜言蜜語。但妳長得還『真是』漂亮。」

蘿莎琳：「不是那樣的。」

艾莫瑞：「那是怎樣？」

蘿莎琳：「喔，沒什麼——只是我希望自己能當個情緒豐富的人，真正的情緒——但卻永遠感受不到。」（**悲傷地說。**）

艾莫瑞：「我發現這是一個只有情緒的世界——我討厭情緒。」
蘿莎琳：「要找個男性來滿足自己的藝術品味還真是困難。」

（有人把門打開，華爾滋舞曲傳進房間裡。蘿莎琳站起身來。）

蘿莎琳：「你聽！他們在演奏〈再吻我〉（"Kiss Me Again"）。」

（他看著她。）

艾莫瑞：「然後呢？」
蘿莎琳：「然後怎樣？」
艾莫瑞：「我愛妳。」**（他輕聲低語——這場戰爭終究還是由對方獲勝。）**
蘿莎琳：「我愛你——在這當下。」

（兩人又開始親了起來。）

艾莫瑞：「喔，天啊！我幹了什麼好事？」

蘿莎琳：「別大驚小怪。喔，別說話。再親我。」

艾莫瑞：「我不知道原因，也不知道這是怎麼一回事，但是我愛妳——而且是一見鍾情。」

蘿莎琳：「我也是——我——我——喔，今晚我們就共度春宵吧。」

（她哥慢慢走進來，然後大聲說：「喔！抱歉。」然後就走開了。）

蘿莎琳：「別放開我——我不在乎被知道我在做什麼。」**（她的朱唇幾乎沒有顫抖。）**

艾莫瑞：「說吧！」

蘿莎琳：「我愛你——在這當下。**（兩人分開。）**喔——感謝上帝，我還年輕——而且美麗，感謝上帝——而且快樂，感謝上帝，感謝上帝——**（她停了下來，然後好像能預知未來似的，脫口多說了一句奇怪的話。）**可憐的艾莫瑞！」

（他又親了她。）

命中注定

才兩週的時間，艾莫瑞與羅莎琳已經陷入熱戀而無法自拔了。以前曾經數十次搞砸兩人情事的那種挑剔個性，因為情到濃時，現在在兩人心中蕩然無存。

她跟焦慮的母親說：「這可能是一次瘋狂的愛，但一點也不愚蠢。」

三月初，艾莫瑞乘著這一陣愛的浪潮進入廣告公司任職❖15，在那裡有時候他會突然出現令人驚訝的傑出作品，有時則做著不可思議的白日夢，幻想著自己突然變成有錢人，帶著羅莎琳一起前往義大利旅行。

他們常常膩在一起——午餐、晚餐，幾乎每天晚上都見面——總是在一陣陣令人屏息的靜默中渡過在一起的時間，好像深恐魔咒會隨時失效，讓他們跌出這個由玫瑰花與愛火交織而成的天堂。但是這道魔咒變成一種狂喜，似乎每天都在不斷增強，到了六月他們開始談論婚事——在七月成婚。生活的一切都變得跟他們的愛有關：所有的經驗、慾望、野心，全都化為烏有。他們的幽默感好像找個角落去睡覺了，而他們之前的情史也都變得有點可笑，但是對於自己的年少輕狂，又幾乎沒有一絲遺憾。

艾莫瑞這輩子第二次體會到心緒騷亂，而且趕著加入他那一代人的行列。

一個小插曲

艾莫瑞沿著大街漫步往前行，不可避免地認為這個夜晚是屬於他的——這一片壯觀暮色裡的狂歡，還有陰暗的街道，都是他的：他有一種感覺：過去那些平靜和諧的日子終於過去了，現在他要跨入的生命領域，每一步都充滿著感官的震撼。每個地方都看得到數不盡的燈光，這充滿希望的夜裡街道與歌聲——他一邊穿越人群，一邊做著夢，蘿莎琳就好像會從每個角落出現，踩著熱切的腳步衝向他一樣。暮色中那些難以忘懷的臉龐，全都混和變成了她，雜沓的腳步與一千首序曲，全都化為她的足跡。當她看他時所流露出的柔情，比酒還讓人心醉。就連他的那些美夢也都像夏日裡的小提琴弦音一樣，在空氣中飄盪著。

房間的窗戶是開著的，除了湯姆靠在窗邊抽菸所發出的微光之外，裡面一片漆黑。房門關上後，艾莫瑞靠著門板坐了一會兒。

「嗨，我的本維奴托．布雷恩❖16，今天在廣告業混得怎樣？」

艾莫瑞整個人癱倒在一張長沙發上。

「廣告業跟往常一樣令人討厭！」雖然腦海裡暫時出現公司忙碌不堪的景像，但那景象很快被另一個畫面取代了。

「天啊！她真是美妙！」

湯姆嘆了一口氣。

艾莫瑞又說了一次：「我無法用言語形容她到底有多美妙。我也不希望讓你知道，不希望任何人知道。」

窗邊又傳來另一聲嘆息——嘆氣的人好像已經認命了。

「她是生命、希望與快樂，現在我的整個世界都是她。」

他感到自己的睫毛因為一顆淚珠而抖動著。

「喔，湯姆，『天啊！』」

又苦又甜

她低聲說：「跟我們往常一樣坐下。」

他坐在那一張大椅子上，伸出雙手，讓她可以靠在他的懷裡。

她輕聲說：「我就知道今晚你會來。就像夏日一般，當我在最需要你的時候⋯親愛的⋯親愛的⋯」

他的雙唇慵懶地在她的臉上廝磨著。

他嘆氣說：「妳的味道真香。」

「我的愛，你這句話是什麼意思？」

他把她抱得更緊，對她說：「喔，好甜，好甜⋯」

她低聲說：「艾莫瑞，等你準備好的時候，我就會嫁給你。」

「一開始我們不會很有錢。」

她大喊：「別說了！每次聽你因為不能給我更多而責怪自己，我就很心痛。我已經有了珍貴的你——吾願已足。」

「說吧…」

「你知道的，不是嗎？喔，你知道的。」

「我知道，但我想聽妳親口說。」

「我愛你，艾莫瑞。全心全意。」

「永遠愛我，好嗎？」

「我這輩子——喔，艾莫瑞——」

「怎樣？」

「我想屬於你。我希望你的家人變成我的家人。我想要幫你生小孩！」

「但是，我沒有家人了。」

「別笑我，艾莫瑞。只要親我就好。」

他說：「妳要我做什麼都可以。」

「不，『是你』要我做什麼都可以。我們是『你』——不是我。喔，你是我生命的一部分，也是我生命的全部…」

他閉上雙眼。

「我太高興了，高興到令自己害怕。如果說這是——這是愛的最高點，不是很可怕嗎？」

她用如夢似幻的神情看他。

「我知道，美貌與愛情都是稍縱即逝⋯喔，悲傷的確存在。我想每個人在快樂時，背後都隱藏著一點點悲傷。美貌就如玫瑰花香，而花謝後——」

「美貌意味著犧牲所帶來的極度痛苦，而痛苦結束後⋯」

「喔，艾莫瑞，我們都具備美貌，我知道。我確定上帝是愛我們的——」

「祂愛的是妳，因為妳是祂最珍貴的所有物。」

「我不是祂的，我是你的。艾莫瑞，我屬於你。我這輩子第一次為過去的那些吻感到遺憾，現在我知道一個吻的意義有多大。」

接著他們會一起抽菸，他告訴她今天在辦公室裡發生了什麼事——還有他們可能會住在哪裡。有時當兩人聊天聊得特別起勁時，她會在他懷裡睡去，但他就是愛這樣的羅莎琳——他愛羅莎琳的一切——因為在這世上他還沒有愛過任何人。他們一起共度的時光往往在兩人毫無察覺中飛逝，也想不起兩人做了些什麼。

有一天艾莫瑞與霍華・吉勒斯比在城裡巧遇，兩人一起吃午餐，艾莫瑞聽到一個很有趣的故事。幾杯雞尾酒下肚後，吉勒斯比的話多了起來，於是開始跟艾莫瑞說，他很確定羅莎琳有點奇怪。

有天他們倆一起北上到西切斯特郡（Westchester County）參加一個游泳派對，有人提到安妮特・凱勒曼（Annette Kellerman）❖17之前曾造訪該地，然後從一間搖晃不穩，三十呎高的夏天別墅屋頂往下跳水。蘿莎琳一聽到這件事就要求霍華應該陪她爬上去看那上面是怎麼一回事。

不久後，當他垂著雙腿坐在屋頂邊緣時，有個人影晃到他眼前；結果那是羅莎琳——她張開雙臂，用燕式跳水的姿勢漂亮地往下跳，俐落的身影穿越空中，掉進乾淨的水裡。

「她都跳了，我當然也得跳——只不過我差點死掉。我想我敢嘗試已經很厲害了，派對裡沒有一個人敢試。結果事後羅莎琳居然還敢問我，說我在跳水時為何要駝背，她說這樣也不會比較簡單，只是會讓人比較大膽而已。我問你，遇到像這種女孩，我們男人該怎麼辦？我說，什麼都不必做。」

吉勒斯比不懂為什麼艾莫瑞在吃晚餐時為何一直高興地微笑，甚至還以為他是個虛偽的樂觀主義者。

五週後

（地點還是康奈基家宅邸的圖書室。蘿莎琳獨自一人坐在躺椅上發呆，顯得悶悶不樂。可以察覺出她跟先前不太一樣——稍微變瘦了一點就是她的一項改變。而且她的雙眼也不再炯炯有神，很容易讓人誤以為她又老了一歲。

她母親走了進來，身上裹著夜間斗篷❖18，緊張的她稍微瞥了一眼就看見羅莎琳。）

康奈基夫人：「今晚誰會來？」

（蘿莎琳沒有把她的話聽進去，至少還沒有注意到她開了口。）

康奈基夫人：「艾力克要回來帶我去看巴瑞寫的《普魯托，連你也這樣！》（Et tu,Brutus）❖19。**（她發現自己在自言自語。）**羅莎琳，我問妳今晚是誰要來？」

蘿莎琳：「喔——什麼——喔，是艾莫瑞。」**（這才開始說話。）**

康奈基夫人：「最近追妳的人實在『太多』，沒有『哪一個』是我記得住的。（**蘿莎琳沒有回話。**）道森．萊德比我想像的還有耐性。這禮拜妳還沒有撥任何一晚給他呢！」（**用嘲諷的口吻說。**）

蘿莎琳：「媽——拜託——」（**她臉上露出的厭煩表情最近已經很久沒出現了。**）

康奈基夫人：「喔，我不干涉妳。那個有可能是個天才的傢伙，妳已經浪費了兩個月在他身上了，他的名字根本一文不值。但妳儘管跟他在一起吧，把一輩子都耗在他身上。我不會干涉。」

蘿莎琳：「妳也知道他的收入不多——妳也知道他在廣告公司賺取三十五元的週薪——」（**語氣好像在覆述一門無聊的課程一樣。**）

康奈基夫人：「這樣能幫妳買衣服嗎？（**她頓了一下，但是蘿莎琳並未回話。**）我勸過妳，不要做那種會讓自己終身抱憾的事情，其實是誠心為妳著想。別指望妳爸幫妳了，近來他自己也很難過日子，而且他也老了。妳所能依靠的，是一個只會作夢的好人，一個身世青白的男孩，但是只會作夢——他只是比別人『聰明』而已。」（**她暗示的是，這種特質本身是非常邪惡的。**）

蘿莎琳：「看在老天爺的份上，媽——」

（一位女僕出現，她說布雷恩先生隨後馬上會到。過去十天以來，艾

莫瑞的朋友們都說他看來「像是遭天譴似的」，他也的確如此。事實上，過去一天半以來，他連一口飯都沒能好好吃。）

艾莫瑞：「晚安，康奈基夫人。」

康奈基夫人：「晚安，艾莫瑞。」（沒好氣地說。）

（艾莫瑞與蘿莎琳對望一眼——接著艾力克走了進來。從頭到尾艾力克的態度都是中立的：他深信這樁婚姻會讓艾莫瑞變成一個平庸之輩，蘿莎琳則會過著慘不忍睹的生活，但是對他們倆他都寄予無限的同情。）

艾力克：「嗨，艾莫瑞！」

艾莫瑞：「嗨，艾力克！湯姆說他跟你約在戲院見面。」

艾力克：「嗯，剛剛已經見過他了。今天廣告公司有怎樣嗎？寫了什麼了不起的文案嗎？」

艾莫瑞：「喔，還不是老樣子。我剛剛被加薪了——（大家都用熱切的眼神看他。）——加了兩塊週薪（所有人都大失所望。）」

康奈基夫人：「走吧，艾力克，我聽到車的聲音了。」

（雙方在講晚安時都不太熱情。在康奈基夫人與艾力克走了之後，兩人都頓了一會兒。蘿莎琳還是悶悶不樂地瞪著火爐。艾莫瑞走向她，用手環抱她。）

艾莫瑞：「我親愛的女孩。」

（他們親了對方。兩人又頓了一下之後她抓住他的手，拿起來到處親吻，然後把它擺在胸前。）

蘿莎琳：「我最喜歡的是你這雙手。就算你不在我身邊，我還是常常想起它們——我好累。這雙手上面的每一條紋路，我都一清二楚。多可愛的一雙手啊！」**（用哀傷的語調說。）**

（他們的眼神交會了片刻，然後她就開始乾哭了起來。）

艾莫瑞：「蘿莎琳！」

蘿莎琳：「喔！我們真的好可憐！」

艾莫瑞：「蘿莎琳！」

蘿莎琳：「喔，我真想死！」

艾莫瑞：「蘿莎琳！如果以後再遇到今晚這種事，我一定會瘋掉。妳這樣已經四天了。妳一定要趕快振作起來，否則我不能工作，也不能吃睡。**（他無助地環顧四周，好像想找出什麼新詞彙，把他講得不想講的話重說一遍。）**我們要重新開始，我『希望』能夠與妳一起努力。**（當看到她一點反應也沒有，他就收起了裝出來的無助表情。）**怎麼回事？**（他突然站起來，開始在地板上踱步。）**是因為道森．萊德，就是這麼一回事。他讓妳感到很大的壓力。這禮拜你們每天下午都在一起，不只一人來跟我說，看到你們在一起。我還得微笑點頭，裝出一副事不關己的樣子。而且妳也沒有跟我講這件事。」

蘿莎琳：「艾莫瑞，如果你再不坐下，我就要大叫了。」

艾莫瑞：「喔，天啊！」**（突然在她身邊坐下。）**

蘿莎琳：「你知道我是愛你的，不是嗎？」**（輕輕地拿起他的手。）**

艾莫瑞：「知道。」

蘿莎琳：「你知道我會永遠愛你的——」

艾莫瑞：「不要說那種話，妳嚇到我了。聽起來好像我們不能繼續擁有彼此了。（她又哭了一下，從躺椅站起來，走向扶手椅。）今天下午，我覺得情況好像更糟了。我在辦公室裡幾乎發狂——連一句廣告詞都寫不出來。

蘿莎琳：「我說了，沒什麼可以講的。我只是太緊張而已。把一切都告訴我吧！」

艾莫瑞：「蘿莎琳，妳還幻想著跟道森・萊德結婚。」

蘿莎琳：「他一天到晚都叫我嫁給他。」（她頓了一下。）

艾莫瑞：「嗯……他可真大膽！」

蘿莎琳：「我喜歡他。」（她又頓了一下。）

艾莫瑞：「別說這種話。我聽了很傷心。」

蘿莎琳：「別傻了。你知道，從以前到現在，你是我唯一愛的男人，未來也只有你。」

艾莫瑞：「蘿莎琳，我們結婚吧——下禮拜。」（他趕快接著說。）

蘿莎琳：「不行。」

艾莫瑞：「為什麼不行？」

蘿莎琳：「喔！我們不行。我會變成你的黃臉婆——我們會住在很糟的地方。」

艾莫瑞：「我們每個月總計會有兩百七十元的收入。」

蘿莎琳：「親愛的，通常我連自己的頭髮都沒辦法搞定。」

艾莫瑞：「我來幫妳弄就好。」

蘿莎琳：「謝了。」（邊笑邊哭地說。）

艾莫瑞：「蘿莎琳，妳不能想著要嫁給別人。告訴我！我都被妳蒙在鼓裡。只要妳說出來，我就能幫妳。」

蘿莎琳：「問題——就出在我們身上。我們很可憐，如此而已。讓我愛上你的那些特質也會是讓你永遠不能成功的特質。」

艾莫瑞：「繼續說下去。」（神情嚴肅地說。）

蘿莎琳：「喔——都是道森．萊德。他真的好可靠，我幾乎覺得他可以當作我的——我的後台。」

艾莫瑞：「但妳不愛他。」

蘿莎琳：「我知道，但我敬重他，他是個好人，而且很堅強。」

艾莫瑞：「嗯——他是那種人。」（憤恨地說。）

蘿莎琳：「嗯——還有一件小事。禮拜二我們在萊伊市（Rye）碰到一個可憐的小男孩——還有，喔，道森把他抱到膝蓋上，哄他還答應他買一套印地安人的服裝給他——而且隔天他想起來還真的買了——喔，他真的好體貼，我不禁想著他對——對我們的小孩也會那麼好——照顧他們——我完全不用煩惱。」

艾莫瑞：「蘿莎琳！蘿莎琳！」（用充滿絕望的語氣說。）

蘿莎琳：「不要看起來一副要死要活的樣子。」（帶著一點點淘氣的語氣。）

艾莫瑞：「我們怎麼會給對方如此深的傷害啊！」

蘿莎琳：「到現在為止是如此完美——你我之間。就像我渴求的美夢一樣，我從沒想過能實現。此生我第一次感受到自己可以這樣無私。所以，我不能眼睜睜看著這段戀情黯然逝去！」（又要開始哭了。）

艾莫瑞：「不會的！不會的！」

蘿莎琳：「我寧願把它當成一段美好回憶——深藏在我心深處。」

艾莫瑞：「是啊，妳們女人做得到——男人可沒辦法。我是會記得，但留下的記憶不是它存在時有多美好，而是它帶給我的痛苦，漫長的痛苦。」

蘿莎琳：「別這樣！」

艾莫瑞：「往後許多年我都不能與妳相見，也不能親妳，只能被拒於關上的大門外——只因妳不敢當我的老婆。」

蘿莎琳：「不——不——我選擇的是最艱難而堅決的一條路。嫁給你，我的人生將以失敗收場，但是我決不願失敗——如果你不停止這樣走來走去，我就要大叫了！」

（他再度絕望地癱坐在躺椅上。）

艾莫瑞：「過來親我一下。」

蘿莎琳：「不要。」

艾莫瑞：「妳連親我都不『想』了？」

蘿莎琳：「今晚我希望你能用鎮定與冷靜的方式愛我。」

艾莫瑞：「愛情已經開始走入盡頭。」

蘿莎琳：「艾莫瑞，你我都還年輕。如果我們喜歡作態或愛慕虛榮，人們會原諒我們——或許我們可以虧待山卓（Sancho）❖20那種人，但是終究沒人怪罪我們。人們會原諒現在的我們，但是你已經承受了那麼多指責——」**（好像突然想通似的。）**

艾莫瑞：「而妳怕跟我一起承擔。」

蘿莎琳：「不，不是那樣的。我曾在某處看過一首詩——你會說那是艾拉・惠勒・威爾考克斯（Ella Wheeler Wilcox）❖21的作品然後一笑置之——但是你聽我唸：

這都是智慧——去愛，去活，
去承受命運或上蒼給的所有，

不必多問，不必祈禱，
親吻雙唇，輕撫髮絲，
激情如潮，當我們欣喜它流過
卻已迅速退潮
要擁有，要掌握，
還有，要及時——放手！

艾莫瑞：「但我們還不曾擁有過。」

蘿莎琳：「艾莫瑞，我是你的——這點你很清楚。上個月曾經有好幾次，如果你肯開口，我就把自己完全獻給你。但是我不能為了嫁給你而毀了我們兩人的生命。」

艾莫瑞：「我們該及時行樂。」

蘿莎琳：「道森說，我將學會如何愛他。」

（艾莫瑞把頭埋在他的兩手中間，完全不動。他的生命好像突然被人毀掉似的。）

蘿莎琳：「愛人啊！愛人啊！你還在時，我什麼也辦不到；沒有了你，我卻也不能想像生命會變成什麼模樣。」

艾莫瑞：「蘿莎琳，我們只是令對方感到不安而已。只是因為我們都太緊張，還有這個禮拜——」

（奇怪的是，他的聲音聽來好蒼老。她走到他面前，用雙手捧住他的臉，親了他。）

蘿莎琳：「我辦不到，艾莫瑞。我不能離開這些花朵樹木，困在一間小公寓裡，等你回來。在那狹小的空間裡，你會討厭我。我會讓你討厭我。」

（止不住的淚水再度讓她眼前一片模糊。）

艾莫瑞：「蘿莎琳——」

蘿莎琳：「喔，親愛的，走吧——別讓我們倆更難受了！我承受不了——」

艾莫瑞：「妳知道自己在說什麼嗎？妳是說永遠離開妳嗎？」**（他的臉上露出難過的神情，聲音繃緊。）**

（他們倆承受的痛苦在性質上是不同的。）

艾莫瑞：「我不能放棄妳！我不能！就那麼簡單。我一定要擁有妳！」（語氣已經近乎歇斯底里。）

蘿莎琳：「再這樣下去，我就不再是你所愛的那個蘿莎琳。」

艾莫瑞：「如果妳還愛我，我怕自己離不開妳。妳怕的是跟我一起吃兩年的苦。」

蘿莎琳：「你還不懂嗎——」

蘿莎琳：「你現在是在鬧小孩子脾氣。」（語氣開始強硬了起來。）

艾莫瑞：「我顧不了那麼多！妳想毀掉我們倆的生活！」（像發狂似的。）

蘿莎琳：「我做的是聰明的抉擇，唯一的抉擇。」

艾莫瑞：「妳要嫁給道森．萊德嗎？」

蘿莎琳：「喔，別問我！你知道我就某些方面來講已經老了——至於其他方面，我只是個小女孩。我喜歡陽光與美好的事物還有朝氣——我怕承擔責任。我不想去煩惱柴米油鹽，連掃把也懶得用。我想要操心的，只有夏天游泳時我的雙腳看來是否光滑黝黑。」

艾莫瑞：「但妳還是愛我的。」

蘿莎琳：「就是因此我們之間才必須結束。越陷越深只會帶來痛苦，不能再出現像今天這種情景了。」

（她拔下手上的戒指後交給他。他們倆再度淚眼矇矓。）

艾莫瑞：「不用，妳留下吧！拜託——喔！別讓我心碎！」**（他的雙唇親著她濕滑的臉龐。）**

（她輕輕按著他手裡的戒指。）

蘿莎琳：「你就離開吧。」**（她吞吞吐吐地說。）**

艾莫瑞：「再見——」

（她再看他一眼，眼神裡有無限的渴望與哀思。）

蘿莎琳：「千萬別忘了我，艾莫瑞——」

艾莫瑞：「再見——」

（他走到門邊，伸手去找門把，把它找到——她看到他回頭——然後就不見了。不見了——她稍稍從躺椅上坐起身來，然後往前倒下，把頭埋在枕頭裡。）

蘿莎琳：「喔，天啊！我真想死！（片刻過後她才起身，閉著雙眼，憑感覺慢慢找出通往門邊的路。然後她轉身再看房間一眼：這裡是他們以往一起坐著作夢的地方。她常常幫他在那個托盤上擺滿火柴，還有他們在某個漫長週日下午一起窩在裡面的陰暗角落。帶著婆娑的淚眼她站著回想過去，開口大聲說話。）喔！艾莫瑞，我對你做了什麼？」

（在她內心深處，這種令人心痛的悲傷將會隨時間逝去。蘿莎琳覺得她若有所失，只是不知失去的是什麼，也不知道原因何在。）

1 十七世紀的一首英國歌曲，曾數次被畫家用來當作畫作題材。「櫻桃熟成」暗示的是女孩已經長大。
2 十九世紀英國畫家，代表作是他的動物畫。
3 派黎思是二十世紀初美國知名畫家與插畫家。這部作品本來應該叫做《年輕的黑島之王》（Young King of the Black Isles）。

4 指上流社會的年輕女性在年度的舞會中被正式地介紹給社交圈。

5 裙子內側有一圈圈裙環的裙子。

6 按當時社交禮儀，他們要互相稱呼「康奈基小姐」與「布雷恩先生」，男士在與女士交往後，讓對方開使用名字稱呼自己，乃是身為男性之特權；但是蘿莎琳在此跳過那個階段，直接稱其為艾莫瑞，所以她覺得應該問一下艾莫瑞是否介意。

7 就是“free verse”，「自由詩」。

8 當時位於紐約西五十五街一所女子預校，學生都來自富裕的家庭。

9 康乃狄克州首府。

10 西希莉雅講的這句話是反話：本來她應該趁中場休息時找到心儀的對象打情罵俏的，但是卻只有哥哥陪著她。

11 於一九一七年開張的紐約高級花園餐廳，位於世紀戲院（Century Theater）的屋頂。

12 墨西哥菜餚。

13 位於下曼哈頓的地區，在華盛頓廣場附近，是藝術家與作家聚集居住的地方。

14 「一個…」後面沒說出來的是「情婦」兩字。法皇路易十四與他眾多情婦的情史是歷史上知名的。

15 作者費茲傑羅出社會後的第一份工作也是在廣告公司擔任文案寫手（copywriter）。

16 湯姆把艾莫瑞比擬為十六世紀的佛羅倫斯金匠與作家，本維奴托·柴里尼（Benvenuto Cellini）。

17 澳洲游泳女將，後來成為美國的電影與舞台劇女演員。

18 指女性前往欣賞歌劇或參加晚會時會使用的夜禮服斗篷（opera-cloak）。

19 該劇正確劇名應該是《親愛的普魯托》（Dear Brutus），用的是羅馬皇帝凱撒遭到心腹普魯托刺殺的典故。

20 指山卓·龐薩（Sancho Panza），小說人物唐吉珂德（Don Quixote）的農夫僕從，常受主人唐吉珂德虐待。

21 十九世紀美國女記者與詩人。事實上，這首詩不是威爾考克斯的作品，而是同時期另一女詩人勞倫絲·霍珀（Laurence Hope）寫的。

This Side of Paradise

Chapter 2-2 —

第二章 痊癒期的實驗

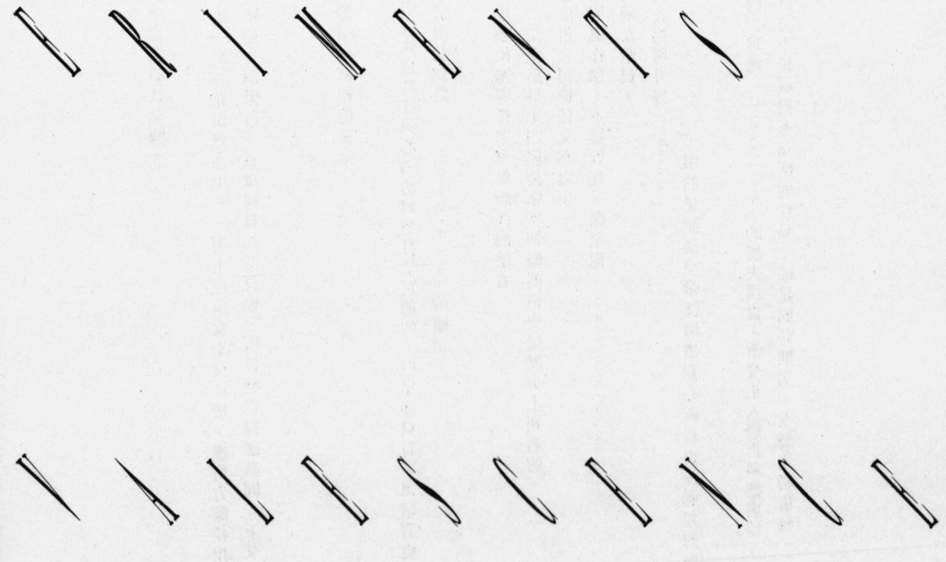

「荷蘭仔酒吧」（the Knickerbroker Bar）❖1被擠得水泄不通，室內那一幅《柯爾老國王》（Old King Cole）壁畫不但充分反映出麥斯菲爾．派黎思的活潑與鮮豔畫風，也讓整個酒吧亮了起來。艾莫瑞在酒吧入口停了下來，看看他的腕錶——掌握時間已經變成他的習慣，因為他有一種喜歡整理與分類的思想傾向，所以總是喜歡把事情好好釐清。「這整件事結束的確切時間，是在一九一九年六月十日的晚間八點二十分」——稍後因為他能夠有此一想法，讓他隱約感到心滿意足。他是在離開她家時出現這種想法的，至於在離開她家的路上發生了什麼事，他無論如何也想不起來。

當時的他陷入一種非常好笑的處境：他已經煩惱緊張了兩天，晚上也睡不著，茶不思，飯不想，這一切在兩人的感情危機與蘿莎琳的突兀決定中達到高潮——這一切壓力讓他的心神好像被人下藥似的陷入昏迷，不過對他來講這樣似乎比較好。當他坐在免費餐桌旁，笨拙地拿橄欖來吃時，一個男人趨前跟他說話，他緊張到連手裡的橄欖都掉了出來。

「嗯…艾莫瑞…」

這個人是他在普大就認識的；但想不起他的名字。

他聽見自己說：「嗨，老同學——」

「我叫做吉姆．威爾遜——你已經忘掉我的名字了。」

「當然，當然⋯吉姆嘛！我記得。」

「要去參加同學會嗎？」

「我想你知道啊！」同時他才想起來自己並沒打算去參加。

「出國嗎？」

艾莫瑞點點頭，他用一種奇怪的眼神凝視前方。為了讓別人通過，他往後退，結果把一盤橄欖撞得翻倒在地板上。

他咕咕噥噥地說：「真可惜。要喝酒嗎？」

非常擅長交際的威爾遜伸出手，拍拍他的背。

「老同學，你已經喝很多了。」

艾莫瑞不發一語，只是一直盯著威爾遜，看得他覺得很尷尬。

「很多？鬼扯！」艾莫瑞終於開口說話。「今天我還沒喝酒呢！」

威爾遜用難以置信的眼神看他。

艾莫瑞用粗魯的語氣大叫：「你喝不喝？」

他們一起穿越人群，走到吧檯邊。

「裸麥威士忌蘇打。」

「我只要布朗克斯❖2就好。」

威爾遜又喝了一杯，艾莫瑞則多喝了好幾杯。他們決定要坐下。到了十點鐘，威爾遜已經離開了，跟艾莫瑞在一起的換成了一九一五年班的卡林。此刻艾莫瑞感到天旋地轉，他受傷的心靈暫時被不斷出現的滿足感撫平，開始喋喋不休地講起了戰爭的事。

他講話的口氣就像一隻充滿智慧的貓頭鷹：「我生命裡的兩年都在追求無謂的知⋯識。沒有了理想，跟肉體動⋯物沒兩樣。」他對著《柯爾老國王》揮舞拳頭，姿勢非常生動。「這一⋯切都是那些普魯士佬害的，特⋯別是女人的問題。以前有關女子大學的事，我總是有話直說，現在我根本管不了那麼多。」他已經完全失去分寸，舉手就大動作把一瓶氣泡礦泉水給掃到地上去，瓶子破掉發出大聲的噪音，但是他的嘴巴還是不肯停。「找樂子趁早，明天就要死了。這⋯是我現在的哲⋯學。」

卡林打了一個呵欠，但是越講越興高采烈的艾莫瑞繼續說：「以前我考慮很多事——做人就該妥協，人生成功與失敗的機會各占一半。現在⋯不想那麼多了，不想了。」

他一直想對卡林強調的是，他知道自己並不是在胡言亂語，做結論時他對吧檯邊所有人宣稱，他是個「肉體動物」。

「艾莫瑞，有什麼好慶祝的啊？」

艾莫瑞往前跟他靠得很近。

「慶祝我的人生被毀掉。毀掉我的偉大時刻。不能多說些什麼——」

他聽見卡林對著酒保說：「給他一顆頭痛藥。」

艾莫瑞憤怒地搖頭說：「不要給我那種東西！」

「艾莫瑞，你聽我說，這樣下去你會生病。你的臉色慘白，跟鬼沒兩樣。」

艾莫瑞想一想他講的這句話。他試著好好看著鏡子裡的自己，但即使他瞇著一個眼睛，也只看得到吧檯後方那一排酒瓶。

「想吃點東西。來點⋯來點沙拉吧。」

他把外套整理了一下，打算讓自己冷靜下來，但是身體一離開吧檯就站不穩，整個人摔在一張椅子上。

卡林伸出手肘讓他扶著，對他說：「我們去先利餐廳（Shanley's）吧。」

在卡林的攙扶之下，艾莫瑞試著讓雙腳邁開步伐，在第四十二街上往前移動。

先利餐廳裡面燈光暗淡，他發現自己講話的聲音很大，也覺得自己每句話都簡潔有力，說的是要怎樣把人踩在腳底下。他吃了三個總匯三明治，狼吞虎嚥的樣子好像把它們當成像巧克力糖一樣小。接著蘿莎琳又出現在他的腦海裡，他發現她的名字不斷從自己的嘴巴冒出來。後來他開始想睡了，一片朦朧中，無精打采的他感覺到周遭圍繞著一堆穿著西裝的人，可能是服務生，都圍在餐桌旁⋯

…他在一個房間裡，卡林嘴裡說的事好像跟他鞋帶上打的那個結有關。昏昏沉沉的他試著開口說：「別管那麼多啦…我可以穿鞋睡覺…」

酗酒度日

醒來時他是笑著的，雙眼慵懶地環顧四周，那裡顯然是一家高級飯店裡帶有浴室的客房。他的耳邊不斷呼呼作響，腦海裡的畫面不斷變換，在他眼前出現後又模糊掉。但是，除了想笑之外，一切的反應都是無意識的。他伸手拿起身邊的電話話筒。

「喂…這是哪家飯店？」

「荷蘭飯店（Knickerbroker）❖3？好，送兩杯威士忌蘇打過來——」

他躺了一會兒，動也不動地想著他們會送一整瓶上來，還是兩個小玻璃杯。接著他掙扎起身，離開床邊，慢慢走向浴室。

當他走出來時，他用毛巾慵懶地擦著身體，同時發現酒吧的服務生拿著酒站在外面，他突然想作弄那個服務生。但是仔細想想，這樣實在太不莊重，於是揮手要他離開。

一杯黃湯下肚後，他感到一陣暖意，原先那些雜亂的畫面被他理出了一個頭緒，昨天的那些事就像影片一樣歷歷在目。他腦海裡又浮現蘿莎琳蜷曲在枕頭上啜泣的模樣，也回想起她的眼淚沾上他的臉頰時的感覺。那句話開始在他的腦海裡迴響著：「千萬別忘了我，艾莫瑞——千萬別忘了我——」

「該死！」他顫聲大叫，開始哽咽了起來，在一陣悲痛中他癱倒在床上，一分鐘後他打開眼睛，看著天花板。

「你這個白癡！」他的叫聲裡充滿了厭惡，嘆了一大口氣後他又走向酒瓶。又一杯酒下肚後，他開始毫不克制地大哭了起來。他刻意在腦海中回想逝去的春日裡那些小事，在百感交集的情緒中，悲傷變得更為濃烈深刻。

他像在演戲似的吟詠著：「我們曾經快樂過，如此快樂。」然後他又不能自已地跪在床邊，整個頭半埋在枕頭裡。

「我的女孩——妳是我的——喔——」

他咬緊牙關，任由淚水不斷從雙眼湧出。

「喔…我寶貝的女孩，妳曾是我的一切，我想要的一切…喔，我的女孩，回來吧！回來吧！我需要妳…需要妳…我們好可憐…我們的戀情，只是讓彼此更悲慘而已…她已經離開了我的生命…我看不到她。我不能當她的朋友。這是命中註定——命中註定——」

然後他又再說一遍：

「我們曾經快樂過，如此快樂…」

他站起來，在狂亂的情緒中倒在床上，筋疲力盡地躺著，然後慢慢回想起前一晚他到底有多醉，然後他的眼前又開始一片天旋地轉。他開始大笑，起身後又一腳跨進了「遺忘之河」（Lethe）❖4。

到了中午，他走進比爾特摩酒吧裡的人群，接著他的神智又開始模糊了起來。後來他隱約記得曾經跟一個人稱「英國皇家步兵部隊孔恩上尉」的英國軍官討論法國詩歌，然後午餐時他試著在席間朗誦〈月光〉（"Clair de Lune"）❖5，最後他睡在一張柔軟的大椅子上，另外一群人進來後發現他才把他喚醒。接下來在晚餐的磨難之前，他又喝了幾種酒，當作是「調味」。他們在泰森公司（Tyson's）❖6的售票亭選了一齣中間有四次喝酒機會的戲碼（a four-drink programme）❖7——這齣戲裡兩個演員的歌聲都很單調，場景紊亂陰鬱，再加上他眼花撩亂，眼睛實在跟不上那些燈光效果。事後回想起來，他覺得那齣戲一定是《玩笑》（The Jest）❖8。

…接下來是椰樹林餐廳。在那裡，艾莫瑞又在餐廳外的一個小露臺上睡著了。後

來到了先利 - 雍客餐廳（Shanley's, Yonkers），他的神智又恢復清醒，於是他小心控制威士忌蘇打的杯數，而且變得非常清醒又多話。他發現他們一行有五人，有兩個依稀是他認識的。他覺得自己也該跟別人分攤酒錢才是正確的，而且在當下大聲堅持要安排一切事宜，隔壁幾桌的顧客都覺得他很可笑⋯

有人提到某個歌舞明星就坐在隔桌，於是艾莫瑞起身後勇敢地趨前自我介紹⋯結果他先後與那位明星的男伴還有餐廳領班起了爭執，艾莫瑞的態度非常高傲，但另一方面卻又過度有禮⋯在別人與他講理，讓他無可反駁之後，他才同意被帶回自己的桌邊。

他突然宣稱：「我決定要自殺。」

「何時？明年？」

「現在。應該説明早，我會去康莫多爾飯店（the Commodore）要個房間，放一缸熱水，然後在裡面割血管。」

「他真可怕！」

「老同學，你需要再來一杯裸麥威士忌蘇打。」

「明天我們再好好談談嘛！」

但是艾莫瑞不聽從勸告，至少跟他爭吵是沒用的。

他偷偷問他們：「你們也曾這樣嗎？」

「當然！」

「常常嗎？」

「幾乎變成一種習慣了。」

這樣一來倒引發了大家討論的興致。有個人說他有時候會憂鬱到認真考慮是否要自殺。另一個則同意這世間已經沒什麼好留戀的。至於那位離開後又回來的「孔恩上尉」則表示，依他之見，一個人最常有那種想法的時候，總是在健康不佳之際。艾莫瑞則是建議大家都點一杯布朗克斯，在杯子裡擺些碎玻璃，然後一飲而盡。但是沒有人附和他的建議，這也讓他鬆了一口氣。所以他在喝完自己的威士忌蘇打之後，他把手肘擺桌上，下巴靠在手上——確認這是最雅觀，而且最不會引人注意的睡覺姿勢後，開始又沉沉入睡⋯⋯

他是被一個黏在他身邊的女人叫醒的——一個留著一頭棕色亂髮，有著深藍雙眼的美女。

她大叫：「帶我回家！」

艾莫瑞眨眼說：「嗨！」

她輕聲告訴他：「我喜歡你。」

「我也喜歡妳。」

他注意到後面有個男人在大吵大鬧，正在與他的一個同伴爭吵。

那個藍眼美女說：「我的那個男伴是個大白癡。我討厭他，想要跟你回家。」

非常理智的艾莫瑞問她：「妳醉啦？」

她羞怯地點點頭。

他用嚴肅的口吻提出建議：「跟他一起回家。是他帶你來的。」

此刻在後面大吵大鬧那個傢伙掙脫身旁擋著他的幾個人，走向他們。

他怒氣沖沖地說：「嘿！這女孩是我帶來的，你想搶人嗎？」

艾莫瑞冷眼看他，女孩則是黏他黏得更緊了。

那個吵鬧的男人大叫：「放開那女孩！」

艾莫瑞試著讓眼神看來兇一點。

他終於對那男人說：「你去死啦！」然後轉頭注視那個女孩。

他用暗示的口吻說：「一見鍾情喔。」

女孩喘了一口氣，靠在他身邊說：「我愛你。」她那一雙眼睛還真是漂亮。

有人靠過來跟艾莫瑞咬耳朵。

「那個女的是瑪格莉特．戴蒙。她醉了，而且是這傢伙帶她來的。你最好放開她。」

怒氣沖沖的艾莫瑞大叫：「那就讓他照顧她就好啦！我可不是W.Y.C.A.❖9的

工作人員！對不對？」

「放開她！」

「可惡！是她黏著我不放！就讓她繼續黏吧！」

聚集在桌邊的人越來越多，眼看就要大打出手了，結果一個機伶的服務生把瑪格莉特．戴蒙的手指頭扳開，讓她離開艾莫瑞身上，結果她在盛怒之下賞了那位服務生一巴掌，然後用手去環抱她那位怒不可遏的男伴。

艾莫瑞大叫：「喔！天啊！」

「走了啦！」

「快！計程車越來越少了。」

「服務生，結帳！」

「拜託，艾莫瑞！你的艷遇結束啦！」

艾莫瑞笑了出來。

「你壓根不知道不該把話講那麼白。所以才會惹來麻煩。」

艾莫瑞對勞工問題的看法

兩天後的早上，在「巴斯孔與巴洛廣告公司」（Bascome and Barlow's）上班的他跑去敲董事長的辦公室大門。

「進來！」

艾莫瑞踏著不穩的腳步走進去。

「早安，巴洛先生。」

巴洛先生戴起眼鏡，仔細看他，為了聽清楚他說些什麼，還稍稍把嘴巴張開。

「嗯…布雷恩先生。已經好幾天沒看見你的人影了。」

艾莫瑞說：「不。我不幹了。」

「嗯…嗯…這實在是——」

「我不喜歡這裡。」

「我很遺憾。我還以為我們的關係一直相當——呃——不錯。你工作似乎很用心——儘管你寫的文案有點容易流於幻想——」

艾莫瑞魯莽地打斷他：「我只是對這工作感到厭煩了。我才不想管哈爾貝爾牌的麵粉是不是比其他廠牌還好。老實說，我都沒有吃過，所以我不想再跟人們說這件事——喔，我知道我一直在喝酒——」

巴洛先生的臉色鐵青，露出一些不太好看的神情。

「你是想要升職嗎？」

艾莫瑞揮手，要他別開口。

「而且我覺得我的待遇實在太爛了。週薪三十五元——一個好的木匠賺得還比我多。」

巴洛先生用冷冷的語氣說：「你才剛入行，也沒有工作經驗。」

「但我可是付了十萬塊去接受教育，才能幫你寫那些鬼東西。還有，如果入行時間長短決定薪水，為什麼你這裡有些速記員，過去五年來一直都只領十五元週薪？」

巴洛先生站起來說：「我不跟你爭。」

「我也不想。我只是來跟你說，我要辭職了。」

有一會兒他們只是面無表情地站著對望，然後艾莫瑞就轉身離開辦公室了。

暫時的平靜

四天後他終於回到了公寓。在《新民主》（The New Democracy）雜誌社工作的湯姆正忙著在幫雜誌撰寫書評，剛開始他們倆只是默默站著對望了一會兒。

「怎麼啦？」

「什麼怎麼啦？」

「天啊！艾莫瑞：你那黑眼圈是怎麼來的？還有下巴是怎麼回事？」

艾莫瑞笑了出來。

「沒什麼事。」

他脫掉外套，露出肩膀。

「你看這裡！」

湯姆低聲吹了一個口哨。

「怎麼搞的啊？」

艾莫瑞又笑了出來。

「喔，很多人一起痛毆我。事實就是如此。」他慢慢地把襯衫換掉，繼續說：「這種事遲早會發生在我身上，而且我也不想錯過它。」

「誰啊？」

「嗯…有一些服務生，還有兩、三個水手，我猜還有幾個路過的行人。那是最奇怪的一種感覺，光是為了這種體驗，哪天你真的該被人圍毆看看。開始往下跌之後，還沒倒地大家就已經開始揍你——然後用腳踢。」

湯姆點了一根香菸。

「艾莫瑞，我花了一整天在城裡到處追你。但你總是比我快一步，我想你是跟著一群人去找樂子吧。」

艾莫瑞跌坐在一張椅子上，要了一根菸。

湯姆用取笑的口氣問他：「你清醒了嗎？」

「很清醒。怎樣？」

「嗯…艾力克離開了。他的家人一直逼他回家去住，所以他——」

艾莫瑞感到身上一陣疼痛。

「真糟糕。」

「嗯，太糟了。如果我們要繼續住這裡，就要找別人來住。房租要漲了。」

「當然，誰都可以。湯姆，這件事就給你做主了。」

艾莫瑞走進他的臥室，他第一眼瞄到的就是蘿莎琳的照片——本來他要裱起來，然後掛在衣櫥鏡子上的那一張。他看著照片，一動也不動。因為她的倩影已經深深烙印在他心裡，奇怪的是，那張照片居然看來不像真的。他走回書房。

「有紙盒嗎？」

湯姆困惑地回答：「沒有。你怎麼以為我會有？喔，有——艾力克的房裡應該有一個。」

艾莫瑞找到紙盒，走回他的衣櫥前，打開一個裝滿東西的抽屜：裡面有信件、便條紙、一條不完整的鍊子、兩條小手帕，以及一些快照照片。當他小心翼翼地把東西放進盒裡時，他的腦袋裡同時幻想著書裡的情節——主角失去戀人後，把戀人的香皂保存了一年，最後終究還是拿來洗手。他笑了出來，然後開始哼著：「妳走了以後⋯」（"After You've Gone"），接著突然停下⋯

線斷了兩次，他試著把紙盒綁好，然後塞進行李箱的最底部，把箱蓋關上後走回書房。

「要出去嗎？」湯姆的聲音裡潛藏著些許焦慮。

「嗯哼。」

「去哪？」

「不知道，老同學。」

「我們一起吃晚餐吧。」

「抱歉，我跟薩基·布瑞特說好了，要跟他一起吃。」

「喔。」

「再見。」

艾莫瑞到對街去喝了一杯威士忌蘇打，然後他走到華盛頓廣場，在雙層巴士的上層找到一個位子。在第四十三街下車後，慢慢走到比爾特摩酒吧。

「嗨！艾莫瑞！」

「要喝什麼？」

「喲呵！服務生！」

回溫

禁酒時代隨著「口渴的一號」（the “thirsty-first”）❖10的到來而降臨，艾莫瑞也不再繼續沉浸在憂傷裡。一天早上醒來，他發現過去那種酒吧到處林立的日子已經結束了，但是他對過去的三週並未感到懊悔，而且他知道那種日子不可能再次出現，也不覺得遺憾。他用最猛烈，或者也可以說最懦弱的方式來避免回憶帶來的刺痛——儘管他絕對不會建議別人照他這樣做，但他發現這種方式終究有用：他總算沒有被生平第一波如潮水湧出的痛苦給淹沒。

別誤會了！艾莫瑞對蘿莎琳的那種愛，此生他不會再投注在任何其他人身上。他獻給她的，是青春年華的第一次，還有那連他自己都感到訝異，不知有多深的柔情，他對待她的那種溫和與無私的方式，更是沒有人曾經擁有過的禮遇。後來他還是愛上了別人，但是那種愛已經不同：在後來的愛裡面，他想事情時可以回歸到更一般的思維模式去，那些女孩也只是反映情緒的一面鏡子而已。但是對於蘿莎琳，他有過的不只是熱切的愛慕之情，而是一種深刻而永恆的情感。

但是在那三週日子接近尾聲時，發生的悲劇是如此之多（最後還以一個阿拉伯式的惡夢達到高潮，三週的狂歡都出現在夢境裡），以至於他的情緒好像被掏空一樣。在記憶中被他視為冷酷或故意做作的人物與環境，似乎反而成為他的心靈寄託。他用父親的葬禮為題材寫了一個憤世嫉俗的故事，投到雜誌社去，結果收到六十元的稿酬，對方並且要他寫出更多類似筆調的東西。這使他的虛榮獲得滿足，但是並未激發他往這方面投注更多心血。

他開始大量閱讀。《一個青年藝術家的畫像》（A Portrait of the Artist as a YUoung Man）❖11令他感到疑惑與憂鬱；他不但對《瓊安與彼得》（Joan and Peter）與《永恆的火》（The Undying Fire）❖12這兩本書感到很有興趣，而且令其驚訝的是，透過一位叫做孟肯（Mencken）❖13的文評家，他發現了幾本很棒的美國小說：《凡陀弗與獸性》（Vandover and the Brute）❖14、《塞隆·維爾的詛咒》（The Damnation of Theron Ware）❖15以及《珍妮·葛哈特》（Jennie Gerhardt）❖16。至於麥肯錫、卻斯特頓、高爾斯華綏（Galsworthy）以及貝內特（Bennett）❖17，對他來講曾經都是睿智而對生活有深刻洞見的天才，如今只是一些跟他活在同時代的有趣人物。現在能讓他全神貫注的只有蕭伯納與H.G. 威爾斯兩人：前者的作品總有一種超然的明晰性以及了不起的一貫性，而後者則是完全執著地想要用浪漫和諧的方式來解答難以理解的真理問題。

他想要跟達西神父見一面，而且之前他回國時已經寫過信給他了，但並未接獲回信。不過，他也知道，如果去見神父，一定會跟他提起蘿莎琳，光是想到要把整件事重講一次，就讓他嚇得全身發冷。

當他試著回想有哪些人是很棒的，他想起了聰明而尊貴的勞倫斯夫人，她是個從別的宗教改皈依天主教的教徒，也是達西神父的忠實追隨者。

某天他打電話給她，結果得知她還清楚記得他，還有神父此刻並不在鎮上，她認為是在波士頓，他則是承諾，等到神父回來，他會來一起吃晚餐。難道艾莫瑞不能與她共進午餐嗎？要離開時，他的口氣非常含糊：「勞倫斯夫人，我該趕時間去了。」勞倫斯夫人用遺憾的語氣說：「神父上週才來過。他急著想要見你，但卻把你的地址遺忘在家裡了。」

這句話引發了艾莫瑞的興趣，他問她：「他以為我會變成布爾什維克主義的信徒嗎？」

「喔，他正在擔心呢。」

「為什麼？」

「他在擔心愛爾蘭共和國的問題。他覺得這樣太沒尊嚴了。」

「所以呢？」

「愛爾蘭總統抵達波士頓時❖18，他去了一趟。讓他感到難過的是，接待委員會的委員在汽車裡『居然』和總統勾肩搭背。」

「這也難怪他會這麼想。」

「嗯…你在部隊裡對什麼事的印象最為深刻？你看起來老了很多。」

「那不是因為戰爭，而是另一場更為慘烈的戰役。」儘管那麼慘，他還是微笑說：「但是部隊——我想想——嗯，我發現一個人能夠展現多少勇氣，端視他的體魄有多好。我發現我就跟其他弟兄們一樣勇敢——本來我還挺擔心的。」

「還有呢？」

「嗯…還有，部隊認為人只要一旦習以為常，就什麼事都可以忍受。還有，我在心理測驗時獲得很高評價，這件事也令我印象深刻。」

勞倫斯夫人笑了出來。艾莫瑞覺得置身在這間位於河濱大道（Riverside Drive）上的華美宅邸讓他鬆了一口氣，因為這裡不但遠離了紐約的稠密人群，也不會覺得有那麼多人同時在一個小地方裡呼吸。他隱約覺得勞倫斯夫人有點像貝翠絲，不是性情相似，而是她們都是如此優雅尊貴。這間宅邸，裡面的傢俱擺飾，還有晚餐時上菜的方式，在在都與長島那些豪宅形成強烈的對比，那裡的僕人們是如此的咄咄逼人，一定要把他們撞開才肯讓路，就連跟那些是「聯合俱樂部」（"Union Club"）❖19會員的保守家庭相較，那種對比也存在。❖20

午餐時兩杯白葡萄酒下肚後，他的話又開始多了起來，而且他講話時感覺到自己維持著往常的那種魅力，話題囊括了宗教、文學，還有社會秩序中對人有所威脅的現象。勞倫斯夫人顯然很喜歡他，對他的想法感到特別有興趣。而且他又開始希望人們喜歡他的想法了——不久後他甚至開始覺得這是個很好住的地方。

「達西神父還是覺得你跟年輕時的他一模一樣，而且宗教信仰終究會從你心裡萌發出來。」

他也表示同意：「也許吧。現在我不信教立場還是很明確，可能只是因為在我這年紀，宗教跟生命根本就還沒有任何關係。」

當他離開她家時，他沿著河濱大道往下走，感覺心滿意足。像是年輕詩人史蒂芬・文森・伯內特（Stephen Vincent Benét），還有愛爾蘭共和國等話題，能夠再跟人討論這些事，讓他感到很高興。儘管愛德華・卡森（Edward Carson）與柯哈藍法官（Justice Cohalan）[21]之間的相互攻訐已經變成陳腔濫調，他對愛爾蘭問題[22]也已感到厭煩。儘管如此，在過去的日子裡，他自己身上那些屬於塞爾特人的特色，也曾是他個人哲學的重要支柱。

突然之間，似乎生命裡還有很多其他的事物——只是這次能重拾他往日的興趣，並不代表著他又要開始逃避生命——逃避生命本身。

有一天艾莫瑞說：「我好老好煩。」他躺在舒服的窗台上輕鬆地伸了一個懶腰，這種臥姿是讓他感到最自然的一種姿勢。

他繼續說：「還沒開始寫作之前，你這個人還挺有趣的。但是現在只要是你認為行得通的想法，你只會留著在雜誌上發表。」

生活回到了毫無企圖心的常軌。之前他們下了一個結論，就是兩人的經濟狀況還供得起這間公寓，而且湯姆就像一隻整天窩在家裡的老貓，也開始喜歡上這個地方。牆上貼的那些以狩獵為主題的印刷圖畫都是湯姆的，而那一張壁毯，則是他們頹廢的大學時代遺留下來的物品，此外還有大量的二手燭台，還有一張路易十五時代的古董雕飾座椅——任誰坐在上面，不到一分鐘就會出現脊髓劇痛的問題，湯姆宣稱那是因為椅子被蒙特斯邦夫人（Montespan）❖23的鬼魂附了身——無論如何，他們是因為湯姆的這些傢俱才決定要留下來的。

他們很少出門：有時只是去看看戲劇演出，還有去麗池飯店（Ritz）或者普林斯頓校友會館（the Princeton Club）吃晚餐。禁酒令一出，所有社交活動好像被宣告死刑一樣：以往比爾特摩酒吧在中午十二點或下午五點就出現的那種熱絡氣氛已經不復存在，而湯姆與艾莫瑞兩人也不再年少，因此不像以往熱衷帶著那些來自中西部或紐澤西的女孩們去「二十俱樂部」（綽號「怪人俱樂部」）❖25、廣場酒店的玫瑰廳（

the Plaza Rose Room）等地方跳舞——根據艾莫瑞所說，另一個理由則是因為「現在這些女人的知識水準，總要在幾杯雞尾酒下肚後才看得出來」，這句話也嚇壞了在場的一位貴婦。

近來艾莫瑞數度接獲巴爾頓先生的捎信提醒：日內瓦湖宅邸實在太大，要出租並不容易。目前出價最好的一筆租金，光是用來繳稅以及進行年度必要的修繕，就已經所剩無幾了。事實上，這個莊園對艾莫瑞來講就像是「一隻大而無用的白象」❖26。不過，儘管未來三年這筆財產並未能為他帶來任何一毛收益，艾莫瑞隱約是因為對房子還有所留戀而決定目前無論如何不會把它賣掉。

他常常跟湯姆說他很無聊。一日他在中午起床，跟勞倫斯夫人共進午餐後，搭乘他最喜歡的巴士，回家路上都心不在焉地坐在上層座位。

湯姆打個哈欠說：「你為什麼不該感到無聊？跟你年紀相近，處境相似的年輕人不都跟你有相同的想法嗎？」

艾莫瑞邊想邊說：「嗯⋯但我不只是無聊而已。我感到很不安。」

「那是因為談戀愛跟戰爭的關係。」

艾莫瑞考慮了一下，他說：「嗯⋯我不確定戰爭對你或對我是否有這麼大的影響——但，天啊！以前我還會夢想著自己成為一個真正偉大的獨裁統治者，或作家，還是宗教或者政治領袖——現在就算是出現達文西（Leonardo da Vinci）或者羅倫佐·梅迪奇（Lorenzo de Medici）❖27這類人物，世人也不覺得有多了不起。每個人的生命變得太過廣大複雜，世界也像是個過度成長的人，大到連自己的手指都抬不起來，而我還曾經以為自己有辦法為這世界扮演推手的角色——」

湯姆打斷他：「我不同意。人類從來沒具備這種自我主義的性質——喔，應該說，自從法國大革命之後就沒有這樣過。」

艾莫瑞對此看法表達強烈不同意的立場。

「你搞錯了——我沒有說這個時代的人信奉個人主義，只是說大家都比較重視個人。威爾遜能夠具有權力，都是因為他代表全民，而且他必須不斷進行妥協。至於托洛斯基（Trotsky）與列寧（Lenin）一旦取得確定穩固的地位後，他們也會變得跟科藍斯基（Kerensky）❖28一樣，只撐得了兩分鐘。即使像福煦（Foch）這樣的角色，他在人們心中的也不及『石牆』·傑克森（Stonewall Jackson）❖29的一半重要。個人表現曾在戰爭中達到極致，但如今都是一些平民搖身一變成為戰爭英雄，例如蓋尼摩（Guynemer）與約克中士（Sergeant York）❖30等人，都是沒有兵權也不需負擔責任的人。否則潘興（Pershing）❖31怎麼會從一個大學生變成英雄呢？能成為一個大人物，跟任何事都沒有關係，只要坐著等待就可以。」

「所以你覺得這世界不會再出現永遠的英雄？」

「是的——英雄只會出現在歷史裡——不會在現實世界裡。如果現在卡萊爾（Carlyle）要寫一本叫做《英雄做為大人物》（The Hero as a Big Man）[32]的書，他可能連一章都寫不出來。」

「繼續說。今天我想好好聽你講。」

「如今人們努力嘗試要相信他們的領導人。可悲的是，卻非常困難。如今世上常常出現受人民歡迎的改革家、政治家、軍人、作家或哲學家——羅斯福、托爾斯泰、伍德（Wood）[33]、蕭伯納、尼采之流的人才時時可見，但是一出現後立刻會招致各方的批評，因此遭到埋沒。天啊！如今哪個人能夠常保聲望不墜？所以每個人才會都變成沒沒無聞之輩，而且只要有名字屢屢出現，大家也會煩得不想聽。」

「所以你怪媒體？」

「當然。拿你為例就好——你現在幫《新民主》寫文章，那是我們國內被當作最棒的一本週刊，讀者都是一些有成就的人。但你的工作是什麼？為什麼當雜誌社指派你去評斷每一個人、每一種學說、每一本書、每一項政策的時候，你都要如此睿智、有趣，而且用一些精采的言詞表達憤世嫉俗的看法？你所看到的人、事、物越傑出，你就能挖掘出它們越多概念上的缺陷，領的錢也就更多，雜誌的讀者群也就越廣大。你，湯姆．唐維里爾，徒有詩人雪萊（Shelley）的天賦卻未能發揮，你常變來變去，聰明但肆無忌憚，你代表的是我們這個民族的批判意識——喔，別跟我抗議，我知道那是怎麼一回事。大學時代我也寫過書評；我發現，即使剛出的新書以誠實而有良知的方式提出一個理論或解答，也很少人會說那本書『應該被擺在少數的夏日必讀清單裡』。拜託，你就承認吧！」

湯姆笑而不語，艾莫瑞用一種勝利的姿態繼續說。

「我們想要相信。年輕的學子們試著想要相信比他們年長的作家，選民想要相信國會議員，全國民眾想要相信他們的政治家，但是他們都沒有辦法。因為四周繚繞著太多支離破碎的聲音了，一些不合邏輯，未經深思熟慮的批評。如果是報紙，情況就更糟糕了。任何有錢而保守的老舊政黨總是想奪取一切，貪得無厭，算盤打得很精的它們知道，如果掌握了一家報社，等於控制了人們的精神食糧——因為人們太累太忙，總是忙於現代的事務，如果不是已經有人幫他們消化過一遍的東西，他們是吞不進去的。只要花兩分錢，選民就可以買一份報紙，他們的政治立場、偏好與哲學觀點，全都已經寫在裡面了。一年後，如果有新的政治集團崛起，或者發生報社易手的狀況，結果就是帶來了更多困擾與矛盾，新觀念的大量湧入，這些觀念被淡化昇華，然後又出現反對它們的意見——」

他停下來只是為了喘口氣。

「這就是為什麼我不想在報紙上發表東西，除非我的觀念已經完全釐清或改變了。我的靈魂原罪已經夠多了，不想再把危險而膚淺的雋語灌輸到人民的腦袋裡。要我做這件事，我寧願拿炸彈去丟那些可憐而無害的資本家，或者拿機關槍去掃射無辜的小布爾什維克主義信徒——」

湯姆與《新民主》之間的關係被艾莫瑞拿來這樣諷刺，讓他再也無法按耐下去。

「這一切跟你很無聊有什麼關係？」

艾莫瑞覺得大有關聯。

他問湯姆：「我如何在這世界安身立命？我要為何而努力？只是幫我們的民族傳宗接代嗎？在一些美國小說的引導之下，我們都相信從十九歲到二十五歲的『健康的美國男孩』都是過著無性生活的動物。但事實上，越健康的男孩，與這種說法就越不相符。如果想過無性生活，那就要有一種很強烈的興趣。但如今戰爭已經結束，目前我又覺得作家要負擔的責任實在太大；至於做生意，我更是不必多說——這世界上讓我感到有興趣的事，從來沒有與生意有關的，唯一例外的是我對講求功利主義的經濟學還有那麼一丁點興趣。可以預見的是，接下來的十年，也就是我人生最精華的十年，將會埋首在辦事員的工作裡，而我的一切工作，將可以被擺在公司的宣傳影片裡，被當作新進員工所需了解的知識。」

湯姆提出建議：「試著寫小說。」

「麻煩的是，我一旦開始寫故事，總是不斷分心——因為我深恐寫出來的不是故事，而是自己的活生生寫照——或者我的心會開始神遊，總覺得麗池飯店的日式花園裡，或者在大西洋城和下東區那種地方度日才真的有生活可言。」

他接著說：「總之，我缺乏一股生命的衝力。我想當個平凡人，但是那女孩看不出來。」

「你會認識別的意中人。」

「天啊！不要有那種想法。你為什麼不乾脆跟我說：『如果那女孩值得擁有，就應該等你。』才不會的，這位先生，值得人們擁有的女孩是不會等任何人的。如果我覺得我還會認識別的意中人，我對人類的信念會變得蕩然無存。也許我還會跟別的女孩交往——但只有蘿莎琳才能讓我定下來。」

湯姆打個呵欠，他說：「嗯…這一個多小時我一直都裝得一副好像很有自信的樣子。不過，還是很高興看到你又開始能把自己對某件事的想法說得堅定無比。」

艾莫瑞不甘願地同意了，他說：「是沒錯。不過當我看到一個幸福的家庭時，總是感到一陣反胃——」

湯姆憤世嫉俗地說：「幸福的家庭本來就很喜歡做些讓人作嘔的事。」

批評家湯姆

有些日子裡，艾莫瑞只是洗耳恭聽。有時湯姆不斷吞雲吐霧，埋首對美國文學作品大加撻伐。他的看法實在很難用三言兩語來表達。

有時他會大叫：「一年五萬元！天啊！看看他們，看看他們——愛德娜・費博（Edna Ferber）、古佛那・摩理斯（Gouverneur Morris）、芬妮・賀斯特（Fanny Hurst）以及瑪莉・勞勃茲・萊恩哈特[34]——這些人寫的故事與小說，從來沒有哪一本或哪一篇可以流傳十年以上的。而這個叫做考伯（Cobb）[35]的人，我覺得他既不聰明也不有趣——更重要的是，我覺得，除了那些編輯以外，聰明有趣人實在不多。他只是沉迷在自己的廣告裡而已。還有——喔，哈洛・貝爾・萊特（Harold Bell Wright），喔，贊恩・格雷（Zane Gray）——」

「他們也在盡力。」

「沒有，他們連試都沒試。他們裡面有些人的文筆『真的不錯』，但就是不肯坐下來，誠懇地寫一本小說。但我得承認，他們的文筆大多『不好』。我相信，魯伯特．休斯（Rupert Hughes）曾想真實而廣泛地呈現美國生活，只是他的風格與觀點太過粗鄙。至於恩斯特．普爾（Ernest Poole）與桃樂絲．坎菲爾（Dorothy Canfield）則曾經努力過，但因為完全缺乏幽默感而沒有成就；但至少他們讓作品內容很充實，不會言之無物。每個作者在寫他的每一本書時，都應該當作自己在完稿的那天就要被砍頭了。」

「你用的這句話是『一種比喻』嗎？」

「先讓我講完！有一些作者似乎具有文化背景與知識水準，文字也寫得很巧妙，但在寫作時就是不夠誠懇。他們都宣稱沒有讀者肯支持好東西，但是威爾斯、康拉德（Conrad）、高斯華綏、蕭伯納還有貝內特等人又是怎麼一回事？他們還有其他很多人的書籍，銷售量有一半以上都是要靠美國啊！」

「小湯米，你有多喜歡詩人呢？」

聽到這句話，湯姆簡直就快不行了。他的兩手手臂往下垂，輕鬆地在椅子兩邊盪來盪去，隱約發出咕咕噥噥的聲音。

「我在寫一篇以詩人為主題的諷刺詩。詩的名稱叫做〈波士頓的吟遊詩人與赫斯特的書評家們〉（"Boston Bards and Hearst Reviewers"）。」❖36

艾莫瑞用熱切的語氣說：「唸出來聽聽看吧！」

「目前只有最後幾行已經寫好而已。」

「這是很現代的寫法。聽聽看是不是很有趣。」

湯姆從口袋裡拿出一張摺起來的紙，大聲把詩唸出來，為了讓艾莫瑞知道這是一首自由詩，在詩的幾處間隔還都停頓了一下：

所以
瓦特·艾倫斯堡（Walter Arensberg），
阿佛烈·克林伯格（Alfred Kreymborg），
卡爾·桑柏格（Carl Sandburg），
路易·安特麥爾（Louis Untermeyer），
尤妮絲·提珍斯（Eunice Tietjens），
克萊拉·莎娜菲特（Clara Shanafelt），
詹姆斯·歐本海默（James Oppenheim），
麥斯威爾·波登漢（Maxwell Bodenheim），
理查·格蘭澤（Richard Glaenzer），
夏莫·艾瑞絲（Sharmel Iris），
康拉德·艾肯（Conrad Aiken），

我把你們的名字擺在這裡
你們才能長存
即使只是名字，
迂迴的，淡紫色的名字，
把你們歸類在
我所收集的「青年作品」（Juvenalia）❖37

艾莫瑞叫了出來。

「好大的口氣啊！就憑你最後那兩行展現出的傲氣，就值得我請你吃一頓飯。」

像湯姆這樣一桿子打翻一船的美國小說家與詩人，艾莫瑞並不完全同意。他倒是很喜歡瓦卻·林賽（Vachel Lindsay）與布斯·塔京頓，也仰慕艾德加·李伊·麥斯特斯（Edgar Lee Masters）❖38——儘管其文學成就並不高，但是作品充分展現出他的良知。

「**我恨透了這些白目的胡言亂語：『我是神——我是人——我御風而行——我看穿煙霧——我是生命的感受。』**」

「真是太糟了！」

「而且我希望美國的小說家們不要再嘗試寫一些浪漫而有趣的東西。根本就沒人想讀，除非那故事是邪惡的。如果他們想讀有娛樂意味的主題，他們會去買詹姆斯．希爾（James J. Hill）❖39的故事，不會去買那些冗長的辦公室悲劇故事，因為裡面只是重覆訴說著呑雲吐霧有何意義——」

湯姆說：「還有那些愁雲慘霧的故事，也是大家的最愛，不過我承認最會寫的還是俄國人。在美國作家最擅長的故事裡，盡是一些摔斷脊椎的小女孩，收養她們的則都是一些悶悶不樂的老頭，不滿她們總是面帶微笑。你大可以說我們整個民族都是一些很快樂的殘障人士，而俄國農夫的下場則千篇一律都是自殺——」❖40

艾莫瑞看著腕錶說：「六點了。衝著你那首鏗鏘有力的詩，我要請你大吃一頓。」

炎熱的七月離他們遠去，最後一週也讓人燠熱不堪，而讓艾莫瑞感到一陣不安的，是他發現自己與蘿莎琳相識已經是五個月前的事了。然而，他已經難以想像自己從運輸船上走下來時，還是一個情竇未開，對生命的冒險充滿熱切期望的男孩。某一晚實在熱到令人無法忍受，委靡不振時，熱氣從窗戶灌進他的房裡，他掙扎了好幾個小時，努力想把失戀時的沉痛化為永恆。

二月的街，夜風洗過的街；奇異的濕氣，斷斷續續吹拂，迷茫的漫步中，凝望閃亮的光景，潮濕的雪花，在燈下化為微光，如同金油，從某種神器中流出，此刻，唯有雪在消融，滿天星辰。

奇異的濕氣——身邊是無數人的眼睛，生命充盈著片刻的寧靜…，我曾年輕，因我還能回到妳身邊，最鮮明最美麗的妳，我可以回味依稀記得的美夢，妳的嘴唇，甜蜜新鮮。

…午夜的空氣裡有一絲尖銳的聲音——寂靜逝去，而聲音尚未醒來——生命碎裂如冰！——一個璀璨的音符，閃閃動人而慘白的，妳站在那裡…春天就這樣降臨。（屋頂上仍掛著短短的冰柱，城市像一個被偷偷換掉的小孩，癡迷呆立。）

我們的思緒，是結霜屋簷下的迷霧；我倆的鬼魂親吻，在高高的紊亂的電線上——神秘的似笑非笑在此迴響，只留下癡愚的嘆息，獻給年輕的愛慾；後悔，緊緊追隨她曾愛過的，只留下巨大的空殼。

另一個結束

八月中，達西神父來信——顯然神父在一陣巧合中，終於找到了艾莫瑞的地址：

親愛的孩子：

你的上一封信讓我實在很擔心你。那根本就不像是你寫的。從字裡行間透露出來的訊息看來，我可以想像，與這位女孩訂婚讓你相當不快樂，而且我看得出在戰前你所擁有的那些浪漫情懷都已經不見了。如果你覺得自己可以在不信教的情況下，成為一個浪漫的人，那你就錯了。有時候我認為，當我們找出我倆共同的成功秘訣時，會發現所謂秘訣是我們身上的奧秘元素：它滲入我們身上後，成就了我們的偉大性格，當它消逝時，我們的性格也隨之變得卑微。我應該說，前面兩封信所呈現出來的你，是相當無力的。切記，要保持自己的性格，不要因為其他人而有所改變——不管是女人或男人。

目前歐尼爾樞機主教閣下與來自波士頓的主教都住在我這裡，所以我很難有寫信的機會，但我希望稍後你能北上來找我，就算只是來度個週末假期也好。這禮拜我要去華盛頓。

我在未來要做的，是求取一種平衡。有件事我只跟你講，絕對不能讓第三個人知道：儘管過去我並沒有了不起貢獻，但在未來的八個月裡面，如果我能僥倖獲封為樞機主教，並不會讓我太過意外。無論如何，我想要在紐約或華盛頓弄一間房子，到時候你可以來找我一起過週末。

艾莫瑞，對於我們倆都存活下來一事，我很高興——我們這個輝煌的家族本來很有可能在這場戰爭中滅絕的。就婚配來講，你現在剛好置身於你一生最危險的時刻：你有可能在匆促中完婚，然後隨意離婚再婚，但

我想你應該不會這樣。而且你在來信中說到了陷入財務困境，所以理所當然的，我想目前你不能照自己的想法去做。但是，如果我用往常的方式去評斷你的話，我可以說你明年應該會再遭遇一次情感的危機。

一定要寫信給我。不能掌握你的近況讓我感到懊惱。

深愛你的　　薩耶．達西　敬上

收到這封信還不到一週的時間，出乎意料的，他們再也沒辦法繼續住在那個小公寓裡。直接的原因可能是湯姆的母親病重，而且可能長期需要他人照料。所以他們把傢俱存放起來，再託人把房子分租出去，然後在賓州車站❖41黯然握手道別。似乎艾莫瑞與湯姆總是不得不向對方說再見。

艾莫瑞強烈地感受到自己孤身一人，在一陣衝動的趨使下，他往南到華盛頓去，想要在那裡跟神父見一面。他到的時候，神父才剛離開兩小時，所以他決定到一位久未謀面，但仍印象深刻的叔父家打擾個幾天。他穿越富庶豐饒的馬里蘭州雷米利郡（Ramilly County）❖42。原本打算只停留兩天，最後卻讓他從八月中一直待到幾乎九月底，因為在馬里蘭州他認識了愛蘭諾。

1 位於百老匯大道與第三十八街附近的荷蘭仔酒吧已經於禁酒令實施期間關閉，後來這幅壁畫曾被移到幾個不同地點，最後於一九三五年被送到聖瑞吉斯飯店，直至今日仍在那裏。「柯爾老國王」本來是一首英國兒歌，後來被派黎思取材成為畫作主題。

2 布朗克斯（Bronx）：一種琴酒為底，加上橘子汁等配料的雞尾酒。

3 位於百老匯大道與第四十二街附近的飯店，義大利歌王卡羅素（Enrico Caruso）曾於此寄居並表演。

4 希臘神話中位於地府（Hades）的幾條河流之一，喝了河裡的水就會失去記憶。

5 法國詩人魏藍（Paul Verlaine）的詩集《歡遊野宴》裡面的一篇作品。艾莫瑞的母親在他小時候就開始帶他一起讀《歡遊野宴》。

6 這公司專門在大飯店設置售票亭，幫百老匯的戲劇製作公司承銷戲票。

7 也就是一齣戲有五幕，中間四次休息都可以到劇院附設的吧檯喝酒。

8 一齣在一九一九年上演的中世紀復仇戲，編劇是沈恩．班納利（Sem Benelli）。

9 艾莫瑞要說的是Y.W.C.A.（基督教女青年會），但是神智不清，說成了W.Y.C.A.。

10 一九一九年七月一號禮拜二，美國開始試行禁酒令，史稱那一天為「口渴的一號」。禁酒令正式生效是在隔年一月十六日。

11 愛爾蘭小說家喬伊斯（James Joyce）的代表作之一。

12 兩本書都是英國小說家H. G. 威爾斯的作品，由其是前者跟本書一樣，都是對傳統大學教育體系進行抗議的書。

13 指H.L.孟肯（H.L.Mencken），在一九一〇、二〇年代深具影響力的美國社會與文藝評論家，人稱「巴爾的摩的智者」（The Baltimore Sage）；此人在後來也成為費茲傑羅的作品之支持者與朋友。

14 美國十九世紀末自然主義小說家法蘭克．諾理斯（Frank Norris）的作品，故事描述主角凡陀佛從哈佛畢業的富家子弟變成貧窮勞工的墮落過程，作品的故事背景是一八九〇年代的舊金山。

15 美國十九世紀末小說家哈洛．佛列德瑞克（Harold Frederic）的作品，主角是個叫做塞隆．維爾的牧師。

16 美國十九世紀末、二十世紀自然主義小說家席奧多．德萊塞（Theodore Dreiser）的作品，故事描述女主角珍妮・葛哈特悲慘的一生。

17 高爾斯華綏（John Galsworthy）以及貝內特（Arnold Bennett）都是英國小說家。

18 此時愛爾蘭尚未建國，前往美國的是新芬黨（Sinn Féin）的黨魁（也是"President"）伊蒙・德瓦勒拉（Eamon de Valera），他到美國去尋求經濟援助。

19 美國一歷史悠久的高級私人俱樂部，位於紐約市，其會員包括艾森豪總統等名流，創立於一八三六年。

20 長島上住的都是一些「新富家庭」（nouveaux riches），而是聯合俱樂部會員的那些家庭則是傳統世家；費茲傑羅在此的意思是，勞倫斯夫人的品味與新舊豪門都有所不同。

21 前者是支持愛爾蘭與英國應該維持統一狀態的英國法官，後者——即丹尼爾・佛羅倫斯・柯哈藍（Daniel Florence Cohalan）則是支持愛爾蘭民族主義的紐約州最高法院法官。

22 指新芬黨推動愛爾蘭建國，後來民族主義者開始以武力表達建國訴求等種種問題。

23 蒙特斯邦夫人（Madame de Montspan）：法皇路易十四的情婦，史載她常常毒殺宮廷裡的敵人。

24 麗池-卡爾頓（Ritz-Carlton）飯店位於紐約市麥迪遜大道與第四十六街附近。普林斯頓校友會館則是由該校的教員以及校友出資設立的聚會場所，也位於紐約市；該校友會館成立於一八九九年，曾數度遷移，直至今日仍然存在。

25 「二十俱樂部」（Club de Vingt）或稱「怪人俱樂部」（"Club de Gink"），是位於紐約的一個社交活動場所，每天都有午茶舞會，是女性社交新鮮人（debutantes）與其男伴們聚會的場所。

26 「白象」（white elephant）是指昂貴而無用的事物。

27 十五世紀義大利佛羅倫斯政治家，是文藝復興時代作家、藝術家的贊助人，被視為對義大利文藝復興有所貢獻。

28 沙皇尼古拉二世在一九一七年被推翻後，科藍斯基成立了一個臨時政府，但隨即在同年的十月革命中被列寧領導的布爾什維克主義勢力推翻，掌權的時間僅僅八個月。

29 費迪南・福煦（Ferdinand Foch）是第一次世界大戰期間協約國的聯軍統帥；而綽號「石牆」的湯瑪

士・傑克遜（Thomas J. Jackson）則是南北戰爭期間南軍第二號人物。艾莫瑞的意思是，與他同代的人自視甚高，並不在意同時代的英雄，反而比較看重歷史上並不算是頭號英雄的人物。

30 蓋尼摩（Georges Marie Guynemer）一次世界大戰的法國空戰英雄；約克中士（Sergeant Alvin Cullum York）則是美軍在一次世界大戰的戰爭英雄。

31 約翰・潘興（John Joseph Pershing）本來是北密蘇里州師範學校的二十歲學生，後來申請轉學至西點軍校，一路成為美軍最高統帥。

32 卡萊爾（Thomas Carlyle）是十九世紀英國作家，他在一系列以英雄為主題的作品中表達對於民主的不信任，崇尚英雄式的領導。

33 伍德（Leonard Wood）：哈佛醫學院畢業生，軍醫出身的美國政治家，曾在軍中官拜陸軍參謀長，曾有機會於一九二〇年獲得共和黨提名為總統候選人，但在初選敗給了後來的美國總統華倫・哈定（Warren Harding）。

34 這裡列出的四位都是當時的美國作家。

35 指美國的幽默文學作家、劇作家爾汶・考伯（Irvin S. Cobb）。

36 英國詩人拜倫曾寫過一首詩叫做〈英國吟遊詩人與蘇格蘭的書評家們〉（"English Bards and Scotch Reviewers"），湯姆在這裡說的赫斯特是指二十世紀美國知名報業大亨威廉・魯道夫・赫斯特（William Rudolph Hearst）。

37 "Juvenalia"指的是作家在二十歲左右時寫的不成熟作品，湯姆在此暗諷那些詩人的詩都不入流。

38 瓦鄂・林賽（Vachel Lindsay）與艾德加・李伊・麥斯特斯（Edgar Lee Masters）都是美國詩人。

39 美國鐵道大亨。

40 艾莫瑞在此諷刺的，應該是當時美國最流行的寫實主義與自然主義小說，小說裡面的主角通常被寫得慘兮兮的，下場淒慘（而且很多都是女性）。

41 在紐約市曼哈頓市區的火車站，因為在賓州廣場大廈（Pennsylvania Plaza）的地底下而叫做賓州車站。

42 此郡為一虛構的地方。

This Side of Paradise

Chapter 2-3 ｜

第三章　年輕的諷刺劇

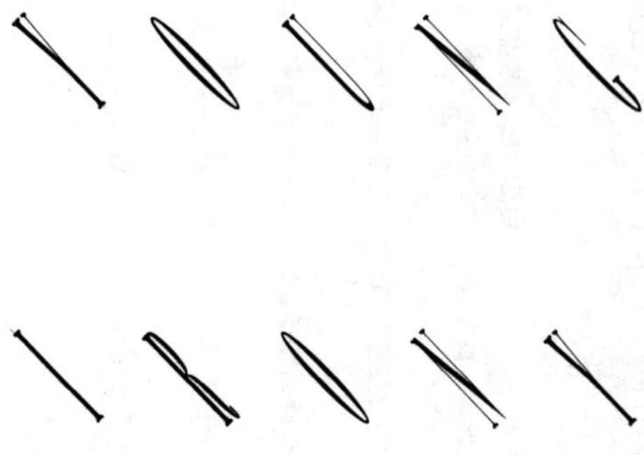

多年後當艾莫瑞想起愛蘭諾的時候，他似乎仍聽得見在他身邊淒鳴的風聲，他的內心深處還是感受得到一陣陣寒意。那一晚當他們開車到斜坡上，欣賞著雲裡的漂泊冷月時，他的心好像又被偷走了一部分，而且再也追不回來。而且當他失去那一部分時，彷彿也失去了彌補缺憾的能力。愛蘭諾就好像是最後一次偷偷爬進艾莫瑞心裡的惡魔——它戴著一張美麗的面具，渾身散發著一股神祕而奇怪的感覺，讓他耽溺於狂野的幻想，也讓他的靈魂在衝擊之下化為碎片。

她令他的想像馳騁狂奔，因此他們開車到最高的山丘上看著邪惡的月亮高掛天際，因為在那當下他們都知道，他們都可以看到彼此的心魔。但是，愛蘭諾——艾莫瑞曾夢過她嗎？事後他們倆魂縈夢繫，但心靈深處都隱隱覺得兩人不該相識。他被她深深吸引之處，到底是她的眼神裡暗藏無限的悲傷？還是他在她那如明鏡一般清澄的心裡，看到自己的寫照？對她而言，與艾莫瑞在一起，是她畢生只遇得到一次的歷險之旅。而如果她看到了這句話，她則會說：

「與我在一起也是艾莫瑞一生僅僅一次的冒險。」

她不會唉聲嘆氣，正如同艾莫瑞也不會那樣。

一次愛蘭諾曾試著在紙上寫下：

This Side of Paradise

那些逝去的事，我們只知道
我們會淡忘…
會擱置…
慾望與春雪一起消融，
而夢境如此來臨
在今日此刻，
那突然降臨的黎明，我們歡笑迎接，
一切都能看見，卻無人分享，
那只是一個黎明，即使我們相見
誰也不在乎。

親愛的…不要再因此掉一滴眼…
從今而後
沒有悔恨
會讓我們想起了過去的擁吻——
如果我們相遇

即使沈默
也不會讓陳年的幽魂一起飄蕩，
或者在海面上激起浪花⋯
即使灰色的幽影在泡沫中漂流
誰也看不見

因為艾莫瑞堅持「海」（sea）與「見」（see）兩字不能算是押韻，所以兩人大吵了一架。後來還有一次愛蘭諾寫了一段詩，但不知如何起頭：

⋯儘管智慧終會消逝⋯歲月仍然
給我們帶來智慧⋯
年齡會回到老人身上
我們所有的眼淚阿
我們永遠無法了解

愛蘭諾最為痛恨的，就是馬里蘭州。她誕生於雷米利郡最古老的一個家族，與祖父一同住在一間陰暗的大宅院裡。她出生與成長的地方都是法國：我想我起頭的地方是錯的，所以現在要把這故事重頭講一遍。

艾莫瑞感到很無聊，他待在鄉間時總是如此。他曾經獨自一人散步，走了很遠很遠——而且一邊對著玉米田朗誦著〈尤娜露姆之歌〉（"Ulalume"）[1]，一邊盛讚愛倫坡能在自滿的微笑中酗酒身亡。一天下午，他沿著一條未曾走過的路漫步了數哩之遠，然後聽從了一位黑人婦女的餿主意：結果完全不知道自己身在何方。結果一陣暴風雨來襲，讓他感到焦急不已的是，天色開始變得跟瀝青一樣黑，雨滴開始穿越樹葉落下，天空開始變得詭譎多變而陰森。四處雷電交加，響徹山谷，威勢驚人，一陣陣打在樹林裡。他在昏暗的天色中蹣跚前行，試著要找到一條走出去的路，最後穿越了一片糾葛不清的樹枝，透過樹叢的隙縫，看見了一陣閃電照射之下的空曠鄉間。他衝往樹林的邊緣，然後開始猶豫是否要穿越原野，試著到前方遠處山谷裡一處有燈的房屋去找避雨的地方。當時也才五點半而已，但他幾乎已經看不見十步以外的地方——除非是一道閃電打下的時候，把四周變得一片明亮而詭異。

他突然聽到一陣陣奇怪的聲音——那是低沉沙啞歌聲，而且唱歌的那位不知名的女孩就在他身邊不遠處。一年前他可能會笑出來，或者顫抖，但是此刻不安的他只能站著聆聽，任由那歌聲一字一句滲入他的意識中：

小提琴樂音在秋色中
如泣如訴般悠長
琴聲慵懶而單調
刺痛我的心[2]

閃電劃破天際，但是唱歌的人毫不停歇，聲音也沒顫抖。顯然女孩就待在原野裡，而聲音似乎就是從他身前二十呎處的一個高草堆裡隱約傳出的。

接著歌聲停了下來，停下後又用一種奇怪的聲音開始唱，混雜在雨聲中的歌聲就這樣高掛空中然後又落下：

鐘聲響起
這一切令人窒息倦怠
想起了往日歲月
我不禁潸然淚下…

艾莫瑞用含糊的語氣大聲說：「置身在這雷米利郡鄉間的，究竟是何方神聖？會在這濕漉漉的乾草堆裡隨口朗誦魏藍的作品？」

那個女生也出其不意地大叫：「你是誰？——曼佛瑞德（Manfred）❖3？聖克里斯多佛（St.Christopher）❖4？維多利亞女王？」

出於一陣衝動，艾莫瑞高聲大叫：「我是唐璜（Don Juan）❖5！」為了壓過雨聲與風聲，他刻意拉開嗓門。

乾草堆裡傳來一陣愉悅的尖叫聲。

「我知道你是誰！你是那個喜歡〈尤娜露姆之歌〉的金髮男孩！我認得你的聲音。」

他走到乾草堆下面的時候已經渾身濕淋淋，他高聲說：「我要怎麼上去啊！」

有人從草堆裡把頭伸出來，因為天色已黑，艾莫瑞只看到一團漆黑的濕髮，以及一雙像貓眼一樣發出微光的眼睛。

女孩說：「往回跑，然後跳上來，我會抓住你的手——不，不是那裡——是另一邊。」

他聽從指示，然後全身都靠在草堆上，膝蓋以下都陷了進去，一隻白白的小手伸了出來抓住他的手，幫他爬到最上面。

一頭濕髮的她說：「璜，你上來啦！你不介意我直呼你的名諱吧？」❖6

他大叫：「你的大姆指跟我長得一樣！」

「你這樣一直握著我的手，但卻不先看我的臉，會不會太危險了？」聽到這句話，他很快把她的手放掉。

上天好像聽到他禱告似的，一陣閃電劈了下來，他熱切地看著跟他一樣，站在離地十呎高潮濕乾草堆上的她。但是她把臉遮著，所以他只看得到一個苗條的漆黑身形，她全身潮濕，一頭短髮，她雙手的大姆指也跟他一樣都是往後彎的。

此刻兩人身邊已籠罩在一片漆黑中，她很客氣地說：「坐下。如果你坐在我正對面的那個凹洞裡，就可以跟我一起用這件雨衣——在被魯莽的你打斷之前，我一直把它當作防水的帳篷來使用。」

艾莫瑞高興地說：「我可不是擅自開口的。是妳要我打斷妳的——這一點妳很清楚。」

她笑著說：「這就像是唐璜的行事風格。但我不能再跟你多說了，因為你的頭髮都開始變紅了。不過你可以朗誦〈尤娜露姆之歌〉，我可以當你的賽姬（Psyche）❖7，你的靈魂伴侶。」

艾莫瑞的臉紅了起來，但很慶幸她在風雨中看不見他的臉色。他們倆在草堆的凹洞裡對坐著，雨衣幾乎把兩人都遮了起來，遮不住的地方，就任由雨水打著。

艾莫瑞急著想要一睹這位「賽姬」的面目，但閃電就是沒有動靜，他焦急不耐地等待著。天啊！如果她長得不美——如果她是個四十歲的迂腐女人——那該怎麼辦！如果——如果——如果她是個瘋女人…但他知道如果是最後一個可能性，那就實在太不值得了。天意要安排一個女孩來這裡逗他開心，就像上帝安排男人給本維奴托．柴里尼[8]糟蹋一樣。他在想她是不是瘋了——只因她跟他此刻的心緒實在太契合了。

她說：「我沒有。」

「沒有什麼？」

「沒有瘋。我想當我第一眼看到你的時候，可沒有把你當瘋子。所以如果你覺得我瘋了，那就太不公平了。」

「妳是怎麼——」

艾莫瑞與愛蘭諾一相識後，他們倆就可以「鎖定一個話題」，然後暫時不聊它，只是在心裡想著，但是十分鐘後等他們又開口大聲交談時，還是會發現兩人的思維模式都一樣，然後推演出一個相似的概念——只是除了他們之外，根本沒有任何人能了解這概念是怎樣推演出來的。

他把身體往前靠，熱切地問她：「說吧。妳怎麼知道我在朗誦〈尤娜露姆之歌〉？妳又是怎麼知道我的髮色？妳叫做什麼名字？妳在這裡做什麼？趕快一口氣告訴我！」

突然之間，天際出現一道閃電，他看到了愛蘭諾的朱顏，並且第一次有機會看著她的雙眼。喔！如此美妙佳人——蒼白的肌膚，顏色美得像星光下的大理石，秀眉綠眼，那雙眼睛就像光彩奪目的綠寶石一樣閃耀著光芒。他猜想，也許她是個十九世紀的女巫，機靈又如夢似幻，唯一的弱點，同時又令人覺得有趣的，是上唇的上方有一道洩漏身份的白線。他倒抽一口氣，身體往後面移動，靠在乾草上面。

她平靜地說：「現在你可看到我啦。我猜你打算說，我的綠色眼睛好像能使你的腦子起火燃燒似的。」

他專注地問：「妳的髮色是什麼？妳的頭髮已經剪短了，不是嗎？」❖9

她若有所思地回答：「是剪短了，沒錯。我不知道這是什麼顏色——太多男人問過我這個問題了。我猜那是一種綜合的顏色——也沒有人仔細看過我的頭髮。不過，我的眼睛很美，不是嗎？我不在乎你說什麼，總之我就是有一雙漂亮的眼睛。」

「回答我的問題，瑪德琳。」❖10

「你那些問題我可沒辦法全都記住——不過，我不叫瑪德琳，而是愛蘭諾。」

「我大有可能猜到的。妳的『模樣』就像叫做愛蘭諾——那種專屬於愛蘭諾的外貌。你知道我是什麼意思。」

接著他們倆只是聽著雨聲，不發一語。

最後她終於說：「嘿…我的瘋子同伴。那些答案都被我吞進去了。」

「回答我的問題。」

「嗯…我姓賽維吉，名愛蘭諾。住在此去一哩遠的古老房宅裡。如果有什麼事，該通知的最近一位親人是祖父——雷米利．賽維吉。身高五呎四吋，錶殼上的號碼是3077 W，臉上長了一副細緻挺拔的鼻子，脾氣古怪——」

艾莫瑞打斷她：「還有，我…妳在哪裡看到我的？」

她用高傲的姿態說：「喔，你就是『那種』男人——講話時老氣橫秋，而且總是自言自語。嗯…天啊，上週有一天我在一道樹籬後面曬太陽，聽見一個男人走過來，用高興而自負的語氣說：

如今夜已老去
（他說）
星晷指向早晨
在銀河的盡頭
（他說）
閃耀的星雲降生

所以我窺看樹籬的另一邊，但不知道為什麼，你已經跑掉了，所以我只看到你那頭形漂亮的後腦勺。我只能說：喔！真是個讓人讚嘆不已的人。然後我就繼續用我最好的愛爾蘭——」

艾莫瑞打斷她：「好了。現在開始談談妳自己。」

「嗯……我會的。我是那種令世人震驚的人，我自己則不常體驗到那種激動，除非是有機會在這樣的夜裡與人相識。我不怕登台演戲，只可惜氣力不足。叫我寫書，我沒耐性。而且，到現在我還沒與值得下嫁的人相遇。不過，我也才十八歲而已。」

暴雨的雨勢慢慢減弱，只剩恐怖的強風陣陣，把乾草堆吹得不斷往左右兩側歪斜。艾莫瑞對此感到深深著迷：每個時刻都讓他覺得珍貴不已，而且他也未曾遇過這樣的女孩——她跟他以往認識的女孩都不太一樣。他一點也不覺得自己像在演戲，因為在這種如此異常的情況之下，會有那種感覺是非常自然的——這一切反而讓他覺得很自在。

愛蘭諾又頓了一下，之後她說：「我剛剛做了一個很棒的決定，而那也是為什麼我會在這裡回答你另一個問題。我決定自己不該相信這世上有不朽這一回事。」

「是嗎？真是陳腔濫調啊！」

她的回答是：「真的是這樣。」她的結論是：「然而，我抑鬱的心緒讓我感到一陣厭倦噁心。我出來這裡是想把自己淋濕——就像一隻濕掉的母雞。淋濕的母雞總是有清晰的頭腦。」

艾莫瑞客氣地說：「接著說。」

「嗯⋯我不怕黑，所以我穿上雨衣和膠鞋就出來了。我想你能了解，之前我總是不管說自己不信上帝——因為我可能會遭天打雷劈——但是現在我在這裡，當然是還沒事。不過，重點是，這次我已經不像去年我還是基督教科學教派信徒的時候那麼害怕了。所以現在我知道我是個唯物論者，也知道當你走出來站在樹邊時，我正緊緊依偎著乾草，嚇得半死。」

「為什麼？妳這小可憐——」艾莫瑞義憤填膺地說：「怕什麼？」

她大叫：「**怕你啊！**」說完他就跳了起來，她便拍手笑了起來。「看吧——看吧！良心——像我一樣泯滅良心吧！跟我愛蘭諾．莎瓦吉一樣當個唯物論者——不會嚇到跳起來，不會吃驚，早點成為——」

他反對她的說法：「但我『一定』要保有靈魂。我不想要理性思維——我也不希望自己是一堆分子組成的而已。」

她往他緊靠，燃燒的眼神一刻也沒離開他的雙眼，用一種堅定而浪漫的口吻低聲對他說：

「這是我的想法，璜。恐怕——你是個多愁善感的人。你不像我，我是個浪漫的小小唯物論者。」

「我不是多愁善感——我跟妳一樣浪漫。我想妳了解——從概念上來講，多愁善感的人認為世事可長可久——而浪漫的人，則是在絕望中堅信，這世間一切絕不會長久。」（艾莫瑞從很早很早以前就想出了其中的區別。）

「這真是雋語。我要回家了。」她悲傷地說。「我們下去吧，一起走到叉路去。」

他們慢慢從棲息處爬下來。她不讓他幫她爬下來，揮手要他走開，用優雅的姿態跌下，然後在軟土上坐了片刻，嘲笑自己。然後她跳起來，順手挽住他的手，兩人踮著腳穿越原野，沿路只挑著乾的地面跳來晃去。因為月亮已經升起，暴風雨已經往馬里蘭州西部遠去，每個水坑裡的水就像閃耀著超越塵世的喜悅。當他們倆的手臂相碰時，他的手變得好冷，深深害怕他內心深處對她的奇妙想像會在這麼一碰之下就消失無蹤。兩人走路時，他跟往常一樣用眼角餘光偷看她——她長得令人賞心悅目與癡迷，他多麼希望自己就註定要跟她在乾草堆上坐一輩子，透過她一雙綠眼來品味人生。那一夜激起了他的無神論思想，當她像一抹灰暗幽魂消失在路的盡頭時，原野裡傳來悠揚的歌聲，回家的路上那歌聲也沿途陪著他。那個夏夜裡的飛蛾在艾莫瑞的窗口飛進飛出，整晚在銀灰的夜色裡，各種聲音隱隱作響飄盪，讓他陷入一陣神秘的幻想中——在一陣清澈的黑暗中，他始終躺著沒睡。

九月

艾莫瑞選了一片草，像在做科學研究似的小小啃一口。

他說：「我的戀情從未在八月或九月開始。」

「那麼，都在什麼時候？」

「聖誕節或復活節。我是個講究禮拜儀式的人。」

她揚起鼻頭說：「復活節！哈！春天已經到了盡頭！」

「春天會因復活節而生，不是嗎？復活節就像會幫春天綁上髮辮似的，讓她穿上訂做套裝。」

穿上妳的涼鞋，喔，最敏捷的妳
穿在妳那雙非凡而快速的腳上❖11——

愛蘭諾輕聲引述了這詩句，然後補充說：「我覺得在秋季，萬聖節是比感恩節還要好的日子。」

「好多了——就像聖誕夜也是冬日裡的好日子。但是夏天⋯」

她說：「夏天沒有什麼日子可言。我們不可能在夏天談戀愛，是因為有那麼多人試過，夏天的名號才變得如此響亮。夏天只能算是未完成的春日諾言，它跟我在四月夢到的溫暖宜人的夜晚有何不同？這是個可悲的季節，因為萬物並未孳生⋯他沒有日子可言。」

艾莫瑞用滑稽的口吻說：「那七月四日呢？」

「別開玩笑了！」她邊說邊瞪他。

「好⋯那麼，春日的諾言要靠什麼來實現？」

她想了一下。

最後她終於說：「我想要靠天堂吧，如果真有天堂的話。但我說的不是基督教那種天堂——」最後她突然離題對他說：「你真的應該當個唯物論者。」

「為什麼？」

「因為你跟照片裡的魯伯特·布魯克好像。」

就某種程度而言，自從艾莫瑞認識愛蘭諾以來，他就試著模仿魯伯特·布魯克。他的一言一語，他的生活態度，還有對他們兩人的看法，在在都反映了那位已逝英國詩人的文學氛圍。她常坐在草叢裡，一陣慵懶的風撫吹著她的短髮，她用沙啞的聲音在抑揚頓挫間唸著「葛蘭徹斯特村」（"Grantchester"）與「威基基海灘」（"Waikiki"）❖12。在大聲讀詩之際，愛蘭諾顯得熱情澎湃。當她被他環抱在手裡時，兩人的心靈與身體都比只是在唸詩的時候還要貼近，而且這種情形常常出現——因為他們幾乎是一見鍾情。然而，現在的艾莫瑞已經有辦法再度獻出他的愛了嗎？一如往昔，他可以在半小時的時間裡意亂情迷，但是即使兩人陶醉在想像裡的時候，他非常清楚，要像以前一樣付出那麼深的愛，他們倆是都做不到的——我猜這就是為什麼他們要一起念布魯克、史溫朋與雪萊的詩。如果他們能讓一切都如此美好完整，如此豐饒而充滿想像，他們之間還是有機會的。儘管他們距離那深深的摯愛從未那麼近，但那種愛畢竟只是一場夢，所以他們必須用他的想像來替代那份愛意——設法讓他那閃耀金黃色光芒的想像往她身上投射。

有一首詩是他們唸了一遍又一遍的：那就是史溫朋那一首〈時間的勝利〉（"The Triumph of Time"），後來每當到了暖暖的夜裡，昏暗的樹林裡飛著螢火蟲，蛙鳴聲四處低鳴時，那首詩的最後四行總是一直縈繞在他的記憶裡。接著他總是似乎看到愛蘭諾從夜裡走出來陪伴著他，他彷彿聽見她那沙啞的聲音，聲調就像羊毛皮鼓發出來似的，不斷重複著唸著：

值不值得一滴眼淚，一個小時？,

去想想逝去的往事
空洞的果殼，易逝的花朵，
死去的夢，和未竟的行動？

兩天後他們才在正式場合中被介紹給對方，嬸嬸把她的身世告訴他。這個雷米利郡最老家庭的成員有兩位：就是雷米利老先生與其孫女愛蘭諾。過去她曾跟她那永遠定不下來的母親一起住在法國，艾莫瑞想像他們倆的母親應該很像，母親一死她就回到馬里蘭州定居。一開始她回來時曾跟巴爾的摩市一位單身的叔父一起住，在那裡她堅持在十七歲就正式進入社交圈。那一年冬天她玩得很瘋，跟所有住在巴爾的摩的親戚都發生激烈爭執，嚇得他們怒氣沖沖地提出抗議後，她在三月到了鄉下。移居鄉下之前，她常跟一群好友出遊，他們在禮車裡面啜飲雞尾酒，盡做一些放浪形骸的事，完全不顧自己的身分，對年紀比他們大的人也都擺出一副高傲的模樣，而且生氣蓬勃的愛蘭諾身上散發著巴黎大街的特有氣息，她引領著許多原本謹遵校訓的聖提摩太女中（St. Timothy's）與法明頓中學的天真畢業生們走進了淘氣的波希米亞式生活。當這些故事傳到她叔父耳裡時，儘管叔父健忘，但他終究還是捍衛著過去那偽善時代的種種標準，某次出言管教她的時候，她雖然不敢造次，但叛逆的心感到憤憤不平，於是躲到鄉間去找那位幾乎是老胡塗的祖父，尋求庇護。關於她的身世，他就只聽到那麼多，其餘的部分都是由她親口說出的。不過那已經是後來的事了。

他們常去游泳，當艾莫瑞慵懶地浮在水面上時，他的腦袋一片空白，想的只有一片像肥皂泡泡一樣模糊的土地，土地上的樹木因風吹而搖曳生姿，陽光被樹矖落後投射在地面。此時有誰還能思考或還會擔憂，或者還能做任何事情？哪個人不是偷閒玩水、跳水或到處晃蕩，直到百花凋謝？就這樣讓日子一天天過去吧——在外面的世界裡，那些悲傷、記憶與痛苦終究會重現，一直到那一天來臨之前，他只想悠閒地享受年輕。

曾經，艾莫瑞憎恨生命：因為它本來是一條不斷往前延伸的坦途，眼前只看得到進步，然後在各種情景的合併與融和之下，卻變成一幕幕快速而毫無關聯的戲——裡面有他過去兩年所流的血汗，還有因為蘿莎琳而突然被激發出想要當父親的本能，結果卻顯得很荒謬；還有跟愛蘭諾在一起的這一個秋天，一半讓他覺得充滿感官享受，另一半卻有一種神經質的特性。他感覺到，就算他花費所有的時間，可能也沒有辦法把這些奇怪而繁雜的情景湊在一起，變成一本他的人生剪貼簿。這一切就像一場筵席，他把自己的部分年輕歲月虛擲於此，試著享受裡面一道道精彩的菜色。

他暗自發誓，有一天他終將把這一切理出一個頭緒。幾個月以來，有時他覺得自己就像漂流在一條戀愛或幻想的河流上，有時卻像被丟進一個漩渦裡，之前他連想都沒有過，只能任由自己被沖到浪頭，然後又再次被浪帶走。

一次他們躺著任由水往身上滴的時候，愛蘭諾帶著悲傷的語氣說：「這令人絕望的秋天即將逝去，它跟我們的愛是多麼相配啊！」

「我倆的心，仿如印度之夏──」說到這裡他停了下來。

最後她終於問了：「告訴我，她的髮色是深色還是淺色？」

「淺色。」

「她比我漂亮嗎？」

艾莫瑞很簡要地回答說：「我不知道。」

有一晚他們在月昇之際散步，當時月亮的光芒一股腦傾注在花園裡，直到艾莫瑞與愛蘭諾好像置身仙境一樣，兩人如幽魂般陰暗的形體像是表達著一種永恆的美感以及古怪的精靈之愛。接著他們離開月光下，走進了一個上面掛著格狀藤蔓的幽暗涼亭裡，涼亭的香氣讓人感到哀傷得好像音樂一般。

她低聲說：「點一根火柴。我想看看你。」

「擦」一聲，火柴亮了起來！

夜色與帶著傷痕的樹就像一齣戲裡的場景，在那裡與陰暗而夢幻般的愛蘭諾相伴，不知為何是如此奇怪而熟悉的一件事。艾莫瑞心想，為何總是只有過去才會令人覺得奇怪而難以置信。接著火柴就熄滅了。

「漆黑得像瀝青。」

愛蘭諾喃喃自語：「現在彷彿只有我們的聲音存在，微弱而寂寞的聲音。再點一根火柴。」

「我只剩剛剛那一根了。」

他突然把她擁入懷裡。

「妳『是』我的——妳知道妳是我的！」他用狂野的聲音大叫……月光穿越格狀的藤蔓，它彷彿也在傾聽這一切……在他們倆低語呢喃之際，螢火蟲在他們身邊飛著，它們的眼睛發出光芒，讓他似乎不得不瞥望它們。

夏日終曲

艾蘭諾對著在夜色裡依稀可見的樹叢唱著：「草裡一點風的騷動也沒有；沒有風

的騷動：看不見的水池裡，水如明鏡，它與滿月相對，把月的光芒埋在冰冷的水裡面。這一切難道不像鬼魅一般？如果你能控制馬的腳步，我們這就穿越樹林，找出裡面的水池吧！」

他反對她的提議：「已經超過一點了，妳不怕惡魔嗎？而且我的馬術還沒有好到能在一片漆黑中把馬安頓好。」

她不管那麼多，低聲對他說：「閉嘴！你這個大笨蛋！」然後靠過去用馬鞭輕輕地拍他的背，然後繼續說：「你可以把你的老馬擺在我家馬廄，明天我派人把牠送去你家。」

「但是我叔叔明天七點鐘要騎著這匹老馬帶我去車站。」

「別說那種掃興的話——就是因為你這種猶豫不決的個性，你才沒辦法完全照亮我的生命。」

艾莫瑞把馬騎到她身邊，身子趨前，抓住她的手。

「說吧，說我騎得——『很快』，或者說我會把妳拋在後面，讓妳來追趕我。」

她抬頭微笑，興奮地搖搖頭。

「喔，沒問題！——算了，還是不要！像是打架、探險，或是在加拿大滑雪，為什麼這些刺激的事情總是令人感到不安？還有，我們要騎到哈伯丘（Harper's Hill）。我們預計五點鐘可以騎到那裡。」

艾莫瑞對她咆哮：「妳這小惡魔！妳會害我整夜不能睡，明天在回紐約的火車上會整天睡得像個外國移民一樣。」

「噓！有人從那邊過來了——我們走吧！『嗚…咿…嗚！』」她這樣一聲大叫，可能已經把剛剛那個在深夜路過的人嚇到發抖，而當她把馬掉頭騎進樹林時，艾莫瑞也慢慢在後面追著——就像過去三週來一樣，他老是必須這樣整天追著她。

夏天已經結束了，但是這些日子以來他還是跟愛蘭諾膩在一起，他看著她，覺得她就像個優雅而練達的曼佛瑞德，一方面耽溺於青少年的那種作態性情，另一方面盡情在知識與想像的世界中遨遊。同時每次一起吃晚餐時，他們還會在餐桌邊寫詩。

當虛幻親吻虛幻，在一百個六月以前。一想起她，他就無法呼吸。所有的男人
都知道，他隨著她眼睛的韻律起伏，死生與之。

「穿越時間，我會保存我的愛。」他說。…但是美麗與他的呼吸一起消逝。
而且，帶著她的愛人，她也死去。

——寧取他的智慧，也不要她的雙眼；寧取他的藝術，也不要她的髮
絲：

「詩人要有點智慧，商籟❖13寫成前先暫停一下」…所以我的一字一句，不管幾分真實，都會將妳傳唱，直到第一千個六月。沒有人知道妳的美，只存在於一個午後。

某天當他沉思著人們對「商籟的黑暗女士」（the "Dark Lady of the Sonnets"）❖14為何如此冷淡時，他寫下了這首詩，而且他也覺得大家都也沒如偉人❖15所願那樣好好記住這位女士的風華。因為莎士比亞「一定」曾經希望那位女士能夠這樣永垂不朽，他才有可能在聖潔的絕望中寫下這種字句…但如今世人對她都已沒有興趣…諷刺的是，如果當初他「比較」在意的是詩作，而不是那位女士，這首商籟會顯得太過平淡無奇，只是模仿他人的修辭之作，才過二十年就淪為乏人問津的作品…

這是艾莫瑞與愛蘭諾相聚的最後一夜。他即將在早上離去，兩人都同意在冷冷的月光下散步散久一點，以敍別情。她說她想聊一聊——也許這是她畢生最後一次有機會過得那麼理性（她的意思是能夠安心地裝腔作態）。所以他們轉向走進樹林，騎馬騎了半小時，幾乎不發一語，除了她被煩人的樹枝惹得低聲罵了一句「可惡！」——她說這句話的那種口氣，就像不曾有女孩這樣講過話。接著他們開始從哈伯丘下方往上騎，讓疲累的馬繼續走路。

愛蘭諾低聲說：「天啊！這裡可真安靜！給人的感覺比樹林還要寂寥。」

艾莫瑞一邊發抖一邊說：「我討厭樹林，也不喜歡夜裡的葉子或矮樹叢。離開了樹叢，外面的感覺是如此寬闊而輕鬆。」

「長長的山丘上的長斜坡。」

「冷冷的月光照在山坡上。」

「你與我，僅存的兩個最重要的人。」

那一夜很靜——不管在任何時刻，他們走的這一條通往絕壁邊的筆直長路都鮮有人跡。偶爾只有一間黑人小木屋從光禿禿的地平線上隆起，在嚴峻的月光下，小屋透露著銀灰色光芒。在他們身後，一片漆黑的樹林邊緣就像白色蛋糕上的黑色糖霜，前方則是高聳絕壁下的地平線。這裡比剛剛冷多了——冷到他們心裡不再覺得這是個暖夜。

愛蘭諾輕聲說：「夏日已經逝去。聽聽馬的腳蹄聲——『噠噠…噠噠』。你曾經在狂熱中把所有的噪音都當成『噠噠…噠噠』，直到深信永恆其實也可以被分割為一聲聲『噠噠…噠噠』？這就是我的感覺——老馬『噠噠…噠噠』走著…我想這就是馬兒、時鐘跟人之間的唯一區別。如果人類走路也是這樣『噠噠…噠噠』，那早就瘋了。」

此刻吹起了一陣微風，愛蘭諾用斗篷把自己緊緊包起來，打了一個寒顫。

艾莫瑞問她：「很冷嗎？」

「沒有，只是想到我自己——我內心陰暗的自我，真正的自我。只因我還有那麼一點起碼的坦誠，了解我自己的罪，所以才不是一個徹底的惡人。」

他們往上騎到接近絕壁處，艾莫瑞往下看。一道瀑布從一百多呎的高度往下奔流，河水在黑暗中構成了一條陡線，流動的水波上閃耀著許多微小的光芒。

愛蘭諾突然脫口說：「這世界如此討人厭，萬物中最可憐的是我——喔，『為什麼』我偏偏是個女孩？為什麼我不是個傻——？看看你，你比我還傻，雖然跟我相去不遠，但還是有差距。但你可以四處遊蕩，厭倦後又換個地方。還有你可以到處找女孩玩樂，卻不會陷入情網中，你可以為所欲為，怎麼做都有道理——而我卻空有一副可以做任何事的頭腦，但是卻必須踏上註定會失敗的婚姻之路。如果我在百年後才降生，該有多麼美好？但現在我有什麼可以期待的？我必須結婚，那是無疑的。跟誰？對大多數男人而言，我都太聰明了，但我還是必須把自己降到跟他們的水準相同，這樣才能引起他們的注意，用施恩的態度來讚賞我的知識。我只要還沒結婚，我嫁給菁英份子的機會就會逐年遞減。我只能從一兩個城市裡挑選結婚的對象，而且我要嫁的，當然是個穿著晚禮服的男人。」

她繼續往前靠，她說：「你聽我說，我喜歡聰明而俊俏的男人，而且也絕對沒有人比我更為在意個性問題。喔，只有那個五十幾歲的男人對性有所了解。我熱愛佛洛依德（Freud）的學說，但他令人感到厭煩之處在於，這世上的真愛居然有百分之九十九都是熱情，另外還有一丁點是忌妒。」說到這裡，她就不講了，跟她開口時一樣突然。

艾莫瑞同意她的說法：「當然，妳是對的。每一件事物的背後居然都背一個強而有力的機制支配著，這真是令人不快的一件事。這就跟一個演員明白跟大家說出他如何演戲一樣！給我一分鐘，讓我把這一切想清楚……」

他說到一半突然停下，試著要想出一個隱喻來進行說明。他們離開絕壁邊，轉往左邊，沿著五十呎處的一條路騎著馬。

「妳也知道，每個人都自有一套說詞。那些平庸的知識份子，柏拉圖（Plato）口中的次等人，他們總以為自己的行徑是浪漫騎士的遺緒，然後再融入了一點維多利亞時代的氣質——至於我們這些自視為知識份子的人則假裝把性當成我們的另一面，我們閃閃發亮的腦袋跟它完全無關；我們還自認知道了這個道理就可以免於性的支配。但事實上，在我們最純粹的抽象思考裡，就有性的成分了，我們離它近得連視線都因而模糊掉了……我現在能親妳，也要親妳了……」他坐在馬鞍上往前靠，但是被她躲開了。

「不行——你知道我不能親你——我太敏感了。」

他不耐地說：「那麼妳就太傻了。知識不該再被當作逃避性愛的藉口，就像傳統不該……」

她對他發難：「什麼是傳統？天主教教義，還是孔子格言嗎？」

艾莫瑞驚訝地抬頭看她。

她大叫：「那就是你的萬靈丹，不是嗎？喔，你也是個偽君子。幾千個喜歡擺臉色的神父嘟嘟噥噥地傳授著第六誡與第九誡❖[16]，為的是讓那些墮落的義大利人與目不識丁的愛爾蘭人痛改前非。這些都是托詞，情緒與精神上的裝飾品與萬靈丹。我告訴你吧，這世界上『沒有』上帝，也沒有什麼善的概念是絕對的。任何跟我一樣天庭飽滿的平常人如果要這一切的解答，那就得自己想出來，你這個假道學根本不敢承認這一點。」她放掉韁繩，對著星辰揮舞著她那小手的拳頭。

「如果有上帝，那就叫祂把我劈死吧！劈吧！」

艾莫瑞用尖銳的語氣說：「妳又來了，又是那一套無神論。」他雖然也認同唯物論，但從來不是個堅定的支持者，如今愛蘭諾的這一席話，原有的唯物信念更是蕩然無存了⋯這一點她很清楚，而且讓他生氣的就在於，她都很清楚。

接著他冷冷地說：「而且就像大部分不願皈依信仰的知識份子，例如拿破崙或王爾德，還有其於像妳這種人，你們終將在垂死的病榻前大叫，要人幫你們找個神父過來。」

愛蘭諾突然策馬前行，他也把馬騎到她身邊。

「我會嗎？」她用一種怪異的語氣說話，連他都嚇到了。「我會嗎？走著瞧！『看我越下絕壁！』」他還來不及擋住她，她就已經轉向，然後開始往高地的邊緣衝刺。

他也轉了個彎，然後在她身後全力追趕：他感到自己的身體冷若冰霜，神經繃得緊緊的。已經沒有機會攔阻她了，當時烏雲遮月，所以她的馬會盲目地往下跳。大概到了距離絕壁十呎處的高地邊緣，她大叫一聲，往旁邊一跳——下馬後滾了兩圈，在距離絕壁五呎的一個灌木叢停下。那匹馬像瘋了似的嘶鳴，然後從絕壁邊往下一躍。沒多久他就到了愛蘭諾身邊，看到她瞪大著雙眼。

他大叫：「愛蘭諾！」

她沒有回話，但是她的雙唇抖動著，突然熱淚盈眶。

「愛蘭諾，妳受傷了嗎？」

她淡淡地說：「沒有，我想沒有。」然後開始啜泣。

「我的馬死了？」

「天啊！沒錯！」

「喔！」她嚎啕大哭，然後說：「我還以為自己要跳下去了，我不知道——」

他扶著她慢慢站起來，讓她登上他的馬鞍，這才一起踏上歸途。艾莫瑞用走的，她則是把身體往前傾，扶著鞍頭痛哭。

她結結巴巴地說：「我像突然發瘋似的，以前這種事也曾經發生過兩次。當我十一歲時，媽媽——媽媽她發瘋了——完全陷入瘋癲的狀態。當時我們在維也納——」

一路上她吞吞吐吐地說著有關自己的事，艾莫瑞對她的愛意好像隨著月亮一起消逝似的。到了她家門前，他們像往常一樣吻別，互道晚安，但是她並未投進他的懷裡，他也不像前一週一樣伸出雙手去抱她。在那個片刻，他們只是站在那裡，在強烈的悲傷中討厭對方。但是，因為艾莫瑞所愛的愛蘭諾，只是與他自己相像的那一部分，所以現在他所討厭的只能說是一面鏡子。原本兩人的那些偽裝就像破碎的玻璃一樣，在慘白的曙光中散落一地。星星早已遠去，留下的只有風聲的一陣陣嘆息，還有沒風時的寧靜…但是最可憐的還是這兩人的赤裸裸靈魂。很快的，他轉身回家，讓嶄新的太陽光芒就這樣打在他身上。

【幾年後，愛蘭諾寄給艾莫瑞的一首詩】

在此我們可以儘管低語，聽不見，也不怕夜晚。
獨自漫步…在深層的時間裡，當夏日將她的頭髮放下，
束縛著我們的，是輝煌的她，還是什麼？

陰影是我們所愛，也愛它們覆蓋著地面的模樣
就像掛毯，在令人無法喘息的空氣中，感覺如此神祕，朦朧。

這是白天…至於夜晚，則又是另一樁故事，
如夢一般慘白，到處矗立著像用鉛筆畫的樹，還有樹的陰影——
星辰的魂魄所追求的是光芒，
它們在哀戚的微風中對我們低語，
訴說的是那些被白晝粉碎而逝去的古老信念，
而用來將月亮的愉悅買下的那一便士，就是青春歲月；
對我們來講，那是唯一急迫的事，也是唯一重要的語言
也是我們對六月的唯一虧欠，已然償還。
在這裡，在夢的最深處，水為我們帶回來的
沒有一件是我們不需要知道的事物，
如果那光芒只是陽光，小河不再歌唱，
我們團聚在一起，我似乎…已經如此愛你…
夏日已經結束，昨夜留下了什麼

引領著我們穿越一片片林間空地，回到家裡？
什麼從鬼魅般的黑暗苜蓿叢裡睨視著我們？
天啊！…直到你從睡夢中清醒…膽戰心驚…

嗯…我們已經逝去…我們見證了一切怪事奇物。
來自於天降流星的奇怪金屬；
這世間最持久的，在水面上綿延著，也會疲累，
與此難解的醜笨小孩最接近的，是我…
恐懼與安全是一體兩面；
如今我們只是臉孔與聲音…或者更少，太迅速，
在水面上的歡唱中，帶著一半愛意的低語…
用來將月亮的愉悅買下的那一便士，就是青春歲月。

【艾莫瑞寄給愛蘭諾的一首詩，他稱之為〈夏日暴雨〉】

微風中，一首歌漸漸消逝，樹葉飄落，

微風中，遙遠的笑聲漸漸消逝……
在雨中，原野上有一個聲音在呼喚……

灰雲被風吹著，跑著碎步向上飛，
它滑到太陽上，在那裡震顫
拂動著她的姐妹，
鴿子的陰影落在農舍上，
樹林也彷彿充滿羽翼；
沿著山谷往下，穿越悲鳴的樹林，
更黑暗的暴風雨在飛竄；帶來
一股新的氣息，帶著下沉的海洋的味道
還有細瘦無力的閃電……
但是我在等待——
等待迷霧，等待更黑暗的雨——
等待更強的風，吹動命運的面紗，
等待更快樂的風，堆積在她的髮梢；

再一次
他們撕裂我，教導我，任由沈重的空氣，
壓在我身上。
那風，那風暴，我曾深深體會

曾有一年夏天，每一陣雨都很稀罕；
曾有一個季節，每一陣風都很溫暖……
如今妳在迷霧中，經過我身邊……妳的髮絲
大雨在妳身上，濕潤的唇再度翹起來
那野性的諷刺，那歡快的絕望
在我們曾經相遇的時候，讓妳看起來老練些。
下雨之前，妳像鬼魅四處流浪，
在原野上，妳和落花一起飄盪，
帶著妳的古老願望，枯死的樹葉，和妳的愛情——
朦朧如夢境，帶著所有舊時光一起蒼白憔悴
（低語會悄悄進入滋生的黑暗裡……

樹上的喧囂慢慢止息）
現在是夜晚
眼淚從她濕了的胸口與白天穿的短衫流下
滑落於夢中的山丘，眼淚的光澤
和她的頭髮，覆蓋著神秘的綠色
愛那黃昏的幽暗，愛那幽暗背後的微光；
寧靜之樹，直到最高的頂端⋯靜謐⋯
微風中，遙遠的笑聲漸漸消逝⋯

1 愛倫坡寫的敘述詩，尤娜露姆是詩裡面敘述者哀悼的逝去愛人。

2 “Les sanglots longs／Des violins／De l'automne／Blessent mon cœur／D'une langueur／Montone.”出自法國詩人魏藍所寫的〈秋之歌〉（“Chanson d'automne”）。

3 英國詩人拜倫筆下詩作裡的角色，跟浮士德一樣把靈魂出賣給魔鬼，獨自住在阿爾卑斯山，在山裡四處遊蕩。

4 西元第三世紀的天主教聖人，因被皇帝處死而殉教。

5 唐璜也是拜倫筆下的人物，所以艾莫瑞是順著愛蘭諾的話去回答的。

6 「唐璜」是中譯的名字，但事實上這個名字只有「璜」一個字而已，「唐」（Don）是「先生」的意思。所以愛蘭諾的意思是可不可以直接說他的名字，把先生的稱謂省掉。

7 希臘神話中愛神邱比特的戀人，也曾出現在〈尤娜露姆之歌〉裡面，所以愛蘭諾是在呼應艾莫瑞朗誦的詩歌。

8 前面提過，本維奴托．柴里尼（Benvenuto Cellini）是十六世紀的佛羅倫斯金匠與作家，湯姆曾把艾莫瑞比喻成他。但是本維奴托．柴里尼也是個有戀童癖的雙性戀者，曾有數次遭判刑的記錄。

9 當時一頭短髮被視為女性具有反叛性格的徵兆。

10 這裡艾莫瑞還是借用了愛倫坡的典故：〈阿舍一家房宅的陷落〉（“The Fall of the House of Usher”）裡面有一個死而復生的瑪德琳．阿舍夫人（Lady Madeline Usher）。

11 語出詩人史溫朋的作品《雅忒蘭妲在卡利敦城》（Atalanta in Calydon）。

12 兩者都是布魯克的詩作名稱。

13 商籟（sonnet）：即十四行詩。

14 指莎士比亞十四行詩裡面歌詠的那位「黑暗女士」。

15 指莎士比亞。

16 第六誡是「毋妄殺」，第九誡則是「毋做偽證詆毀鄰人」。

Chapter 3-4

第四章 帶著傲氣的犧牲

地點是大西洋城。長日將盡，艾莫瑞在人行步道上踱步，永不停息的多變海浪讓他感到一片寧靜，聞著隱約充滿悲戚氣氛的海風。他心想，大海所珍藏的記憶，總是比陸地還深沉——因為陸地是沒有信仰的。似乎大海仍然低聲訴說著那些掛著烏鴉旗幟的古代北歐帆船如何在水世界裡乘風破浪，也訴說著在某個陰暗的七月裡，一艘艘像是文明的碉堡似的灰色英國「無畏號戰艦」，穿越迷霧，開進北海裡。

「嘿！艾莫瑞．布雷恩！」

艾莫瑞低頭看下方的街道，一輛低底盤的跑車停了下來，駕駛座裡伸出了一張熟悉而活潑的臉孔。

艾力克大叫：「下來啦！笨蛋！」

艾莫瑞大聲與他打了個招呼，下了一段木梯後走到車子旁邊。他跟艾力克偶爾還是會見面，但是蘿莎琳始終像一道陰霾一樣籠罩著他倆的友誼。為此他感到非常遺憾，因為他不願失去艾力克。

「布雷恩先生，他們是華特森小姐、韋恩小姐，以及杜利先生。」

「幸會，幸會。」

興致勃勃的艾利克說：「艾莫瑞，上車吧，跟我們一起找個隱蔽的角落，喝一點波朋酒（Bourbon）。」

艾莫瑞想了一下。

「可以考慮看看。」

「上來——吉兒，妳移動一下，艾莫瑞會用他最帥的表情對妳微笑。」

艾莫瑞擠進後座，坐在他身邊的是一個華服朱唇的金髮女郎。

她用很輕率的口吻說：「嗨，道格・費班克斯（Doug Fairbanks❖1！你散步是為了運動，還是想找人作伴？」

艾莫瑞嚴肅地回答：「我在計算一共有幾道海浪。我喜歡統計學。」

「別騙我，道格。」

他們開到一條人煙稀少的邊街，艾力克把車停在陰暗角落。

「艾莫瑞，這麼冷的天，你下來幹什麼？」他一邊問話，一邊從車裡的毛皮地毯下面拿出一瓶波朋酒。

艾莫瑞沒有回答他的問題。他的確不是為了什麼要緊的事才來海邊的。

艾莫瑞沒有答話，反問他：「你還記得大二那一年，我們一群人出去玩那一次嗎？」

「我記不記得？你是說在艾斯伯瑞公園那一次，我們睡在景觀涼亭裡——」

「天啊！艾力克！很難想像傑西、迪克和凱瑞三個人都死了。」

艾力克打了一個寒顫。

「別說了。光是這陰鬱的秋天就已經快悶死我了。」

吉兒似乎同意他的看法。

她發表自己的高見：「這位道格老兄好像總是有點憂鬱。要他多喝一點——現在這算是很棒的酒，而且很難弄到手。」

「艾莫瑞，我真正要問你的是，你要在哪裡——」

「怎樣？我想是紐約吧——」

「我是說，今晚。如果你還沒有房間可以睡的話，就幫我一個忙。」

「樂意之至。」

「我要解釋一下。杜利和我訂了兩個共用浴室的房間，在雷尼爾飯店（the Ranier）。但是他要回紐約去了，我又不想換房間。我的問題是，你願意睡他那個房間嗎？」

艾莫瑞願意，而且他現在就想回房裡。

「櫃台會給你鑰匙。登記的是我的名字。」

艾莫瑞說不想跟他們到別處去狂歡，所以就下車，沿著人行步道走回飯店。

他好像又被捲入漩渦一樣——好像陷進了一個令人昏昏欲睡的海灣，不想工作也不想寫作，也沒有戀愛或玩樂的興致。他這輩子頭一遭希望死神能橫掃他們這整個世代，不管他們有哪些微不足道的熱情、掙扎與得意，全都化為烏有。這一趟大西洋城之旅讓他顯得形單影隻，完全不同於之前四年喧鬧而喜悅的大學生活，而他的青春歲月似乎也在這強烈對比中消逝無蹤了。之前他生活中最習以為常的那些事物都一去不返：他不能好好睡個覺，對周遭事物所體會到的美感，以及他所有的慾望也都不見了。現在的他，面臨的是一個個理想不斷破滅的處境。

「要留住一個男人，女人必須懂得利用他最糟糕的一面。」這是他在狀況最不好的那些夜裡想出來的一個句子——他感覺今晚就是那種夜晚。他的腦海裡早已不斷繞著這個主題打轉。永不停歇的熱情、強烈的忌妒、擁有與毀滅的慾望——他對蘿莎琳的愛裡面只剩下這些東西；這些是他的青春逝去時所付出的代價。愛情就像包了一層令人喜樂的糖衣，裡面其實是苦澀的甘汞。

他在房裡脫掉衣服，坐在窗邊的一張扶手椅上，拉了一條毛毯把自己裹起來，擋住十月的風寒。

他想起了幾個月前讀過的一首詩：

喔！堅定的老心臟，為我辛勤這麼久，
我卻浪擲歲月，航行在海上——

然而他沒有感覺到自己虛擲了什麼，因為如果真是如此，擺脫了現狀後他至少還有希望可言。他感覺到自己是個被生命拒絕的人。

「蘿莎琳！蘿莎琳！」他在晦暗不明的室內低聲説著這幾個字，直到這房間裡好像到處都有她的存在。濕潤的海風讓他的頭髮充滿濕氣，月亮的邊緣好像被打在天上的烙印，讓窗簾也顯得陰暗而陰森森的。接著他就入睡了。

當他醒來時，房裡一片寂靜，時間也很晚了。有一部分毛毯已經從他的肩頭滑下，摸一摸自己的肌膚，發現身上又濕又冷。

接著他意識到十呎之外有人用緊張的語氣低語著。

他的神經也跟著緊繃。

「**千萬別出聲！**」説話的人是艾力克。「**吉兒——妳懂嗎？**」

「嗯——」她不敢大聲呼吸，非常害怕。他們在浴室裡。

接下來他聽見外面的走廊上傳來比較嘈雜的聲響。一是群人嘟嘟囔囔地不知在説些什麼，還隱約傳來逐房敲門的聲響。艾莫瑞把毯子拋開，走到浴室門邊。

那女孩又開口說：「天啊！你還是得開門讓他們進來。」

「**噓！**」

突然間，緊臨走道的房門傳來一陣急促的敲門聲，同時艾力克從浴室裡走出來，跟在他身後的是那位擦了口紅的女孩。他們身上都穿著睡衣。

艾力克用焦慮的語氣低聲說：「艾莫瑞！」

「有什麼問題嗎？」

「是飯店的安全人員。天啊！艾莫瑞——他們只是打算要挑一個人開刀，把他送進法院——」

「我想……讓他們進來比較好。」

「你不懂。他們可以用曼恩法案（the Mann Act）❖2把我法辦。」

女孩慢慢地跟在他後面，黑暗中的她看起來好慘，好可憐。

艾莫瑞試著找出解決之道。

他用焦急的口氣建議艾力克：「你大吵大鬧一陣，然後讓他們進你的房間。我帶著她從這個房門離開。」

「不過，他們也會進去你的房間。他們會監視這扇門。」

「你不能報一個假名給他們嗎？」

「行不通的。我用我的名字登記，而且他們會追查車牌號碼。」

「說你們是夫妻。」

「吉兒說有個飯店的安全人員認識她。」

那個女孩偷偷跑到床邊，癱倒在床上，可憐兮兮地躺著聽外面的敲門聲逐漸成用力的撞擊聲。接著有個男人用憤怒的命令口吻說：

「開門！不然要破門而入了！」

在這陣陣聲響停止後的寂靜中，艾莫瑞意識到這房間裡除了人之外還有別的東西存在⋯在床的上面與周圍瀰漫著一股氛圍，它就像月光一樣輕盈，像汙濁的劣酒一樣腐臭，那是一股在他們三人之間蔓延開來的恐懼情緒⋯還有，不斷晃動的窗簾裡還有一種說不出來的、無法分辨的，但又令人感到熟悉的事物站在那裡⋯艾莫瑞同時盤算著兩種狀況：像靈光乍現般閃過他腦海：犧牲並非常人能為——他感覺到，所謂的愛與恨，回報與責罰，這些東西跟歲月無關。他很快地回想起在大學時代聽過的一個關於犧牲的故事：某人在考試中作弊，他的室友基於兩人的情誼，毅然決定幫他擔下這整件事——因為這種事實在太丟臉，那個代罪羔羊的未來似乎會在悔恨與挫敗中度過，最糟的是，真正犯錯的人心裡沒有一點感激之情。最後他終於重拾了自己的人生——因為多年後真相大白。當時這故事讓艾莫瑞感到困惑又擔憂。如今他了解了其中的真諦：犧牲不是為了換得另一個人的自由。它就像是一個要靠選舉而獲得的重要公職，是一種權力的繼承權——對於在某些特定時機中的特定人士而言，它是一種非常重要的奢侈品，隨之而來的不是一種保證，而是一種責任；它不是一種安全保障，反而讓人承擔無限的風險。犧牲的影響力，足以把他的一生毀滅掉——它就像是一陣情緒的浪潮，大浪過後，犧牲者可能會孤身一人永遠被困在一個絕望小島。

……後來艾莫瑞才知道，艾力克心裡其實痛恨艾莫瑞為什麼要為他付出那麼多……

……這一切就好像攤開的捲軸一樣呈現眼前，不過此刻正有兩股隱晦不明的力量在打量著他，它們屏息以待，傾聽他的心聲：一個是圍繞在那女孩身邊那股輕飄飄的氛圍，另一個則窗邊飄飄來的熟悉氣味。

犧牲這件事本來就具有一種高傲，而且非常人能為之的特質。一種帶著傲氣的犧牲。

「不要為我哭，當為自己和自己的兒女。」❖[3]

艾莫瑞心想：如果上帝與我說話，會這麼說吧。

艾莫瑞突然感到一陣喜悅，就像電影裡淡出的人臉一樣，那一股氛圍不見了；而窗邊那一道充滿動力的陰影，他幾乎可以說出它是什麼，片刻過後它也似乎被一陣微風迅速地吹出房間。在一陣狂喜與興奮中，他握緊雙手……十秒鐘的時間已經到了……

「照我說的去做，艾力克——照我說的去做。懂嗎？」

艾力克呆望著他——痛苦彷彿寫在他臉上。

「你還有家人。你還有家人，所以你一定得脫身，這很重要。你聽到了嗎？」他把話說得很清楚。「你聽到了嗎？」

「我聽到了。」他回答的聲音既奇怪又緊張，他的雙眼始終沒有離開艾莫瑞的眼眸。

「艾力克，等一下你要躺在這裡。如果有人進來，你就裝醉。照我說的做——如果你不聽話，我可能會親手宰了你。」

他們又對望了片刻，艾莫瑞很快地走到櫃子邊，拿出他的口袋書，用命令的口吻把女孩叫過來。他聽到艾力克嘴裡冒出一個字，聽來好像是「坐牢」之類的，接著他和吉兒走進了浴室，順手把門栓關上。

他厲聲說：「妳跟我待在這裡。整晚都跟我在一起。」

她點點頭，幾乎哭了出來。

片刻過後他把另一個房間的門打開，三個男人走了進來。門口立刻閃起了陣陣燈光，他站在那裡眨眼睛。

「年輕人，你玩的這個遊戲實在太危險了！」

艾莫瑞笑了出來。

「怎樣？」

帶頭的那傢伙對著一個穿著格紋西裝的壯漢點點頭，感覺很有威嚴。

「好吧，奧森。」

奧森點頭說：「這下可逮到你了，歐梅先生。」另外兩人用好奇的眼神看了一下他們逮到的「獵物」，然後就退開了，離開時憤怒地把門關上。

那個壯漢用不屑的神情看著艾莫瑞。

「難道你沒聽過曼恩法案?帶她一起下來——」他用大拇指比了一下那位女孩。「車上還掛了一張紐約的車牌——來到像『這樣』的飯店。」他搖頭暗示自己本來不想為難艾莫瑞，但現在決定放棄。

艾莫瑞用相當不耐的口氣說：「那麼…現在你要我們怎樣?」

「快去穿衣服——叫妳的朋友不要嚷嚷。」吉兒在床上大聲啜泣，聽到這句話馬上就不哭了，但還是悶悶不樂。她把衣服收起來，退進浴室裡。當艾莫瑞套上艾力克的B.V.D.內衣時，發現自己在這狀況下還能保持幽默感。那個壯漢居然認為他是個傷風敗德的人，想到這他就笑了起來。

奧森問：「還有人嗎?」他故意讓自己的口氣聽來敏銳，像在追蹤獵物似的。

艾莫瑞漫不經心地說：「付房錢的那傢伙。不過他醉得跟貓頭鷹一樣。從六點開始就睡到現在。」

「我去看他一眼。」

出於好奇心，艾莫瑞問他：「你們怎麼發現的?」

「夜班櫃台人員看到你跟這女孩上樓。」

艾莫瑞點點頭，吉兒從浴室走出來，儘管衣著不算整齊，但總算可以見人了。

奧森拿出一本筆記本，開始說：「現在，把你們的真名報上來——不要騙我說你們是約翰·史密斯或瑪莉·布朗。」

艾莫瑞靜靜地說：「等一下。講話不要一副惡霸的樣子，我們不過就是被你抓到而已嘛！」

奧森怒目看著他。

他厲聲說：「名字。」

艾莫瑞說出名字和他在紐約的地址。

「小姐呢？」

「我叫吉兒——」

奧森憤怒地大叫：「說啊！妳以為自己在唱兒歌嗎？妳叫什麼？是莎拉·墨非，還是米妮·傑克森？」

女孩淚流滿面，用手蓋住她的臉，大聲哭喊著：「喔！天啊！我不想讓媽媽知道！我不想讓媽媽知道！」

「妳省省吧！」

艾莫瑞對著奧森大叫：「閉嘴！」

在片刻間，三個人都沒有動作或出聲。

她終於結結巴巴地說：「史黛拉．羅賓斯。寄給我家的郵件都是送到新罕普夏爾州的拉格威郵局去存局候領。」

奧森啪一聲把筆記本闔上，若有所思地看著他們。

「飯店有權把證據交給警方，如果是這樣，你們兩個都得吃牢飯。一定會的，因為你們違法了『不得基於不道德理由而載運某一州的婦女前往另一州』的規定——」他頓了一下，希望他們能領略自己的威風。「但是——飯店決定放你們一馬。」

吉兒大叫：「他們也不希望這件事上報紙。放我們走吧！哈！」

艾莫瑞感到渾身輕鬆。他知道自己沒事了，但一直到此刻他才完全了解自己可能惹上一個大麻煩。

奧森繼續說：「但是…飯店互保協會還是有相關的規定。這種事太常見了，而且我們跟報社有協議，所以你們可以幫自己做一點小廣告啦。報上不會寫出是哪一家飯店，只會出現一行文字，說你們在大西洋城惹上了一點小麻煩。懂嗎？」

「我懂。」

「這真是便宜了你們——運氣可真好，但是——」

艾莫瑞突然說：「拜託！我們可以走了吧！我們不需要聽你的告別演說。」

奧森經過浴室，匆匆地看了一下完全不動的艾力克。然後他把燈關掉，示意要他們跟在他身後。當他們走進電梯，艾莫瑞本來打算蠻幹一番——但終究打消了念頭。他身手拍拍奧森的手臂。

「可不可以請你把帽子脫掉？電梯裡有位女士。」❖4

奧森慢吞吞地把帽子脫掉。在燈火通明的大廳裡，他們熬過了尷尬的兩分鐘——那位夜班的櫃檯人員與一些晚上的飯店顧客們都用好奇的眼神看著他們：一個是穿著華麗，走路時抬不起頭的女孩，而另一個則是俊美的年輕男子，不過他只是下巴微縮而已。明眼人都看得出這是怎麼一回事。他們走到了寒冷的室外——離清晨的腳步不遠，海邊的空氣裡一股更為清新而強烈的氣息。

奧森指著那兩輛排成歪斜直線的汽車說：「你們可以搭計程車離開。滾吧！」

接著他把手伸進口袋裡暗示艾莫瑞❖5，但對方只是嗤之以鼻，然後拉著女孩的手，轉身離開。

當車子沿著陰暗的大街前進時，她問艾莫瑞：「你叫司機開去哪裡？」

「車站。」

「如果那傢伙寫信給我媽——」

「他不會的。沒有人會知道這件事——除了我們的朋友和死對頭。」

海面上出現了曙光。

她說：「天色變藍了。」

艾莫瑞用不無挑剔的語氣說：「很美的天色。」然後想了一下才又說：「都要到早餐時間了——想吃點什麼嗎？」

「食物——」她邊說邊笑，充滿活力。「我們的好事就是被食物破壞的。兩點的時候我們點了豐盛的宵夜，要他們送進房裡。結果我們沒有給服務生小費，我猜是那個小雜碎去告密的。」

吉兒的低落心情似乎已經一掃而空，消逝的速度比殘餘的夜色還快。她用強調的語氣說：「告訴你吧！如果你要跟人那樣嬉鬧，千萬別喝酒。如果你想喝個爛醉，那就別待在臥室裡。」

「我會牢記的。」

他突然拍拍司機身後的玻璃，車子停在一間整晚營業的餐廳門口。

當他們坐在餐廳的高腳凳上，手肘擺在髒髒的吧台上之際，吉兒問他：「艾力克是你的好朋友嗎？」

「曾經是。也許他再也不想當我的好友了——連他自己也不懂為什麼。」

「你這樣幫他擔下所有的罪，實在有點瘋狂。他很重要嗎？是不是比你還重要？」

艾莫瑞笑了出來。

他的回答是：「這要以後才知道。問題就在這裡。」

幾件令他幻滅的事

兩天後，艾莫瑞回到紐約，在報紙上看到他正在尋找的東西——大概十幾行的文字，大意是，一位「供稱自己的地址在」某處的艾莫瑞·布雷恩先生，被人發現在房裡與一位並非其妻子的女士玩樂，因此飯店要求其離開。

然後當他開始看上面一段較長的文字時，他的手指也跟著發抖，那個段落的頭幾個字如下：

「李蘭·康奈基先生與夫人宣布，其女蘿莎琳已與來自康乃狄克州哈特佛市的道森·萊德訂婚——」

他把報紙一丟，胃部感到一陣驚恐、消沉的情緒。她終究還是離他遠去了，絕不會再回頭。直到這一刻為止，艾莫瑞內心深處還是隱約抱持著一線希望，覺得有一天她不能沒有他，派人把他找去，向他哭訴這是個錯誤，還有她之所以心痛，是因為自己帶給他如此大的痛苦。對於她的渴求，過去對他來講是一種奢侈的享受；但即便這種渴求在往後的歲月裡也已經不可能，因為蘿莎琳已變得比以往更加堅強而蒼老。他想像著，如果到了他四十幾歲時，她帶著滿身傷痕與一顆破碎的心來到他家門前，那個蘿莎琳也不是他所要的。長久以來，艾莫瑞要的就是她的青春年華，她那清新而閃耀著光芒的身體與心靈，但這一切都已經被她自己出賣了。對他而言，年輕的蘿莎琳已經逝去。

隔天他收到巴爾頓先生從芝加哥寄來一封措詞俐落而簡潔的信，內容是為了告知他，因為又有三家電軌車公司遭人接收，因此他目前不用期待還會有錢匯給他。在一個週日晚上，他在迷迷糊糊間又收到一封電報，通知他達西神父已於五天前在費城驟然辭世。

直到此刻他才了解，那個出現在大西洋城客房窗簾邊的東西究竟是什麼。

1 二十世紀初美國知名的舞台劇與電影演員，在默片中常以演出蒙面俠蘇洛（Zorro）與羅賓漢等英雄角色而聞名。

2 一九一〇年通過的美國法案，任何人如果基於「不道德的理由」，協助或涉嫌將婦女運送到其他州，就必須入監服刑。因為這位叫吉兒的女孩也是從紐約跨州來到大西洋城，所以艾力克有可能必須吃牢飯。

3 這句話是模仿《聖經．路加福音》第二十三章二十八節中所載耶穌死前的遺言：「耶路撒冷的女子們，不要為我哭，當為自己和自己的兒女而哭。」

4 按當時社交禮儀，電梯裡如有女士在場，紳士們必須把帽子脫掉。

5 可能是指暗示艾莫瑞該給他一點好處。

This Side of Paradise

Chapter 3-5 —

第五章　自我主義者的蛻變

THE
EGOTIST
BECOMES
A PERSONAGE

在深沈的睡夢中，我和古老的慾望
一起躺下，那曾被壓抑的慾望；
當黑暗從灰濛濛的門上飛出，
我哭喊著，緩緩甦醒；

我多麼盼望，擁有執著的信念，
我再度追尋，勇敢前進的時光；
然而單調無趣的老日子依舊，
沒有盡頭的雨的長街……

啊，但願我能再起，
但願我能丟掉老酒的灼燒
看見新的晨曦如童話中的高塔
一座一座，盈滿整個天空
發現每一個海市蜃樓，在高空中
是一個象徵，而不再是一個夢

然而單調無趣的老日子依舊，

沒有盡頭的雨的長街……

艾莫瑞站在一間劇院入口的玻璃頂棚下方，看著幾顆大雨滴落，打在人行道後化為一個個灰暗的汙點。天色變成一片灰暗與乳白。一道孤零零的燈光乍現，打出了前方一扇窗的輪廓；上百道燈光接著在他眼前一起跳動閃耀。在他腳底，一片有鐵質飾釘的厚重天窗變成一片黃色；街頭計程車的大燈閃閃發亮，把一片漆黑的人行道照得充滿光澤。十一月的這一天，因為這場討人厭的雨堅持要下，白晝的最後時刻就這樣憑空消逝，取而代之的是那一片自亙古以來就不曾倒塌的夜幕。

隨著一陣奇怪而急躁的聲響傳來，他身後戲院原有的那一片寧靜也消失無蹤，湧出的群眾帶來鼎沸的人聲，還有各種聲響嘩啦啦交織在一起。日場的戲劇演出已經結束了。

他站在一旁，一半的身體移到會淋雨的地方，讓人群通過。一個小男孩衝出來，室外潮濕而新鮮的空氣讓他的鼻子發出呼嚕嚕的聲音，也把衣領給拉高。接下來有三、四對結伴來看戲的男女匆匆走出來，然後是更多的人走出來散開，他們的雙眼都是先看著濕漉漉的街頭，接著抬頭看著飄下的雨絲，最後看著陰鬱的天空。在後面漫步出來的，是一群密密麻麻的男男女女，令他難過的是，人群裡夾雜著男人的菸草味，還有女人身上化妝品擦太久而發出的臭味。這一群人經過後，走在最後面的是零零落落的五六個人，還有一個雙手都拄著丁字形拐杖的男人。最後戲院裡傳來「砰…砰…砰」一聲聲摺疊式座椅被收起來的聲響，這表示帶位員已經開始在清場了。

整個紐約市好像還在賴床似的，並未清醒過來。路上一個個毫無生氣的人匆匆經過，他們都緊緊地把兩邊衣領抓在一起，從百貨公司裡面走出一群疲憊的饒舌女孩，三個人共用一支傘的她們不時發出吱喳的尖叫與笑聲，還有一隊警察走過，神奇的是他們已經全部換上了斗篷式的油布雨衣。

這場雨讓艾莫瑞產生一種超脫人群的感覺，而且他一個人身無分文置身在這城裡，逐漸感受到許多不快的生活問題正威脅著他。地鐵裡可怕的人群到處擠來擠去，發出陣陣臭味——車內的廣告令人不得不注意，它們抓住乘客的目光，就像無聊而煩人的傢伙，抓著旁人的手臂硬是要說故事給人聽。有些喜歡發牢騷的人擔心是不是有人靠在他們身上。一個男人決定不讓位給一個女人，為此還覺得她很討厭；那個女人，則是因為他不讓位而討厭他。最糟的是還有人們的口臭，那糟糕的味道簡直是五花八門，此外還有人們身上舊衣服的味道以及人們吃過食物後的各種氣味——最好的狀況，則是車上只是一些人——一些覺得太熱或太冷，滿身疲憊，滿腦憂慮的人們——

他心想：這些人都住在哪些地方？有些人的住處，貼著綠色或黃色的壁紙，起泡的壁紙上千篇一律都是密密麻麻的向日葵圖案，屋裡還有錫製浴盆與一條條陰暗的走廊，屋子後面一些不知用來做什麼的空間顯得死氣沉沉。有些人住的地方，則是讓愛以誘惑的形式出現——轉角處的住處可能隱藏著一樁見不得人的兇殺案，樓上公寓的那個母親，則可能養育著私生子。當然總是有人為了省錢而在室內過著密不通風，但是又寒冷的冬日，還有漫長的夏天夜裡，被包在一道道濕熱的牆壁之間，一邊流汗一邊作著惡夢⋯在髒汙的餐廳裡，一些心不在焉而疲憊的人們則是用已經攪拌過咖啡的湯匙去舀砂糖，在糖罐裡留下堅硬的棕色沉澱物。

有些地方如果只有男人，或者只有女人，其實也沒那麼糟：只有當這些男男女女在很討厭的情況下聚集在一起，才會顯得如此糟糕。這種羞恥的感覺，是當女人被男人看到自己一副疲累而貧窮的模樣時才會產生的——這同時也是一種厭惡感，是男人看到她們的這副模樣才會感受到的。這比他見過的任何一座戰場都還要骯髒，現實中一般的汙泥、汗水與危險所構成的艱難景像，與這相較可說是小巫見大巫。在這種環境中，不管是生死或婚姻，都是令人討厭的私事。

他還記得有一天在地鐵車廂裡，一位送快遞的男孩把一道用新鮮花朵做成的葬禮花圈拿進來時，那味道突然讓整個車廂產生一股清新的氣息，也換得了每個人片刻的容光煥發——

艾莫瑞突然心想：「我討厭窮人。他們的貧困讓我感到憎惡。貧困可能曾經是一件美好的事，但如今它令人討厭。它是這世間最醜陋的事物。就本質而言，墮落的富人本來就比無辜的窮人還要來得乾淨。」他的腦海裡似乎又浮現那個令他印象深刻的非凡身形——一個穿著體面的年輕人，他從第五大道上一家俱樂部的窗戶往外看，他不知對同伴說了些什麼，同時臉上露出極度憎惡的神色。艾莫瑞心想，他可能是說——我的天！這些人可真恐怖！

這輩子艾莫瑞未曾想到有關窮人的一切。他用憤世嫉俗的態度看待自己，覺得自己沒有一丁點人類該有的同情心。歐亨利（O.Henry）曾在窮人身上發掘出浪漫與悲憫，也呈現出他們有愛有恨的一面——艾莫瑞所看到的則是只有粗鄙，髒汙的身體與愚蠢的心智。他並不覺得自己有什麼錯：從此以後，他不會再因為那些自然而真誠的感覺怪罪自己。他接受了那些反應，認為它們也是他自己的一部分，不會有所改變，而且這一切都非關道德。在未來，貧窮的問題如果經過轉化、變大，讓他用更莊重嚴肅的態度去面對，也許會變成他自己的問題；但如今，他對這問題只感到深惡痛絕。

他走到了第五大道，閃躲著那些撐著黑傘而看不到他的人，怕被傘戳到，然後他站在戴蒙尼可餐廳（Delmonico's）前面招手叫了一輛公車。他先把外套的鈕扣扣緊，然後爬到第二層去，在那裡他只有孤零零的一人，在不斷下著的小雨天裡坐著公車往前行，因為雙頰始終涼涼濕濕的，那刺痛的感覺讓他一直保持著清醒。他注意到自己內心深處開啟了一番對話，雖然只有一種聲音，但那聲音卻同時扮演問與答的角色。

問：嗯……現在的狀況是怎樣？

答：我名下財產只有二十四元。

問：你還有日內瓦湖的莊園。

答：但那是我打算留著不賣的。

問：你活得下去嗎？

答：我想不出來為什麼活不下去。很多人靠書賺錢，而且我發現，人們在書裡面用的那一套，我總是能做得到。說真的，那是我唯一會做的事。

問：說得明確一點。

答：我不知道未來自己要做什麼——我也不太想知道。明天我將永遠離開紐約。這地方對每個人都不好，除非你是上流社會成員。

問：你想賺很多錢嗎？

答：沒有，我只是怕窮而已。

問：很怕嗎？

答：只是有點怕。

問：你要流浪到哪裡？

答：別問「我」！

問：你不在乎嗎？

答：的確如此。但我不會就此沉淪。

問：你對任何事物都不再有興趣了嗎？

答：一點興趣也沒有。而且我再也不會敗德了。我就像是一口熱氣都散掉的冷鍋子，所有敗德的事就像卡路里被耗盡一樣，我們在青春年少的時候已經全都經歷過了。所謂的天真，其實就是敗德。

問：有趣的想法。

答：這就是為什麼一個「變壞的人」會吸引人們。人們就站在他身邊，只要他敗德，就像熱度來「取暖」。舉例來說，如果有個叫莎拉的女孩說了一句不夠世故的話，旁人的臉上都會堆著假惺惺的愉悅笑容——他們一邊說著：「這孩子多麼『天真』啊！」一邊靠她的敗德來取暖。但是莎拉看穿了他們的虛偽笑容，再也不會說那句話。只有她在事後會覺得比較冷。

問：你所有的卡路里都燒光了嗎？

答：一點也不剩。現在開始換我靠別人的敗德來取暖。

問：你墮落了嗎？

答：我想是這樣，但不確定。我再也不能確定什麼是善，什麼是惡了。

問：這件事本身是一個不好的預兆嗎？

答：並不必然。

問：怎樣才算是墮落？

答：如果我墮落了，會變得不真誠——我會說自己「是一個沒那麼壞的傢伙」。還有，儘管青春逝去時的那種喜悅只是令我感到不快，我卻以為自己對此感到悔恨。青春就像是一大盤糖果一樣。多情的人以為自己想要回到吃糖果前那種純真而簡單的狀態。但他們並不想，他們只是想要重溫吃糖的那種樂趣而已。所以女人想要的，不是回到自己還是小女孩的時候——而是想重溫她們的蜜月。我不想找回過去的純真，我想要的，其實是享受失去純真的那種感覺。

問：你要流浪到哪裡？

奇怪的是，這段對話開始讓他感覺非常熟悉——這種熟悉的狀態裡，不管是慾望、擔憂、對外在事物的印象以及身體的各種反應，全都奇怪地混雜在一起。

第一百二十七街——還是第一百三十七街？❖1…二和三看來很像——不，不怎麼像。座位濕了…因為座位，衣服也變濕了，還是應該說，因為衣服，座位變乾了？…蛙仔．派克的媽媽說過，坐在潮濕的東西上面會得盲腸炎。嗯…他真的得過盲腸炎——貝翠絲說，我要告輪船公司，還有我的叔叔對於她是不是上了天堂，感到有點興趣…可能沒有——他代表著貝翠絲永垂不朽的存在。還有一堆作古之人的陳年風流韻事，他們當然不知道有他這號人物…如果不是盲腸炎，那也許就是流行性感冒。什麼？第一百二十街？所以剛剛那條一定是第一百一十二街。一一二而不是一二七。蘿莎琳不像貝翠絲，像貝翠絲的是愛蘭諾，只不過她比貝翠絲還要野，頭腦也更好——這條街上的公寓很貴——一個月的租金可能要一百五——或者兩百——在明尼亞波利斯市，那麼大的一間房宅，一個月也才花叔叔一百塊。問題是——當你進去時，樓梯是在左邊或右邊？無論如何，進去「十二學院」的時候，要一路走到後面，然後從左手邊上樓梯。這條河真髒——我想跳下去確認它是不是真的很髒——法國的河一律都是棕色或黑色，南方的河流也是這樣——二十四塊，可以買四百八十個甜甜圈。他可以靠這點錢活三個月，然後睡在公園裡。不知吉兒的芳蹤何在？——她是叫做吉兒．貝恩，還是費恩？賽恩？——搞什麼鬼——脖子真痛，這椅子難坐死了。不想跟吉兒上床。艾力克到底看上她的哪一點？艾力克對女人的品味可真差勁——我自己的品味是最好的。伊莎貝爾、克萊拉、蘿莎琳與愛蘭諾，她們就像是萬中選一的美國棒球代表隊。愛蘭諾可以當投手，也許是個左投。蘿莎琳可以守外野，是個很棒的打者，而克萊拉也許可以鎮守一壘。韓伯德還是屍骨未寒嗎？如果他沒有當上刺槍術的教官，他會提早三個月上前線，可能已經捐軀了。那可惡的鐘在哪裡——

河濱大道上，那些街道的編號因為霧氣與濕漉漉的行道樹而變得模糊不清，無法很快辨識出來——但艾莫瑞終究看到了第一百二十七街的號誌。下車後他沒想到要去哪裡，只是沿著彎曲的下坡人行道往前走到河邊，而且剛好看到一個長長的碼頭，河面上到處散布著供小船停泊的船塢：有小型遊艇、獨木舟、划艇與小帆船。他轉身沿著河岸往北走，跳過一道低矮的鐵絲圍籬，發現自己置身在碼頭邊一個很亂的大型船塢裡。他身邊有許多的船殼，每一具的修復進度都不一樣。他聞到鋸木屑與油漆的味道，還有一點點哈德遜河的氣味，幾乎聞不出來。有個男人從一片陰暗中朝他走過來。

艾莫瑞說：「嗨。」

「有會員證嗎？」

「這是個私人俱樂部？」

「這裡是哈德遜河運動與遊艇俱樂部。」

「喔。我不知道，我只是找個休息的地方。」

那個男人用猜疑的口吻開始說：「嗯——」

「你要我走，我就走。」

那個男人嘴裡嘟囔了兩句，不知道說了些什麼，然後就走開了。艾莫瑞自己找了一艘翻過來的船坐下，若有所思地把身體往前傾，然後用手托著下巴。

他慢慢地說：「惡運有可能把我變成一個罪大惡極的人。」

委靡不振的時刻

細細雨絲不斷飄落，同時艾莫瑞無力地回顧自己那夾雜著光芒與髒污陰影的一生。一開始，他還是害怕——不是害怕什麼具體的事物，而是怕人群與偏見，還有這世間的悲慘與單調。然而在他悽苦的內心深處，他也想知道自己是不是比別人差。他知道，他終究可以強詞奪理，說服自己相信，身上的所有弱點都是因為情勢與環境所造成的；每當他對自己身為一個自我主義者這個事實感到氣憤時，有個聲音總是用討好的口氣對他低語——「不。你是天才！」那個聲音是恐懼的一個化身，那個聲音告訴他，他不可能同時是個偉人，又是個好人，也跟他說，所謂的天才，就是他腦袋裡那些無法說明的奇妙經歷與奇想的結合，還說只要他的心智受到紀律的約束，他就會變成一個平庸之輩。艾莫瑞看不起自己的地方，恐怕不是他真的做了什麼壞事，或者有何失敗之處，而是他自己的個性——他討厭的是，不管是明天或一千個日子以後，每當聽見恭維，自己就被捧上了天，而且只要有人說他一句壞話，例如說他是個三流的音樂家，或者他做人太會演戲，他就感到很生氣。讓他覺得羞恥的事情包括：單純與真誠的人通常都討厭他；還有過去那些對他進行人身攻擊的人，他都用殘忍的方式對待他們——例如有幾個女孩以及大學裡的一些人；還有不管在哪裡都有人跟隨著他一起進行心靈冒險，但事後證明他對他們具有邪惡的影響力，因為最後都只有他一人能重新振作，毫髮無傷。

通常，在像這樣的夜裡，因為最近這樣的情形實在太常出現了，他只要想一想小孩和孩子們的無限可能性，就可以擺脫那類人的自省——他屈著身子傾聽，聽見對街一間屋裡傳來小孩被嚇醒的聲音，因而夜裡傳來了一小陣啜泣聲。在一瞬間他轉身繼續痛苦地想著：是不是他的心緒正處於沉思的絕望中，所以他小小的靈魂裡才出現了一個黑暗的角落？他打了一個寒顫。是不是有一天他會失去理智，變成一種連小孩也害怕的東西，在黑暗中偷偷爬進房裡，與他偷偷合謀的都是一些幽魂——一些對著月亮黑暗大陸上的瘋子輕聲傾訴陰暗秘密的幽魂⋯⋯

艾莫瑞露出微笑。

他聽到有人說：「你被困在自己的世界裡了。」然後又有人說——

「你得走出去，做些真正的工作——」

「別再擔心了——」

他心想在未來他可能會有這樣的評語。

「是的——也許在年輕時我是個自我主義者。但很快地我發現了，如果只是想到我自己的話，我會變成一個討厭的傢伙。」

突然間他感覺到有一股強烈的慾望讓他想要消失無蹤——不是像個紳士般地轟轟烈烈犧牲辭世，而是用一種安全而充滿感官享受的方式躲起來。他想像自己待在墨西哥一間泥磚蓋成的屋子裡，在一張覆蓋著毯子的臥榻上半躺著，他那充滿藝術氣息的纖細手指夾著一根菸，同時聽著幾把吉他低聲演奏著憂鬱的古老卡斯提爾（Castile）❖2輓歌，身邊還有個橄欖色肌膚，暗紅色嘴唇的女孩輕撫著他的髮絲。在那裡的生活經歷就像一部奇怪的連禱文，有的內容與對錯有關，有的是出自「天堂之犬」❖3的嘴裡，有的則是所有神祇說的（唯一的例外是那位墨西哥的異國神祇，因為祂自己太過懶散，完全耽溺在東方的香氣裡）——在那裡他會經歷成功、希望與貧窮，然後放浪形骸的生活就像一道長長的滑梯一樣，讓他終究滑進了自己打造的死亡之湖。

如果他想過著沉淪的生活，這世上有很多可供他找樂子的地方：像是賽德港（Port Said）、上海、土耳其斯坦的某些部分、君士坦丁堡，還有南海——全都是些繚繞著動人悲曲，瀰漫著各種氣味的國度，貪欲在那裡是生活的一種表達形態，夜空下與黃昏裡的陰影似乎只會反映出熱情的心緒：也就是嘴唇與鴉片的顏色。

平靜中的各種聯想

過去他曾有一種能察覺邪惡的神奇能力，就像夜裡的馬可以及時發現橋是斷掉的，但是在菲比房裡那個有一雙怪腳的傢伙已經化為吉兒身邊的那一片氛圍。他的本能感覺到貧窮臭不可聞，但是不再能察覺出驕傲與感官享受中含藏著更深層的邪惡。

再也沒有人是智者，再也沒有人是英雄。伯恩·哈樂戴已經從他眼前消逝，好像從來不曾有過這號人物似的；達西神父也死了。在艾莫瑞成長的過程中，他所讀的一千本書，其實是一千個謊言；他熱切地聽那些裝懂的人說話，但實際上他們一無所知。過去在靜謐的夜裡，聖人們那些神秘的幻想曾讓他充滿敬畏之心，如今卻隱約讓他起了反感。那些像拜倫或布魯克一樣站在山頂蔑視生命的人，如今在他眼裡都只是浪子與一些裝腔作勢的傢伙，最多他們也只是有一點點勇氣而已，但是卻被誤認為掌握了智慧的本質。讓他幻滅的人可以排成非常壯觀的隊伍，從古至今包含了列位宗教先知、希臘哲學家、殉道烈士、聖人、科學家、像唐璜般的人物、耶穌會教士、清教徒、像浮士德般的人物、詩人以及和平主義者。這些人就像穿著各色服裝的大學校友們，在同學會裡一個個在他面前走過，而他們的那些夢想、性格與信條，都曾經是照亮他的生命的光芒。他們每個人都曾試著表達出生命的光輝，以及人類的非凡意義；本來言之無物的他，在他們的加持下，變得可以夸談過去的種種；但他們每個人畢竟只是在一個擺設好的舞台上，按照傳統的戲碼演出——因為像艾莫瑞這種渴求信仰的人只要一看到精神糧食，為求便宜行事，馬上就會拿來餵食自己的心靈。

他曾對女人有過很多期待，他認為她們的美足以被轉變為藝術的形態，而她們那高深莫測的本能，儘管是如此不連貫而不清楚，他卻覺得可以被化為一種永恆的經驗——但後來他覺得只有這些女人自己的後代才應該把她們當作是神聖的。不管是伊莎貝爾、克萊拉、蘿莎琳或愛蘭諾，都是因為她們的美貌而不時被男人包圍，也是因為美貌而不可能對人有所貢獻，最多她們也只會讓人傷心，讓人寫下一頁不知所云的字句。

透過幾道很快就得出的三段論式（syllogisms），艾莫瑞不再相信有任何人可以幫助他。他認為，跟他同一個世代的人們，不管有多少人在這場戰爭中傷亡，還是認同那種引發戰爭的維多利亞時代進步理念。儘管這幾道三段論式的結論之細微差別有可能偶爾造成幾百萬年青人在戰爭中死亡，艾莫瑞還是認為這些差別只要稍加解釋就可以不予理會——他覺得，畢竟蕭伯納、伯恩哈迪將軍（Bernhardi）❖4、波納·洛爾（Bonar Law）❖5還有貝特曼·霍爾維格（Bethmann-Hollweg）❖6等人，就算他們唯一具有共識的一件事，就是認為不該抓女巫去浸水，也都算是進步理念的繼承人——艾莫瑞暫時擱置他們那些相左的看法，一個個去檢視這些似乎是領袖的人，令他感到討厭的是，這些人自己的種種說法中充滿了差異與矛盾。

就以松頓·漢考克為例，有一半的知識份子把他當作一位參透生命的權威人士，認為他證明了自己賴以生存的那些信條，並且堅信不已，他教誨了無數的教育家，也是歷任總統的諮詢顧問——然而艾莫瑞知道，這個人的內心深處總是依賴著另一個宗教的教士。

至於深受某位樞機主教倚重的達西神父，也曾感受過片刻的不安，令他覺得既奇怪又恐懼——這件事在天主教來講是完全無法解釋的，因為這個宗教即使遇到不信上帝的人，也會從信仰的角度來進行解釋：所以，如果我們懷疑魔鬼的存在，是因為魔鬼讓我們懷疑它。艾莫瑞曾眼見達西神父與麻木不仁的腓利斯人來往，一邊讀著流行小說，一邊生氣，過著一成不變的生活——這麼做都是為了逃離他內心的那股恐懼不安。

而神父這位教士比他聰明一點，也較為純真，艾莫瑞知道他的年紀並沒有比自己大多少。

艾莫瑞孤身一人——他從一個本來被包圍住的小地方逃進了一座大迷宮裡。他待的地方，就是歌德（Goethe）在寫《浮士德》（Faust）之際待過的地方，當初康拉德也是在這裡完成《奧邁耶的癡夢》（Almayer's Folly）。

艾莫瑞告訴自己，基本上會離開那小地方，走進迷宮的，只有天生就腦袋清醒或者理想已經破滅的兩種人。有人是像威爾斯或柏拉圖，他們隱約知道自己把一套奇怪而潛藏的說法視為正統，只接受全人類都能接受的東西——這些無可救藥的浪漫主義者們，儘管努力不懈，當他們走進迷宮時，從來就還不是完整的靈魂；另一方面，也有人是像寶劍似的先驅，例如撒謬爾．巴特勒（Samuel Butler）❖7、雷南（Renan）❖8、伏爾泰（Voltaire），他們的腳步雖然較慢，但是終將能走得更遠，他們不會遵循那條悲觀的沉思哲學之路，而是關切著一個永恆的課題：如何為生命賦予一種正面的價值…

艾莫瑞停了下來。他畢生第一次對所有的泛泛之談還有雋語都產生一股強烈的不信任感。對於大眾的心靈來講，那些話都太簡單，而且太危險了。然而，不管是哪一種思想，經過三十年後都會透過這種方式傳授給大眾：例如班森與卻斯特頓把于斯曼、紐曼介紹給大眾❖9；還有在蕭伯納的精心安排下，大家都吸收了包上糖衣的尼采、易卜生（Ibsen）與叔本華（Schopenhauer）。這些去世的天才們所得出的結論，往往都先被某人化為慧頡的悖論與說教的雋語，然後在街頭口耳相傳。

生命就像是一場被詛咒的迷糊仗…它就像是一場大家都越位犯規的美式足球賽，裁判卻不在場上——每個人都宣稱，如果裁判在場，一定會站在他那邊…

進步就像是一座大迷宮…每個人都盲目地衝進去，然後又匆匆退出來，大聲叫說自己已經知道它是怎麼一回事了…「生命衝力」（the élan vital）❖10就像是看不見的主宰，它是進化的原則…不管是有人想要寫本書，發動一場戰爭，或者創辦一所學校，全都是由它推動的…

儘管艾莫瑞不是個自私的人，但他首先要問的都是一些與自己切身相關的問題。

他恰好能拿自己來當作最佳範例——坐在雨中的他，是人類的性與驕傲之產物，擊倒他的是時運，是他把愛情當作一種慰藉，還有他的孩子氣，本來他還以為自己有助於民族的生存意識之建立。

在自責之中，他帶著寂寞與幻滅的心情來到了迷宮的入口。

又是另一天的晨曦從河面升起。一輛載客載到很晚的計程車匆匆開過街頭，它那一對還亮著的大燈就像燃燒著的雙眼，掛在一張因為整夜狂飲而慘白不已的臉上。一個陰鬱的警笛聲遠遠地從河流的下游傳過來。

達西神父

艾莫瑞一直想著：如果達西神父地下有知，不知道會有多喜歡自己的葬禮。葬禮在濃濃的天主教氛圍中進行著，而且儀式隆重。主教頌唱著莊嚴的大彌撒經文，最後的「赦罪」儀式則是由樞機主教來進行。松頓．漢考克、勞倫斯夫人，還有英、義兩國大使都來了，教宗則是派了特使出席，此外在場的還有一群友人與教士——儘管神父在生前廣結善緣，但是他的這些人脈就像是被一把無情的剪刀剪斷似的，他終究得撒手而去。對於艾莫瑞而言，要這樣目睹他躺在靈柩裡，雙手相交擺在紫色的祭袍上，實在是令人難忍的悲慟。他的臉龐還是一樣，就像臨終前還不知死之將至，所以沒有痛苦與恐懼。躺在那裡的，是艾莫瑞親愛的老友，對他和對其他人來講都一樣——因為教堂裡每個人的臉都顯得有點呆滯，只是凝視著前方，最尊貴的那些人似乎也是受到打擊最深的。

樞機主教就像是穿著法衣與法冠的大天使，在管風琴的樂聲中他灑著聖水，唱詩班開始演唱《安魂曲》（Requiem æternam）。

所有的人同感哀悼，因為他們或多或少都有倚重達西神父之處。他們的情緒，並不只是像威爾斯所說的，從「沙啞的聲音，還有踉蹌的腳步」裡就可以看得出來，而是更為深層的悲慟。這些人都依賴著達西神父的信仰，還有他鼓舞人心的方式，以及他的宗教觀——在他看來，宗教是由光芒與陰影構成，因此上帝也有明暗兩面。當他在身邊時，總能讓人感到安心。艾莫瑞的犧牲不成之後，其後果只是他的幻滅完全成真而已；但是在這場葬禮後，卻有一個浪漫的精靈降生，跟隨著他一起進入迷宮裡。他找到了他想要的事物——不管在過去或現在，都是他想要的——他想要的，不是被人景仰，這反而是他所怕的；他想要的，不是被愛，雖然他相信他能獲得真愛；而是被人需要，成為一個別人不可或缺的人。他還記得他在伯恩身上所找到的那種安全感。

在一陣璀璨的光芒中，生命以驚人的姿態在他面前展開，而且艾莫瑞發現他突然永遠不再相信一句在他腦海中無力地盤旋著的雋語：「重要的事物沒有幾件，而非常重要的事物更是一件也沒有。」

相反的，艾莫瑞感覺到自己有一股強烈的慾望：他想讓人們有安全感。

一位戴著護目鏡的大人物

艾莫瑞決定要步行到普大那一天，天空就像一個沒有顏色的圓頂，冷冷的天際沒什麼雲，一點也沒有要下雨的樣子。當時天色灰暗，是最不真實的一種天候，好像充滿了夢幻與無盡的希望，以及清晰的願景。那一天很容易會讓人聯想到抽像的真理，以及那些在陽光裡消失無蹤，或者在月光下的訕笑中淡出的純真。樹與雲就像嚴謹的古典雕刻作品，鄉間的聲音和協到顯得單調，像小號樂音一樣是從金屬裡發出來的，也如同希臘的古甕一樣讓人屏息以待。

那一天的艾莫瑞完全陷入沉思之中，結果這可惹惱了幾位摩托車騎士，因為他們非得大幅降低時速，否則就會把他給輾過去。因為他想事情的時候實在太認真，遇到了一件怪事但卻一點也不意外——在曼哈頓地區方圓五十英哩以內居然有人會如此熱心。一輛車子在經過他身邊時把車速放慢，有人出聲叫住他。他抬頭一看，發現是一輛「美國自動車公司」出品的豪華汽車，車裡端坐著兩位中年男子，其中一個矮個子看來很緊張，顯然是另外那位高個兒的隨從，而高個兒則是戴著護目鏡，令人印象深刻。

那矮個兒隨從說：「想要搭便車嗎？」他用眼角餘光看著令人印象深刻的高個兒，好像他向來都會這樣默默徵得高個兒的同意。

「當然囉。謝謝。」

司機把車門打開，接著艾莫瑞爬上車後就坐在後座的中間。他好奇地仔細觀察這兩位同伴。那位高個兒的最大特色，就是他對自己似乎有絕對的自信，但是對於周遭的事物卻覺得非常無聊。在他那張戴著護目鏡的臉部下方掛著一種通常被稱為「堅強」的特徵：靠近下巴的地方堆積了幾圈肉，但是卻無損於其尊貴。上方的那張闊嘴則是由薄薄的雙唇構成，鼻子有羅馬人的古風，但稍顯粗野；再往下看，他那一雙肩膀完全沒有施力，直接朝著他有力的胸膛與腹肚往下垂。他的穿著非常出色，但是並不花俏。艾莫瑞發現他總是直視著司機的後腦勺，好像一直覺得司機的頭髮有什麼難解的問題，讓他苦苦想不出解決之道。

那個矮個兒唯一值得一提的地方，只有他是完全崇敬著高個兒的人品。他像是個四十歲的低階秘書，名片上寫著「董事長助理」的頭銜，他所致力從事的，是要讓自己永遠擺出一副矯揉造作的架子，永遠不嫌煩。

那矮子用愉悅但是毫不在乎的口氣問：「要去遠處？」

「挺遠的。」

「為了運動而走路？」

艾莫瑞簡潔地回答：「不是。我走路是因為我付不出車錢。」

「喔。」

然後他又說：

「要找工作嗎？因為有很多工作。」他用試探性的口吻繼續說：「大家都說什麼工作難找。其實西部特別欠缺勞工。」他在講到「西部」這兩個字的時候，用的是非常流暢的側音。艾莫瑞客氣地點點頭。

「你有什麼技能嗎？」

沒有——艾莫瑞沒有技能。

「辦事員嗎？」

不是——艾莫瑞不是辦事員。

那矮個兒的語氣就好像很聰明地同意艾莫瑞所說的某件事，他說：「不管你幹的是哪一行，現在是充滿機會的時刻，到處都有工作的空缺。」他又用眼睛瞥一下那位高個兒，就像詰問證人的律師們都會不由自主地瞄一下陪審團一樣。

艾莫瑞決定要說些話，而就他有限的生活經歷，他也只能說。

「我當然想要賺一堆錢——」

那矮個兒不快地笑著，但臉上的表情很認真。

「如今哪個人不愛錢？只是沒有人想要用工作掙錢。」

「這種慾望是自然而然，而且健康的。幾乎所有一般人都想致富，但是不願犧牲付出——唯一例外的是問題劇裡面的那些金融家們，他們總想『毀掉擋路的一切』。你不想輕鬆賺大錢嗎？」

那位秘書氣沖沖地說：「當然不想。」

艾莫瑞不管他，繼續說：「但是，因為我現在一貧如洗，我正思考著是否可以拿社會主義當作我的利器。」

他們倆都好奇地瞥望著他。

「那些只會丟炸彈的傢伙——」矮個兒講到一半就停了，因為他聽見高個兒好不容易從胸臆間吐出沉重的字句。

「如果我覺得你是個丟炸彈的傢伙，我會用車直接把你載去紐華克（Newark）監獄。這就是我對社會主義者的看法。」

艾莫瑞笑了出來。

高個兒問：「你是什麼？只會在客廳裡講大話的布爾什維克主義者？還是理想主義者？我必須承認，我看不出兩者有何差別。那些理想主義者到處都是，他們專門寫東西煽動那些可憐的移民。」

艾莫瑞說：「嗯⋯如果當個理想主義者既安穩又有賺頭，我可能會試試看。」

「你碰到了什麼困難？丟了飯碗？」

「不全是那樣，不過——嗯⋯你就當作是那樣吧。」

「什麼工作？」

「幫一家廣告公司撰寫文案。」

「廣告業很賺錢。」

艾莫瑞露出謹慎的微笑。

「喔，我承認那是個終究會讓人賺錢的行業。有才華的人再也不會餓死了，如今就連藝術也能讓人溫飽。藝術家幫人畫雜誌封面，撰寫廣告文案，或者為劇團創作散拍音樂（ragtime）[11]。藉著出版的商業化，每個天才都有辦法找到一份無害而優雅的工作，並且可能在其中擔任最合適的職務。但必須注意的是，藝術家也是知識份子。那些不能適應這個時代的藝術家——那些跟盧梭（Rousseau）、托爾斯泰、撒謬爾·巴特勒，還有艾莫瑞·布雷恩一樣的人物——」

那個矮個兒用懷疑的口吻質問：「那傢伙是誰啊？」

艾莫瑞說：「嗯⋯他是個——他是個知識份子裡的要人，目前還沒什麼名氣。」

那矮個兒又露出那認真的笑容，但是一等到艾莫瑞那一雙像燃燒的雙眼掃到他臉上時，突然收起了笑臉。

「你在笑什麼？」

「這些『知識分子』——」

「你知道那是什麼意思嗎？」

那矮子的雙眼緊張地抽動著。

「你怎麼這樣問?那『通常』是指——」

艾莫瑞打斷他：「那『一直都是』指那些聰明而受過良好教育的人。那些人對於民族的經歷必須主動予以掌握。」艾莫瑞決定要對他很不禮貌，於是轉身對高個兒說：「這位年輕人——」他用大拇指指著那位秘書，說「年輕人」這三個字的時候就好像在說「提行李的小子」（bell-boy）一樣，意思不是他很年輕，他接著說：「跟時下很多人一樣，搞不清楚一些常用字彙的意涵。」

那個高個兒調整一下自己的護目鏡，然後說：「你覺得出版不應該由資本來控制嗎？」

「正是如此——而且我也反對為了那幾個錢就把自己的腦力賣給他們。據我對周遭行業的觀察，每一行的根基都是由超時工作與過低的薪水所構成，總是有些笨蛋任勞任怨。」

高個說：「此時此刻，你必須承認，勞工拿的薪水都太高了——每天只工作個五、六小時——這真是荒謬。從來沒有任何一個加入工會的傢伙肯認真工作的。」

艾莫瑞堅稱：「這可是你們自找的。你們這些人總是要等到被其他人勒緊脖子才肯做出讓步。」

「什麼叫我們這些人？」

「你這個階級的人。過去我也隸屬於你這個階級，直到最近為止。這階級是個資產階級，有些人是靠遺產或做生意，也有人靠頭腦或詐騙而成為這階級的一員。」

「如果那邊那個修路工人有錢的話，你能想像他會比較願意把錢捐出來嗎？」

「不能，但這跟我們討論的有關嗎？」

高個兒想了一下。

「我必須承認，沒有關係。只不過，聽起來似乎是有關的。」

艾莫瑞繼續說：「事實上，如果有錢的話，他會變得更糟。低下階層的人較為狹隘，比較不快樂，而且個性較為自私——當然也比較笨。但這一切都跟我們說的問題無關。」

「這到底是什麼問題？」

艾莫瑞在此必須停頓一下，因為他得想想這到底是什麼問題。

艾莫瑞發明了一個詞彙

艾莫瑞慢條斯理地開始說：「當一個受過良好教育的聰明人被生活問題困住的時候，也就是說當他結婚的時候，十個這種人裡面會有九個會改變，他們會改用一種比較保守的態度去面對社會現狀。他可能是無私而慷慨的，即使只是他自以為如此。但是此刻他的第一要務是養家活口，保持生活安穩。他老婆不斷咻⋯咻⋯咻地趕著他去工作，把他當作動物一樣關在沒有窗戶的磨坊裡幹活，薪水從一年一萬，加到一年兩萬，然後又不斷增加。他這輩子算是完了！他被生活困住了！沒有人幫他！一個在精神上已婚的男人就是這麼一回事。」

艾莫瑞頓了一下，他發現這個詞彙還不錯。

他繼續說：「有些男人擺脫了生活的掌控。也許是因為他們的妻子不想成為上流社會的一員；也許是因為某一本『危險的書』裡面有一兩句話讓他們覺得很高興；也許他們跟我一樣開始推磨，但是卻被人踢了下來。無論如何，他們就像是那種你不能用錢收買的國會議員，那種不是政客的總統，他們是作家、演說家、科學家或政治家，總之他們不是那種只為了養活五六個婦孺而幹活的人。」

「這種人天生就很激進嗎？」

艾莫瑞說：「是的。這種人可謂形形色色，有些是像老松頓．漢考克那種幻滅的批評家，就連托洛斯基也是這種人。如今這種在精神上未婚的男人尚未直接掌權，因為非常不幸的是，那些精神上已婚的男人在追逐金錢的過程中，順便也掌控了那些大報社，還有流行雜誌，以及具有影響力的週刊——所以這些報社、雜誌社與週刊的老闆們才能坐著禮車出入門戶，跟街上那些賣油的，或街角那些賣水泥的傢伙就是不一樣。」

「這有什麼不好？」

「這意味著，這世上有良心的知識份子變成都由有錢人來掌控。一個人如果藉著一些社會體制的幫助而成為有錢人，他當然不能冒著讓家人掃興的風險，讓報紙上大肆刊登另一個有錢人的消息。」

高個兒說：「但這種新聞還是會出現。」

「在哪裡？——在信用有問題的媒體上。或者是用粗紙印行的爛週刊上。」

「好——繼續說。」

「嗯⋯我要說的第一點是，在以家庭為首的諸多條件之配合下，有兩種思維會出現。一種思維不會改變人性，而是利用人類生性膽小懦弱，還有一些人類的長處來達成自己的目的。與其相反的是另一種人的思維，他們就是在精神上未婚的人，不斷尋找可以用來控制或反抗人性的新體制。這種人的問題比較難。因為複雜的不是生活，只有當他們努力嘗試引導或掌控生活，它才會變複雜。他們難處就在這裡。他們是進步過程的一部分——在精神上已婚的男人們則不是。」

高個兒拿出三根雪茄，擺在他巨大的手掌上，要他們拿去抽。矮個兒拿了一根，艾莫瑞搖搖頭，伸手拿出自己的一根香菸。

高個兒說：「繼續聊。我一直就想聽聽你們這種人的說法。」

用更快的速度向前走

艾莫瑞又繼續開口說：「現代的生活不再是每個世紀改變一次，而是年年都有變化，速度比以往快了十倍——人口比以前多了兩倍，每個文明與其他文明之間的融和更加緊密，經濟上相互依賴，還有許多種族的問題，以及——我們根本就是在混日子。依我之見，我們前進的速度非得大幅加快不可。」他稍稍加重最後幾個字，司機也下意識地加快車速。艾莫瑞與高個兒都笑了出來。矮個兒頓了一下之後也笑了。

艾莫瑞說：「每個孩子的人生，都該享有齊頭式的起跑點。如果一位父親可以為他的孩子賦予好的體格，母親則是在早期教育中為孩子灌輸常識，那這就是他們的孩子該享有的財產。如果父親不能給孩子好體格，如果當媽媽的不花時間準備教育小孩，而是把那幾年拿來追著男人跑——這對孩子來講是更糟的。孩子不該被教成處處以錢為後盾，被送去補習班，然後硬被拉去讀大學⋯每個男孩的人生都應該享有齊頭式的起跑點。」

高個兒說：「好。」因為戴著護目鏡，看不出他是同意還是反對。

「接下來我主張，應該透過公平審判的方式，讓政府接掌所有的公司。」

「事實證明，這種做法是完全行不通的。」

「不——只不過有一次失敗的經驗而已。如果每家公司都歸政府所有，那麼政府裡面那些最擅長分析而有商業頭腦的人就有發揮餘地，而且他們不是為自己謀利。如果是這樣，我們的政府裡面就會有許多像馬凱❖[12]那種人，而不是布勒森❖[13]那種傢伙。財政部裡像摩根❖[14]的人才也會比比皆是，我們也可以把州際商務交給希爾❖[15]那種人去經營。至於參議員，則都是由最好的律師來擔任。」

「他們絕對不會白白拼命幹活。像麥卡度（McAdoo）❖[16]——」

艾莫瑞搖頭說：「不。即使在像美國這種國家裡，也不是只有金錢才能激發出人的最佳潛能。」

「可是你剛剛說是這樣沒錯。」

「現在跟剛剛不一樣。但是，如果這些最棒的人才拿了一定額度以上的錢就算違法的話，他們會全部聚在一起爭取另一種吸引人性的獎品——榮譽。」

那高個兒好像發出了「噓聲」。

「到目前為止，你說的話裡面就數這句最愚蠢了。」

「不，一點也不蠢。這是很有可能的。如果到大學去看看，會讓你感到驚訝的是，跟那些一心只想賺錢的人相較，一位大學生為了任何一個微不足道的榮譽，都會付出比他們多出兩倍的心血。」

高個兒用嘲弄的口氣說：「都是些小孩子——像在辦家家酒一樣！」

「絕對不是——除非我們每個人都是小孩子。你有看過一個大人為了加入秘密社團而付出的努力嗎？——或者是一個新興家族為了被某個俱樂部接受而做的事嗎？當他們聽到自己做到了，全都會樂得跳起來。如果以為要叫人們工作，非得拿黃金在他們面前晃，那就大錯特錯了。這根本不是一成不變的道理。過去我們一直這麼做，以至於忘記還有另一種方式。我們把這世界變成非這樣不可。我跟你說——」艾莫瑞加重他的口氣，然後繼續說：「如果有十個人知道自己不會變成有錢人，但也不會餓死，然後有人告訴他們，一天工作五小時，可以拿到綠色勳帶，如果是十小時，則可以拿藍色勳帶，十個人裡面鐵定會有九個想爭取藍色勳帶。人有一種競爭的本性，追求的只是勳章。如果房子的大小被當成一種勳章的話，他們也會努力幹活買房子。如果勳章只是藍色勳帶，我幾乎堅信他們也會一樣認真工作。過去歷史上也曾出現過這種情形。」

「我不同意。」

艾莫瑞悲傷地點頭説：「我知道。不過，這一切再也不重要了。我想那些人很快就會趁勢而起，想拿什麼就拿什麼。」❖17

那矮個兒用力地噓了一聲。

「用機關槍來搶嗎？」

「嗯，他們不是都學會怎麼用了嗎？」❖18

高個兒搖搖頭。

「我國的有產階級人數應該足以阻止這種事情的發生。」

當時艾莫瑞真希望自己知道有產階級與無產階級到底有多少人。他決定要換個話題。

但是高個兒正在興頭上。

「你説的是他們會把東西奪走⋯這真是一種危險的説法。」

「如果他們不出手奪取，哪能擁有那些東西呢？多年來，人民一直被人用承諾敷衍拖延。社會主義也許不是一種進步，但是在紅旗的威脅之下，一定會激起改革聲浪的。你得小心注意了。」

「我想，俄國可以用來說明你所謂有益的暴力？」

艾莫瑞承認：「很有可能。當然，俄國跟法國大革命一樣，都是革命過了頭，但我絕不懷疑它是一場偉大的實驗，而且很有價值。」

「你不相信溫和主張嗎？」

「那些溫和派的話，你是聽不進去的，而且如今幾乎已經太遲了。事實上，群眾已經完成了百年來最為驚人的成就。他們已經緊抓著一個理念。」

「什麼理念？」

「他們認為，儘管每個人的才智與能力都有所不同，但大家都是要填飽肚子的。」

矮個兒也有其說法

矮個兒用一種很深奧的語氣說：「如果你們奪走了全世界的財產，然後平均分——」

艾莫瑞突然說：「喔！閉嘴！」他不理會憤怒地瞪著他的矮個兒，繼續說出他的主張。

他說：「人的肚子——」但是高個兒非常不耐煩地打斷他。

他說：「我可以讓你繼續說，但是不要再說肚子了。這一整天我的肚子都不舒服。無論如何，你說的那些話只有不到一半是我相信的。你整個論證的基礎是主張財產都歸政府所有，但政府又總是貪贓枉法的罪惡淵藪。沒有人會為了藍色勳帶而工作的，這說法太荒唐了。」

當他不再開口時，矮個兒用堅決的態度點點頭，好像這次非把他的看法說出來不可。

他用博學貓頭鷹的口吻說：「有幾點都只是人性使然，不管過去或未來都是如此，絕對不會改變的。」

無奈的艾莫瑞先看看矮個兒，再往高個兒那邊看。

「聽我說！『這就是』為什麼我對進步的理念感到如此灰心。你們『聽聽看』！我隨口就可以舉出一百多個人類用意志加以改變的自然現象——一百個被人類根除的本能，或者是被文明壓抑住了。這傢伙剛剛說的，過去幾千年來一直是世界上所有笨蛋們僅剩的最後藉口。如此一來，豈不是抹煞了每個科學家、政治家、醫師、發明家與哲學家為了服務人類而付出的畢生心血？明明是人性中有價值之處，卻受到這種無聊的指控。哪個人如果過了二十五歲還說這種話，就應該被褫奪公權。」

那矮個兒往後靠在座椅上，因為憤怒而滿臉通紅。艾莫瑞繼續對著高個兒說出他的主張。

「那些只受過四分之一教育，思想陳腐的傢伙，就像你這位朋友，都『以為』他們自己會思考。每次一有問題出現，你會發現他這種人就開始胡言亂語。前一分鐘他們還說什麼『這些普魯士人既粗暴又毫無人性』——後一分鐘又說什麼『我們應該把所有德國人趕盡殺絕』。他們總是覺得『現今時局很糟糕』，但是他們『對那些理想主義者還沒有信心』。前一分鐘他們說威爾遜總統『只是個夢想家，一點也不務實』——一年後他實現了夢想，卻又飽受他們抨擊。對於任何主題，他們都沒有清晰的邏輯概念，唯一堅定而不為所動的立場就是反對改變。他們認為文盲不應該拿高薪，但是卻看不出，如果他們不付薪水給文盲，他們的孩子也會變成文盲，然後我們就這樣陷入惡性循環中。這——就是偉大的中產階級！」

那位高個兒咧著嘴，靠過去對著矮個兒微笑。

「蓋文，他這一擊可真漂亮。你有什麼感覺？」

矮個兒試著擠出微笑，裝出一副覺得這一切實在太荒唐的樣子，根本不值一哂。

但是艾莫瑞還沒講完。

「人類是不是可以管好自己，其實完全要看他這傢伙的表現。如果他在接受教育後可以進行清晰、精準與合乎邏輯的思考，不再習慣性地拿一些陳腔濫調、偏見與感情用事的想法來當擋箭牌，那我就是個激進的社會主義者。如果他辦不到，那麼從今以後不管人類與其社會體系發生什麼變化，都不會有太大意義。」

高個兒說：「我覺得既有趣，又高興。你真的很年輕。」

「意思是，我可能還沒有因為當代的經驗而變得墮落或膽怯。我所擁有的，是最有價值的經驗，是整個民族的經驗，因為儘管我念了大學，還是設法讓自己接受了好的教育。」

「你真是能言善道。」

艾莫瑞激動地大聲說：「我說的可不全是廢話。這是我畢生頭一次為社會主義辯護，而且我只知道它這種萬靈丹。我感到很不安，跟我同一代的人也是如此。這種社會體制真是令人厭惡——最有錢的人只要願意就能夠把最漂亮的女孩弄到手。憑什麼？而沒有收入的藝術家居然必須把其天份出賣給一個開鈕扣工廠的傢伙。就算我沒什麼天份，我也不願意辛苦工作十年，然後註定要當個單身漢，只能偷偷摸摸地玩樂，到頭來別人的兒子因為我的付出而有車開。」

「但是，如果你不確定——」

艾莫瑞大聲說：「那不重要。我的處境已經是最糟糕的了。但是一場社會革命過後，我可能會成為最上層階級的一份子。當然，我不是個自私的人。似乎我在這一切陳腐的體制裡總是感到格格不入。在我們的大學同學裡面，可能只有二十幾個人跟我一樣曾經接受過真正的教育；但是他們寧願讓那些被家教教得很好的笨蛋上場打美式足球，而我卻沒有資格，只是因為某個愚蠢的老傢伙覺得，圓錐體的知識對我們『每個人都』會有好處。我討厭軍隊，討厭商場。我愛上了改變，而且我已經丟掉了所有的道德觀念——」

「所以你才會沿路大叫我們應該用更快的速度前進。」

艾莫瑞堅稱：「至少那句話是不會錯的。改革不會主動趕上文明需求的速度，除非我們加緊腳步。所謂自由放任的政策就像跟小孩子說，最後你會沒事的，結果只是寵壞了他們。他們一定會被寵壞的——如果有人存心寵壞他們。」

「但是這些社會主義的廢話連你也不能全盤接受。」

「我不知道。直到我跟你聊天之前，我還沒認真地想過這些問題。我所說的一切，只有不到一半是我自己確定的。」

高個兒說：「你把我搞迷糊了。但是你們這種人都一樣。有人說，儘管蕭伯納提出那麼多社會主義的主張，但在所有的劇作家裡面，他可是把版稅算得最精的一個。連一毛錢都不能少給他。」

艾莫瑞說：「嗯…我只是說，身為我們這個不安世代的一份子，我有一顆渴求改變的心——我有充分的理由應該用我的才智與文筆去投效社會主義。即使我的內心深處覺得，在這瞬息萬變的世界中，我們只是盲目的小角色，但我們這種人就是應該抵抗傳統。新的理念可能終究也是騙人的話，但至少我們要試著把以往的那一套丟掉。過去我覺得自己有時對生活的看法是對的，但是要有信仰太難了。我只知道，如果我們不用活著的時間去尋找聖杯，那生命可能會是一場比較有趣的遊戲。」

片刻間兩人都沒開口，然後高個兒問他：

「你讀哪一間大學的？」

「普林斯頓。」

高個兒突然對他的來歷感到很有興趣，他那帶著護目鏡的臉上出現了一點表情變化。

「我就是送我兒子去普大唸書的。」

「是嗎？」

「也許你認識他。他叫做傑西·費倫比。去年他在法國戰死了。」

「我跟他很熟。事實上，他是我的幾個好友之一。」

「他是個——是個好男孩。我們兩個的感情很好。」

艾莫瑞開始感受到這位父親與其逝去的兒子之間的相似處，而且他告訴自己，這一路上他早就隱約覺得他們很像。傑西·費倫比——他在大學時代不屑一顧的那種威望，偏偏就是艾莫瑞一直渴求的。那一切似乎是好久好久以前的事了。當時他們都只是一群小男孩，為了一些藍動帶而努力不懈——

車子在一座大型莊園的入口處減速，莊園周遭是一道巨大的樹籬以及一面鐵製的柵欄。

「你不進來吃個午餐嗎？」

艾莫瑞搖搖頭。

「謝謝，費倫比先生。但是我得繼續往下走。」

高個兒伸出手。艾莫瑞看得出，就因為他認識傑西，所以他那些意見引來的種種不悅也就完全不重要了。人雖然死了，但影響力仍然是在的！就連那位矮個兒也堅持跟他握手道別。

當車子轉進角落，往私人車道上開的時候，費倫比先生大聲說：「再見！祝你好運！希望你的理論是錯的！」

艾莫瑞微笑揮手大叫：「費倫比先生，彼此彼此！」

「離開那火炬，離開那小小的寢室」

艾莫瑞坐在紐澤西州的一處路邊，看著到處結霜的鄉間，當時距離普大還有八小時路程。大自然也是有相當粗糙的一面：其中最主要就是那些花，如果近看的話，可以看出天蛾嚙咬的痕跡，還有那些螞蟻，不斷接力運送著草的碎片，這一切總是讓人感到幻滅——因為那由天空、水與遠方的地平線所構成的自然景觀總是比較討人喜歡。眼見四處結霜，冬天的腳步也已接近，此刻的艾莫瑞顫抖了起來，而且也讓他回想起多年前聖瑞吉斯與葛洛頓之間的那一場惡戰——那已經是七年前了；他還想起十二個月前一個秋日裡，跟整排弟兄都趴在長草叢裡，他等著對使用路易斯輕機槍的機槍手拍肩下令。這兩幅在他腦海裡的畫面同樣都能激起他最原初的豪情——就像是他參與過的兩場比賽，雖然承受的苦並不相同，但是如果與蘿莎琳或迷宮的課題相較，卻有較多相似之處，總之都是生命裡的正經事。

他心裡想：「——我是自私的。」

「——就算我見識過受苦受難的人類，失去過雙親，也幫助過別人，但這自私的特質終究是不會改變的。」

「——這種特質不只是我的一部分，而且是我身上最為鮮活的一部分。」

「——如果我想度過鎮定與協調的一生，那我就不能逃避這種自私的特質，而是該超越它。」

「——所有無私的德性都是可以被我善用的。我可以犧牲奉獻，慷慨解囊，為朋友付出或忍讓，為了朋友而獻出生命——這全都是因為這些事蹟都是展現自我的最佳方式。就算我沒嚐過人性中慈悲的滋味，那也不會怎樣。」

惡的問題在艾莫瑞心中具體化，轉變成性的問題。他開始覺得，所謂的「惡」，就是布魯克與早期威爾斯筆下的那種陽物崇拜。與「惡」密不可分的是「美」——一想到「美」，他的情緒還是會不斷如波濤洶湧。例如愛蘭諾輕柔的聲音在夜裡唱著古老的歌曲，像一陣喧鬧與狂喜一樣穿越他的生命，如同瀑布一樣巨力萬鈞，其中夾雜著節奏與黑暗。艾莫瑞知道，每當他懷著渴求的心情去追尋它的時候，它那張邪惡恐怖的臉都會斜眼瞪他。任何一種「美」都是如此——包括偉大藝術之美，愉悅之美，而女性之美更是如此。

畢竟，「美」與放縱享樂之間的關聯實在是太多了。柔弱的人事物通常很美，而且它們絕對不具備「善」的性質。而他領略到的這份全新的孤寂感，好像就是為了讓他達成某種偉大成就而存在似的；在這孤寂感中，「美」必定是相對的——如果不是這樣，雖然它自身是一種和諧，卻只會造成一片混亂。

就某方面而言，他對「美」的逐漸棄絕可以說是他幻滅後所做的第二件事，而這件事已經完成了。他感覺到，雖然本來他有機會成為某種藝術家，但如今他放棄了那個機會。因為，更重要的似乎是要成為某種人。

他發現自己突然轉念一想，開始想到天主教教會。他開始堅信，那些覺得有必要把某種宗教視為正統的人，天生就有某種缺乏——對艾莫瑞來說，所謂宗教就是羅馬教廷。可想而知，它只是一種空洞的儀式，但為了阻止道德的沉淪，它似乎是唯一一座可以感化人心的傳統堡壘。此時必須有人高聲疾呼「汝不可……！」直到大眾在教誨中建立起道德感。但是目前大眾是不可能會接受的。他想要的是時間，也希望那股不明的壓力能夠消失。他想要看到的是完全不加修飾的樹：也就是他想要徹底了解這個全新出發點的方向與動能。

三點鐘他眼前是一片潔淨的好景緻，到了四點更呈現出一種金黃色的美感，而下午就在這個轉變中逐漸消逝了。後來他在好像隱隱作痛的夕陽下步行著，就連雲朵好像也開始流著血，在薄暮的微光中他來到了一片墓園。花的味道令人有一種憂傷而像夢一般的感覺，天空中新月的幽魂在徘徊著，到處都是陰影。一座生鏽的鐵製墓穴嵌在山丘邊，在一陣衝動中他甚至考慮是不是要打開它的門；這是一座被清洗乾淨的墓穴，上面布滿晚開的水藍色花朵，好像掛著淚珠——這些花可能是從死者的眼睛中長出來的，摸起來黏黏的，有一種令人作嘔的氣味。

艾莫瑞想要「感覺」這位死者：「威廉・戴菲爾，一八六四年。」

他心想：這些墳墓曾讓人覺得生命到頭來是一場空；不過，他倒是覺得，曾經活過就應該對一切抱持希望。這墓園裡的一切，包括那些斷掉的圓柱、緊握的兩隻手、鴿子與天使[19]，對他來說在在都是浪漫的象徵。他幻想著，希望百年後的年輕人能懷想著他的眼睛到底是棕色或藍色，而且他熱切地期盼，他的墓園到那時能讓人感受到許多年前的氛圍。似乎很奇怪的是，一整排北方聯邦士兵的墳墓看來都沒什麼不一樣，長滿泛黃的苔蘚，但裡面就是有兩、三個會讓他想起他們逝去的愛與愛人。

等到他能看見普大的高塔與塔尖時，午夜已經過了很久——到處都是徹夜通明的燈火——在一片黑暗中，突然響起了鐘聲。鐘聲像一個無盡的夢似的，不斷繚繞著：彷佛前人的幽魂正在打量著一個新世代——他們都是從這個雜亂庸俗的世界裡被選出來的年輕人，浪漫的他們至今仍相信那些已經逝去的政治家與詩人，把他們的錯誤以及幾乎被遺忘的夢想奉為真諦。這裡出現了一個新世代，他們大聲疾呼的東西跟前人一樣，在日以繼夜的迷夢中，學習著老舊的信條。他們註定終究會走出來，為了追尋真愛與光榮而走進髒污灰暗的一團混亂中。這個世代比他們的前一代人還要怕窮，也更崇拜成功；他們長大後發現眾神已死，所有的戰事也都已結束，人的一切信仰都被動搖了……

艾莫瑞為他們感到遺憾，但對自己還是不感遺憾——不管他的依歸是藝術、政治或宗教，他知道如今自己已經安全了，不會再陷入歇斯底里——那些可接受的，他現在都已經能夠接受，他會四處遊蕩、成長、反抗，在許多夜裡沉睡⋯

他知道自己心中沒有上帝，他的理念還是一片混亂；記憶曾讓他感到痛苦，也曾為自己逝去的青春感到遺憾——然後在一陣幻滅過後，他的靈魂中沉澱堆積的，是責任以及一份對生命的愛，過往的理想以及尚未實現的美夢也還隱隱騷動著。但是——喔，蘿莎琳！——蘿莎琳！⋯

他悲哀地說：「最多那也只是個差勁的權宜之計。」

而且他說不出這一場爭鬥到底有何價值，還有他為何要奉獻自己所有的心力，以及從與他相遇的所有人那裡學來的一切⋯

他對著像水晶一般的璀璨夜空伸出雙手。

他大聲呼喊：「我了解我自己。但也只有這樣而已——」

1 以下開始是對於艾莫瑞的意識之描寫。在當時，這種意識流的創作方式是現代主義文學作品的重要特徵之一。還有艾莫瑞意識的內容顯得雜亂無章，東拉西扯，但實際上這些回憶都是靠自由聯想法（free association）串聯在一起的。

2 位於今日西班牙的一個古國。

3 「天堂之犬」（the hound of heaven）：典出十九世紀英國詩人法蘭西斯．湯普森（Francis Thompson）的詩歌，指耶穌。

4 伯恩哈迪（Friedrich von Bernhardi）：德國於第一次世界大戰期間之知名將領，主張人類發動戰爭的行為具有一種「生物上的必然性」（biological necessity）。

5 英國十九、二十世紀保守黨政治家，曾任首相。

6 貝特曼．霍爾維格（Bethmann-Hollweg）：德國在一次大戰期間的總理。

7 英國十九世紀的反傳統小說家，代表作是《眾生之道》（The Way of All Flesh）。

8 十九世紀的法國作家，代表作是《耶穌傳》（Vie de Jésus）。

9 班森與卻斯特頓都是具有天主教背景的作家，他們介紹的于斯曼應屬其與宗教主題密切相關的後期作品。

10 法國哲學家柏格森（Henri Bergson）的哲學概念。

11 二十世紀初流行的一種音樂形態。

12 指克拉倫斯．馬凱（Clarence Mackay）：二十世紀美國電信業界鉅子，也是非常有名的慈善家。

13 指亞伯特．布勒森（Albert Burleson）：曾任二十世紀美國眾議員，後來長期擔任美國郵政總局局長。在郵政總局局長任內剛好是第一次世界大戰，當時他逕自規定美國郵局不能幫忙遞送那些批評美國政府的德文報紙與具有社會主義色彩的報紙。

14 指約翰．皮朋．摩根（John Pierpont Morgan）：十九世紀的美國銀行家、金融家、藏書家與慈善家。

15 指詹姆斯．希爾（James J. Hill）：美國鐵道大亨。

16 指威廉．麥卡度（William G.McAdoo）：曾任美國財政部部長與鐵路總局局長，此時擔任哈德遜-曼哈頓鐵路公司的董事長。他曾於一九二〇與二四年兩度爭取民主黨的總統候選人提名；所以高個兒的意思應該是，麥卡度認真經營鐵路公司，也是為自己鋪路。

17 艾莫瑞在此指的「那些人」應該是指主張革命的社會主義者、無產階級。

18 指到時後發動革命的人，其實都曾經參加過第一次世界大戰。

19 「那些斷掉的圓柱、緊握的兩隻手、鴿子與天使…」：這些都是西方人士墓園裡面常出現的象徵意象（可能以雕刻或圖畫的方式呈現出來）。例如斷掉的圓柱可能象徵英年早逝（斷裂的生命），緊握的手則是道別（握手告別）。

塵世樂園
THIS SIDE OF PARADISE

南方家園 Homeward Publishing
書系 觀望
書號 HW003

作者 史考特・費茲傑羅（F. Scott Fitzgerald）
譯者 陳榮彬
詩譯 楊渡
主編 洪于雯
企編 楊竣傑
特約設計 何佳興 timoniumlake@gmail.com
發行人 劉子華

南方家園文化事業有限公司 NANFAN CHIAYUAN CO. LTD
台北市松山區八德路三段12巷66弄22號
電話 （02）25705215~6
24小時傳真服務 （02）25705217
劃撥帳號 50009398 戶名 南方家園文化事業有限公司
讀者服務信箱 E-mail：nanfan.chiayuan@gmail.com

總經銷 聯合發行股份有限公司
電話 (02)29178022
傳真 (02)29156275

初版一刷 ◎ 2010年4月
定價◎ 420元
ISBN 978-986-86122-0-4

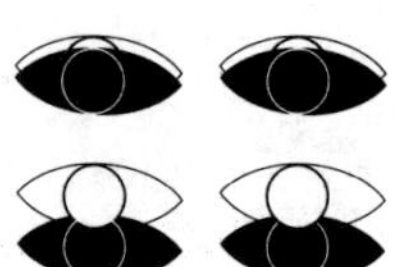

Homeward Publishing HW003

塵世樂園／史考特・費茲傑羅著.（F. Scott Fitzgerald）著；陳榮彬譯.--
初版. -- 臺北市：南方家園文化，2010.04
面；公分. --（觀望；HW003）
譯自：This Side of Paradise
ISBN 978-986-86122-0-4(平裝)

874.57 99004707